Nuova Narrativa Newton
1454

Titolo originale: *My Daughter's Revenge*

First published in Great Britain in 2024
by Storyfire Ltd trading as Bookouture

Traduzione dalla lingua inglese di Stefania Cherchi
Prima edizione: gennaio 2025

ISBN 978-88-227-9153-5

www.newtoncompton.com

Realizzazione a cura di Caratteri Speciali, Roma
Stampato nel gennaio 2025 presso Puntoweb s.r.l., Ariccia (Roma)

Natali Simmonds

Vendetta di famiglia

Newton Compton editori

A mia madre,
che ama con tutta la ferocia possibile

Uno
Jules

Non mi aspettavo che la sua morte fosse sul notiziario del mattino. Magari su uno dei giornali locali di metà settimana, nascosta tra le pubblicità di installatori di doppi vetri e concessionari di auto, ma non in televisione alle sette di un lunedì mattina.

È troppo presto. Non sono pronta.

La giornalista è una biondina vispa con un pacchiano cardigan color lime e degli orecchini di perla che non c'entrano niente. Si sforza di avere un'espressione seria mentre legge il gobbo.

«Rispettato dalla sua comunità...».

La notizia è corredata da una foto in cui lo si vede ritirare un premio di beneficenza, per sconvolgere ancora di più gli spettatori col seguito del servizio. Ma lui non era affatto una risorsa per la comunità. Era un pericolo.

Un attimo dopo il mio cellulare si mette a vibrare.

«Pare si sia suicidato nella giornata di sabato...».

Suicidato? Mi guardo alle spalle per vedere se la mia famiglia è raccolta lì attorno a guardare quell'orrore, ma dietro al divano ci sono solo io, appoggiata alla spalliera per non cadere. Grazie a Dio Adam sta ancora dormendo e Reece non è a casa.

«Ricercato in rapporto a...».

Sanno più di quanto credessi. Ma non sanno tutto.

Rabbrividisco. Non riesco a pensare lucidamente. Ho bisogno di un caffè.

In frigorifero non c'è più latte scremato, e ho eliminato gli zuccheri dalla mia dieta, quindi lo preparo così, senza niente.

Il mio cellulare non smette di vibrare, ma non ce la faccio a guardarlo, non ancora. Se lo guardassi diventerebbe tutto troppo reale.

Suicidio. Cosa intendono con "suicidio"?

Il caffè è ancora bollente, non riesco a berlo, ma lo stringo comunque tra le mani: la vecchia tazza con la scritta «mamma ti voglio bene», le sue piccole crepe e il manico rotto che Adam ha rincollato anni fa. Se la stringo abbastanza forte posso resistere alla tentazione di dare un'occhiata ai messaggi che stanno arrivando.

Ma la verità è che non fa alcuna differenza se li guardo o no. So già cosa dicono.

Metto il cellulare in muto ma continua a lampeggiare, un messaggio dopo l'altro. Tutti qui hanno sentito la notizia e adesso si godono il pettegolezzo e le ipotesi e la falsa preoccupazione. Come è ovvio che sia.

Chiudo gli occhi, mi concentro sui piedi infilati nelle pantofole, sulla comodità della vestaglia, sul calore della tazza che tengo fra le mani. Il segreto è essere presenti, dicono tutte quelle che sanno perfettamente come incarnare l'ideale della buona madre, della buona moglie. Dovrei assaporare il momento, la calma prima della tempesta, e restare così, sospesa nel silenzio e nell'immobilità del tempo di mezzo. Ogni secondo in cui non ne parlo è un secondo in cui niente è cambiato. Per ora non c'è né un prima né un dopo, solo questo. Una linea tesa e sottile che separa la speranza dall'orrore.

Soffio sul caffè e ne bevo un sorso. Mi brucia il palato. Troppo economico, troppo amaro. Penso che non potrò mai più berne – non dopo quello che ho visto.

Il sonno è un ricordo lontano. E non ricordo nemmeno cos'ho fatto nel fine settimana, perché in realtà non ho fatto altro che aspettare questo momento. Ieri sera Adam mi ha chiesto se stavo bene, ha detto che io e Leah sembravamo un po' fuori fase.

Fuori fase.

Sì, è proprio così che ci sentivamo. Mentre camminavamo come in punta di piedi una attorno all'altra. Facendo finta di niente, di niente, di niente.

Le notifiche su WhatsApp continuano ad accumularsi. Per quanto ancora andrà avanti?

Faccio un respiro profondo, ma non riesce a calmare il dolore che mi attanaglia la bocca dello stomaco. Le mani mi tremano. Premo la piccola icona verde sullo schermo.

Avete visto la notizia?

Ecco, ci siamo.

La donna che ha inviato il messaggio nel gruppo WhatsApp della nostra via è una delle mie vicine. La conosco abbastanza da sorriderle quando la incontro, ma non sto lì a chiacchierarci. Una volta ha preso per sbaglio il mio bidoncino dell'umido, e ci siamo dovute vedere per scambiarcelo. Non è un'amica.

Altri sconosciuti le rispondono.

Devastante. E così giovane!

Poveretto. Ma cosa è successo?

Puntini di sospensione.

Le risposte arrivano a raffica. Qualcuno invia una faccina sconvolta. Qualcun altro un cuore azzurro. Puntini puntini.

Che cazzo.

???

Ommiodio.

Poi mi scrive la mia amica Lynsey.

Hai sentito? Tu o Leah lo conoscevate?

Non le rispondo. Nella chat di gruppo scrivono ancora. Pare che tutti si stiano divertendo.

Non riesco a capire perché si sia ucciso.

Non l'ha fatto.

Continuo a scorrere i messaggi, per vedere se qualcuno ha aggiunto qualche dettaglio che non fosse già nel telegiornale. Altre faccine tristi e sconvolte. Altre domande. Nessuna risposta.

Ho un dolore al petto e la testa talmente imbottita d'ovatta che non riesco più a vedere chiaramente lo schermo del telefono. Mi ficco a forza un po' d'aria nei polmoni e mi asciugo le mani sudate sulla vestaglia.

Continuo a leggere.

Un mucchio di post anche sui gruppi Facebook.

Che tragedia, così giovane!

Sto leggendo delle accuse terribili contro di lui. Non si sa mai di chi ti puoi fidare.

Tutto quello che sento è il battito del mio cuore, il ritmo martellante nelle orecchie, mmh, mmh, mmh. Faccio un altro respiro profondo. Fa male.

Speriamo che non abbia sofferto.

Ha sofferto.

Ho sentito che hanno trovato delle cose nel suo appartamento. È per questo che l'hanno collegato a quella notizia terribile dell'altro giorno.

Cos'avranno trovato?

Già. Cos'avranno trovato? Cerco di deglutire ma non ho più saliva. Potrebbe voler dire qualsiasi cosa. Le mie dita rimangono sospese sui tasti. Devo scrivere. Sarebbe strano se non lo facessi.

Spargo qua e là qualche faccina col cuore infranto.

I messaggi non si fermano.

Non voglio mettermi a sparare teorie a caso, ma avrà avuto i suoi motivi per farla finita.

Mio figlio dice che lo conosceva. Dio mio, i figli!

I figli. Pensa ai tuoi, Jules.

Lo faccio. Penso a Leah.

Non ho sentito suonare la sua sveglia. Sono quasi le sette e mezza; presto dovrà uscire per andare a scuola. Mentre percorro il corridoio verso camera sua mi sento come levitare al di sopra del mio corpo, le gambe sembrano fatte di una sostanza molle e trasparente.

Per una volta Leah non mi grida contro per essere entrata senza bussare. Cosa ancor più stupefacente, indossa già il cardigan della divisa scolastica, ed è seduta sul letto con gli occhi fissi sul cellulare.

Troppo tardi.

Mi guarda, con un visetto pallido e i capelli arruffati. Mi rivolge un sorriso a labbra chiuse per confermare che sa, e io faccio lo stesso.

C'è qualcosa di quasi etereo in mia figlia, ora che si affaccia sul baratro tra l'infanzia e l'età adulta. Ricordo ancora l'impazienza di crescere che provavo a diciassette anni, come se liberarmi della pelle morta dell'infanzia e riemergerne trasformata in donna potesse essere liberatorio. Facile. Che ingenua. Sapevo così poco. Tutti sappiamo così poco.

La mia bambina. Dev'essere ancora là, da qualche parte, la piccolina che ho giurato di proteggere per sempre. Ma l'ho protetta davvero? Ho fatto abbastanza per lei?

Anche se ci sforziamo al massimo, essere genitori è solo tutto un cercare e scoprire quando ormai è troppo tardi, ancora e ancora.

Quando i figli nascono, siamo pronti a tutte le prime volte che verranno – il primo sorriso, il primo passo, la prima parola – ma ci dimentichiamo che ogni giorno è anche pieno di ultime volte. L'ultimo biberon, l'ultimo sorriso tutto gengive, l'ultima volta in cui vogliono essere presi per mano o tenuti in braccio o sentirsi leggere una fiaba della buonanotte. Non lo sappiamo, quel giorno, che è l'ultima volta. E all'improvviso è andata, e non tornerà più, e ci rendiamo conto di non aver tenuto quel momento stretto al petto, di non averlo respirato, assaporato.

E oggi, quale ultima volta sarà?

Passo a Leah una spazzola e la guardo pettinarsi.

Sembra grande per la sua età, con la maglietta aderente sul seno e il trucco applicato con precisione, ma non è adulta come crede. Un'adulta non avrebbe combinato i casini che ha combinato lei.

Chiudo gli occhi. Non è vero. Tutte e due abbiamo fatto casino.

«Grazie», dice restituendomi la spazzola, con una voce impossibile da decifrare.

Dio mio. È così bella. Un dono. Una maledizione. Avrei dovuto insegnarle meglio a essere una donna, e non lasciarla andare a tentoni e fallire. Avrei dovuto metterla in guardia, dirle che era troppo delicata. Troppo preziosa. Troppo mortale, ancora.

«Hai sentito?», le chiedo.

Annuisce. Senza lacrime, senza paura, la sua solita espressione impenetrabile.

Mi avvicino di un passo. Non si scansa. «Va tutto bene?».

Si stringe nelle spalle, e qualcosa dentro di me sembra svuotarsi. Ci ho provato, ma è troppo tardi. Ancora una volta.

«Sto bene».

È stata colpa mia o sua?

Sua. È stata colpa *sua*.

«Non era una brava persona, Leah».

Mi fissa. Decisamente troppo a lungo.

«Mamma». Sono solo due le persone che possono chiamarmi così. Sono *mamma* solo per due persone al mondo. Il mio cuore si gonfia. I miei bambini. Leah e Reece, suo fratello maggiore. Che mi uccidono dolcemente, che mi donano la vita, che fanno sì che ne valga sempre la pena.

Le prendo il viso tra le mani. «Non dire nulla».

Lei scuote la testa, e io le do un bacio sulla guancia.

«Sarai sempre la mia bambina», dico, e le vene mi si riempiono di qualcosa di caldo e affilato, la voce è sul punto di rompersi.

Sono contenta che quel bastardo sia morto.

Quattro settimane prima

Due

Jules

Sono le dieci e mezza di un venerdì sera e io e Adam siamo a letto, con le luci spente. Ci siamo detti «buonanotte», come al solito, ma lui non si è ancora addormentato, non del tutto, quindi aspetto di sentire il suo respiro lento e regolare.

Mi assicuro che Adam dorma profondamente prima di iniziare a toccarmi.

Non è andata sempre così. Un tempo bastava che gli dessi un bacio e subito ci ritrovavamo a fare sesso, i nostri corpi intrecciati tra le lenzuola sudate, come se ci fossimo appena conosciuti e non dovessimo rivederci mai più.

Le mie amiche invidiavano il nostro rapporto: non riusciva a starmi vicino senza cercare il contatto fisico, ripeteva sempre a chiunque che era l'uomo più fortunato della terra. E poi, il modo in cui mi guardava. Le mie amiche single o intrappolate in un matrimonio infelice dicevano che era merito mio, che in qualche modo ero riuscita a scoprire il segreto per far durare in eterno l'amore di un uomo. E pensavano che loro avessero in qualche modo fallito. Mi chiedevano quali fossero i miei trucchi, e io li distribuivo col sorriso, come si fa con i dolcetti di Halloween, e mi crogiolavo nel loro rispetto e nella loro ammirazione. Pensavo davvero di fare tutto nel migliore dei modi.

Adesso lo guardo, osservo il suo profilo nel buio,

aspettando di vederlo immobile. Sembra così spensierato. Come sarà essere lui?

Io e le mie amiche siamo diventate madri nello stesso periodo. Alcune di loro, dopo il parto, hanno smesso di fare sesso, felici e sollevate di essere finalmente lasciate in pace; altre hanno scoperto che la maternità aveva aperto delle crepe nella loro relazione, e speravano che il bambino le avrebbe sanate. Quasi tutte si sono allontanate dal marito, alcune per sempre.

Ma non io e Adam.

Dopo la nascita di Reece facevamo ancora sesso tre volte alla settimana. E Adam mi trovava attraente anche dopo l'arrivo di Leah, quando due figli avevano trasformato completamente il mio corpo e la mia mente. Le smagliature, i chili di troppo che non riuscivo a perdere, le tette piene di latte che non gli lasciavo nemmeno sfiorare, le giornate piene di bambini che gattonavano e di neonati che strillavano e di rumore e di disordine e di vomito... ma quando mi guardava vedeva ancora la persona di cui si era innamorato tanti anni prima.

Mi irritava che potesse ancora vederla, la donna che ero stata, perché io non ci riuscivo. Per me quella era una persona che avevo perso con la gravidanza, e che non avrei mai più rivisto. Ma ero grata che esistesse ancora per Adam. Grata di sentirmi sempre desiderata.

Poi, non so cosa è successo. Ma non è stato improvviso. Non è che è tornato a casa da lavoro, un giorno, e non gli sono più piaciuta, e da lì abbia smesso di toccarmi. È cominciata dal bacio con cui mi salutava la mattina prima di uscire, un bacio che da lungo è diventato frettoloso. Poi ha smesso di notare il mio taglio di capelli, lo smalto sulle unghie. Ogni volta che uscivamo mi diceva che stavo bene, ma in realtà nemmeno mi guardava. Non con lo sguardo appassionato di un tempo, quello che mi faceva capire che voleva riportarmi a casa il prima possibile.

All'inizio mi diceva di non essere dell'umore giusto per fare sesso e lo scusavo. Era stanco. Aveva troppo da fare. Era stressato. Porta avanti una grande azienda nel settore tecnologico, si occupa di clienti importanti – ha sempre un bel giro di soldi da gestire. Non conosco i dettagli, ma so bene quanto abbia faticato per tirare su la sua impresa. Nel corso degli anni ho fatto del mio meglio per risparmiargli le mie preoccupazioni, tutte quelle faccende quotidiane che potevo sbrigare da sola. Non volevo che si allontanasse, che alla lunga preferisse starsene da solo.

La femminista che c'è in me combatteva il desiderio di dare a mio marito una casa che assomigliasse a un rifugio. Dov'era il *mio* rifugio? Eppure volevo fare in modo che sentisse bene la differenza tra il lavoro e la casa. Volevo che la parte migliore della sua giornata fosse il momento in cui tornava dalla famiglia. Mi ripetevo che faceva una vita più dura della mia, che meritava un po' di respiro dopo il lavoro, ma la realtà era che avevo paura che si stufasse di me.

E forse alla fine è andata proprio così.

Ho cominciato a lavorare per la Medusa, un'azienda di gioielli, subito dopo la nascita dei bambini. Mi occupavo soprattutto dei testi pubblicitari, di marketing e di PR, spesso da casa. Certo, oltre al lavoro, badavo a due figli e alla casa, ma continuavo a credere che non fosse niente in confronto allo stress di Adam. Doveva pur sempre garantire che avessimo un tetto sopra la testa. Prima dei bambini ero un'addetta alle comunicazioni di alto profilo, e guadagnavo piuttosto bene, il doppio di Adam. Poi lui ha creato una start-up di hi-tech, la Atë Innovations. E io sono rimasta incinta di Reece: la mia pancia è cresciuta insieme ai suoi margini di profitto, finché non è arrivato a guadagnare cinque volte quello che prendevo io. Più la sua ditta cresceva, più avevano bisogno di lui. E più i bambini crescevano, meno c'era bisogno di me.

Mi dicevo che il suo disinteresse era solo una fase, come capita a ogni coppia; tutti sanno che lo stress ha delle conseguenze negative sulla salute mentale e sulla libido degli uomini. Non era colpa sua. Dovevo semplicemente impegnarmi di più. Così avevo reso la casa ancora più accogliente e mi ero fatta più carina, nella vana speranza che lui se ne accorgesse. Non che avessimo smesso *del tutto* di fare sesso. Meno di prima, ma lo facevamo. Eppure, un po' come il bacio del mattino, col tempo anche fare l'amore è diventata un'abitudine. Adam sapeva quali posizioni mi eccitavano, e io sapevo cosa piaceva a lui, e ci limitavamo a quello. Ha cominciato a non accendere più la luce; e ogni tanto nemmeno spegneva la televisione – una volta l'ho beccato addirittura a controllare il risultato di una partita da sopra la mia spalla.

Ma non dicevo nulla. Non eravamo quel genere di coppia che litiga spesso, e comunque non volevo diventare il tipo di donna che rimprovera il marito perché fa l'amore nel modo sbagliato.

È passato un anno prima che cominciassi a parlarne con le mie amiche. Quella sera avevamo bevuto un po' troppo prosecco, e come al solito ci eravamo ritrovate nel bagno delle donne a dirci a vicenda quanto eravamo belle. Le mie amiche si sottraevano, mentre io ero affamata di complimenti. Ne avevo bisogno. A quarantacinque anni gli uomini ancora mi riempivano di occhiate quando uscivamo la sera, ancora provavano a rimorchiarmi. Le mie vecchie compagne di scuola mi chiamavano Jules "niente regole", perché per loro ero rimasta quella di un tempo. E potevo ancora essere quella donna – anche se io stessa pensavo non esistesse più – perché mio marito la vedeva.

Adam mi amava.

No. Più di questo: mi *desiderava*. E il suo desiderio trasudava da ogni poro della mia pelle liscia. Quello splendore però si stava offuscando.

«Praticamente non facciamo più sesso», ho sussurrato all'orecchio di una delle mie amiche mentre uscivamo barcollando dal bagno delle donne.

Lei, Cathy, da qualche tempo aveva deciso di essere "al naturale". Lo diceva come se avesse fondato un movimento di liberazione delle donne, come se passare dal biondo al grigio e indossare pantaloni larghi fosse una dichiarazione di potere.

«Non significa che non ti ami più, Jules», ha detto. «Tutti gli uomini della nostra età rallentano un po' il ritmo».

«Ma lui ha tre anni meno di me», ho ribattuto. «Non è possibile che si sia già stufato del sesso».

«Jules, Adam ti adora. Non hai niente di cui preoccuparti».

Sembrava convincente, e forse Cathy aveva ragione, ma ho notato l'espressione soddisfatta nei suoi occhi. Sapevo che non vedeva l'ora di tornare dalle altre amiche per dir loro che, dopotutto, nemmeno io ero immune. Che Adam aveva perso interesse, o forse andava a letto con un'altra, o io dovevo aver fatto qualcosa che l'aveva allontanato. Stavano solo aspettando il giorno in cui finalmente mi sarei unita alla loro tenace battaglia contro gli uomini.

Tutto questo succedeva tre anni fa. Quelle donne non le vedo più. Adesso ho una sola vera amica – Lynsey – e praticamente la sera non usciamo mai.

Quando Adam ha compiuto quarant'anni, mi aspettavo una sorta di crisi di mezz'età; invece ha cominciato a tenersi in forma, a far crescere la sua azienda e perfino a leggere libri sulla spiritualità. E più lui diventava un uomo migliore, più io mi ribellavo: cucinavo troppo e mangiavo troppo e dicevo a chiunque mi capitasse a tiro che sbattersene di tutto era la chiave per stare meglio con sé stessi.

Ma in realtà mentivo. Mi importava eccome. E visto che ero convinta che Adam ci tenesse di più a correre che a fare sesso con me – perché ormai ero troppo vecchia, troppo grassa e troppo noiosa – sono diventata proprio così. Esattamente come Cathy con i suoi pantaloni sformati.

Ma la cosa peggiore è che Adam non si è neanche accorto che avevo smesso di provarci. Anzi, sembrava sollevato dalla mia mancanza di domande sul perché non avesse mai voglia di fare sesso. Dio, quanto mi odio per essere caduta in questa patetica spirale di banalità.

Guardo mio marito. Così pacifico, così bello. Forse dovrei cambiare approccio, essere più realista. Ho quarantotto anni, sono ancora abbastanza in forma e in salute, ho un marito meraviglioso, due figli fantastici, una bella casa e un lavoro che mi piace. Niente di cui preoccuparmi. Che importanza ha se non scopiamo più come conigli? Ho tutto ciò che volevo. Sono una donna fortunata.

E invece non mi sento affatto così, perché la donna che vedo nello specchio non è quella che volevo essere – è la donna che vede mio marito. La donna che tutto il mondo vede. E io la odio.

Il respiro di Adam rallenta e si fa più profondo, un lieve russare da cui deduco che si è addormentato. La mia mano scivola sotto il pigiama. Sono passati quattordici mesi dall'ultima volta che abbiamo fatto sesso. Più di un anno. Il che spiega come mai io sia qui a masturbarmi. In silenzio. In segreto. Bruciando non di desiderio ma di qualcosa di così profondo e triste che non riesco nemmeno a guardarlo mentre raggiungo l'orgasmo.

Mi volto sul fianco e chiudo gli occhi. Mio marito mi manca terribilmente, ma mai come quando è proprio qui accanto a me.

Tre

Jules

Fa caldo, e l'uccellino fuori dalla finestra della cucina sta cinguettando le stesse tre note da almeno un quarto d'ora. Spalanco le imposte. Non so più come liberarmi dell'odore di bruciato che impregna la casa. Leah e quelle maledette lettere. Accendo una candela di Jo Malone. Adesso la casa sa di falò, con una punta di gelsomino.

Tutto è immobile, e così silenzioso che riesco a sentire il ronzio del frigorifero e il rumore del coltello che raschia sui toast. Mi ricordo di quando i ragazzi erano piccoli, stavano sempre tra i piedi, e io sognavo un sabato mattina come questo. Sono quasi le dieci e Leah è ancora a letto, Adam si sta vestendo e Reece non lo vedremo prima del pomeriggio. La casa è pulita, le superfici lucide, e nessuno grida, piange o corre qua e là. Non dico che mi manchi il caos di quando i miei figli erano dei bimbetti, o le notti insonni, ma dopo tutti questi anni mi fa ancora uno strano effetto svegliarmi e passare un paio d'ore senza che nessuno abbia bisogno di me.

«Buongiorno... Dormito bene?».

Adam mi dà un bacio sulla nuca, lieve come un'ala di farfalla che mi sfiora la pelle. Vuole davvero sapere come ho dormito? Vuole sapere che mi sono svegliata tre volte per lo stesso sogno angosciante, che la mia maglietta era fradicia di sudore dopo l'ennesima caldana notturna, che sono passata dall'eccitazione alle lacrime in meno di un minuto?

Rifletto sulla risposta da dargli, ma lui si è già voltato per fare il caffè.

«Che piani hai per oggi?», gli chiedo, stringendomi la cintura della vestaglia in vita.

Cosa farebbe se ora lo abbracciassi da dietro e gli appoggiassi la guancia sulla schiena?

Prende una fetta di pane tostato, dà un morso e se la porta in salotto. Lasciandosi dietro una scia di briciole.

«Orto», risponde, prendendo un sorso di caffè prima ancora di aver deglutito il toast.

L'orto. La sua ultima ossessione. Prima c'era il club di canottaggio, tutti i martedì e i giovedì. Poi una volta, ad aprile, è tornato a casa talmente su di giri che avevo pensato si fosse assicurato un grosso cliente, o che avessimo vinto alla lotteria. E per come la vedeva lui avevamo davvero vinto la lotteria. La lotteria dei lotti.

Erano tre anni che aspettava un posto nei terreni coltivabili del nostro quartiere, un semplice pezzo di terra a dieci minuti da casa. E a quel punto, grazie a un'ondata di decessi di vecchietti, tutti i suoi sogni botanici si erano avverati. Finalmente aveva un orto tutto suo.

«Pomodori e patate a chilometro zero, Jules!», non faceva che ripetere.

E gli avevano dato anche un capanno, e una cosa tutta di vetro che lui insiste a chiamare serra. Un giorno ci siamo andati tutti insieme per fare un picnic, con tanto di seggioline pieghevoli, e abbiamo riconosciuto che quel posto aveva del potenziale. E poi era bello poter piantare qualcosa, dato che il giardino di casa nostra è minuscolo.

A un certo punto Leah ha cominciato a lamentarsi, doveva fare pipì e di certo non si sarebbe «accucciata tra quei maledetti cavoli», e Reece ha chiesto a suo padre se tra i pomodori poteva coltivare delle piantine di marijuana, così io ho raccattato tutti i contenitori che il vento aveva sparso tra i fiori selvatici e ce ne siamo tornati a casa.

Non ci ho più messo piede, e nemmeno Leah. Reece invece qualche volta ci va, e Adam dice che ha creato una sorta di giardino giapponese, che si interessa alle piante rare, ma io sospetto che lo faccia solo per far contento suo padre. Quanto a Adam, ci passa tutto il weekend, ogni weekend. A volte ci va anche durante la settimana, dopo il lavoro. Ci ha addirittura portato la stufetta a gas che avevamo comprato per una vacanza in campeggio finita male, e quando piove si siede nel suo capanno con un libro e una coperta.

Dice che medita. Io mi dico che perlomeno mio marito non ha una storia con la segretaria, né spende soldi per delle imbarazzanti auto sportive, e, tutto sommato, non è bello avere dei bei fagioli rossi appena raccolti?

«Non dimenticare che stasera andiamo a cena fuori», gli dico, porgendogli un sacchetto con dentro un panino e un pacchetto di patatine.

Da quando siamo diventati così? Siamo ancora troppo giovani per questa vita.

Lui mi fa l'occhiolino e prende il suo pranzo e il vecchio thermos di Reece con l'Orso Paddington pieno di tè. Anche un gesto piccolissimo come un occhiolino mi fa venire un nodo allo stomaco. L'anno scorso Adam ha compiuto quarantacinque anni e in fondo è ancora il mio toy-boy, più bello ogni anno che passa.

Cerco di non avercela con lui anche per questo.

I suoi capelli, un tempo neri, adesso sono sale e pepe, e li porta leggermente lunghi, ma sempre curati. La barba un po' lunga, per quanto grigia, fa risaltare la mascella. La stessa che ha ereditato nostro figlio. E le rughe attorno agli occhi lo fanno sembrare più robusto e temprato, come se lavorasse su una piattaforma petrolifera o facesse il reporter di guerra o qualche altro mestiere che ti costringe a stare sempre all'aperto.

Adam è alto e ha delle belle spalle larghe – grazie al canottaggio. E non ha la pancetta tipica della mezza età, a forza di darci dentro con la vanga. E veste bene perché gli abiti glieli compro io. Ovviamente è sempre troppo stanco, troppo impegnato, troppo stressato per fare una cosa banale come comprarsi da solo jeans e camicie. Mio marito è un uomo di successo, molto attraente. Un uomo che il sabato mattina preferisce bere tè nel suo capanno invece di restare a letto a fare l'amore con sua moglie.

«Cena?», mi dice. «Ah, sì, giusto. Il compleanno di Reece».

«Guarda che non è un compleanno *qualsiasi*». Sento che mi sto innervosendo, così chiudo gli occhi e prendo un respiro profondo. «Compie ventuno anni. Che peccato doverlo festeggiare con una settimana d'anticipo».

Adam mi sorride. Un tempo pensavo che quel suo sorriso fosse indulgente; adesso lo trovo presuntuoso.

«Tesoro, non puoi criticarlo se ha scelto di festeggiare il suo compleanno più importante a Ibiza con gli amici invece che a cena con noi vecchi bacucchi».

A Ibiza. Dio mio. Dove diavolo li troverà i soldi per permettersi uno stile di vita così festaiolo?

«Ma siamo sempre andati a cena da Al Fresco», dico. «È una tradizione».

Leah entra in cucina. Le vacanze estive stanno finendo, e raramente la vedo prima di mezzogiorno. È scalza, ha un pigiama con i pantaloncini corti e una maglietta che le si solleva sulla pancia quando si stiracchia e sbadiglia. I lunghi capelli sono legati in una crocchia in cima alla testa. È tutta in disordine, ma anche assolutamente meravigliosa.

«Speriamo che non ci finisca, *al fresco*», dice scoppiando a ridere.

«Non fare la spiritosa, Leah, io mi preoccupo per lui, così lontano, con quei suoi amici».

«*Quei suoi* amici? Lo dici perché è gay?».

Mia figlia fa sempre così. Mi provoca come se fossi una bigotta della generazione X, incapace di capire i ragazzi d'oggi. Come se lei e i suoi amici avessero inventato di sana pianta il concetto di preferenze sessuali e il bisogno di fare festa, come se alla sua età io e i miei amici non prendessimo ecstasy ai rave e non finissimo a scopare con ragazzi di cui non sapevamo nemmeno il nome.

L'idea di trasgressione che la sua generazione si è fatta è talmente moscia che non ho nemmeno la forza di discuterne.

«No, Leah. Con chi vada a letto tuo fratello non mi riguarda – la mia unica preoccupazione è che non corra rischi. E non voglio più ripetertelo: potresti smetterla di bruciare della roba in camera tua? È pericoloso e fa puzzare tutta la casa».

«Faccio solo quello che mi è stato detto».

Digrigno i denti.

«Brucia quelle lettere nel patio. Te l'ho già detto mille volte».

Alza gli occhi al cielo e si versa un bicchiere di aranciata. Ne rovescia un po' sul tavolo, e io stringo i pugni per tenere sotto controllo la voglia di pulire mentre lei è qui. Rimette l'aranciata in frigo e sbatte lo sportello, che però rimane socchiuso.

«Beato Reece. Non vedo l'ora di andarmene anch'io da questa casa», borbotta.

Fra tre settimane compirà diciassette anni. Tra pochi giorni comincerà il penultimo anno di liceo. Mentre lei spera che questi due anni passino in fretta, tutto quello a cui riesco a pensare io è quanto sarà vuota e silenziosa la mia vita.

«Almeno Reece riesce a festeggiare ogni anno al sole. Non è giusto!».

«Fra poco è anche il tuo, di compleanno», ribatto.

Lei fa una smorfia. «Il dieci di settembre è un compleanno da schifo. Nessuno vuole andare a una festa appena tornato a scuola».

«Non andrai a scuola in eterno», dice Adam, dandole un bacio sulla testa e salutandoci mentre va alla porta. «Ci vediamo direttamente alle sei al ristorante. Mi sa che non ripasso da casa».

«Non ti cambi prima di raggiungerci?», gli grido dietro.

«Ho dei vestiti nel capanno», risponde, prima di chiudersi la porta alle spalle.

Ho sposato un uomo che tiene dei vestiti nel capanno.

«Dov'è Reece?», chiede Leah.

«Non lo so. Ha dormito fuori».

«Che puttanella».

«Leah!».

L'università di suo fratello è a due ore di treno da casa. Abbastanza lontano da dovergli pagare l'affitto di una stanzetta in uno squallido appartamento, ma abbastanza vicino perché possa tornare ogni volta che ha voglia di una cena decente, o di vestiti puliti. È stato a casa per tutta l'estate e tornerà al campus solo a inizio ottobre: altra cosa che a Leah non va giù.

Quanto vorrei che stesse sempre qui con noi.

«Non posso credere che a lui avete dato il permesso di studiare filosofia, e io non posso andare all'accademia di arte!».

Non so di cosa stia parlando. Finora non abbiamo mai affrontato il discorso università. Adam avrebbe voluto che Reece seguisse le sue orme, e si laureasse in una qualche facoltà in ambito tecnologico o commerciale, ma nostro figlio non fa mai quello che gli dicono gli altri. Fa sempre e soltanto ciò che vuole lui, ed è la persona più tranquilla e rilassata che ci sia, per questo tutti lo adorano.

Chiudo gli occhi e cerco di non pensare a Ibiza o a quello che può combinare quando non è a casa. Il mio bello e edonistico stronzetto che riesce sempre a farla franca perché ha il sorriso di suo padre.

«Mamma!».

Spalanco gli occhi. Leah sta guardando il cellulare, incollato alla sua mano come sempre.

«Mi ha scritto Reece. Dice di dirti che ci vediamo al ristorante».

E perché non l'ha scritto direttamente a me?

«Fantastico». Leah fa un sospiro esagerato. «Ancora otto ore di noia».

«Magari potremmo fare qualcosa di bello insieme».

Mi guarda come se avessi pestato una merda di cane.

«Grazie, ma no».

«Potremmo metterci lo smalto o fare un salto a quella boutique che hanno aperto la settimana scorsa in centro».

«Vado a vedere se Paige e Summer vogliono venire».

Torna in camera mentre io asciugo l'aranciata sul tavolo, chiudo meglio lo sportello del frigorifero e mi stringo la cintura della vestaglia.

Quattro
Jules

Nessun rumore può uguagliare i decibel prodotti da tre adolescenti che strillano. Dio solo sa di cosa stanno ridendo. Io ho un mal di testa che non mi lascia in pace, e qualunque sia il motivo per cui si sbellicano in quel modo, vorrei solo che la piantassero. Ma, al tempo stesso, vorrei che non smettessero mai di ridere.

Quando Leah ha cominciato il liceo, sentirla divertirsi in camera con le amiche mi riempiva il cuore di gioia. Ero sollevata. Per molto tempo mia figlia era stata un po' strana; era la classica bambina goffa, secca e allampanata, seduta al primo banco, che non alza mai la mano. In ogni classe ce n'è una, e mi addolorava che dovesse essere proprio lei. Avevo fatto del mio meglio, il primo giorno della "scuola dei grandi", per farla sentire a suo agio. L'avevo aiutata a lisciare i capelli, le avevo coperto i brufoli con il correttore, e temevo che potesse essere l'unica con l'apparecchio per i denti. Ero terrorizzata per lei.

Adam diceva sempre che dovevo «piantarla di proiettare su di lei i miei traumi scolastici». Ma non era così, perché io amavo la scuola. Non ero popolare come una cheerleader americana, ma ero sveglia e carina, e mi trovavo bene con i miei compagni. Volevo solo qualcosa di simile per mia figlia.

«Starà alla grande», diceva Reece. «Ci sarò io con lei, non permetterò a nessuno di darle fastidio».

Ero contenta che suo fratello maggiore fosse già in quarta, ma Reece non era certo il tipo che può mettere paura. Ancora oggi è magrissimo e tranquillo, e sfacciatamente effeminato. Cosa avrebbe fatto se un gruppetto di bulli avesse preso di mira la sorella?

In quella scuola, Leah non conosceva nessuno a parte lui. Ero nervosa, ma in realtà mi sbagliavo. Paige e Summer hanno legato subito con lei, e da quel momento sono diventate inseparabili. Man mano che le ragazze crescevano e diventavano giovani donne, ho cominciato a preoccuparmi un po' meno. Ma anche se aveva la pelle liscia e il seno le era cresciuto, anche se i denti erano perfettamente dritti, per un po' ha continuato a comportarsi come la ragazzina goffa e strana che non era più. Era una cosa adorabile e allo stesso tempo frustrante. Avrei voluto che si liberasse in fretta di quella vecchia pelle – che stesse dritta, che si impadronisse definitivamente del suo aspetto di giovane per godersi i migliori anni della sua vita. Dio solo sa se li rimpiangerà, quando saranno passati.

Non riuscivo a smettere di pensare a quei film in cui, grazie a qualche potere magico, un adulto può tornare giovane. Cosa avrei dato per essere di nuovo adolescente, senza perdere però la mia consapevolezza. Volevo solo che la mia bambina si rendesse conto di quanto fosse meravigliosa.

Oggi mi rimangio tutto. La trasformazione di Leah, qualche mese fa, sembrava uscita dal più banale dei film sull'adolescenza. Praticamente dalla sera alla mattina il brutto anatroccolo si è trasformato non solo in un cigno, ma nella regina di tutti i cigni più sexy. Finalmente riesce a vedere ciò che vedono gli altri… e le piace.

A me no. Io sono terrorizzata.

Mi appoggio sul corpo un vestitino rosso, corto, davanti allo specchio a figura intera e tiro in dentro la pancia che nessuna panciera ormai riuscirà più a nascondere. Mi schiaccio i seni cadenti con le mani, poi li lascio ricadere. Perfetto, anche le mie tette sembrano depresse. Non voglio pensarci. Mi metterò lo stesso vestito che ho indossato il mese scorso per l'anniversario di mia cugina. Un abito lungo, nero e avvolgente, e qualche gioiello vistoso. Snellente e a prova di brutta figura. In fondo è solo Al Fresco, niente di troppo elegante.

Leah entra senza bussare, e prendo subito la vestaglia.

«Dio santo, mamma!». Si copre il viso con tutto il braccio. «Mettiti qualcosa!».

«Sei stata *tu* a entrare *senza bussare*. Cosa vuoi?».

Mi rimetto la maglietta e i pantaloncini e tiro fuori dall'armadio l'abito nero.

«Volevo far vedere alle mie amiche la tua collezione di vestiti vintage», dice lei.

«La collezione di che?».

Alza gli occhi al cielo e comincia a rovistare nell'armadio.

«Questo», dice, reggendo un vestito che non metto più da almeno vent'anni.

«Quello non è affatto vintage».

«Ma se mi hai detto che l'hai comprato nel 1998: il secolo scorso!».

Quello che dice è un dato di fatto, e pur sapendo che non voleva essere scortese vorrei comunque tirarle un ceffone. Non ho mai picchiato i miei figli, ma adesso la tentazione è così forte che devo piantarmi le mani sui fianchi.

«Paige! Summer!», grida Leah da sopra la spalla. «Guardate un po' qua!».

Le sue amiche si precipitano in camera. Nella *mia* camera. Faccio un sorriso forzato, perché è quello che si fa con i figli altrui, ma la smorfia mi scivola via dalle labbra quando ci vedo riflesse nello specchio dell'armadio. Ciò che vedo è solo gioventù, gioventù, gioventù, e poi me.

Tre paia di seni perfetti che puntano dritto in avanti, verso un luminoso, eccitante futuro, e i miei che guardano verso il pavimento, consapevoli del fatto che tutti i giorni migliori della mia vita sono già passati.

Leah ripesca uno a uno i miei vestiti dall'armadio, esibendoli sulle braccia tese come una commessa di Harvey Nicks.

«Ommioddio, Jules, ma sono fantastici!», dice Summer ammirando il vestito che ho messo a ventiquattro anni per il matrimonio di un'amica.

Si gira di qua e di là, e l'azzurro luminoso del satin esalta la sua carnagione scura. Poi lo passa a Paige, che fa altrettanto. Paige, con i capelli color del miele e gli occhi chiari, sembra uscita da una pubblicità di Benetton.

«La moda degli anni Novanta era molto più bella», dice Summer, come se li avesse vissuti di persona.

«È fantastico che tu abbia tenuto tutti questi vestiti per passarli a Leah».

Mi costringo di nuovo a sorridere. In realtà non ho tenuto i miei Kookai e Morgan per nessuno se non per me stessa. Sono ancora lì, nel mio armadio, dopo tutti questi anni, perché ero sinceramente convinta che un giorno o l'altro sarei rientrata nella taglia 42 per indossarli di nuovo. Purtroppo però anche se ridiventassi così magra, chi diavolo vorrebbe vedere una quarantottenne con un vestitino zebrato e orlato di pizzi rosa fluo?

«Mi presti questo per il festival di domani?», mi chiede Leah prendendo il mio abito preferito, quello nero di chiffon. È asimmetrico, con delle balze e le spalline sottili come andava di moda allora. Quello che ho indossato per il Capodanno del 1999, la sera in cui ho conosciuto suo padre.

«No», le rispondo, tendendo la mano per farmelo restituire.

Paige e Summer mi consegnano subito gli altri vestiti, ma Leah tira indietro la mano.

«Ti prego! Sarò perfetta con gli stivali da cowboy e il giubbino di jeans. Tipo un incrocio tra il Coachella e i Nirvana».

Non ha la più pallida idea di cosa sta dicendo.

«Leah!».

Mi restituisce il vestito a malincuore, e io lo appoggio sul letto insieme a tutti gli altri.

«Non vedo l'ora di andare al Carnage, domani!», esclama Paige. E tutte e tre emettono grida fortissime e saltano su e giù e corrono via dalla stanza come se io non ci fossi. Come se non avessero appena giocato a fare la sfilata con i miei ricordi.

Non sono molto contenta di questo festival di cui le ragazze sembrano tanto entusiaste. È un evento di tre giorni, e domani sarà l'ultimo. L'attrazione principale è un rapper che si chiama Little-non-so-che: hanno comprato i biglietti già al compleanno di Leah dell'anno scorso. All'inizio ho minacciato di rivendere il suo: dopo il dramma che ha creato a scuola nell'ultimo trimestre, con quel ragazzo più grande, non intendevo certo premiare il suo comportamento mandandola a un festival. Ma poi Adam mi ha ricordato che la psicologa scolastica, Pat, ci ha detto che era importante dimostrare a Leah che ci fidiamo di lei. A quanto pare molte adolescenti sviluppano comportamenti ossessivi, e probabilmente la sua era solo una fase. È Pat che devo ringraziare se oggi tutta la mia casa puzza di carta bruciata.

«Poteva andare peggio», ci ha garantito l'ultima volta che io e Adam siamo andati a colloquio da lei. «Leah ha capito dove ha sbagliato. Le ho dato consigli e strumenti per affrontare l'accaduto. Credetemi, dovete essere contenti che vostra figlia non abbia sfogato tutte quelle emozioni contro di sé. Ha un'autostima elevata. E questo è molto positivo».

Così le abbiamo detto che può andarci, a patto di restare sempre vicino a suo fratello. Reece mi ha assicurato che domenica sarà il giorno più tranquillo, e mi ha detto che non c'è niente di cui preoccuparsi. Ma aveva detto di non preoccuparmi anche dieci minuti prima di prendere la mia auto per schiantarsi contro un lampione.

Be', stasera, al ristorante, saremo tutti insieme. Ho ordinato per Reece una torta a forma di ventuno. Gli piacerà. È l'unica persona che conosco a cui piace che gli si canti *Tanti auguri*.

Chiudo gli occhi e mi concentro sulla respirazione consapevole, una cosa che ho imparato con un'app di mindfulness, poi mi ributto sul letto, e atterro sul mucchio dei vestiti. Non riesco a guardarli, ma non riesco nemmeno a separarmene. Faccio una smorfia al pensiero di Leah e delle sue amiche che se li provavano come farebbero da Primark. Come se tutti gli anni che mi hanno modellata – i più belli della mia vita – per loro non fossero altro che una festa a tema.

Allungo la mano per prendere il vestito verde accanto alla mia testa, e il ricordo mi travolge come un fiume in piena. Ho indossato quel vestito per la prima vacanza con Adam su un'isola greca, il cui nome ho da tempo dimenticato. Posso ancora sentire l'aroma di quella sera, profumo di gelsomino, e il vago sentore d'anice sulle sue labbra umide di raki. Il cielo era pieno di stelle; sembravano finte, come in un quadro. Quella sera mi aveva baciata con tanta passione, schiacciandomi contro il muro dell'albergo coperto di bouganville, che mi ero sentita frastornata e avevo dovuto afferrargli la nuca. Poi l'avevo sentito gemere nella mia bocca – da quanto mi desiderava. Tanto da fare male.

«Per me sei tutto, Jules», mi aveva detto. «Amarti per sempre sarà la cosa più facile del mondo».

Darei tutto per provare ancora quella sensazione. Tutto. Appallottolo il vestito, me lo premo sulla bocca e urlo.

Cinque
Leah

«Ma tua mamma era, tipo, una modella o qualcosa del genere? È così bella».

Summer è spaparanzata sul mio letto, con le lunghe trecce che le cadono sulle spalle e il mento appoggiato sulle mani. Si atteggia sempre come se si aspettasse di essere fotografata.

«Ha fatto qualche scatto per un catalogo di vendite, a diciotto anni. Niente di che». Distribuisco le tortine che mamma ci ha preparato ieri. Ci ha messo una glassa verde perché sa che è il mio colore preferito. «È stata proprio una stronza a non prestarmi quel vestito, o no? Cioè, tanto lei ormai non se lo metterà mai più».

Annuiscono mentre masticano.

Un frammento di cenere volteggia a mezz'aria, lo scaccio via con la mano. Dopo che mamma mi ha sgridato ho spalancato la finestra, ma la stanza puzza ancora di bruciato. Non so perché si lamenti tanto, sto solo seguendo i consigli di quella stupida psicologa.

«Una farfalla», dico.

Le mie amiche alzano gli occhi.

«Per il tatuaggio, dico».

Paige arriccia il nasino. Un naso davvero piccolo. La fa somigliare a uno di quei folletti dei cartoni animati.

«Le farfalle sono un po' imbarazzanti. Che ne dite di una stella? Sulla caviglia, magari?», dice.

Summer si mette a sedere e si spazzola via le briciole

dal top. «Il Carnage non avrà una tenda per i tatuaggi. Non è quel tipo di serata», dice, lanciando l'incarto della torta sul mio comodino.

Summer è fichissima e molto sicura di sé. È stata la prima ragazza con cui ho parlato quando sono andata alla St Margarette. È stata lei ad avvicinarmi, mi ha messo un braccio sulle spalle e ha detto: «Mi sembri un po' persa, e io sono una collezionista di ragazze sperdute», e poi mi ha presentato a un gruppo di studentesse che lei conosceva già dalle elementari. Fra cui Paige. Ci vediamo ancora con le altre, ogni tanto, sono delle tipe a posto, ma da quel giorno in poi io, Paige e Summer siamo state migliori amiche.

Si sdraiano di nuovo. Paige si infila dietro la testa il mio peluche di Garfield, borbottando.

«Perché è così duro? C'è qualcosa dentro quest'inquietante cuscino a forma di gatto?».

Ci sta ficcando dentro le dita, e io glielo tolgo di mano.

«Un tempo si illuminava», mento. «Lì ci andavano le batterie».

Ma il mio Garfield non è un giocattolo; è stato pensato per metterci dentro il pigiama e ha una chiusura a strappo. Io ci nascondo delle cose. Un tempo ci tenevo le caramelle, così Reece non se le mangiava, e fino a qualche mese fa era pieno delle lettere d'amore che avevo scritto per Nathan e che avevo pensato di spedirgli, ma che poi avevo deciso di bruciare. Come mi è stato ordinato di fare. In questo momento c'è dentro una scatoletta che contiene un chewing gum rinsecchito che Nathan ha sputato alla festa di Paige, un ciondolo a forma di palla da baseball che lui teneva appeso allo zaino e qualche foglio di carta bianca. Pat, la stupida psicologa da cui mamma ha preteso che andassimo tutti e tre, mi ha detto che ogni volta che provo una forte emozione devo scriverla su un pezzo di carta e poi bruciarlo. Finora tutte le mie lettere parlavano della psicologa o di mia madre. So che non sopporta la puzza di bruciato, ma è questo l'odore della mia rabbia.

Paige non mi fa altre domande su Garfield; si limita a fare spallucce e a spingersi il resto della tortina nella boccuccia rosa.

«Ti ho già detto che domani ci sarà anche Jacob?», mi chiede.

Nell'ultimo mese ce l'ha ripetuto praticamente ogni giorno. Paige e Jacob escono insieme da, fammi pensare, *sempre.* Sono la coppia più bella della scuola. Jacob ha la nostra età ma non è un perfetto idiota come gli altri ragazzi del nostro anno. È dolce ma non in modo sfigato, intelligente ma non in modo noioso. Non è affatto il mio tipo – a me piacciono i ragazzi più grandi – ma lui e Paige pare siano anime gemelle.

Anche io e Nathan eravamo anime gemelle. Tutti dicevano che eravamo una bella coppia. Be', lo saremmo stati se lui non fosse stato una fighetta senza palle. Per me sarebbe stato il primo. Volevo essere la prima di noi a fare sesso, ma poi Paige mi ha battuta anche in quello. A maggio, la settimana dopo il suo sedicesimo compleanno, si è inventata una scusa da dire alla madre per passare la notte da Jacob. Lui stava a casa da solo perché il padre era via per lavoro, e sarebbe dovuto andare dai nonni. Allora aveva raccontato una balla su una gita scolastica, e così lui e Paige hanno perso la verginità sul lettino singolo con il copriletto di Star Wars. Poi lei ci ha raccontato che era stata una cosa assolutamente romantica, con petali di rosa rossa sul cuscino e champagne rosé. Lui aveva addirittura preparato una compilation su Spotify per l'occasione.

Tutto molto banale, secondo me.

Poi Summer si rivolge a Paige. «Pensi che Jacob e i suoi amici si porteranno una tenda?».

Paige annuisce con un sorrisetto, come se lei e il suo ragazzo avessero programmato di chiudersi in tenda tutto il weekend. In realtà non è così – nemmeno a lei hanno dato il permesso di stare al festival due giorni interi.

«Ma dai! Non vorrai mica stargli appiccicata tutto il giorno! Ci sono un sacco di gruppi da sentire». Sembro un po' una ragazzina piagnucolosa, però non mi importa. Jacob è carino, ma non ho voglia di passare tutta la giornata a guardarli pomiciare. Lo fanno già abbastanza a scuola.

«Non preoccuparti, la sua tenda l'abbiamo già ampiamente sperimentata», dice lei, spalancando gli occhi in direzione di Summer, che scoppia a ridere.

Paige non fa che alludere alla sua sfrenata vita sessuale, ma noi sappiamo che esagera. Dice che Jacob l'ha fatta venire due volte, ma secondo Summer non è vero. E lei dovrebbe saperlo bene, perché a quanto pare è la regina degli orgasmi.

Compirà diciassette anni a ottobre, un mese dopo di me. Fa un sacco di sport, e così conosce sempre delle ragazze di altre squadre – alcune addirittura di diciotto anni. Dice sempre che le lesbiche sanno muoversi sul corpo di una donna molto meglio dei maschi, e non ha problemi a rimorchiare chiunque le piaccia, perché è impetuosa e calda come l'inferno.

Le mie amiche mi raccontano sempre le loro storielle spinte, ma poi quando incrociano il mio sguardo fanno una faccia strana perché io sono l'opposto di una calamita per uomini. Leah la repellente per ragazzi.

«Ehi, guardate un po' qui», dico, mostrando loro due bottigliette d'acqua Evian. «Ho sostituito la vodka di mia madre con dell'acqua».

Le mie amiche gridano, e io mi metto a ridere.

«Domani andando al Carnage possiamo comprare della Fanta, così Reece penserà che stiamo bevendo quella e poi noi… oops!». Mimo il gesto di versare la bottiglia nella lattina, e le ragazze ridono ancora.

«Ehi!». Paige si china in avanti come fa sempre quando vuole condividere un pettegolezzo. «Avete sentito che Aaron ha chiesto di uscire a Vanessa? Non pensavo che lei gli piacesse».

«Non avevi detto che Jacob l'avrebbe fatto uscire con Leah?», dice Summer.

Io faccio una smorfia come a intendere che non potrebbe importarmene di meno. «Comunque, nessuno dei ragazzi della nostra scuola è abbastanza maturo per me», borbotto. «Senza offesa, Paige».

Io sono la più grande della nostra classe, e la più alta. Tra nove giorni comincerà la scuola, e io sono la sola a non avere mai avuto una relazione seria. Una cosa davvero imbarazzante.

Paige fa quell'espressione con la bocca che mi fa capire che le dispiace per me. «Sì. Scusa. Pensavo che ad Aaron piacessi tu, Leah, ma… sai com'è… dopo quella storia con Nathan».

La storia con Nathan. È intorno a *questo* che orbitano le cose che ho nascosto dentro Garfield.

La storia per cui la signora Willis ha convocato i miei genitori – e tutti e tre abbiamo dovuto sorbirci la psicologa scolastica, e parlare di legami e di rispetto. Due anni più di me, e Nathan si comportava ancora come un bambino piccolo, spaventato perché io volevo che fosse il mio ragazzo mentre lui preferiva comportarsi come se non mi conoscesse.

«Ci siamo baciati!», grido alle mie amiche per la centesima volta. «Certo che gli piacevo!».

È stata tutta colpa di Nathan – ha messo in giro delle voci su di me, facendo credere a tutti che fossi una psicopatica. Ma io non avevo fatto assolutamente niente di male.

Eravamo alla festa di compleanno di Vanessa. Non sono sicura di sapere cosa ci facesse lì Nathan, ma l'avevo visto scolarsi degli shot di Jägermeister, dopo di che l'avevo baciato e lui aveva baciato me. Baciato sul serio. Con la lingua. Lui mi aveva anche messo una mano sul top, ed era per questo che avevo capito di piacergli. Ma poi, una volta tornati a scuola, mi aveva ignorata. Quando finalmente si era deciso a parlarmi, se n'era uscito con qualche scusa, tipo che doveva concentrarsi sui suoi voti e che io comunque ero troppo giovane per lui, cosa che era sicuramente una cavolata. È per questo che dopo ho cercato in tutti i modi di attirare la sua attenzione, per ricordargli che tra noi era successo qualcosa di speciale. Alla fine lui ha fatto la spia su di me con la signora Willis, la quale ha parlato di stalking e ha convocato mia madre, la quale ne ha parlato con papà, il quale ha detto che avrei dovuto «darci subito un taglio» con un po' di «aiuto professionale».

Ho fatto credere alla terapista di essere davvero molto dispiaciuta, ma non lo ero perché non avevo fatto niente di male. Non l'avevo mica perseguitato! Gli avevo solo scritto qualche lettera e l'avevo aspettato al cancello della scuola. La cosa poi è degenerata. Comunque qualche mese dopo, fatti gli esami, Nathan ha lasciato la scuola. Ho scoperto che ora studia biologia alla Plymouth University. So anche in quale dormitorio sta, ho scoperto il numero della sua stanza, ma non sono affatto una stalker. Se lo fossi, gli avrei spedito le lettere che gli ho scritto.

«Non capisco proprio perché tutti si comportino come se io fossi una svitata!», grido.

«Penso sia stato soprattutto per la ferita», dice Summer, lanciando un'occhiata a Paige.

«Quale ferita?», sbuffo. «Gli stavo solo prendendo la mano, e lui l'ha tirata via: è per questo che l'ho graffiato. Che storia. È stato un *incidente*».

Annuiscono in fretta tutte e due, Paige rotolando qua e là per il mio letto. «Nathan non ti meritava».

«Lo so», dico io. «Hanno montato una storia per nulla».

«È solo che a volte tu puoi essere un po'… intensa», dice Summer a bassa voce, guardandosi le unghie perfette. «Ma sono sicura che quando torneremo a scuola tutti se ne saranno dimenticati».

Qualcosa nel mio petto si tende come un serpente a sonagli pronto a colpire, ma tengo la bocca chiusa. Preferisco pensare a quello che ha detto Pat: che in realtà io proiettavo i miei sentimenti su Nathan, che invece «non ricambiava». Ha detto anche che non è sano portare avanti un interesse amoroso unilaterale.

«Se vuoi posso chiedere a Jacob se piaci a qualcuno dei suoi amici», dice Paige.

Quando la smetteranno, le mie amiche, di trattarmi come una bambina piccola? Come se non fossi capace di trovarmi un ragazzo da sola. Ne ho baciati un bel po'. Ho dato il mio primo vero bacio a quattordici anni, giocando al gioco della bottiglia, molto prima di Paige. E Alfie, un ragazzo del nostro anno, subito dopo Natale mi ha chiesto di uscire, dopo di che ci siamo visti un po' di volte. Ho detto alle mie amiche che mi aveva fatto un ditalino nel parco, ma in realtà gli ho solo lasciato infilare la mano nei jeans, e non appena ha toccato il pube gliel'ho tirata via. Ma questo loro non lo sanno. Ho sempre pensato che i ragazzi fossero disponibili a comando, in qualsiasi momento, e che sarebbe stato facile farmi un fidanzato. Forse è che guardo nei posti sbagliati.

«Vedrete che domani mi rimorchio qualcuno!».

Lo dico semplicemente così, mi è scappato fuori senza volere. Summer e Paige si scambiano un'occhiata.

«In che senso? Tipo, un bacio?», mi chiede Paige.

«No. Nel senso di metterci davvero insieme. Di fare sesso».

«E come pensi di fare?». Summer è scivolata più vicino a me. «Con noi ci sarà tuo fratello».

«Reece è sempre un po' tra le nuvole», dice Paige.

«Guarda che è gay».

«Lo so».

«E andrà al concerto solo per vendere la sua erba».

«*Lo so*».

Alzo gli occhi al cielo. «Reece è una puttanella. Ci mollerà non appena avrà visto i suoi amici o qualcuno con un bel culetto, ve lo dico io. Dopo di che sarò libera di trovare la mia bomba sexy».

Le mie amiche si guardano ancora e poi guardano me.

«Dico sul serio, farò sesso con un ragazzo più grande», ripeto, alludendo al fatto che avrei degli standard molto più elevati degli stupidi amici di Jacob. «Tipo… uno dell'università».

«Fantastico!», dice Paige. Sembra molto impressionata, e la cosa mi piace parecchio. «Lo sai che dimostri molto più di sedici anni».

«Diciassette», la correggo. «Cioè, quasi».

«Puoi passare tranquillamente per una ventenne», dice Summer.

«O anche per una ventunenne», aggiunge Paige.

So che stanno solo cercando di essere gentili dopo i commenti che hanno fatto su Nathan, ma in realtà hanno ragione. Dimostro più dei miei anni. È ora di trovare un uomo vero.

Sento bussare. Mamma sta dicendo qualcosa.

«Cosa c'è?», grido.

«Tra venti minuti dobbiamo uscire».

Alzo gli occhi al cielo e guardo le mie amiche, che subito prendono le borsette. Mi sa che non mi cambio. È solo la pallosissima cena di compleanno di Reece. L'ennesima, imbarazzante cena di famiglia in cui mamma non farà che parlare del suo ometto d'oro e nessuno farà caso a me.

«Sono sicura che troverai il ragazzo perfetto per te, domani», mi sussurra Paige andandosene.

«Oh, puoi scommetterci», rispondo.

Perché non mi lascerò certo sfuggire dalle mani un altro ragazzo. Stavolta faccio sul serio.

Sei

Jules

Sono vent'anni che lo frequentiamo e Al Fresco non è mai cambiato, ed è anche per questo che lo adoro. Troppe cose cambiano. Quelle che rimangono uguali non sono abbastanza. Il proprietario, Antonio, ci chiama per nome e ogni volta ci fa notare quanto siano cresciuti i ragazzi.

«Ventuno?», esclama quando gli spiego perché siamo qui. «Ricordo che Reece mangiava gli spaghetti seduto nel seggiolone vicino alla finestra, proprio là. E questa non può essere Leah! Mamma mia, è già una donna!».

Non mi piace come lo dice. E come il suo sguardo si sofferma un secondo di troppo sul nuovo seno di Leah, e neanche il sorriso che gli fa lei, perché sa che è questo che ci si aspetta da lei. Infine, non mi piace come sorrido *io*. Si è messa solo un top corto e un paio di jeans, eppure sembra una super modella. Come fa? Antonio non le toglie gli occhi di dosso mentre lei si avvia verso il tavolo, il nostro tavolo, ma Leah è troppo indaffarata col cellulare per farci caso. Sicuramente Adam non l'ha notato, e io mi odio perché già so che non dirò niente.

Mentre Adam e Leah si siedono, passo di nascosto ad Antonio la torta che ho fatto fare apposta per mio figlio.

«Gli piacerà tantissimo», bisbiglia Antonio.

Certo che sì. Gli sorrido, e lui mi sorride, e mi chiedo perché gli sto sorridendo. Questa potrebbe essere la nostra ultima cena qui.

Adam e Leah mi stanno aspettando. Mi faccio strada in fondo al ristorante e mi siedo con loro. È un tavolo quadrato, ma per qualche motivo mi sento come se fossi a capotavola. Quando mangiamo tutti insieme, mi piace guardare la mia famiglia, e ritenermi fortunata per quello che ho. Una volta ho letto un articolo dove si diceva che il segreto della felicità è essere presenti a sé stessi e grati.

Adam. Non si è preso nemmeno la briga di cambiarsi dopo aver vangato tutto il giorno ed è venuto con i suoi soliti, sporchi pantaloni da lavoro, ma sono grata che sia qui con noi e che abbia messo una mano sulla mia quando mi sono seduta.

Leah. Continua a scorrere i messaggi sul cellulare e ad alzare gli occhi al cielo per qualunque cosa dica suo padre, ma sono grata di avere una figlia così forte e brillante.

Reece non c'è. È in ritardo. Ma anche questo va bene. Va bene arrivare in ritardo alla propria festa. Sono sempre grata di avere il mio ragazzo.

«Ehi!».

È lui. Mi scalda il cuore. Sapevo che non si sarebbe fatto aspettare troppo. Lo guardo avvicinarsi al nostro tavolo con quella sua andatura da cucciolo.

Mio figlio porta la luce ovunque vada. Basta guardare in faccia tutte le persone cui passa accanto mentre raggiunge il nostro tavolo. Si lascia cadere sulla sedia con un tonfo sordo, passa un braccio attorno al mio schienale e mi bacia sulla guancia.

«Ciao, tesoro», gli dico.

È in pantaloncini e ha i capelli in disordine.

Reece. Sono grata per mio figlio e per il fatto che voglia bene alla sua mamma.

Faccio un respiro profondo. Sono presente a me stessa. Sono qui. Questa è la mia famiglia. E io la amo.

Loro amano me. Siamo tutti molto fortunati ad averci l'un l'altro.

Do un'occhiata al menu, che come tutto il resto non è mai cambiato negli ultimi vent'anni. So esattamente cosa mangerò stasera. Finalmente Leah mette via il telefono e ride per qualcosa che le ha detto il fratello. Sorrido a Adam e lui sorride a me, e faccio del mio meglio per ignorare il puzzo di compost che emana dalla sua camicia. È la cena di compleanno di Reece, e sarà una serata meravigliosa.

Sette
Leah

La cena di compleanno di Reece è stata uno schifo.

So che mamma voleva renderla super speciale, ma possibile che nessuno le abbia mai detto di non esagerare? Aveva lo stesso vestito nero che si mette sempre, ma con un po' troppi gioielli, come se fosse la notte degli Oscar. Il che era piuttosto imbarazzante, non solo perché quel ristorante è un posto triste e noioso, con un proprietario inquietante, ma anche perché papà si è presentato con gli stessi vestiti che aveva portato tutto il giorno nell'orto. Com'era prevedibile mamma gli ha messo il broncio, borbottando qualcosa sul fatto che puzzava, e lui ha dovuto profondersi in scuse. Odio che si scusi sempre tanto con mamma. Scusarsi di cosa? Di esistere? Fra l'altro nessuno di noi ci teneva a quella cena schifosa. Era solo una perdita di tempo.

Poi lei ha fatto portare quella torta a sorpresa, una roba che poteva andare bene per un bambino di sei anni – due numeri enormi, il 2 e l'1 – e Reece ha dovuto fingere di essere contentissimo di avere una torta con gli zuccherini, come se fosse ancora piccolo. Mamma ha cantato *Tanti auguri* a voce alta e ha applaudito e tutti si sono voltati a guardarci. Sul serio, mi sono sentita morire, e non era nemmeno il mio compleanno. Speriamo che non tiri fuori una stronzata del genere per i miei diciassette anni. Reece però l'ha presa bene, è rimasto tranquillo, come sempre. Se n'è stato lì seduto a sorridere, probabilmente pensava a quello che farà domani al Carnage – o a quanti ragazzi si vuole scopare la settimana prossima a Ibiza.

Il viaggio in macchina per tornare a casa mi è sembrato eterno. Siamo rimasti in silenzio per tutto il tempo, a parte mamma che di tanto in tanto diceva «be', non è stato bello?», con quella sua vocetta falsa. Quando finalmente siamo arrivati a casa, io ho detto che c'erano alcune e-mail della scuola che dovevo proprio leggere prima dell'inizio del nuovo trimestre e sono corsa in camera mia. Ero incazzatissima con papà. Non so perché non si fanno una bella litigata, e tirano fuori tutto quello pensano. Quando fanno così è come restare chiusi fuori casa in una giornata di caldo torrido prima che inizi a piovere.

Non appena mi chiudo alle spalle la porta di camera mia, sento mamma proporre: «Perché non facciamo una bella partita a Uno tutti insieme? Sono sicura che Leah tornerà subito», di nuovo con quella vocetta. Mi sforzo di non ridere all'idea di aver lasciato Reece solo con loro due. Buon compleanno, fratello.

Ovviamente non c'è assolutamente niente che debba leggere per la scuola – devo solo decidere cosa mettermi per il Carnage. Forse i jeans strappati con una maglietta un po' rétro dei Guns N' Roses e il giubbino di pelle, ma sono indecisa. Mamma avrebbe dovuto prestarmi quel vestito. Domani sarà fantastico, e non voglio che le mie amiche siano più belle di me. È il mio primo festival, ma so esattamente come sarà: un prato grandissimo pieno di bei ragazzi seduti qua e là ad ascoltare la musica e a rilassarsi. Qualcuno suonerà la chitarra, e un altro passerà una canna. Potrei provare anch'io un po' d'erba mentre Reece non mi vede.

Quando avevamo dodici anni, io, Summer e Paige abbiamo visto per la prima volta *Giovani Streghe* e ci siamo convinte di poter essere delle streghe anche noi. Scrivevamo dei bigliettini su quelli che ci piacevano e li bruciavamo recitando delle formule magiche. Sorrido al ricordo, perché i nostri incantesimi non funzionavano mai. E adesso la mia psicologa dice che devo scrivere delle lettere sui miei sentimenti e bruciarle. Scriverò qualcosa sul festival e sull'uomo che voglio trovare. Anche l'eccitazione è un sentimento, no? Forse stavolta l'incantesimo funzionerà.

Comincio a fare uno schizzo del ragazzo dei miei sogni. Se chiudo gli occhi posso quasi sentirlo qui vicino a me. C'è tutto un trend su TikTok sul pensiero positivo e sulla legge dell'attrazione. C'è chi dice che se pensi con forza a una cosa puoi indurla a realizzarsi. A manifestarsi. Porterò quest'uomo perfetto da me perché so che è là fuori, da qualche parte, e quando l'avrò trovato farò in modo che anche lui mi voglia con la stessa intensità.

Finisco il disegno di un ragazzo seduto per terra con una chitarra in mano; ha i capelli castani, spettinati, e tiene gli occhi chiusi. Sono brava a disegnare – arte è l'unica materia in cui prendo sempre A. Poi ci scrivo tutto attorno delle parole in lettere maiuscole.

IO E TE SIAMO DESTINO. PER UN GIORNO L'UNIVERSO CI UNIRÀ. PER UN ISTANTE SOSPESO NEL TEMPO TU SARAI IL MIO MONDO E IO NON TI DIMENTICHERÒ MAI. APPARTENIAMO L'UNO ALL'ALTRA.

Lo coloro, prendendomi il tempo per disegnare ogni filo d'erba, ogni cuoricino e ogni nota musicale, poi piego il foglio in tre, me lo metto sul cuore e sussurro: «Ti manifesto». Quindi prendo il bidoncino di metallo da sotto il letto, ci tengo sopra il foglio e gli do fuoco. I bordi si arricciano, neri, come se l'uomo che voglio rendere reale stia lentamente sparendo dalla carta per entrare nella realtà. Quando la fiamma mi raggiunge le dita, lo lascio cadere e minuscoli frammenti di cenere si liberano nell'aria come piccole falene.

La stanza puzza di carta bruciata, così apro porta e finestra. Dalle scale arriva un suono di voci attutite. Probabilmente mamma è riuscita a convincere Reece a giocare a Uno, e stranamente adesso mi sento esclusa. Infilo l'accendino nel mio Garfield, scendo le scale senza far rumore e resto a origliare alla porta del salotto. Stanno prendendo in giro papà perché ha dovuto pescare quattro carte.

Okay. Bene. Posso unirmi a loro per un giro.

Allungo la mano verso la maniglia ma poi sento la voce di mamma.

«È di nuovo di sopra a bruciare quelle maledette lettere? Fa puzzare tutta la casa. È già abbastanza brutto che i tuoi vestiti puzzino sempre di grigliata, Adam, e adesso anche *questo*? La nostra famiglia sta andando in fumo!».

Sento la risata bassa di papà. Vorrei che la mandasse al diavolo. Sto per aprire la porta, ma mamma non ha ancora finito.

«Perché Leah non è scesa? Sinceramente, non so cosa le è preso, negli ultimi tempi. Pensa solo a sé stessa».

Mi blocco, con le sopracciglia inarcate e le dita ancora sospese sulla maniglia.

«Domani dovrai tenerla d'occhio, Reece. Non mi fido per niente di lei. Non dopo quello che è successo con quel Nathan».

Mio fratello ha una voce profonda, e io non riesco a sentire cosa le risponde, ma qualunque cosa sia tutti scoppiano a ridere. La pelle del viso mi pizzica, sento il calore salire dal petto alle guance. Le mie amiche pensano che mia madre sia tanto carina, tanto forte, ma è tutta una facciata. Perfino *lei* pensa che io sia una pazza ossessiva.

Non è sempre stato così: un tempo eravamo molto unite. Non come migliori amiche o roba del genere, ma parlavamo e guardavamo dei film insieme. A volte le facevo la pedicure mentre guardavamo le repliche di *Lost*, o andavamo a correre, anche se io sono molto più veloce di lei. Era una tipa a posto. Ma poi è diventata una stronza. Non saprei dire esattamente quando – il cambiamento non è avvenuto in un giorno preciso – ma dev'essere stato grossomodo quando Reece è andato all'università, due anni fa. Mamma si comportava come se non vedesse l'ora di buttarlo fuori di casa, ma non appena lui ha traslocato per vivere con quei suoi orribili amici è cambiata e ha cominciato a fare commenti acidi su come mi truccavo e a dire che le mie gonne erano troppo corte.

Ma al tempo stesso voleva che continuassimo a essere migliori amiche, e mi chiedeva sempre dove stavo andando o chi mi aveva detto cosa a una certa festa. Voglio dire, magari poteva essere divertente parlarne quando avevo tredici anni, ma adesso ne ho quasi diciassette. Ho una vita mia, e lei non c'entra niente. E poi si permette di ridere di me con papà e Reece dicendo che *io* sarei autocentrata, come se non fosse lei quella che si guarda continuamente allo specchio tirando la pelle del viso per far sparire le rughe.

In fondo mia madre pensa già che io sia insopportabile: quindi cos'ho da perdere?

Senza far rumore salgo in camera di mamma e papà, prendo il vestito nero dal suo armadio e me lo ficco nello zaino che ho preparato per il Carnage. Mi cambierò quando sarò fuori. Di sicuro Reece non si accorgerà che il vestito non è mio, e mamma non lo scoprirà mai. Comunque non se lo metterà più.

Torno in camera mia e me lo provo. Sorrido al mio riflesso nello specchio. È pazzesco pensare che il mio uomo perfetto è là fuori da qualche parte, e non sospetta nemmeno lontanamente che domani si innamorerà di me.

Sento già che la magia sta funzionando.

Avverto il mio potere.

Otto
Jules

«Adam, sono le sei e mezza di domenica mattina».

Mio marito si è già vestito e cammina in punta di piedi in camera nostra, come se la luce che filtra dalle tende socchiuse non mi avesse già svegliata.

«Prima vado nell'orto, prima tornerò a casa».

«Ti ricordi che i ragazzi staranno fuori tutto il giorno e anche la sera?», dico, facendo scivolare una gamba nuda fuori dal piumino.

Lui le getta un'occhiata. Ultimamente sto facendo yoga. Se n'è accorto? Si china verso di me e io trattengo il respiro, immaginando la sua mano che risale sulla mia coscia nuda, mentre mi bacia e mi stringe forte.

Ma si limita a prendere il cellulare sul comodino, e io butto fuori il fiato.

«Volevo passare un po' di tempo con te», dice.

Io allungo la gamba e con il piede accarezzo il tessuto ruvido dei suoi jeans appena sopra il ginocchio.

«Sì. E cosa ti piacerebbe fare?».

Lui fa un passo indietro e comincia a scorrere i messaggi sul cellulare. «Potremmo discutere di quel portafoglio finanziario di cui ti ho parlato». Non alza gli occhi. «Di come investire i soldi che ti ha lasciato tua mamma in bond o in azioni».

Mi lascio cadere sulla schiena e mi tiro le coperte fino al collo.

Tra qualche settimana sarà il primo anniversario della

morte di mia madre. Adam non ne ha mai parlato, né l'ho fatto io. Mio marito era lì per me quando è morta – a dire le cose giuste e fare le cose giuste, ma poi ha smesso. Nessuno ha voglia di ascoltarti a lungo quando parli della persona che hai perso. Anche se, evidentemente, parlare dei suoi soldi va bene.

Mio padre ci ha lasciato quando avevo quattro anni, così mia madre, da quando ho memoria, è stata il mio tutto. Lavorava come infermiera pediatrica, si occupava di bambini giorno e notte, eppure aveva sempre tempo ed energie per me. Non c'era nessuno ad aiutarla – nessuno a darle una mano con le pulizie, e nessun marito per occuparsi di tutto il resto – eppure non ricordo di averla mai sentita lamentarsi. Era entrambi i miei genitori, i fratelli e le sorelle che non avevo avuto e la mia migliore amica, tutto insieme. E così, quando l'ho persa, ho perso più di una persona sola.

«Jules? Mi hai sentito?», mi chiede Adam. «Non vuoi che ti spieghi i vantaggi dei bond nelle fluttuazioni di mercato? Non comportano gli stessi rischi delle azioni».

Sta parlando dei soldi che ho ricavato dalla vendita del trilocale di mia madre. L'unico vantaggio di essere figlia unica è che non si litiga per il testamento. Ma non c'è nessuno a prendere in mano la situazione quando tu sei al limite. La demenza senile era progredita così lentamente che mi sono accorta che mia madre stava annegando quando ormai era troppo tardi. E a quel punto sono annegata anch'io nel ciclo incessante di bambini, lavoro e il peso di prendermi cura di lei. La demenza le aveva rubato l'anima sostituendola con quella di una persona spaventata e rabbiosa, una persona che non conoscevo, finché ogni bel ricordo che avevo di noi due non è stato sostituito dall'orrore della responsabilità di un'estranea. Ancora adesso fatico a ricordarmi di aver avuto una buona madre. La migliore delle madri. È un peccato che non sia rimasta nel suo corpo abbastanza a lungo da insegnarmi a essere una buona madre anch'io. Quando il cancro l'ha uccisa, era già morta da anni.

«Ottantadue. È un bel traguardo», diceva la gente il giorno del suo funerale, come se avessimo vinto una medaglia.

Non l'ho mai detto a nessuno, nemmeno a Adam, ma quando è morta mi sono sentita sollevata. Mentre me ne stavo lì in piedi sul terreno fradicio davanti alla sua fossa, con i miei figli ormai grandi accanto a me, ricordo di aver pensato: *Bene. Finalmente sono libera.*

Ma è sempre la vita a ridere per ultima, perché non appena ho ritrovato il tempo da dedicare a Adam e ai ragazzi, ho scoperto che loro non erano più lì ad aspettarmi. Non avevo più importanza.

Adesso che è passato un anno – un tempo adeguato – Adam vuole parlare dei soldi ricavati dalla vendita del suo appartamento: soldi che languiscono sul nostro conto corrente senza «essere messi a frutto».

Non sa niente degli altri soldi, quelli segreti. Quelli che gli ho nascosto.

«Scusa», gli rispondo. «Non ho letto il documento che mi hai mandato. Ci darò un'occhiata più tardi».

Dopo la morte di mia madre ho dovuto occuparmi da sola di liberare la casa. Adam era troppo preso dai suoi affari, aveva appena saputo di potenziali compratori, Reece era all'università e Leah ha detto che sarebbe stato «troppo deprimente». Avevo solo una settimana per portare via tutte le cose di mamma dall'unica casa che avessi avuto da bambina.

Ogni cosa odorava di lei: talco, mentine e lavanda. Come fa l'odore di una persona a sopravviverle? Sentivo la sua presenza, come se mi stesse osservando e mi dicesse che sarei stata bene anche senza di lei. Ma io non le credevo. Tutto in quell'appartamento parlava di me. Ogni ricordino, ogni disegno, ogni libro in qualche modo parlavano di me e del suo ruolo di madre e nonna dei miei figli. Ogni cosa, fino a un certo punto, era stata importante per lei, ogni oggetto aveva avuto un significato che ormai aveva perso. E adesso tutte le sue cose si riducono a un mucchio di abiti ammuffiti su cui la settimana prossima, a Oxfam, qualcuno potrebbe mettere un cartellino da 50 penny e che saranno toccati da estranei curiosi.

Mentre mettevo le sue cose in buste e scatoloni, mi chiedevo quali storie avrebbero ricordato i miei figli nel momento in cui sarebbe toccato a loro riempire sacchi della spazzatura con abiti orlati di pizzo degli anni Novanta e quaderni su cui non ho mai scritto niente. Anche i miei oggetti avrebbero parlato di loro? Quelli di Adam non lo faranno, lo so per certo, e so anche che non si odierebbe per questo.

Ho tenuto i suoi gioielli, qualche libro e il bel piatto Creuset che aveva ereditato da sua madre; tutto il resto l'ho dato in beneficenza. Ma mentre sfogliavo i suoi libri – ne aveva centinaia – una banconota da dieci sterline è svolazzata fuori dalle pagine, seguita da un'altra da cinquanta sterline. Ho chiamato subito l'ente benefico e ho rimandato al giorno dopo l'appuntamento per il recupero delle sue cose, e poi mi sono dedicata alla più bizzarra delle cacce al tesoro.

E così ho scoperto che mia madre aveva nascosto dei soldi per anni, già da molto tempo prima che le fosse diagnosticata la demenza. Non saprò mai se quei soldi fossero per lei, per le cure di cui aveva bisogno, o per me, affinché un giorno potessi scoprirli. In entrambi i casi, con quello stratagemma era riuscita a provvedere a me anche molto tempo dopo essersene andata. In tutto ho trovato 11.770 sterline, che da allora tengo in una cappelliera sotto al letto. Nessuno ne sa niente. È l'ultimo piccolo segreto tra me e mia madre.

«So che parlare di investimenti ti annoia, Jules. Ma dobbiamo provvedere al nostro futuro».

Perché tutto ciò che facciamo deve per forza avere a che fare con il futuro? Perché non facciamo mai niente per il presente?

«Potremmo essere vicini alla cessione della mia azienda», continua lui. «Sarebbe una svolta, ma c'è ancora un bel po' di lavoro da fare. Intanto, dobbiamo sfruttare in modo intelligente quello che abbiamo».

I suoi genitori non l'hanno fatto. Non avevano messo da parte nemmeno i soldi per il funerale. Ne è venuto fuori un litigio, alla fine ci siamo ritrovati a dover pagare due funerali di lusso, e in più Adam adesso non parla con suo fratello.

E adesso tocca a noi. A me, a lui, ai ragazzi – la nostra famiglia.

«Ci darò un'occhiata», dico. «Te lo prometto».

Adam mi dà una piccola pacca sulla spalla, come se fossi un bravo cane, poi si infila la camicia nei pantaloni.

Niente bacio di arrivederci, stavolta, niente a parte un cenno del capo e il piccolo click della porta della nostra camera che si chiude alle sue spalle e un rumore di passi sul vialetto.

Mi lascio sfuggire un gemito ricordando la sensazione dei suoi jeans sotto le dita dei piedi, e pensando a ciò che avrebbe potuto succedere se avessi avuto il coraggio di insistere. Cosa avrebbe fatto se avessi spinto il piede un po' più in alto, e l'avessi sentito diventare duro? La semplice idea che avremmo potuto fare sesso mi riempie la mente di immagini vivide, vedo tutte le cose che vorrei fare. Le cose che facevamo un tempo. Stringo le cosce ma non serve, non riesco a ignorarlo.

Da giovane non prendevo il sesso troppo sul serio. Era

sempre lì a portata di mano, facilissimo da trovare. Non so se fosse perché erano gli anni Novanta o perché io non ne avevo nemmeno venti, ma il sesso sembrava essere dappertutto. Mentre il primo millennio si avviava alla conclusione l'aria era febbrile, dappertutto c'era troppa speranza e troppa eccitazione, e tutti eravamo convinti che l'anno zero sarebbe stato magico.

I miei programmi per il Capodanno del 1999 vennero cancellati all'ultimo momento. In teoria avrei dovuto andare in un club privato con un viceredattore con cui stavo uscendo, ma il giorno prima mi aveva dato buca. Non ricordo di essermi arrabbiata con lui – non ricordo nemmeno il suo nome – ma ricordo la mia desolazione all'idea di perdermi la festa per il più grande Capodanno di sempre.

Avevo cominciato a lavorare per il quotidiano locale, dove avevo conosciuto anche la mia migliore amica, Lynsey. Che stava facendo il tirocinio per diventare maestra, ma per le vacanze di Natale aveva bisogno di soldi e quindi aveva accettato quell'occupazione temporanea. Io invece ero una giornalista, anche se in realtà mi occupavo solo di sedute del consiglio municipale o dell'apertura di un nuovo ristorante. La mia carriera giornalistica è finita quando ho scoperto che lavorare in pubblicità per grandi marchi rendeva molto di più.

«Vieni con me e con il mio gruppo», mi disse Lynsey quando le raccontai che ero rimasta da sola.

«Dove andrete?»

«Nell'unico posto dove vale la pena di andare. Trafalgar Square. Ci portiamo qualche bottiglia e facciamo festa come fosse il 1999».

Nessuno ne poteva più di *1999*, la canzone di Prince, ma risi comunque. Indossavo il vestito nero con le balze. Era un po' troppo leggero per il dicembre di Londra, e avevo fatto la sciocchezza di mettere i tacchi alti, ma ero elettrizzata. Raggiunsi Lynsey e i suoi amici. Non riuscimmo mai ad arrivare in centro. La metropolitana era stracolma. Perfino le vie di Camden, dove condividevo un appartamento con altre quattro ragazze, erano già piene di festaioli ubriachi che ballavano e vomitavano e pisciavano per strada. E non erano nemmeno le nove.

«Beviamo qualcosa, fra un'ora riproviamo a prendere la metro», gridò Lynsey cercando di sovrastare il fracasso.

Fu allora che vidi Adam, appoggiato a una cabina del telefono. Fumava e guardava il cielo, l'unica figura immobile in un paesaggio pieno di gente ubriaca che cercava di imbucarsi a una festa. Non gli chiesi cosa stesse facendo, se aspettasse degli amici o se fosse uscito da solo. Lui incrociò il mio sguardo e raddrizzò la schiena. Gli chiesi da accendere – all'epoca fumavo anch'io. Lui mi sorrise e tanto bastò.

Be', questa è la versione che raccontiamo ai ragazzi. Un tempo adoravano la parte in cui mollavo le mie amiche per festeggiare il nuovo millennio con l'uomo con cui avrei trascorso il resto della mia vita. Ma in quel momento ovviamente non lo sapevo; Adam era semplicemente una delle mie molte decisioni impulsive.

Ci mettemmo a chiacchierare e lui mi raccontò che veniva da una cittadina fuori Londra, ma che in quel momento abitava in un appartamento libero di un suo cugino, vicino a Camden Lock. Disse che forse potevamo andare là a guardare i fuochi d'artificio, così non avremmo preso freddo e nessuno ci avrebbe vomitato sui piedi; e così facemmo. Ma non appena varcammo la soglia di casa ci strappammo i cappotti di dosso. Lui non si prese nemmeno la briga di sfilarmi il vestito, si limitò a tirarmelo su fino alla vita e mi prese in corridoio. Sembrava non ne avessimo mai abbastanza l'uno dell'altra. Capimmo che era passata la mezzanotte quando la città esplose di un gigantesco ruggito di colori e allegria. Tutta la gente per strada brindava e cantava, mentre noi ci tenevamo stretti e ridevamo fino alle lacrime.

Dicono che nessuno faccia delle fantasie erotiche sul proprio marito, che i pensieri proibiti siano riservati alle cose che vorresti ma che non puoi avere. Eppure per me ciò che accadde quella notte è ancora la fantasia più eccitante con cui arrivo all'orgasmo, anche se ho dormito accanto a quell'uomo negli ultimi venticinque anni. Chissà se Adam pensa a me, quando si masturba. Chissà se pensa a me in generale.

Mi domando chi dei due abbia più segreti.

Nove
Jules

Sono le nove e mezza, ma Reece e Leah stanno ancora dormendo – e meno male che volevano andare presto al festival per non perdersi niente. Busso forte alla loro porta, aspetto i loro grugniti, poi cerco il nome di Lynsey tra i miei contatti. Potrebbe essere un po' troppo presto per chiunque altro, in fondo è domenica mattina, ma non per la madre di due bambini piccoli. Fino a poco fa non voleva figli. Per niente al mondo. Dato che fa la maestra, mi diceva sempre che nella sua vita c'erano già abbastanza bambini, e che in quanto vicepreside di una prestigiosa scuola di Potters Bar aveva fin troppo da fare. Finché, a quarantuno anni, ha deciso che li voleva, e li ha sfornati uno dopo l'altro. Adesso se la prende sempre con il suo compagno, perché essere un papà anziano non è faticoso quanto essere una madre anziana.

«Grazie a Dio hai chiamato», sibila nel ricevitore. «È la banca, amore! Devo proprio rispondere!», la sento gridare.

Poi sento i rumori che fa passando in un'altra stanza, riconosco lo schiocco della serratura del bagno. Sospira forte.

«Stai di nuovo fingendo che io sia la NatWest?», le dico, rannicchiandomi sul letto e ringraziando per la milionesima volta il cielo di non avere più dei bambini piccoli che scorrazzano per casa.

Lei ride. «C'è un limite alle puntate di *Paw Patrol* che

una donna può sopportare. O mio Dio, non ci posso credere, è da almeno un mese che non ci sentiamo. La varicella dev'essere opera di Satana. Giuro, sono ancora traumatizzata. Allora, raccontami qualcosa di nuovo e di eccitante».

Di nuovo e di eccitante. Lynsey pensa ancora che io abbia una vita eccitante.

Ma non ce l'ho.

«Reece compirà ventuno anni la settimana prossima».

«Non è possibile!».

«Lo so. È una cosa deprimente».

«La cosa deprimente è che invece io dovrò aspettare ancora sedici anni per avere la casa tutta per me».

«Be'. Diciamo che non sono ancora del tutto libera. Leah è una bella rottura di palle».

«Ha quasi diciassette anni. È normale».

«È passata dall'essere una bimba tanto dolce ad andarsene in giro come se facesse parte di una banda di teppisti. Parla solo di ragazzi, di vestiti o delle sue amiche».

«Stai dicendo che non ti ricordi più di quando anche tu eri una splendida adolescente? Di come ci sentivamo quando entrando in una stanza facevamo voltare tutti i maschi presenti?».

Me lo ricordo, ma stare dall'altra parte non è molto divertente.

«Davvero, Lynsey, riesce a succhiarmi via tutte le energie come una specie di dissennatrice con lo smalto».

«Non parlarmi di figli che ti succhiano la vita».

Restiamo in silenzio.

«Non ho niente di interessante da raccontarti», dico dopo qualche secondo.

«Nemmeno io».

«Qualche pettegolezzo?».

Lynsey mormora tra sé e sé mentre ci pensa. «Oh, sì. Ti ricordi della mia amica Fiona? Quella che ha lasciato il marito perché lui aveva sviluppato una vera ossessione per l'allevamento delle anatre?».

Non posso fare a meno di sbuffare, ma lei va avanti.

«Be', mi ha parlato di una nuova app che ha cominciato a usare e che si chiama Kandid. Ti dice qualcosa?»

«No. È una app di incontri?»

«Non proprio. È una sorta di confessionale segreto, che puoi filtrare per posizione, età, genere e argomenti. Dice che è piena di single vulnerabili e disposti ad aprirsi, quindi un mucchio di donne la usa per trovare un compagno. Anche se, secondo lei, spesso è troppo esplicita».

«Ed è anonimo?»

«Sì, non ci si può mettere la faccia».

«Ma allora come fanno a sapere se qualcuno gli piace?»

«Per la *personalità*, Jules. Ti ricordi almeno cos'è, la personalità?»

«Ai giorni nostri non esisteva».

Ride.

«Allora, lei con chi ha chattato?»

«Con un sacco di tipi. Dice che è pieno di storie assurde, tanto che ti viene da pensare di non conoscere per niente i tuoi vicini di casa. Dice che qualcuno che vive a meno di un chilometro da casa sua è un *furry*».

«E che sarebbe un *furry*?»

«Sai... quelli che si eccitano a fare sesso travestiti da pony o da coniglietti».

«Non le bastava un marito ossessionato dalle papere?»

«È quello che ha detto anche lei. A quanto pare mette nella finestra di ricerca la parola anatra e se qualcuno ne parla nella sua confessione lo blocca immediatamente».

Scoppiamo a ridere insieme, finché gli strilli dei suoi figli non ci interrompono e il più piccolo comincia a bussare alla porta del bagno.

«Devo andare», dice. «Mi hanno beccata. La NatWest non può essere così divertente».

«Possa la fortuna essere sempre a tuo favore», grido, e sento una risatina lontana mentre la mia amica chiude la conversazione.

La curiosità ha la meglio su tutto il resto e vado subito a cercare «confessioni Kandid» sul mio cellulare. Ci sono alcuni articoli che parlano di truffe e cuori solitari, che ignoro, e continuo a cercare finché non appare il logo dell'app. Lynsey ha detto che è piena di succosi pettegolezzi locali, e comunque oggi non ho niente di meglio da fare.

Scarico la app.

Povera Fiona. Grazie a Dio non sono disperata come lei. O invece sì?

Dieci
Jules

La maternità è una strana bestia.

Per quasi tutto il tempo significa solo sopravvivenza, alimentazione e sonno, e la necessità di proteggere i tuoi bambini finché non raggiungeranno un altro anno sani e salvi. Senza mai un momento per alzare lo sguardo. Ma altre volte ti regala una così immensa valanga d'amore per loro da farti venire il mal di stomaco. È così che mi sento in questo istante, guardando Reece e Leah in cucina litigarsi l'ultimo goccio di latte.

Reece somiglia a un cherubino rinascimentale, ma muscoloso e languido come suo padre. Ha un non so che di fluido che fa pensare all'acqua – il modo di muoversi e di camminare e di parlare, come se avesse sempre tutto il tempo del mondo. I capelli spettinati sono di un biondo scuro, come i miei prima che mi convincessi a fare i colpi di sole. Gli occhi sono penetranti e azzurri, come quei nontiscordardimé che mia nonna coltivava in giardino. Ed è proprio questo che vorrei gridargli ora: *Non ti scordare di me, figlio, non ti scordare di me*. A volte immagino che riesca a sentire la paura che emana da me come elettricità statica – su di lui avrebbe solo un effetto negativo. Più ho bisogno di lui, più fa un passo indietro, come se fossi una venditrice assillante che cerca di rifilargli il proprio amore.

Sua sorella, invece, assomiglia così tanto a com'ero io a sedici anni da risultare inquietante, però ha i colori di Adam. Alta, forte, affilata, scura. Ha i capelli di un intenso color mogano, sono folti e non hanno bisogno di finti colpi di sole per brillare, mentre gli occhi sono esattamente come i miei e quelli di suo fratello. Indossa una maglietta dei Guns N' Roses e un paio di pantaloncini corti strappati che mettono in risalto il fondoschiena tonico, ma continua a tirarseli un po' giù, come se le piacesse essere provocante ma non sapesse bene come gestire la provocazione. Ho sempre considerato un'ingiustizia tremenda il fatto che le donne trovino la fiducia di essere sé stesse solo quando all'esterno sono cambiate irrimediabilmente.

Dio, come li amo i miei ragazzi. Non smetto mai di stupirmi di quanto siano belli e forti e meravigliosi. Sono così fortunata a essere la loro madre.

«Perché ci fissi così?», dice Leah con una smorfia di disgusto. «Stai diventando inquietante».

Certo che possono anche essere dei veri stronzi.

«Mi stavo chiedendo cosa hai messo in quell'enorme zaino», rispondo. «Non so come mai non ti sia ancora venuta la gobba, a portare in giro quegli zaini così pesanti».

Leah sospira e tira fuori due bottiglie d'acqua, qualche barretta di cereali e un beauty case con dentro un deodorante e una crema solare.

«Contenta?», mi chiede. «O vuoi anche perquisirci?».

Reece sta facendo colazione al tavolo della cucina, e ci interrompe prima che possa risponderle. «Non c'è bisogno di perquisirti, i tuoi short sono così corti che vediamo tutto quello che c'è da vedere».

Leah si tira ancora giù i pantaloncini e dà uno schiaffetto sulla nuca a suo fratello. Il latte gli esce dalla bocca mentre si strozza dal ridere, spargendo gocce bianche su tutto il tavolo.

«*Slut era*», bisbiglia.

«Tu sei l'unica puttanella in questa stanza», contrattacca lei.

Passo lo straccio sul tavolo. «Odio quando vi parlate così. È tremendo».

Leah scompiglia i capelli di Reece e lui la tira giù, dandole un bacio sulla testa. Sento di nuovo una fitta dolorosa al petto. Gelosia. Che cosa orribile da parte mia. La stessa gelosia che ho provato quando Reece, per Natale, ha comprato a sua sorella un pacchiano anello d'oro con sopra una L mentre io le avevo preso solo un noiosissimo buono acquisto della John Lewis. Lei non se lo toglie mai, quell'anello. Dovrei essere contenta che i miei figli si vogliano bene, invece mi sento tagliata fuori.

«Allora, Leah, ansiosa di vedere quel Little Face? Mi sembra bravo».

Lei guarda suo fratello, e scoppiano di nuovo a ridere insieme.

«Si chiama *Lil Bass*», dice Leah. «È una donna, e sì, è una bomba. Ci saranno tipo settantamila persone».

Il cuore mi si stringe per la paura ma non dico niente, preferisco farle un sorrisetto di incoraggiamento. Lei non lo nota nemmeno; si sta già infilando gli stivali da cowboy usati.

«Tieni d'occhio tua sorella», dico a Reece mentre si alza e prende un giubbotto di cui non avrà bisogno. Fuori fa un caldo che si cuoce, e il cielo è come una spessa pellicola di nubi grigie che rendono tutto umido e appiccicoso. «Vi prego, restate insieme».

«Ti preoccupi troppo», dice mio figlio, baciandomi sulla fronte. Sufficiente a calmarmi e a farmi credere a tutto ciò che dice. Il mio incantevole angioletto.

«Guardate che non mi dispiacerebbe accompagnarvi in macchina». E prendo le chiavi dell'auto.

«Lascia perdere, mamma, sono solo quaranta minuti, non ne vale la pena».

Leah è già alla porta. «Passiamo a prendere le mie amiche. Reece ha già chiamato un Uber, e lo paga lui».

Dove trova, mio figlio, così tanti soldi? In estate ha lavorato per un po' in un bar, e ha la sua borsa di studio dell'università, ma non basta certo per tutto ciò che si concede. Adam dice che devo smetterla di preoccuparmi sempre per ogni cosa, ma ho fatto due conti. Infilo nella mano di mio figlio una banconota da cinquanta sterline e faccio un'espressione che vuol dire *Tieni d'occhio tua sorella*.

Lui mi sorride e guarda il cellulare. «Il nostro Uber è arrivato. Non aspettarci sveglia, mamma».

«Tornate entro mezzanotte!», grido alle loro schiene che si allontanano lungo il vialetto del giardino. «E restate sempre insieme!».

Leah non si volta, e tantomeno mi grida un saluto.

I ragazzi sono usciti ormai da tre ore, e nel frattempo ho pulito casa, mi sono strappata i peli dal mento, ho caricato la lavastoviglie, mi sono arricciata i capelli, ho guardato un tutorial su YouTube su come mettere l'eyeliner con precisione, ho cercato su Google «Slut era» (senza trovare niente) e ho fatto qualche squat. Mi sono anche chiesta se aprire le e-mail, ma nessuno dei miei colleghi lavora di domenica, quindi non so perché dovrei farlo io.

Dio mio, mi servirebbe proprio un hobby.

Faccio di nuovo il numero di Adam, aspettandomi che scatti come al solito la segreteria, e invece stavolta mi risponde.

«Ehi, a che ora torni? Pranziamo insieme?», gli chiedo. In lontananza sento il canto degli uccelli e il ronzio di un tagliaerba. «Pensavo che potremmo andare in quel nuovo pub in fondo alla via».

«Scusa, amore, ma ho già mangiato. Bert sta facendo un barbecue».

«Chi?»

«Bert. Sai, il tipo che ha l'orto accanto al mio. Lui e Rashid mi hanno invitato a mangiare un hamburger con loro. Hanno anche qualche birra, si sono portati pure la borsa frigo».

Adam preferisce gli hamburger di questo Bert a me? Aspetto di sentire se mi invita – non che abbia voglia di uno stupido barbecue in quello stupido orto. Ma lui non dice altro. Lo sento masticare.

«I ragazzi sono usciti per andare al festival», dico. Suona patetico perfino a me.

«Ottimo, dici sempre che non hai mai un momento per te stessa… Divertiti».

«A che ora pensi di tornare a casa?»

«Ho qualche seme da piantare, più tardi, quindi non prima di cena. Cosa pensi di preparare?».

Non ho pensato affatto a cosa preparare, ma dico: «Pollo».

«Ottimo. Ah, e se più tardi ti dovessi annoiare, potresti fare un file Excel delle nostre finanze, così poi stasera ci ragioniamo insieme».

Non rispondo. Le lacrime mi pizzicano gli occhi, e qualunque cosa possa aver pensato di dire mi si incolla in fondo alla gola. Non so nemmeno io perché sono tanto arrabbiata.

«Pronto? Jules? La connessione non è molto buona, quaggiù», dice. «Ci vediamo stasera».

Lui è sparito e io rimango immobile, fisso il cellulare come se attraverso lo schermo potessi vedere Adam, Bert e Rashid con i loro succosi hamburger. Non mi dispiace che Adam si faccia dei nuovi amici, o che non venga con me a mangiare al gastropub; mi dispiace che sembri felice come non lo era da parecchio tempo.

Sono una persona orribile.

Torno in camera, mi butto sul letto e inizio a scrollare. Odio i social media. Ho un profilo su quasi tutte le piattaforme, ma mi limito a scorrere distrattamente tutte quelle foto di persone che conosco a malapena, che condividono notizie che non m'interessano affatto. Ma sullo schermo è comparsa una nuova icona. Una grande K arancione. Per un istante non la riconosco, poi mi torna in mente. È Kandid. L'app di confessioni intime di quella disperata di Fiona.

La apro, ma senza un account posso leggere solo alcuni esempi di post inviati. Dal poco che riesco a vedere sembra piuttosto divertente. Una donna che lavora in un bar, ogni volta che il suo ex ordina qualcosa da bere, ci sputa dentro. Una madre etero con sei figli confessa di avere una cotta per la sua insegnante di Pilates. E un vecchio confessa di aver tirato delle lumache al di là della sua siepe perché odia il vicino. Niente di pericoloso, per ora, ma voglio leggere di più.

Per iscriversi bisogna solo scegliere un nome utente e associarlo a un indirizzo e-mail; sembra facile. Non sono richieste foto; anzi, l'anonimato è la regola e il tuo nickname non può essere il tuo vero nome. Mi iscrivo con il nome AnnoiataECuriosa. C'è uno spazio per una breve biografia, mi chiede chi sono e cosa faccio nel tempo libero. Tempo libero? Io non faccio nient'altro a parte lavorare e fare la mamma.

Scrivo la prima cosa che mi passa per la mente: «Amo la mia famiglia, leggere, i girasoli e il gin tonic». Può sembrare noioso, ma è sempre meglio che mostrarsi troppo interessanti e attirare l'attenzione. Sono qui solo per impicciarmi dei fatti altrui. Premo Invio, vado a sedermi sul letto e mi metto comoda. Magari leggere di patetiche esistenze di altre persone può aiutarmi a sopportare la mia.

Scorro i post per una decina di minuti, ma non c'è niente di divertente: se non altro, è pieno di persone tristi e sole. Io vorrei divertirmi, non leggere di persone che stanno esattamente come me. Lynsey ha detto che Fiona ha ristretto la ricerca alle persone della sua zona. Ecco, *questo* potrebbe essere interessante. Sono quasi sicura che il tipo del civico trentacinque abbia una doppia vita: non è normale cambiarsi così tante volte al giorno.

Vado ai filtri e imposto un raggio di tre chilometri da casa mia. Ci sono anche delle categorie: Relazioni, Sesso, Famiglia, Lavoro, Hobby e Altro. Com'è possibile che un'esistenza umana, con tutte le sue paure e le sue speranze e le gioie, possa rientrare in così poche categorie? Ma immagino che quella gente sappia fare il suo mestiere.

Metto la spunta a Sesso e comincio a leggere.

Il mio ragazzo non lo sa, ma ogni volta che facciamo l'amore immagino come sarebbe ammazzarlo.

Be', è un po' inquietante. Mi domando quanto vicino a me abiti questa psicopatica.

Le risposte al suo messaggio sono un po' di tutti i tipi, dalla preoccupazione ai commenti di uomini che dicono che evidentemente il suo povero ragazzo non è capace di soddisfarla e subito passano a descrivere cosa le farebbero loro. Mi vergogno di sentirmi tanto eccitata leggendo quelle risposte oscene. Invece di ignorarli, come ogni donna sana di mente farebbe su qualsiasi altra applicazione, l'autrice risponde a questi maniaci. E all'improvviso penso che la maggior parte di quelle confessioni possa essere falsa. Che quella donna stia solo cercando il modo di attirare l'attenzione, e gli uomini una scusa per descrivere nei dettagli le loro fantasie.

Dunque è così che Fiona ha conosciuto degli uomini su questo sito. Mi domando cosa possa aver scritto per suscitare la loro curiosità. Forse la chimica che lega due persone non è fisica: magari è cerebrale. Altri siti di incontri cominciano con una foto del viso e un elenco di interessi, mentre questo ti permette di inserire un filtro locale, di raccontare i tuoi segreti più profondi e oscuri senza sapere con chi ne stai parlando.

Bene, come risulta dal mio nickname, sicuramente sono annoiata e curiosa. Vediamo un po' che tipo di reazioni suscita un mio post.

Comincio a digitare...

Ho quasi cinquant'anni e penso che mio marito non mi trovi più attraente.

Mi fermo, deglutisco e metto giù il telefono.

È un'idea pessima, e davvero triste. Sono su questo sito per leggere le confessioni altrui, per divertirmi un po', non per usarlo come terapia. Ma è così sbagliato volere un po' di attenzione? In fondo non è una cosa reale. In fondo nessuno sa che sono io. Scommetto che tutti mi diranno che sono una stupida e che ovviamente mio marito mi ama ancora. Ho solo quarantotto anni, santo cielo. Nessuno si aspetta che io sia sexy; da me ci si aspetta che sia troppo impegnata, troppo sicura di me, troppo importante ormai per preoccuparmi di certe stupidaggini.

E invece io ho bisogno di sentirmi dire che ho ragione, e che Adam dovrebbe apprezzarmi di più. Forse qualcuno in questa piccola, triste app mi dirà che sono una persona fantastica, e io gli crederò. Faccio un respiro profondo e riprendo il telefono.

Non facciamo sesso da più di un anno, e anche se so che lui ci tiene a me, ogni volta che accenno alla questione mi ignora completamente. Ho paura di dire quello che provo perché non voglio sentirgli dire che è vero, che non mi desidera più. Non lo sopporterei. Sono davvero così poco attraente?

Come in tutti gli altri social, si può mettere una foto. Non si può caricare un viso – né tuo né di nessun altro

– né foto di nudo (penso che ci sia un qualche tipo di AI che le rileva), ma si possono caricare immagini di un corpo vestito.

L'anno scorso ho mandato a Adam dei selfie in lingerie. È stato durante la fase della biancheria di pizzo, quando ancora pensavo che un po' di sexting coniugale potesse fare la differenza. La mia preferita è quella in cui sono chinata, con dei reggicalze neri, il culo perfettamente tondo con solo un accenno di perizoma visibile. Quando gliel'ho mandata, un anno fa, lui ha risposto con una sola parola: *bella*. E non è mai più tornato sull'argomento.

Aggiungo la foto, chiudo gli occhi e premo Invio. Il mio telefono comincia subito a suonare. Trentadue cuoricini e cinque commenti. Sette. Dieci. Quindici. Che diavolo sta succedendo? In meno di tre minuti centinaia di persone hanno messo mi piace al mio post, decine l'hanno commentato e ho avuto cinque messaggi personali da altrettanti uomini.

Mi tiro su sul letto, schiaccio i cuscini dietro la testa e mi metto comoda.

Undici
Leah

«Dammi una canna».

Sto cercando di stare al passo con Reece che fende la folla, con Paige e Summer che arrancano dietro. Venti minuti fa Jacob ha scritto a Paige che era vicino a una tenda rossa, ma in realtà tutte quelle dei concerti sono rosse e cercarlo sta diventando piuttosto noioso.

Reece si ferma. «Leah, lasciami in pace».

«Dimmi come hai fatto a entrare con l'erba».

All'ingresso del festival ci hanno controllato gli zaini. Reece ne ha uno enorme, pieno di cose da mangiare e da bere – è permesso portare le bevande, purché non siano alcolici – ma so che lui sta già vendendo l'erba. Come ha fatto a nasconderla ai controlli di sicurezza?

Lui alza le sopracciglia, ma io incrocio le braccia sul petto.

Ho il vestito di mamma. Mi sono cambiata a casa di Summer, quando ci siamo fermati a prenderla, ma è più aderente di quanto pensassi e le tette mi stano quasi per uscire.

Reece abbassa la voce. «Va bene. Ho rollato le canne prima di venire, e le ho nascoste nella lattina delle Pringles, sotto un bel po' di patatine. Ma non te ne darò nemmeno una».

Io non ho mai comprato né fumato erba prima d'ora; penso solo che sembrerei una strafiga se ne tirassi fuori una quando raggiungeremo Jacob e i suoi amici.

«È per i miei amici. Vogliono solo un po' di MD o di coca, qualcosa del genere».

«Ma sei pazza, Leah!». Reece mi tira accanto a sé perché nessuno possa sentire quello che dice. «Sai benissimo che ho solo roba naturale, erba e funghetti. Quelle schifezze non le tocco».

Bene, *chiedo scusa*, mister Botanica, lo spacciatore bio. So che mio fratello coltiva strane piante nell'orto di papà.

«Ma i tuoi amici sì, però», gli sussurro io. «Forse potrei chiedere qualcosa *a loro*».

Reece mi afferra un polso, mi fa male. Non è da lui. Mio fratello ha la forza di un bambino di cinque anni.

«Non sono tutti amici miei», sibila. «Anzi, alcuni sono davvero dei pessimi soggetti. Non ti avvicinare».

«Bene, allora vendimi *tu* qualcosa. Quanto costano i funghetti?»

«Sei fuori di testa».

«Lo dico a mamma che spacci».

Stringe la bocca in una linea dura. «Allora io le dico che ti sei messa il suo vestito preferito e che l'hai chiaramente *rubato* dal suo armadio».

Touché. Cazzo.

Il viso di Reece si ammorbidisce. «Devi smetterla di venirmi dietro. Sei grande, ormai, va' a vedere i concerti. È per questo che siamo venuti, no?».

No, io sono qui per trovare il mio uomo perfetto, mentre lui è qui per fare soldi.

Reece ha questo grande piano di tirare su un sacco di quattrini e poi partire per un viaggio zaino in spalla dopo l'università: secondo lui spacciare è il modo più veloce per mettere da parte dei soldi. Non guasta il fatto che ricordi più un surfista californiano che uno studente di filosofia della borghesia dell'Hertfordshire.

Ci allontaniamo dalle tende del settore concerti e ci avviciniamo all'area relax, non lontano dal campeggio.

Reece adora il campeggio, e quando andrà a Ibiza, la settimana prossima, si porterà il sacco a pelo. Si crede una specie di Bear Grylls, con quella sua ossessione per le piante e lo stile di vita al naturale. Uno svitato.

Gli amici di Reece sono stati qui per tutto il fine settimana; solo noi siamo venuti per l'ultimo giorno. Tutta colpa di mamma. Papà era d'accordo di comprarmi un biglietto anche per il sabato e di lasciarmi dormire qui, ma mamma ha tirato fuori per l'ennesima volta la questione di Nathan e ha detto che devo assolutamente capire le conseguenze delle mie azioni e che di me non ci si può fidare. Quali azioni? Mi piaceva un ragazzo che non mi filava. Sai che problema. E invece lei si comporta come se fossi una serial killer. Anzi, mamma e papà avrebbero rivenduto il mio biglietto se il valoroso Reece, il mio fratellone ed eroe, non gli avesse detto che anche lui sarebbe andato al Carnage solo la domenica e avrebbe potuto portarmi con sé – ma io sapevo perfettamente che voleva andarci per tutto il fine settimana. Reece è così. Sempre il ragazzo d'oro.

Un coro di saluti si alza quando raggiungiamo gli amici di mio fratello. Sono tantissimi. Alcuni li riconosco dalle foto su Instagram, ma la maggior parte no. Nessuno di loro ha un nome normale; si chiamano tutti qualcosa come Bunny, Dronk e Jug Head. C'è un amplificatore collegato al cellulare di qualcuno, e spara a tutto volume della musica indie vecchia scuola.

«Tieni», mi dice Reece passandomi qualcosa. Penso che magari è una canna, e invece è un semplice pacchetto di M&M's. Io preferisco quelli con le arachidi. «Va' a giocare con le tue amichette».

Stronzo.

Gli amici di Reece non ci vedono nemmeno, a me e le mie amiche, in piedi dietro di lui come un gruppo di stupide ragazzine che aspettano di essere invitate al tavolo dei grandi. In un attimo mio fratello è circondato da tipi che gli passano roba da bere e da mangiare e gli comprano l'erba. Penso di non averlo mai visto tanto felice.

Poi il cellulare di Paige vibra. Si avvicina a me, con la bocca attaccata al mio orecchio.

«Jacob e gli altri ci aspettano vicino alla bandiera verde», dice, indicandomi un punto piuttosto lontano. «Gli ho detto che li raggiungiamo là».

Anche Summer sta leggendo qualcosa sul cellulare, probabilmente scrive ad altre ragazze che conosce. So che vogliono solo farsi palpeggiare un po' prima del concerto di Lil Bass, e io non ho intenzione di fare il terzo incomodo appresso a loro.

«Birra?». Qualcuno mi sta offrendo una bottiglia.

Un ragazzo. Be', più un uomo che un ragazzo. Dimostra poco più di vent'anni. Lo guardo e mi si stringe lo stomaco. È seduto su un secchio rovesciato, ha in mano una chitarra, i capelli scuri tenuti indietro da una bandana rossa. Accetto la birra, ma poi mi limito a tenerla in mano. È fredda e mi scivola tra le dita sudate. La stringo più forte.

È lui.

Il ragazzo che ho ritratto nella lettera che poi ho bruciato.

Destino. Fatalità. Magia. Il mio incantesimo ha funzionato.

Dodici

Leah

«Io resto qui», dico alle mie amiche, aprendo il sacchetto delle M&M's e mettendomene una in bocca. «Andate avanti, vi raggiungo dopo. Comunque Lil Bass non comincia prima delle sette».

Loro mi guardano, poi guardano il Tipo del Secchio, poi ancora me.

Summer annuisce. Approva.

Paige sta per dire qualcosa, ma si blocca. «Ok!», dice. «Hai tutto quello che ti serve?».

Annuisco anch'io. Il tipo con la chitarra non mi sta più guardando, quindi non capisce che stiamo parlando di preservativi, ma io sono preparatissima.

«Vi chiamo quando ho finito», dico. «Non ci vorrà molto».

Summer fa una risatina. «Be', per il tuo bene spero che non sia vero». Poi mi salutano e se ne vanno.

Reece è di spalle, sta parlando con i suoi amici, allora mi siedo per terra accanto al Tipo del Secchio che sta suonando qualche accordo sulla chitarra.

«Cin-cin», dico io, toccando la mia bottiglia con quella, vuota, che ha vicino ai piedi. «Vuoi del cioccolato?».

Non mi ha sentita. Tiene gli occhi chiusi, come se la musica che sta suonando fosse troppo dolce da sopportare. Penso sia una canzone degli Oasis. Anche mio papà ascolta gli Oasis. A me sembra che le loro canzoni siano tutte uguali. Alcune persone ci passano accanto. Una ragazza mette un braccio sulla spalla del Tipo del Secchio e lo accarezza.

«Ti ho preso un hamburger vegano», gli dice.

Lui le mette una mano sulla nuca e se la tira vicino per baciarla. Baci rumorosi e appiccicosi, lingue e gemiti, e il tutto proprio davanti a me. Bevo un sorso di birra e guardo da un'altra parte. Non credo che mi piaccia, la birra. Sa di pane bagnato.

Passa ancora qualche secondo pieno di baci imbarazzanti, poi il ragazzo con la chitarra e la sua ragazza se ne vanno con i loro hamburger vegani e io resto seduta sull'erba secca vicino a un secchio rovesciato e a decine di bottiglie di birra vuote piene di mozziconi di sigaretta. Paige e Summer si sono già mischiate con la folla, e io non so più dove sia mio fratello.

«Posso sedermi?».

Alzo lo sguardo ma non vedo niente perché ho il sole negli occhi. Una sagoma si siede sul secchio e io sbatto le palpebre finché non riesco a vederlo. Ridacchia, guardando il ragazzo con la bandana alle sue spalle. «C'è sempre un coglione con la chitarra».

La sagoma prende la forma di un uomo dal viso gentile. Credo sia uno dei tipi che prima ho visto comprare l'erba da mio fratello. I suoi capelli sono come un'aureola di riccioli scuri, la pelle è abbronzata, i pantaloncini corti sono sformati e tutti sfilacciati ai bordi. Si scosta i capelli dal viso e mi fa un sorriso pigro.

Ha una tazza da campeggio in mano. Profuma di caffè.

«Dylan», dice.

La bocca mi si secca. Ci ficco dentro un sorso di birra e deglutisco.

«Leah».

Mette giù la tazza, tira fuori qualcosa dalla tasca e comincia a rollare.

«Sei con loro?», mi chiede, indicando con un cenno del capo gli amici di Reece.

Mi stringo nelle spalle. «Sì. In un certo senso». Assaporo la mia prima bugia. «Sono amici dell'università».

Dylan non si scompone. Summer e Paige avevano ragione, dimostro più dei miei diciassette anni.

«Anche tu vai all'università con qualcuno di loro?», gli chiedo.

Noto le sue labbra perfettamente modellate, le mani forti e le unghie pulite. Passa la lingua lungo la cartina e sento che sto per arrossire.

«No, praticamente non li conosco. Sono amico di un amico del fratello di Bunny», dice lui. «Siamo andati tutti alla Leeds, anni fa. E tu? Sei dell'ultimo anno?».

Annuisco. Quindi quanti anni mi dà? Ventuno? Lui deve averne ventiquattro o venticinque. A quanto pare non conosce mio fratello, il che è una cosa positiva. Strizzo gli occhi e vedo Reece ridere con un suo amico. E se mi vede e viene qui e dice qualcosa? Rovinerebbe tutto, e probabilmente farebbe qualcosa di imbarazzante, come dire a questo tipo di stare alla larga da me. Continuo a tenere d'occhio mio fratello, ma è talmente concentrato su ciò che gli sta dicendo il suo amico che si è completamente dimenticato di farmi da babysitter. Sorrido al pensiero di ciò che penserebbe nostra madre se ci vedesse adesso e si rendesse conto che il suo ragazzo tanto perfettino in realtà è uno stronzo irresponsabile ed egoista.

«È caffè quello che stai bevendo?», gli chiedo, indicando la tazza posata ai suoi piedi.

Lui ride, una risata lieve, un suono che mi colpisce dritto allo stomaco. «Sì. È stata una notte faticosa». Si china su di me. «Voglio confidarti un piccolo segreto: sono fissato con il caffè. Bevo solo certe miscele, quindi me lo sono portato da casa. È una vera dipendenza». Poi mi mostra la sua canna perfettamente rollata. «Caffè e erba».

«Io invece sono fissata con il cioccolato. Vuoi una M&M's?». E gli porgo il sacchetto quasi vuoto.

Lui si ritrae. «Con le arachidi?».

Annuisco, e lui sorride.

«Mi accontento della mia canna, grazie».

Abbasso gli occhi sull'erba secca attorno a noi, sulle goccioline di condensa che corrono lungo la mia bottiglia di birra quasi finita, e so di avere le guance in fiamme. Perché ho pensato che quest'uomo adulto potesse interessarsi a una ragazzina come me?

Dylan accende lo spinello e inspira a lungo, profondamente.

«Vuoi?»

«Io non… non sono…».

O mio Dio, sembro una ragazzina! Non è che non mi va di fumare, vorrei farlo, ma l'unica volta che ci ho provato ho tossito così tanto che mi sembrava di avere un pezzo di carta vetrata in gola. Non voglio farlo in modo sbagliato e passare da stupida davanti a uno che ha le labbra più baciabili che abbia mai visto.

«Non sono brava a fumare», gli dico.

Dylan mi sorride ancora, e due deliziose fossette gli compaiono nelle guance. Ha la barba di due o tre giorni, e gli occhi che si schiariscono quando è controsole. Pensavo fossero marroni ma in questo momento sembrano più color ambra.

Mi fa cenno di avvicinarmi con il dito a uncino, e io mi alzo sulle ginocchia.

«Apri la bocca».

Il cuore mi batte a mille. Guardo dietro di me, ma Reece è ancora girato dall'altra parte. Dylan si china su di me e con grande delicatezza mi soffia il fumo in bocca.

«Trattienilo», mi dice. «Ancora un po'. Bene, e adesso buttalo fuori».

Sorrido mentre il fumo esce tra i denti.

«Sei nervosa?», mi chiede lui. «Perché continui a guardarti alle spalle?».

Fantastico, così gli ho dato l'impressione di essere una ragazzina patetica che ha paura di fumare alla luce del sole.

Devo pensare a qualcosa di credibile. «C'è il mio ex».

Dylan non ne è affatto turbato.

«Vuoi che andiamo nella mia tenda?». Fa un altro tiro. «Là potremo fumare in santa pace».

Cinque minuti seduta accanto a un perfetto sconosciuto ed è così facile restare sola con lui? Sta aspettando la mia risposta, e il suo sguardo passa dai miei occhi alla mia bocca, fino alla scollatura. Ora capisco perché questo vestito piaccia tanto a mia madre.

Mi alzo di scatto, gli tendo la mano e lui la prende. Il petto mi brucia per il fumo, la gola mi fa male, ma il pensiero di quello che mi aspetta mi stordisce.

«Tieni», dice, offrendomi una margheritina strappata dal prato.

Chi è questo tipo? Afferro il delicato gambo del fiorellino. Vorrei conservarlo, ma questo vestito non ha le tasche. Penso di metterlo nella borsa, ma Dylan mi sta già trascinando via da tutti gli altri e la margherita mi cade. Un ragazzo che ti regala dei fiori e si porta il suo caffè ai festival non può essere pericoloso.

«Da questa parte», dice, e mi porta ancora più lontano dalla gente, verso un mare di tende di tutte le dimensioni. Stringo la sua mano liscia nella mia, e mi sento a casa.

Tutti parlano di momenti cruciali e di incontri decisivi, ma nessuno li riconosce quando se li trova davanti. Io invece sì. La mia vita sta per cambiare per sempre e non tornerò più indietro. Sto per perdere la verginità, e

Dylan non ha la minima idea di essere stato scelto per la mia prima volta. La bugia che gli ho detto mi dà coraggio, e quando ci fermiamo davanti a una tenda di un blu acceso gli dico che forse faremmo meglio a entrare. Lui mi fa un sorriso che mi eccita da morire.

La tenda puzza di sudore e di mutande sporche, ma io ignoro l'odore e mi siedo accanto a lui sul sacco a pelo. Il cuore mi batte così forte che ho paura di vomitare. Avrei proprio bisogno di un po' d'acqua. Nello zaino ho delle bottigliette di Evian. No, non è vero, sono piene di vodka e ho dimenticato di comprare l'aranciata.

Dylan mi fa cenno di avvicinarmi. Mi passa il pollice sulle labbra fino a farle schiudere, mi prende il viso tra le mani e mi soffia ancora del fumo in bocca. Mi gira la testa, e stavolta non so se sia per l'erba o perché la mia bocca è tanto vicina alla sua. Pensa davvero che io abbia ventuno anni. Questo tipo arrapato pensa che io sia esperta, selvaggia e divertente.

Mentre respiro il fumo, mi chino in avanti e lo bacio. È perfetto. Niente a che vedere con il gioco della bottiglia, o con quei ragazzini con cui sono uscita e che praticamente mi mangiavano la faccia. Dylan mi bacia lentamente, come per assaporarmi. Sa di caffè e di erba, e il suo sapore si mescola a quello del cioccolato che stavo mangiando.

Poi affonda le dita nei miei capelli, mi abbassa le spalline del vestito e le tira giù, finché abito e reggiseno non raggiungono i fianchi e sento l'aria calda sul petto. Non ha ancora staccato le sue labbra dalle mie, e io non voglio aprire gli occhi. Mi passa le mani lungo le gambe e sui fianchi, spinge verso l'alto il vestito e per tutto il tempo penso che dovrei fare qualcosa anch'io. Dovrei sfilargli la maglietta? O dire qualcosa? Ma al tempo stesso voglio essere presente, vivere questo momento. Voglio poter ricordare tutto, ogni particolare, perché so che forse non lo rivedrò mai più.

Le sue mani mi aprono delicatamente le cosce. «Sicura che ti va?», mormora mentre la sua bocca scende lungo il mio collo, sul mio sterno, e si chiude sul mio capezzolo sinistro.

Prendo fiato e annuisco.

«Siamo tutti e due un po' fatti, Leah», dice lui. «Ho bisogno di sentirtelo dire».

Lo spingo un po' all'indietro per guardarlo negli occhi. Quei suoi occhi così belli.

«Lo voglio», dico. «Voglio te, Dylan. Adesso. Voglio tutto».

Ci sdraiamo sul sacco a pelo, e non m'importa che sia umido e che puzzi di birra; le sue mani e le sue labbra sono morbide sulla mia pelle, e mi sento al sicuro. Si toglie la maglietta e i pantaloncini, e io non ho tempo di chiedermi cosa dovrei fare, se pensa che io non abbia esperienza o che non sia brava, perché mi sta già sfilando le mutande.

Ci siamo.

Il preservativo è al suo posto.

Trattengo il respiro.

Mi si mette sopra, è dentro di me, ma non è come nei film. Entra ed esce e tutto va bene, non fa troppo male, ma di sicuro non vedo i fuochi d'artificio. A dire il vero, è tutto un po' ripetitivo.

Continuiamo a baciarci. Quella parte mi piace, e lui continua a mormorare il mio nome e poi ancora e ancora a ogni spinta. Senza troppo entusiasmo cerca di toccarmi tra le gambe, ma per via dell'erba faccio fatica a sentire qualcosa e tutto ciò a cui riesco a pensare è *Ecco, sto facendo sesso. Sto davvero facendo sesso.* Quando finalmente decido di provare piacere, lui ha già grugnito tra i miei capelli e si è rovesciato sulla schiena.

«Scusa», mormora. «Sono un po' fuori».

Si toglie il preservativo, lo annoda in un attimo e resta lì, sdraiato con un braccio sulla faccia. Completamente nudo. Come se stessimo insieme da sempre. Ma il suo è un corpo di uomo. Voglio continuare a guardarlo, ogni muscolo e ogni capello e i segni dell'abbronzatura che finiscono sui bicipiti e sulla nuca, ma lui rimane in silenzio e io mi chiedo cosa dovrei fare adesso. Devo restare e parlarci un po'? Forse potrei baciarlo e poi magari lo facciamo ancora. Il suo respiro è profondo e ha gli occhi a mezz'asta, come se si stesse sforzando per rimanere sveglio.

Il preservativo è attorcigliato vicino alla mia testa, sembra la pelle gelatinosa di un serpente. Lo tocco. È ancora caldo. Mentre Dylan non mi guarda lo prendo e lo infilo nello zaino – una riprova del fatto che non mi sono solo immaginata il momento più importante della mia vita.

«Adesso devo andare», dico, tirandomi su il vestito. «Le mie amiche mi aspettano».

Lui si volta, le sue pupille sono grandi e tonde.

«Te ne vai? Aspetta. Dammi il tuo Instagram».

«Non ce l'ho». È una bugia, ovviamente. Adoro Instagram, ma se lo aprisse scoprirebbe subito che gli ho mentito sulla mia età.

Si tira su sul gomito, con la testa inclinata da una parte come se mi vedesse per la prima volta. Forse ciò che vede gli piace ancora. «Dove abiti?»

«A Hestington, nell'Hertfordshire».

Sorride. «Anch'io abito da quelle parti». Sono spiazzata. Forse è un segnale.

«Dammi il tuo numero», dice lui, passandomi il suo cellulare.

Digito il mio nome e il numero di telefono e glielo restituisco. Ho fatto bene a non dargliene uno inventato, perché lui prova subito a chiamarmi e sorride.

«Adesso anche tu hai il mio».

Sembra serio. L'incantesimo ha funzionato.

Mi trascino a quattro zampe fuori dalla tenda, sistemandomi i vestiti. La spallina penzola appesa a un filo ma non importa, la cucirò prima di rimetterlo nell'armadio di mamma.

Uscendo dalla tenda mi volto per salutarlo, ma Dylan si è addormentato. Sembra un angelo assopito. Gli scatto una foto, solo alla metà superiore del corpo. Il braccio e i capelli gli coprono quasi completamente il bel viso, ma riesco comunque a catturare quel momento. Un istante nel tempo. Il primo uomo che mi ha desiderata, che mi ha avuta e che è stato bene con me.

Adesso ho un altro ricordo delle persone che ho amato da aggiungere alla mia collezione.

Tredici
Jules

Gli ultimi giorni sono volati, ed è di nuovo il fine settimana. Tanta gente sembra vivere per il fine settimana, ma io preferisco gli altri giorni. Mi piace andare al lavoro da lunedì a giovedì, sentirmi una persona viva, con delle idee – e non solo quella che sa cosa ci sarà per cena. Ma mi piace molto anche il venerdì, la mia giornata libera. In teoria quel giorno sarebbe dedicato alle pulizie e alle scartoffie, ma la verità è che di solito lo passo a leggere oppure, ogni tanto, mi concedo di andare al cinema da sola.

Il fine settimana invece è più difficile. Perché mi fa ricordare che mio marito e i miei figli mi odiano. Mentre tutti gli altri si divertono e fanno gite fuori porta da postare su Facebook, io resto chiusa in casa, da sola, a fare tutte le cose noiose che avrei dovuto sbrigare venerdì ma che non ho avuto voglia di portare a termine.

Questa settimana sono andata su Kandid ogni sera, cercando di distrarmi da Leah che si comporta in modo più strano del solito e da Reece che ieri ha preso l'aereo per Ibiza per festeggiare il suo ventunesimo compleanno senza di noi. Il mio post ha avuto moltissime risposte. Alcune sincere e animate dal desiderio di aiutarmi: donne che hanno condiviso con me i loro problemi coniugali o che dicevano che avrei dovuto parlarne con Adam o addirittura lasciarlo. Due cose che mi terrorizzano allo stesso modo. Ma non avevo fatto quel post per ricevere consigli; l'avevo mandato perché volevo qualche reazione alla mia foto, e in realtà non ho dovuto aspettare molto per riceverne.

L'app non lascia molto spazio per i commenti, quindi la maggior parte delle risposte si limita a una emoji o a brevi frasi. Il che significa che se vuoi qualcosa di più devi scrivere direttamente a quella persona. Nel giro di poche ore la mia casella di posta è stata inondata da messaggi di uomini.

Se avessi un culo così ogni notte nel mio letto, non ti lascerei mai andare. Molla tuo marito e incontriamoci.

Hai bisogno di una buona scopata. Sai cosa ti farei io? Prima di tutto...

Non posso credere che ci siano degli uomini con delle mogli carine che non sanno soddisfare. AnnoiataECuriosa, non sarai nessuna delle due cose quando ti incontrerò.

Non penso sia un tradimento fintanto che i messaggi sono a senso unico e io li ignoro. Non sono qui per avere una storiella.

Alcuni uomini descrivono nel dettaglio il modo in cui vorrebbero procurarmi piacere – e funziona. Questi sconosciuti, tizi che abitano a pochi chilometri da me, non sanno che le loro parole riescono a farmi sentire attraente dopo tanto tempo. Ma questo non significa che non ami più Adam o che sia pronta a lasciarlo. Almeno, il mio piccolo esperimento mi ha dimostrato che sto meglio a casa con un marito che si ricorda di me solo quando finisce la carta igienica, piuttosto che su una app di confessioni dove dei divorziati falliti si divertono a scrivere le loro fantasie erotiche.

«Allora, che ne pensi?», mi chiede Leah aprendo la tenda del camerino.

È lì, di fronte a me, con un vestito aderentissimo di tessuto dorato che la fa sembrare una modella di Victoria's Secret. Penso che non mi abituerò mai al fatto che la mia sedicenne sia già una donna. Quand'è che i suoi seni sono diventati più grandi dei miei?

«E dove pensi di andare con quello?».

Lei alza gli occhi al cielo ma tutto sommato è d'accordo, e richiude la tenda. Leah si comporta in modo strano da quando è tornata dal Carnage. Strano in senso buono, però. Sta sempre incollata al cellulare, come al solito, ma è meno scontrosa. Quasi allegra, direi. Al punto che è stata lei a suggerire questa giornata di shopping insieme.

Esce di nuovo, stavolta con un top e una gonna talmente corta che si vede la linea dei glutei.

«Sul serio?».

Sbuffa. «Tu non sai più cosa va di moda».

«Scarpe, Leah. Hai detto che ti servivano delle scarpe nuove per la scuola».

«Be', qui non ci sono molti negozi di scarpe».

Trattengo un sospiro. Siamo arrivate presto al centro commerciale perché le avevo detto che l'avrei accompagnata solo se ci fossimo andate prima che arrivassero orde di adolescenti, e lei aveva accettato a patto di pranzare da Wagamama. Ma finora non ho fatto altro che stare seduta nei camerini a ripeterle che non le comprerò vestiti che sembrano usciti dal reparto costumi di uno strip club.

«Avremmo dovuto andare in quel posto a Watford. Hanno più scelta», provo a dirle.

«Ma qui i negozi sono più fighi».

Sono esattamente gli stessi negozi.

«E poi non ti serve tutta questa roba», dico, sollevando le tre buste piene di vestiti che ho finito per pagare *e* portare. «E comunque dovrai continuare a mettere la divisa della scuola».

Lei si affaccia tra le tende del camerino. Anche se non si è truccata e non si è nemmeno pettinata, limitandosi a legare i capelli in una specie di palla in cima alla testa, è splendida. Una cosa decisamente irritante.

«Non c'è una vera divisa, solo una giacca che dobbiamo mettere quando siamo in classe. Sotto posso mettere quello che voglio».

«Ma di sicuro non *quello*», dico, indicando l'ennesimo vestito troppo corto.

Ma lei non mi sta più ascoltando. Scorre i messaggi sul suo cellulare e sorride.

Quest'estate io e Leah praticamente non abbiamo passato insieme nemmeno un momento, così oggi ho colto al volo la sua proposta. Pensavo fosse una buona occasione per rafforzare quel legame madre-figlia che sogno fin dal giorno in cui ho scoperto che avrei avuto una femmina. Pensavo che avremmo camminato a braccetto per il centro commerciale con un gelato in mano. Forse avremmo addirittura mangiato del sushi mentre lei mi raccontava della sua ultima cotta.

E invece non fa che scrivere messaggini alle sue amiche, ininterrottamente, e l'unico momento in cui mi reputa degna di attenzione è quando devo pagare qualcosa.

«Bene, ti prenderò il top», dico per vedere i suoi occhi illuminarsi. E funziona, ma non per molto.

Lasciamo la musica assordante del negozio e andiamo verso l'area dei ristoranti. Il Wagamama non è lontano, e il mio stomaco già brontola. Sono uscita di casa senza fare colazione, perché da qualche parte ho letto che digiunare dalla cena al pranzo del giorno dopo aiuta a perdere peso. Finora il suggerimento ha ottenuto solo l'effetto di farmi avere fame e mal di testa.

«Tieni», dico passando a Leah la spazzola che tengo sempre in borsa. Non capisco come faccia a camminare e scrivere senza andare a sbattere contro la gente. «Spazzolati i capelli, o ti si formano i nodi».

Lei spinge via la mia mano, sembra agitata.

«Non mi hai ancora raccontato niente del festival», dico. «Ti sei divertita?»

«Sì. È stato bello».

Forse ha incontrato un ragazzo. È per questo che si è rintanata in camera sua per tutta la settimana? Finora non mi ha mai parlato di ragazzi. Nemmeno quando è stata tanto ossessionata da quel Nathan. L'idea che mia figlia possa essere toccata da un uomo mi fa venire il nervoso.

«Va tutto bene con le tue amiche?»

«Sì».

«Non le hai mai viste questa settimana».

«Paige è stata praticamente tutto il tempo con Jacob, perché parte fra poco, va a studiare in quel college di Stevenage. E Summer è andata in Francia con la madre».

«Sei emozionata per il rientro a scuola?».

Alza le spalle, con i pollici che digitano sul cellulare così rapidamente che non riesco a distinguerli. Due uomini sulla trentina ci passano accanto e poi si voltano. Per un istante penso che stiano guardando me, poi capisco che stanno fissando lei. Scompaiono tra la folla prima che abbia il tempo di dirgli qualcosa.

«Ti capita spesso?», dico.

«Cosa?», chiede lei, senza alzare gli occhi dallo schermo.

«Che gli uomini ti guardino così?».

Sorride. «Sì, parecchio. I vecchi sono dei pervertiti».

I vecchi. Avevano almeno quindici anni meno di me.

«Tu sai che non permetterò mai a nessuno di farti del male, vero? Leah! Mi stai ascoltando?».

Fuori dal ristorante c'è fila, ma non troppa. Ci mettiamo ad aspettare. Visto che Leah è incollata al cellulare, ne approfitto per controllare il mio. Adam mi ha scritto:

Per favore prendi il latte quando torni a casa

Molto romantico.

C'è anche una mail di lavoro. Me l'ha mandata ieri

Steve, il mio capo. È nervoso perché in primavera lanceremo una nuova collezione di collane, e vorrebbe discuterne con me e col reparto marketing lunedì, prima di partire. Chiede se possiamo fare una riunione online. Non gli rispondo. È sabato. Bisogna mettere dei paletti.

«Devo andare», dice improvvisamente Leah, mentre fruga nelle buste ai miei piedi e si infila qualcosa nella tasca della tuta.

«Cosa? Dove?», dico io.

«Puoi darmi la spazzola, per favore?».

Gliela passo, e comincia a pettinarsi in fretta, tenendo i capelli alle radici per non strapparseli di netto.

«Dov'è che devi andare?»

«Dalle mie amiche».

«Adesso? Ma stavamo per pranzare!».

Siamo le prossime.

«Un tavolo per due?», ci chiede la donna con la maglietta nera.

Annuisco, ma lei sta digitando qualcosa con un solo pollice mentre con l'altra mano si spazzola i capelli.

Mi avvio verso il tavolo, Leah non mi segue.

«Devo proprio andare», ripete.

«Ma dove? E come pensi di arrivare dove devi andare?».

Lascia cadere la spazzola in una delle buste di carta e mi stringe con un braccio solo.

«Con l'autobus. Non farò tardi».

«Ma mi hai detto che le tue amiche avevano degli impegni. È per un ragazzo?», le grido mentre si allontana, ma in un attimo è già sparita.

«Un tavolo per uno», dico alla cameriera.

Lei toglie l'altra tovaglietta di carta e le posate e mi lancia un'occhiata triste.

Tiro fuori il telefono. Su Kandid ci sono altri cinque messaggi.

Mia figlia non è la sola ad avere dei segreti sul cellulare.

Quattordici
Leah

Dylan mi ha scritto lunedì. Letteralmente il giorno dopo il Carnage. Era solo un «Ehi», e sul momento ho pensato che mi avesse scambiata con un'altra. E comunque non aveva senso rispondere – non è assolutamente possibile che io e lui ci mettiamo insieme dopo che gli ho mentito sulla mia età.

Poi, mercoledì, mi ha scritto ancora:

Leah. Non riesco a smettere di pensarti.

Non potevo ignorarlo. Così abbiamo cominciato a scriverci, e lui era divertente e flirtava. Giovedì mi ha chiesto una foto in topless. Non sono così banale, quindi gliene ho mandata una con un reggiseno rosso. Voglio dire, il mio corpo l'ha già visto. E non sono nemmeno stupida, quindi il mio viso non si vede. Ho ancora la paranoia che possa conoscere qualcuno che conosce mio fratello.

Continuavo a ripetermi che era stato solo un gioco, che non mi innamorerò di lui, ma è difficile resistere se non fa che ripetermi quanto sono bella, e quanto vorrebbe fare l'amore con me di nuovo, ma per bene, stavolta. Penso si senta un po' in colpa per come è andata al festival. Non che sia stata tutta colpa sua – eravamo entrambi fatti.

Continuo a ripensare a quello che mi ha detto Pat, la psicologa scolastica, sull'importanza che il mio interesse sia ricambiato, così ho chiesto a Dylan quand'è il suo compleanno e ho controllato se i nostri segni zodiacali sono compatibili. Io sono Vergine e lui è Scorpione! Lo sanno tutti che tra questi segni c'è intesa, soprattutto sessuale. È davvero innamorato di me, è scritto nelle stelle. Quindi fottiti, Pat!

Dylan continuava a invitarmi a casa sua e io gli rispondevo di no. Non avrebbe senso incontrarsi di nuovo sapendo che la nostra storia non ha futuro. Ma stamattina, nel camerino di quel negozio, mentre mamma rompeva le palle su ogni vestito che mi provavo, Dylan mi ha mandato un vocale. Appena ho sentito la sua voce lo stomaco mi si è stretto in un nodo gigante: ha giurato che era l'ultima volta che mi chiedeva di vederci, e che poi mi avrebbe lasciata in pace, dato che chiaramente lo trovavo fastidioso.

Gli ho risposto subito chiedendogli il suo indirizzo. Povero Dylan, è convinto di non piacermi, quando in realtà sono solo nervosa perché la nostra storia si basa su una bugia. E se non gliene importasse? In fondo ho quasi diciassette anni. Non stiamo infrangendo la legge.

Per fortuna mamma mi aveva già comprato tutti i vestiti che volevo, quindi la nostra giornata insieme era praticamente finita. Liberarmi di lei è stato facile. Le ho detto che dovevo vedere le mie amiche e sono corsa alla fermata dell'autobus. La sua strada è letteralmente una delle fermate sul tragitto per casa mia.

Uscendo dal centro commerciale mi fermo da Boots per truccarmi un po' con i loro campioncini e cambiarmi nel loro bagno, e arrivo davanti a casa sua all'ora di pranzo, tutta profumata e con gli slip nuovi.

Però non mi sento più tanto coraggiosa. Anzi, in realtà mi sento male.

E se lui non facesse sul serio? E se fosse stato tutto uno scherzo e in questo momento mi stesse osservando dalla finestra ridendo di quanto sono stupida? E se questa non fosse nemmeno casa sua?

Una testa si sporge dalla finestra dell'ultimo piano. È lui.

«Spingi la porta», mi grida. «La serratura è rotta».

Dylan abita in una casa su più piani che è stata suddivisa in tre appartamenti. Per messaggio mi ha detto che sta in un piccolo monolocale al piano più alto, con una bella vista sui tetti della città. Come un vero adulto.

Le scale sono coperte da una vecchia moquette verde, le pareti ingiallite dal tempo, e l'aria sa di curry e di deodorante per ambienti ai fiori. Ho le gambe a pezzi quando arrivo al terzo piano, e poi all'improvviso ecco Dylan, che riempie l'intero vano della porta, con i riccioli disordinati attorno al viso non rasato. È scalzo, ha addosso un paio di pantaloncini sgualciti e una maglietta sbiadita dei Sex Pistols.

Non me l'aspettavo, ma improvvisamente mi sento timida. Quell'uomo ha messo le labbra sul mio seno, la lingua nella mia bocca. È stato dentro di me, letteralmente, eppure io me ne sto lì come se non lo conoscessi.

«Ciao», dice.

«Ciao».

Quindici

Leah

«Scusa per il disordine», dice Dylan facendomi entrare. «Ho traslocato da poco».

È un monolocale, con la cucina in un angolo e il letto separato dal divano con una libreria. C'è una scacchiera con i pezzi sistemati, e una chitarra appoggiata al muro, e quadri dappertutto. Dipinti in attesa di essere incorniciati, tele appese o appoggiate alla parete, barattoli di marmellata pieni d'acqua e pennelli sparsi un po' ovunque.

Mi aggiro per la stanza, annusando l'odore di trementina e osservando meglio i quadri.

«Michelangelo?», dico, passando un dito su una stampa incorniciata della volta della Cappella Sistina.

«Sono un grande fan».

Avverto il suo sguardo su di me. Mi sento completamente diversa da quando eravamo seduti al sole al Carnage, chiacchierando, flirtando, respirando il fumo che lui mi soffiava nella bocca. Quella era stata una cosa rilassata; oggi l'atmosfera è tesa. Mi viene un brivido.

«Li hai fatti tu, questi quadri?», gli chiedo.

Vorrei dirgli che anche a me piace la pittura, e che anch'io so disegnare un po', ma non voglio essere una di quelle ragazze che sembrano urlare «scegli me!». Non so bene cosa fare, come attirare la sua attenzione.

«Sì, mi piace dipingere», dice lui. «Quando mi appassiono a qualcosa, divento un po' ossessivo. La pittura, il caffè...».

«L'erba?», aggiungo all'elenco, indicando il tavolino dove evidentemente stava rollando uno spinello.

Dylan scoppia a ridere. «E tu, hai qualche fissazione?».

Ah, non ne hai idea.

Mi offre un caffè fatto con una macchina professionale – uno di quegli affari con mille pulsanti che si vedono nei bar. Occupa una buona metà del ripiano della cucina.

«Senti l'aroma», dice, tendendomi una manciata di chicchi.

Li annuso e faccio un versetto d'approvazione, ma sanno semplicemente di caffè. Poi attacca a dire che il caffè del Guatemala è molto meglio di quello colombiano, o qualcosa del genere. Ma non lo ascolto davvero, perché sono ipnotizzata dalla curva delle sue labbra e dalle sue fossette che appaiono e scompaiono mentre parla.

Dylan versa i chicchi nella parte superiore della macchinetta, e subito iniziano a vorticare.

«Come lo vuoi, il caffè?».

Non gli dirò mai che le uniche cose che ordino da Starbucks sono coperte di panna e tre sciroppi diversi.

«Semplice, senza zucchero», dico, e sento una stretta allo stomaco perché lui sembra colpito.

«Anche a me piace così».

Sorrido. Risposta giusta.

«Allora? Che te ne pare?», mi domanda non appena assaggio il primo sorso.

Faccio un'espressione incantata, come se stessi assaporando mille retrogusti intrecciati, in realtà sto pensando che è amaro e sa di terra bruciata.

«Al mattino alle sette, dopo essere andato a correre, bevo sempre due tazze della mia miscela preferita. Anche nel fine settimana», dice lui. «E di solito ne porto un thermos pieno anche al lavoro. Quello dei distributori automatici fa schifo. Non è vero caffè».

Mi ha invitata a casa sua solo per parlare di miscele? Bevo un altro sorso del mio caffè bollente e amaro cercando di farmi venire in mente qualcos'altro da dire. Una cosa qualsiasi. Dopo un tempo che mi sembra eterno, lui mi fa cenno che possiamo spostarci sul divano, e ci sediamo uno accanto all'altra. Il mio ginocchio tocca il suo, ma lui sembra non accorgersene. Forse non gli piaccio più. Forse non dovrei nemmeno essere qui, sola con un uomo adulto.

«Sei molto carina», dice.

Forse mente, perché indosso una tuta da ginnastica con i bottoni e il top nuovo, niente di speciale, insomma, e non ho nemmeno sistemato i capelli. Restiamo lì seduti in silenzio, lo sguardo fisso nel vuoto. Ma col passare dei minuti mi accorgo che le sue occhiate si fanno più frequenti, più intense, e gli occhi gli sono diventati neri come il caffè. È chiaro che vuole qualcos'altro. Lo sento, emana una specie di vibrazione, come se standogli semplicemente seduta accanto lo stessi eccitando.

Finisco il caffè e mi avvicino, premo la gamba contro la sua, e vedo la sua mascella tendersi. Non me lo sto immaginando.

Forse aspetta che sia *io* a fare la prima mossa. Gli accarezzo una guancia e lui si china sulla mia mano, respirando profondamente, chiude gli occhi.

«Baciami», gli dico, e lui lo fa.

Mi spinge giù sul divano, ed è pesante e forte, stavolta capisco che lo vuole con tutto sé stesso.

Lo respingo, lui spalanca gli occhi ma non dice niente. Gli sorrido, e lui si rilassa. Bene, allora il gioco è questo.

«Alzati in piedi».

E lui si alza. Mi alzo anch'io ma sempre tenendo le distanze, e non mi stacca gli occhi di dosso. Faccio un passo avanti, poi un passo indietro. Lui cerca di baciarmi, ma io scuoto la testa. Lui sorride di più.

«In ginocchio», gli sussurro.

«Qualsiasi cosa per te, Leah».

Davvero? Qualsiasi cosa? Vedremo.

Sedici
Jules

Ho fatto decisamente troppi spaghetti.

Leah mi ha mandato un messaggio per dirmi di tenerle da parte la cena perché pensa di restare ancora un po' da Paige. Ma non aveva detto che la sua amica era in Francia? O quella era Summer? Forse ha conosciuto un ragazzo. Oh, no, spero solo che non faccia di nuovo qualcosa di stupido. Ho provato a chiamarla ma non ha risposto, come al solito.

Il rumore della chiave nella serratura segnala che Adam sta rientrando. Entra in cucina e mi dà un bacio sulla testa. Odora di pomodori e di terriccio fresco.

«Dove sono i ragazzi?».

Non sa mai dove siano i nostri figli. Mi stupisce sempre constatare che lui, l'altra metà del rapporto genitoriale, riesce a vagare per la sua vita così libero e rilassato, senza avere costantemente in testa una sorta di tabella di ciò che i nostri figli stanno facendo, dove sono e di cosa hanno bisogno. Un peso che forse può essere portato da uno solo dei genitori. Io.

«Reece è a Ibiza».

«Ah, sì, è vero. E com'è andata ieri la festa?».

Possibile che Adam non gli abbia scritto? Io l'ho fatto, ma Reece ha risposto solo con una faccina sorridente. Niente testo.

«A quanto pare si sta divertendo. Leah mi ha girato

delle foto di lui con un'enorme caraffa di punch piena di stelle filanti. Lei invece è a casa di Paige».

Adam se n'è già andato dalla cucina, senza aspettare che finissi di parlare. Lo seguo in camera da letto, dove si toglie i vestiti da giardinaggio. Da dietro, nessuno indovinerebbe che ha quasi quarantacinque anni. Ha passato nell'orto tutta l'estate, quindi ha la schiena abbronzata, e le braccia sono forti e magre. Sente che lo sto guardando e mi lancia un'occhiata da sopra la spalla. Sarebbe il momento perfetto per tendermi una mano. Per tirarmi a sé in un lungo bacio e finire insieme sotto la doccia. Ma non lo fa.

«Ho fatto gli spaghetti», dico.

Dio santo. Ogni cosa che dico è così noiosa.

Adam indossa solo i boxer. Cosa farebbe se gli infilassi una mano nelle mutande e gli dicessi quanto lo desidero? Ma non sopporto il pensiero che possa respingermi, così non faccio niente. Tutti quegli uomini sull'app che hanno fame e sete del mio corpo, che probabilmente sono più giovani di mio marito e che continuano a dirmi cosa vorrebbero farmi dopo aver visto solo una foto del mio culo in pizzo nero, e mio marito qui, a due passi, che si limita a chiacchiere superficiali e inutili convenevoli.

«Spaghetti, hai detto?», mi chiede. «Scusa, non ho fame. Rashid ha un forno per la pizza nel suo orto. Ha portato un impasto e della mozzarella, abbiamo raccolto pomodori e basilico e ci siamo fatti una pizza. Non è incredibile? Devi venire anche tu, Jules, uno dei prossimi fine settimana. Vedrai, ti piacerà».

Rashid ha un forno per la pizza. Bene. Come posso competere con lui?

Non dico nulla e torno in cucina, metto la cena che ho preparato in un Tupperware grande e la infilo in frigorifero.

Mi tosto due fette di pane di ieri e mi guardo attorno

alla ricerca della crema Marmite. Ce n'è solo un rimasuglio in fondo al barattolo, ma mi basterà. Nemmeno io ho molta fame.

Come al solito Adam guarda un documentario su History Channel mentre io, seduta sul divano accanto a lui, scorro i messaggi sul cellulare. Perché Leah non scrive? A quest'ora dovrebbe essere già a casa. Controllo su TikTok per vedere cosa sta combinando. Non sa che ho anch'io un account – non l'ho registrato a mio nome, e non ho postato niente. Non sono una sua follower, ma ogni giorno do un'occhiata alla sua pagina. Non l'ho mai detto a nessuno. So che non è il massimo della correttezza, ma dopo la storia con Nathan preferisco tenerla d'occhio. Dopo tutto sono sua madre; è importante che io sappia cosa succede nella sua vita. Ogni volta che le chiedo come sta, lei fa spallucce o mi risponde a monosillabi. Poi guardo su TikTok e vedo che se la sta passando alla grande, che balla con le sue amiche, fa video sulle sue uscite e condivide i suoi pensieri più intimi con milioni di sconosciuti. Non dovrebbero essere questi maledetti social media a dirmi qualcosa su mia figlia.

È da una settimana che non posta niente. Ha fatto qualche video al Carnage, piuttosto divertente da guardare, e poi nulla. Se avesse passato le giornate con le solite amiche avrebbe di sicuro postato il video di qualche balletto o roba del genere.

«Leah ti ha scritto?», chiedo a Adam.

Sembra confuso, come se non capisse di che diavolo sto parlando.

«No, perché?».

Appunto. Perché mai dovrebbe preoccuparsi, se ci sono già io che mi preoccupo per tutti e due? Cambio subito argomento.

«Di cosa parla il programma?».

Borbotta qualcosa a proposito di Cleopatra senza staccare gli occhi dallo schermo. Torno al mio cellulare. Il sito della BBC è cupo e deprimente: omicidi in crescita, e truffe online che hanno sostituito le rapine a mano armata. Guardo tutti i social media, niente di interessante, poi esito davanti all'icona di Kandid. È da un po' che cerco di ignorarlo, ma aspetto sempre con ansia un nuovo messaggio. La conferma. L'emozione di scoprire che qualcuno mi vede.

C'è un puntino verde accanto alla casella dei miei messaggi. Clicco. È un certo Viper.

Tuo marito deve essere pazzo. Se tu fossi ogni notte nel mio letto, quel minuscolo tanga non resterebbe a lungo al suo posto. Vedo che abiti da queste parti. Vediamoci per bere qualcosa. Così, invece di scriverti quello che ti farei, potrei piegarti in avanti e fartelo vedere.

Lancio uno sguardo verso Adam, che sembra affascinato dalla ricostruzione delle sepolture egizie. Rileggo ancora una volta il messaggio, accavallando le gambe e stringendo forte le cosce. Là fuori, da qualche parte, c'è un uomo che mi trova attraente.

Invece Adam, seduto accanto a me, non mi guarda da almeno venti minuti. Ogni centimetro della mia pelle freme al pensiero di ciò che quell'uomo vorrebbe farmi. Quand'è che le cose si sono messe così male da indurmi a leggere messaggi erotici scritti da uomini che nemmeno conosco mentre sono seduta accanto a mio marito?

Qualcuno ha aggiunto un nuovo commento alla mia foto.

Probabilmente suo marito la tradisce, ahah!

«Jules?».

Sentendo la sua voce sobbalzo. Mi indica con un cenno della testa il telecomando, e io glielo passo con un sorrisetto. Va tutto bene. Io e Adam stiamo bene. È solo un incidente di percorso, passerà. Viper e la sua fan fiction sono solo una fase che presto supererò.

Appoggio il cellulare sul divano accanto a me.

«Hai pensato a qualcosa per il compleanno di Leah?», chiedo a mio marito, ma so già che non si ricorda quand'è che sua figlia compirà diciassette anni.

Toglie l'audio alla TV.

«Mancano almeno due mesi al suo compleanno», dice.

«Il dieci di settembre. Domani è l'ultimo giorno di agosto, quindi manca poco».

Fa la faccia stupita, come se avesse appena saputo la notizia.

«Pensi di organizzarle una festicciola?»

«Sì, con i palloncini, un clown e un castello gonfiabile in giardino. Adam, ma tu mi ascolti?».

Lui alza di nuovo il volume del documentario. Il mio sarcasmo è del tutto sprecato con lui.

«Le ho comprato i biglietti per il concerto di quel gruppo che le piace tanto», grido per sovrastare la voce della presentatrice. «Magari potrei prenotare un tavolo al ristorante dove siamo andati l'anno scorso. L'Orchidea d'Oro, dico bene? Oppure potrei invitare le sue amiche per un picnic».

«Come vuoi», bofonchia lui.

Guardo di nuovo il cellulare. C'è una risposta all'ultimo commento.

Non credo che lui la tradisca. Perché mai un uomo dovrebbe uscire per mangiare un hamburger quando ha una bistecca succulenta a casa?

Quella non è mica una bistecca! È carne di montone, vecchia e dura.

Montone. È di me che stanno parlando. Del mio corpo impacciato che ho dato in pasto a un branco di sconosciuti. Compaiono tre puntini sotto il volgare messaggio privato di Viper, a quanto pare non ha ancora finito di scrivere. Mentre aspetto rileggo il messaggio sul montone. Altre persone stanno commentando con faccine che ridono.

Il mio cellulare vibra di nuovo. È ancora Viper. Leggo rapidamente quello che ha scritto, parla di fica e di lingue e di dita. Non lo trovo eccitante. Mi sento in colpa. Stupida. Patetica. Queste persone non mi conoscono, e non gli importa niente della persona che sta dietro quella foto osé. Per loro sono solo una inutile e un po' in là con gli anni, che ha talmente bisogno di attenzione da offrirsi al loro divertimento.

Rimetto giù il telefono e cerco di guardare il programma di Adam, ma non riesco ad afferrare le parole e le lacrime confondono le immagini. Sbatto le palpebre, e poi ancora e ancora. Mio marito non si muove. Sono invisibile. Probabilmente Adam sarebbe più felice se potesse guardare il suo documentario da solo. Non riesco a immaginare niente di cui parlare che possa interessarlo quanto la sua Cleopatra o il suo amico Rashid con le sue pizze biologiche.

Il mio cellulare vibra di nuovo e io lo prendo.

Non c'è da stupirsi se suo marito non la desidera più. Immaginate come deve essere ritrovarsi sposati con una donna così disperata. Davvero imbarazzante.

Un singhiozzo di dolore mi sfugge dalle labbra mentre scaglio via il cellulare e corro in bagno. Non posso lasciare che Adam mi veda piangere.

Diciassette
Leah

Dylan mi passa un braccio attorno alla vita. Poi mi tira contro di sé, finché la mia schiena non aderisce al suo petto.

«Cosa mi stai facendo?», mormora sul mio collo. «Mi fai impazzire».

Chiudo gli occhi e sorrido. Lui non lo vede, il mio sorriso, ma so che sa che c'è. Facciamo l'amore per tutto il pomeriggio. Non come al festival, ma come si deve, lentamente, tenendo conto anche di me. E finalmente capisco. Capisco perché se ne parla così tanto.

E ora, accoccolati nel suo letto enorme, vorrei solo addormentarmi tra le sue braccia, ma so che non posso. Mamma ha già provato a chiamarmi tre volte, e se non torno a casa prima che faccia buio andrà fuori di testa.

«Sei pazzo di me, vero?», gli chiedo, girandomi nel suo abbraccio per guardarlo in faccia.

Lui mi bacia, un bacio forte e profondo, e mi sento stordita da tutto il potere che mi dà.

«Devo andare», dico.

Le sue braccia mi stringono più forte.

«Rimani qui».

Quello che c'è tra noi, quello che provo in questo istante, è tutto. Non le cavolate che Paige racconta su Jacob, o le cotte di Summer. *Questo* è reale. Di solito dico tutto alle mie due migliori amiche. Con Nathan, le aggiornavo costantemente su ogni sguardo e ogni parola che mi diceva. Ma quello che io e Dylan stiamo provando è troppo sacro, troppo privato, troppo fragile per condividerlo con le amiche. Gli ho detto solo che al Carnage ho fatto sesso con un fattone e che è stato bello; e probabilmente loro pensano che si tratti del Tipo del Secchio. Gli ho fatto vedere il preservativo – mi hanno detto che era una cosa schifosa e di buttarlo subito via, dopo di che non ne abbiamo più parlato. Se gli raccontassi i particolari di quello che io e Dylan stiamo facendo, so che mi giudicherebbero per avergli mentito e direbbero che finirà male perché lui non sa quanti anni ho. Non capirebbero. Non hanno mai capito nemmeno la storia con Nathan.

«Devo proprio andare. Domani torno all'università».

«Di già? Pensavo che le lezioni non ricominciassero prima di fine settembre».

Merda. Non dico più niente, e lui non insiste, si limita a tenermi fra le braccia.

«Quanto tempo dovrò aspettare prima di rivederci?».

Lo stomaco mi si stringe. Non immagina che vorrei restare qui per sempre e non lasciarlo più andare.

«Pensavo che dovessi prepararti per un nuovo lavoro», gli dico, sfregando il naso contro il suo. «Non mi hai detto che cominci lunedì?».

Lui si rovescia sulla schiena e sbuffa.

«Sì. Domani mi faccio tagliare i capelli».

«No! Non farlo. I tuoi capelli sono bellissimi». Ci passo le dita, e lui si rilassa al contatto della mia mano.

«Bellissimi», dice, e ride.

Lo guardo alzarsi dal letto e avviarsi verso la doccia. Lo guardo dalla testa ai piedi ancora una volta: la rientranza della vita, l'onda dei muscoli attorno alle scapole, i capelli umidi di sudore e appiccicati alla nuca.

«Vuoi unirti a me?», mi dice.

Forse ha sentito l'insistenza del mio sguardo?

Mi alzo per seguirlo, ma poi il mio telefono si illumina.

Il nome di mamma lampeggia su tutto lo schermo. Si arrenderà mai?

L'acqua sta già scorrendo. Dylan mi aspetta, ma io non posso raggiungerlo. È quasi buio. Non sono sicura che mi senta quando gli grido un saluto, ma non posso dirgli di nuovo che devo andare perché non saprei resistergli. Se non me ne vado adesso, non riuscirò più a staccarmi da lui. Oggi è stata una giornata perfetta e voglio conservarla così. Se dovessi innamorarmi di lui più di quanto già non lo sia, finirei col dirgli tutta la verità, e gli spezzerei il cuore.

Sto per chiudermi alle spalle la porta d'ingresso, ed è allora che la vedo – una chiave con un portachiavi a forma di foglia di marijuana. Non è quella che usa lui: quella è ancora infilata nella serratura. Dev'essere una chiave di riserva o qualcosa del genere. La prendo e me la metto in tasca. La foglia mi ricorda il momento in cui ci siamo conosciuti e la sua passione per l'erba, e poi la chiave è simbolica, perché lui avrà sempre la chiave del mio cuore. Forse non riuscirò a tenere Dylan per me, ma almeno avrò per sempre questa piccola parte di lui.

Un altro oggetto da aggiungere alla mia collezione.

Diciotto

Jules

Sabato sera Leah è tornata a casa molto più tardi di quanto mi aveva detto, e ha dormito per tutta la domenica. Quando non era a letto, guardava il cellulare sorridendo e ridacchiando tra sé. Le ho chiesto se ha conosciuto qualcuno, e in ogni caso le ho suggerito di non affrettare troppo le cose. Lei ha alzato gli occhi al cielo ed è tornata in camera sua sbattendo la porta. Adesso è lunedì e lei, agitatissima, si prepara per andare a scuola come se non avesse avuto sei settimane di tempo per organizzarsi.

«Hai tutto ciò che ti serve?», le chiedo. «Se vuoi ti ho preparato dei sandwich».

«Guarda che ormai sono al penultimo anno», ribatte lei. «Possiamo mangiare fuori. Prenderò qualcosa da Starbucks».

Fantastico, altri soldi buttati via.

«È strano vederti andare a scuola senza la divisa», dico. Indossa un paio di jeans molto aderenti, un top bianco ancora più aderente e dei grossi stivali.

«Dovrò comunque mettermi questa giacca orrenda», ribatte lei, infilandola e gettandosi lo zaino strapieno su una spalla sola. Penso che per non avere problemi alla schiena dovrebbe portarlo su entrambe.

«Stai benissimo». In realtà sta più che benissimo; è raggiante. Non la vedo così felice da non so quanto tempo. Se è un ragazzo che le fa brillare gli occhi così, spero solo che sia buono con lei. Non posso sopportare l'idea che qualcuno le spezzi il cuore.

«Vuoi che ti dia un passaggio? Più tardi ho un'importante riunione di lavoro, ma farei comunque in tempo. Stiamo per lanciare la nuova…».

«No, va bene così. Paige e Summer mi aspettano alla fermata dell'autobus».

Come ho potuto pensare che Leah si interessasse al mio lavoro? Quando era più piccola, a dodici o tredici anni, adorava che facessi da PR per Medusa. Tutte le sue compagne di classe la invidiavano quando portavo a casa l'ultimo modello di collana o anello che poi avrebbe sfoggiato a scuola. Le avevo addirittura regalato dei braccialetti uguali per lei e le sue amiche, che poi li avevano portati per tutta l'estate. Chissà che fine hanno fatto. All'epoca il marchio era di tendenza, e di conseguenza io era «figa». Adesso invece Leah dice che è «banale» ed «economico» e che ormai se lo mettono solo le «millennial tamarre».

L'ho detto a Steve, il CEO, che mi ha risposto che l'opinione dei teenager non conta. Io invece penso che dovrebbe tenerla in considerazione, visto che fa di tutto per conquistare un pubblico giovane. Ma perché non puntare sulle donne adulte? Quelle che hanno i soldi per comprarli, e che se li metterebbero? Lui non mi dà retta. Se fossi io a gestire il marchio, sarebbe già un successo.

«Buon primo giorno», le dico.

Mi chino su di lei per darle un bacio, ma il massimo che ottengo è una ciocca di capelli in bocca. Le chiudo la porta alle spalle, e quando mi volto vado a sbattere contro Adam che mi ha raggiunta con un pezzo di toast tra i denti, sta spargendo briciole dappertutto.

«Devo andare», bofonchia.

Stamattina niente baci, da nessuno.

Il lunedì non comincio a lavorare prima delle dieci, così do una ripulita al casino che tutti quanti si sono lasciati dietro e mi preparo senza fretta. Ci metto decisamente più tempo di prima. Guardare il mio riflesso nello specchio è una tortura necessaria. Non so proprio da dove vengano tutti questi peli sul mento, e applicare l'eyeliner è diventato praticamente impossibile. Ricordo ancora quando sembrava librarsi sulle mie palpebre, ma ormai la pelle attorno agli occhi è diventata sottile come carta velina, tutta piena di rughe, e devo tirarla da tutte le parti per disegnare una linea diritta.

Il mio telefono vibra. È una notifica di Kandid, probabilmente l'ennesimo messaggio di un tizio arrapato. Questa cosa sta diventando ridicola. Dovrei provare a rimettere in sesto la mia vita invece di perdere tempo con le squallide vite degli altri, alla ricerca di conferme da perfetti sconosciuti. Sto per cancellare l'app. Ma prima clicco sulla notifica, e il messaggio che si apre non è cattivo né offensivo né volgare. È da parte di una persona che non ho mai visto sull'app: Curioso2. Nella sua breve biografia dice di essere sportivo, e vedo che abita da queste parti. Potrebbe essere chiunque.

Tutto bene? Ho visto il post e sembri triste.

Mi si forma un nodo in gola. È la prima volta che qualcuno mi chiede come sto. Forse vuole solo essere gentile. O forse è solo uno strano tipo di «principe azzurro» che scrive messaggi come questo a tutte le donne in difficoltà che incontra.

Fisso il messaggio. Dovrei rispondergli? Finora non ho mai risposto a nessuno; non mi interessa rimorchiare, né farmi nuovi amici. Vado sulle impostazioni, e il mio dito esita sul tasto «cancella il mio profilo». Ma il cellulare vibra di nuovo.

Non mi aspetto una risposta. Volevo solo dirti che sicuramente qualcuno ti vuole bene, e che spero tu sia felice.

Dovrei rispondergli: sta solo cercando di essere gentile. Dovrei ringraziare questo sconosciuto per non essere stato offensivo o volgare, per aver visto in me un essere umano. No. Non lo farò. Mi sono iscritta a Kandid solo per divertirmi un po', non per avere una seduta di psicoterapia gratuita. Infilo il cellulare nella borsa, metto i sandali e mi passo un po' di lucidalabbra. Ma mentre raggiungo la mia auto non riesco a pensare ad altro... sono felice? Lo sono davvero?

«Julia!».

Steve è il mio capo e il proprietario di Medusa. Lavoro per lui come PR e addetta al marketing da quando Leah aveva quattro anni, e non importa quante volte gli abbia detto di chiamarmi Jules: continua a chiamarmi Julia. Col passare degli anni io e Steve abbiamo visto la sua azienda crescere fino a diventare un marchio con una sua identità, e io gli sono stata al fianco fin dall'inizio. Quando ho cominciato lui non perdeva occasione di flirtare con me, ma questo era prima che conoscesse sua moglie. Era solo un gioco. Era tutto molto diverso, dodici anni fa – non c'era nemmeno il reparto delle risorse umane. Oggi i nostri uffici sono pieni di ragazze giovani e carine che lo farebbero a pezzi se ci provasse con loro. Ma lui riesce a stare al suo posto, e io ne sono contenta. Ma non posso fare a meno di chiedermi se mi trova ancora attraente – non perché io abbia un qualche interesse romantico nei suoi confronti, ma perché il pensiero che oggi mi veda in modo completamente diverso da prima è molto deprimente.

«Cos'hai fatto nel fine settimana?», gli chiedo, poggiando delle tortine al limone sul tavolo della sala riunioni. Praticamente non ho dormito in tutto il fine settimana, e così ho cucinato per tutti. «Com'è andata la festa dei gemelli di sabato, si sono divertiti?»

«Sì. Credo di sì. Io avevo una conferenza da remoto con Hong Kong, ma sono riuscito a esserci per il soffio delle candeline. Incredibile, hanno già sei anni».

Incredibile per te, penso. *Hai fatto quei bambini solo per impedire a tua moglie di lasciarti.*

«Ah che bello! Hai portato le tortine, Julia. Fantastico. Le mangiamo col caffè mentre discutiamo del nuovo lancio».

L'azienda dà lavoro a una trentina di persone. Eravamo solo cinque quando ho cominciato: Steve, la sua segretaria, l'addetto alle vendite, il contabile e io, che scrivevo tutte le pubblicità e tenevo i contatti con la stampa. Ma quando un marchio cresce, oltre alla distribuzione, si allarga anche la squadra... che al tempo stesso diventa sempre più giovane. Io e Steve siamo i soli ad aver superato i quaranta, e ad avere dei figli. Anche se il mio stipendio è aumentato un po', la mia posizione non è migliorata. Scrivo ancora i comunicati stampa e i testi per il sito, ma per la pubblicità ci affidiamo a una grande agenzia.

La sala riunioni si riempie pian piano. Oggi c'è il sole ma non fa troppo caldo, eppure dal modo in cui alcune colleghe si sono vestite sembra di essere in partenza per Saint-Tropez. Kimberley è a capo delle vendite internazionali, parla quattro lingue e sembra sempre appena scesa da una passerella. Devon è il direttore del marchio: è alto uno e novanta, ha una barba curatissima e nemmeno un capello fuori posto. Ameera, poi, non sorride mai, si limita a librarsi qua e là in lunghi abiti fluttuanti. Non sono nemmeno sicura di sapere cosa faccia. Dicono tutti di «lavorare nella moda» e sono così giovani che potrebbero essere miei figli. Li ascolto distrattamente, parlano di *Love Island* e di quanto sia ingiusto che il padrone di casa gli abbia aumentato l'affitto e avete sentito l'ultima canzone di Lil Bass? E resto seduta lì in silenzio perché non ho assolutamente niente da dire.

Reprimo uno sbadiglio. Dio, sono esausta. Non solo non riesco a togliermi dalla testa i commenti orribili degli uomini su Kandid, ma ho di nuovo sudato tutta la notte e sono rimasta col pigiama zuppo su una chiazza umida e fredda dato che non volevo svegliare Adam per cambiare le lenzuola.

Guardo il caffè e i dolci che ho preparato. Sarebbero sicuramente d'aiuto, ma sono mesi che cerco di evitare gli zuccheri per ridurre il girovita in crescita, e ho già avuto la mia dose giornaliera di caffeina. Mi limito a bere un sorso d'acqua cercando di ignorare il brontolio dello stomaco.

Steve è l'unico che deve presentare oggi, spiegherà la sua visione per la nuova collezione così noi potremo lavorare sulla sua strategia, parlare con i designer e istruire la squadra affinché cominci a comprare spazi sulle principali riviste. Sono contenta di non dover fare altro che ascoltare perché mi è già difficile restare sveglia. Le immagini della nuova collezione scorrono sullo schermo alle sue spalle, e tutti facciamo le solite esclamazioni. Mi piace. È elegante, femminile, per una volta addirittura raffinata. Il tipo di gioiello che le mie amiche potrebbero indossare.

«A quali parole chiave stai pensando per i testi?», chiedo.

Steve sembra confuso. «Oh, non preoccuparti, Julia. Stavolta non dovrai lavorare ai testi. Potrai aiutare con i comunicati stampa».

Devon e Ameera abbassano gli occhi sul tavolo. Che cosa sanno che io invece non so?

«E perché stavolta non dovrò occuparmene?».

Steve si schiarisce la voce. «Perché stavolta si tratta di una collezione rivolta ai giovani, quindi ho pensato che ci servano voci più... fresche».

Fresche? E io cosa sarei? Stantia?

«Conosco questo marchio come le mie tasche», dico. «Ero qui fin dall'inizio».

«Esatto!», dice Steve, come se avessi proprio detto la

cosa giusta. «Ed è per questo che ci serve qualcosa di nuovo. Ameera e Devon hanno lavorato con alcune influencer su TikTok e Instagram per far notare la nuova collezione a un pubblico più giovane».

Più giovane? Perché?

«Ma la maggior parte delle nostre clienti ha la mia età», dico. «Eppure non ci siamo mai sognati di prenderle come target».

Le donne come me sono invisibili. Sempre ignorate. Steve mi vede davvero, qui, in questo momento, seduta al tavolo delle riunioni, o anche lui è cieco come mio marito? Sembra che qualcuno mi noti solo se pubblico delle foto del mio culo.

«Hai ragione!», esclama Steve. «Nuovo pubblico, nuovo approccio. Tu scrivi da Dio, Julia, ma questa collezione ha bisogno di un team nuovo, che abbia il polso della situazione».

Mi sento debole, mi gira la testa. Avrei dovuto mangiare uno di quei dolcetti, ma continuo a pensare ai commenti su Kandid di sabato sera. Io sarei solo "carne di montone vecchia e dura". Una persona imbarazzante. Superata.

Dovresti essere più giovane, Jules. Più giovane e più magra e meno bisognosa d'attenzioni.

Steve sta ancora parlando. «Io e Devon stiamo cercando di ampliare la squadra interna, per evitare le agenzie, che costano un sacco di soldi. C'è una ragazza di cui ho sentito parlare, una designer freelance, sembra brava».

Esplodo. «Una ragazza? È davvero una ragazza, Steve?».

Kimberley e Ameera si voltano di scatto verso di me, i loro occhi perfettamente truccati si spalancano dalla sorpresa. Sono l'unica ad aprire la bocca alle nostre riunioni, ma di certo non sono solita rivolgermi a Steve in questo modo. Anzi, non parlo in questo modo a nessuno. Ma perché dovrei accettare di essere rimpiazzata da dei ragazzini appena usciti dall'università per fare lo stesso lavoro che io faccio da quando erano alle elementari?

Steve sospira. «Cosa intendi dire, Julia?»

«È di questo che è fatta la nostra azienda? Di uomini e ragazze? Sono io l'unica *donna* qui dentro?».

Non una donna, Jules, un montone. Nient'altro che un invisibile, immangiabile montone.

Steve mi guarda come se avessi appena finito di prenderlo a schiaffi. «Non è quello che intendevo dire, stavo solo...».

«Infantilizzando le donne sul lavoro? È questo che sono, per te, le donne che lavorano? O ragazze che vorresti portarti a letto oppure vecchie stanche e *stantie* che ti rendono la vita difficile?»

«Assolutamente no! Stavo solo dicendo che dobbiamo cominciare a rivolgerci a un pubblico più giovane».

«Noi vendiamo collane, Steve! Anche le donne sopra ai trent'anni hanno un collo, sai? Cerchiamo di essere sinceri con noi stessi su questo punto. L'unica ragione per cui lavoriamo con delle influencer adolescenti e usiamo modelle giovani nella nostra pubblicità – anche se i nostri prezzi sono troppo alti per loro e gli facciamo schifo – è perché le ragazze aspirano a diventare come quelle modelle adolescenti e le donne più grandi sognano di essere ancora giovani. E che dire degli uomini? Gli uomini se le vogliono solo scopare!».

Mi alzo, le gambe che tremano e il respiro spezzato.

«Scusatemi», dico, e mi trascino fuori dalla sala.

Ho esagerato. Steve vuole farmi fuori, e adesso gli ho fornito la scusa perfetta per liberarsi di me.

Ma nessuno dice niente, nessuno mi segue, e la riunione prosegue senza di me. Come se non esistessi.

Diciannove
Leah

Stringo in mano la chiave di casa di Dylan mentre cammino lungo il corridoio fino al mio armadietto. Sento il freddo del metallo sul palmo e i bordi dentellati mi lasciano sulla pelle un'impronta che ricorda il profilo di una catena montuosa. So che non avrei dovuto prenderla, ma è un modo per ricordarmi di lui. Un legame con la mia anima gemella che non rivedrò mai più.

Ieri ho fatto una videochiamata con le mie amiche e, anche se in teoria non volevo, ho raccontato di Dylan. Non tutto, ovviamente. Ho detto di aver rivisto quel ragazzo più grande che ho conosciuto al Carnage, e gli ho fatto vedere una sua foto. Si sono lamentate perché non si vedeva il viso e hanno detto che sembrava più grande del Ragazzo del Secchio con cui mi avevano visto all'inizio del festival, così adesso mi sono pentita di avergliene parlato. Dylan è più di una semplice cotta da analizzare e dissezionare come in un progetto di scienze. Lui è *quello giusto*.

Stanotte mi ha scritto che mi avrebbe voluto ancora nel letto accanto a lui. Io gli ho risposto stamattina augurandogli buona fortuna per il nuovo lavoro. È questo che facciamo. È questo che fanno le coppie normali. Non so proprio come farò a dirgli che non posso più rivederlo, ma per il momento mi godo un rapporto in cui fingo di andare all'università.

Nella chat di gruppo Paige mi ha chiesto se avevo

finalmente chiuso con Nathan. A dire il vero non ho pensato a lui nemmeno una volta in tutta la settimana. Non posso credere di essere stata così innamorata di lui. Ripenso al suo chewing gum masticato nella scatolina dentro Garfield e sono contenta di non aver detto alle mie amiche che ho preso la chiave Dylan, o che non ho buttato il suo preservativo. Non capirebbero.

«Allora, questo tipo è il tuo ragazzo?», aggiunge Summer.

Rispondo di no. Lei dice qualcosa sul mucchio di ragazzi che la settimana prossima cominceranno l'ultimo biennio del liceo insieme a noi, e aggiunge che fra loro ce ne sarà almeno uno carino. Io mi fingo interessata, ma non credo proprio che un adolescente qualsiasi potrebbe mai essere paragonabile a Dylan.

A scuola va meglio di quanto pensassi. Non condivido molte lezioni con Paige e Summer, ma il pranzo da Starbucks è stato divertente – anche se io posso permettermi solo uno smoothie – e fa abbastanza caldo da potere togliere la giacca, quindi mi sento praticamente come se non fossi a scuola. L'ultima lezione del giorno sono tre ore di arte, le uniche che condivido con Summer. Do un'occhiata al mio orario. Non conosco una buona metà dei nuovi insegnanti.

«Si chiama Ward, sai chi è?», chiedo a Summer mentre camminiamo nel corridoio che porta al laboratorio d'arte.

Lei scuote la testa. Non si fa più le trecce: adesso ha dei boccoli con sfumature rosse. Così ha un aspetto molto più fiero.

«È un uomo o una donna?», mi chiede, e dà un ultimo morso al muffin che ha comprato da Starbucks.

Mi stringo nelle spalle. Avrei dovuto prendere i sandwich che mamma mi ha preparato, sto davvero morendo di fame.

La porta del laboratorio è aperta, così entriamo. Dentro c'è già qualcuno. Un tipo che non conosco. Tiro indietro Summer nel corridoio.

«E quello chi è?», bisbiglio.

«Carino, eh?».

Alzo gli occhi al cielo, ma in effetti lo è.

«È Santi. Un ragazzo nuovo. Prima andava alla St Bart, che non ha l'ultimo biennio. Stamattina era alla mia lezione di spagnolo».

Altri studenti premono alle nostre spalle per entrare. Santi sta studiando i quadri appesi alle pareti, e si stringe nelle spalle come per farsi più piccolo.

«Sembra nervoso», bisbiglio alla mia amica mentre andiamo a sederci in fondo all'aula. Lei si alza subito. Provo a fermarla, ma è già accanto a lui, con un braccio sulle sue spalle.

«Mi sembri un po' perso», gli dice. «E io sono una collezionista di ragazzi sperduti. Vieni a sederti con noi».

Summer ha le braccia molto forti – so benissimo quanto può essere salda la sua stretta – ma Santi non si muove.

«Ehi, mi ricordo di te», le dice. Ha una voce profonda e un po' roca, e i capelli gli scendono sulla fronte in due frangette anni Novanta: una specie Leonardo di Caprio più giovane e dark.

«Ti presento l'incantevole Leah», dice Summer, portandolo al nostro banco. «È molto gentile. Non morde, promesso. A meno che tu non le chieda di farlo».

Guardo Summer con gli occhi sbarrati, lei si sforza di non ridere, e io mi limito a lisciare la mia coda di cavallo mentre Santi si siede accanto a me. Gli sorrido. Lui ricambia il sorriso. Ha dei bei denti.

«Buon pomeriggio», dice una voce dalla cattedra. Un uomo in jeans, con i capelli corti e ordinati, è di spalle là davanti, sta sistemando il proiettore. Sulla scrivania c'è una grossa tazza di caffè.

Tutti smettono di tirare fuori cose dagli zaini e si siedono al loro posto.

«Sono il signor Ward», dice l'uomo. «Il vostro nuovo professore di arte».

Si volta, e il respiro mi muore in gola.

Cazzo, cazzo, *cazzo*!

Venti
Leah

Il signor Ward è Dylan. Il cognome di Dylan, evidentemente, è Ward. In piedi davanti alla classe c'è Dylan Ward, l'uomo con cui ho fatto sesso. Più di una volta. E ora è il mio professore.

Mi gira la testa. Non riesco a respirare.

«Oggi è il mio primo giorno, quindi dovrete scusarmi se non ricordo subito i vostri nomi. Ma vi prometto che farò del mio meglio. Cominciamo con un giro di presentazioni. Vorrei che ciascuno di voi dicesse il suo nome, perché ha scelto questa materia e quali sono i suoi artisti preferiti. Cominciamo dalla prima fila».

Dylan, il *mio* Dylan, sembra una persona completamente diversa. Si è rasato con cura e ha tagliato i capelli, così corti che non si direbbe nemmeno che sono ricci. Sembra più grande e il suo viso più affilato.

Sprofondo sulla sedia, fortunatamente sono all'ultimo banco, e lui non mi ha ancora vista.

«Mi chiamo Jasmine e ho scelto arte perché un giorno vorrei lavorare nella moda. Il mio designer preferito è Galliano».

«Io sono Mel. Studio arte perché adoro i manga. Mi piacerebbe diventare illustratrice, anche se non conosco molti fumettisti».

Dylan cammina in giro per l'aula, osservando uno a uno gli studenti e appuntandosi i loro nomi su un taccuino. Ha disegnato una mappa dei banchi. Sento un peso sul petto. Devo assolutamente uscire da qui. Non posso farmi scoprire.

«Tutto bene?», mi bisbiglia Santi.

Porto un dito alle labbra. Qui dentro fa un caldo terribile, ma in classe dobbiamo sempre tenere questa stupida giacca. E se svenissi? Stamattina mi è venuto il ciclo; una cosa che mi fa sempre girare la testa. E se cado dalla sedia e Dylan mi vede? Forse, quando sarà il mio turno di parlare, posso inventarmi un altro nome o fare una voce diversa. No, non funzionerebbe. Tutti i miei compagni di classe sanno benissimo chi sono, e Dylan sarà il mio professore per il resto dell'anno.

Cazzo!

Summer mi guarda con aria preoccupata, ma siccome Santi è seduto tra noi non posso spiegarle cosa sta succedendo. Non ha mai visto Dylan se non in una foto sgranata che gli ho fatto mentre si copriva il viso con il braccio. E in ogni caso adesso è diversissimo, senza quei ricci. Non riuscirebbe mai a riconoscerlo.

Adesso tocca ad Abdul, poi a Isabelle, poi a Olivia. La maggior parte dei miei compagni si è già presentata. Ora tocca a noi.

«Mi chiamo Summer, e amo dipingere. Non voglio farne un lavoro, lo faccio solo per passione. I miei artisti preferiti sono Caravaggio e Banksy».

«Ottimi gusti», dice Dylan, con un tono che non gli avevo mai sentito usare prima. Entusiasta e incoraggiante. Scrive il suo nome e alza di nuovo gli occhi.

I nostri sguardi si incrociano e vedo il suo colorito svanirgli sul viso, la penna gli trema tra le dita. Santi sta dicendo ai compagni che gli piace un pittore colombiano di nome Fernando Botero, ma Dylan non stacca gli occhi da me. Non sbatte le palpebre da almeno un minuto. È il mio turno. Mi sistemo la giacca e mi liscio la coda di cavallo.

«Io sono Leah», dico. Mi trema il mento, e devo mordermi il labbro inferiore per farlo star fermo. Le lacrime mi appannano la vista, e sbatto gli occhi per farle scendere. «Mi piace disegnare. Prima di andare all'università vorrei fare un corso sui fondamenti dell'arte. Mi piace Michelangelo, soprattutto la Cappella Sistina».

Adesso non ci sono più dubbi.

«Leah».

Non so quante volte ha pronunciato il mio nome con le labbra sulle mie, le dita intrecciate ai miei capelli. Sono passati solo due giorni da quando ho visto il tocco della sua lingua sulla lettera L, le sue labbra aprirsi sulla A, e la mia bocca chiudersi sulla sua.

«Bene, allora». La sua voce è roca, quasi spezzata. Familiare ed estranea allo stesso tempo. Scuote leggermente la testa e si schiarisce la gola. «Piacere di conoscervi. Sono contento che in questa aula ci sia un miscuglio di artisti così diversi. Ora vi illustrerò il nostro primo progetto. In questo trimestre ci occuperemo di piante e fiori, e di come sono stati dipinti nel corso dei secoli – da Monet a O'Keeffe. Chi vuole condividere qualcosa che sa su questi artisti?».

Qualcuno dalle prime file prende la parola, e io ne approfitto per tirare fuori il cellulare e scrivere a Summer.

È DYLAN!! IL NOSTRO PROF È IL TIPO CON CUI HO FATTO SESSO AL CARNAGE!!

Vedo il cellulare di Summer lampeggiare nella borsa che tiene vicino ai piedi, ma è in silenzioso. Ovviamente non possiamo usare il telefono in classe.

Cerco di attirare la sua attenzione ma lei sta ascoltando Dylan, *il professor Ward*, e non vede che le faccio cenno.

«Leah?», dice Dylan.

Sobbalzo sulla sedia. Guardarlo mi fa venire voglia di piangere. Non può succedere. Sembra arrabbiato. Non l'ho mai visto arrabbiato, prima d'ora.

«Dammi il telefono, per favore», dice, avanzando verso il fondo dell'aula. Mi tende la mano, e quando le mie dita sfiorano le sue per un istante sembra chiudere gli occhi. «Vieni a parlare con me dopo la lezione, per favore».

Ventuno
Leah

Sono stordita dalla lezione di arte. Non ho sentito una sola parola di ciò che ha detto Dylan. Per tutto il tempo ho avuto una specie di ronzio nelle orecchie, e il cuore batteva così forte che a un certo punto ho iniziato a deglutire per non vomitare. Da novanta minuti sto pensando a tutti i modi possibili per tirarmi fuori da questo casino, ma a quanto pare non c'è via di scampo: dovrò dirgli la verità.

Anche se immagino che l'abbia già capita da solo.

Summer è l'ultima a uscire dall'aula. Dylan ha ancora il mio cellulare, e lei mi fa un sorrisetto a labbra strette come a dire che spera non siano guai seri.

Non ha la più pallida idea di quanto lo siano.

Sto per chiudere la porta dietro di lei, ma Dylan mi blocca.

«Lasciala aperta», dice, facendomi cenno di andare in fondo all'aula, dove saremo più nascosti. Si passa una mano tra i capelli, quasi stupito di trovarli tanto corti.

«Che storia è questa, Leah? Ti prego, dimmi che sei stata bocciata quattro anni di fila, o che stai facendo il tirocinio di formazione, o che sei un'agente sotto copertura… dimmi una cosa qualsiasi!».

«Sono solo una normalissima studentessa», mormoro.

Quando parla di nuovo, la sua voce suona come se qualcuno gli stesse stringendo le mani alla gola. «Quanti anni hai, Leah?»

«Quasi diciassette».

«O mio Dio!». Si accascia contro la parete, con la schiena sul muro e le mani sul viso. «Mi stai dicendo che hai solo sedici anni?», geme da dietro le mani. «Cristo santo. Ma che cazzo hai combinato?»

«Ne avrò diciassette tra nove giorni».

«Leah!», grida, rimettendosi in piedi. Sembra sul punto di prendere a pugni qualcosa o piangere o urlare. Ha la punta delle orecchie bordeaux, e continua a stringere e allentare i pugni. «E lo sapevi, che sarei stato tuo insegnante?».

La voce mi trema, esce a stento. «No! Certo che no. Al Carnage ti ho mentito solo perché volevo perdere la verginità con uno più grande».

«La ver… *Ma che cazzo!*».

«Poi tu mi hai invitata a casa tua e io… Non pensavo sarebbe finita così».

Dylan continua a strofinarsi il viso con le mani. «Questo è stato il mio primo giorno di un nuovo lavoro – lo capisci? Non solo la mia carriera potrebbe essere rovinata prima ancora di cominciare, ma potrei addirittura finire in prigione».

In prigione? Ma non ha fatto niente di male. Ho più di sedici anni, è legale. Scoppio a piangere. Non riesco a controllare i singhiozzi, e le lacrime mi corrono per le guance giù fino al top. Dylan fa un passo avanti come se volesse abbracciarmi, poi si ferma e va a prendere il mio cellulare. Mi vergogno di avere come sfondo una foto di me con mia mamma. Dovrei cambiarlo.

«Sbloccalo».

Faccio come dice, e lui cancella tutte le nostre conversazioni su WhatsApp e il suo numero di telefono. Trattengo il fiato, ma per fortuna non vede il messaggio che ho mandato a Summer. Infine controlla le fotografie, e si blocca su quella che gli ho fatto nella tenda.

«Questa quando l'hai fatta?»
«Al festival. Dopo che noi...». Mi asciugo le guance umide con il dorso della mano. «Eri così bello, e io volevo ricordarmi quel momento».
«Leah...». Sbuffa e abbassa la voce, come se stesse parlando a una bambina piccola. «Quello che hai fatto è sbagliato, e finisce qui. Dimentica tutto quello che è successo tra noi. Non parlarne con nessuno, capito? L'hai già raccontato alle tue amiche?».
Penso a Summer, e scuoto la testa.
«No, nessuno sa che sei tu».
Il suo viso si rilassa un po', e ricomincia a respirare normalmente. Somiglia di nuovo al Dylan che conoscevo. Vorrei tanto sentire ancora una volta le sue braccia stringermi.
«Posso avere almeno un abbraccio d'addio?», chiedo sottovoce.
Fa cenno di no, e io ricomincio a piangere.
«Adesso vai», dice con un sospiro profondo. «D'ora in poi mi chiamerai anche tu professor Ward, e non dirai mai, mai a nessuno che già mi conoscevi. Me lo prometti?»
«Sì».
Lancio un'occhiata al corridoio deserto e gli accarezzo una guancia.
«Ma ti piaccio ancora, vero?».
Lui chiude gli occhi.
«Vai».

Ventidue
Jules

«Va tutto bene, Julia?».

Steve trascina una sedia fino alla mia scrivania, dove sto mangiando il sandwich rammollito che Leah si è rifiutata di portare a scuola. Non mi sono accorta che quasi tutti sono andati a mangiare al pub finché nell'ufficio non è calato il silenzio. Nessuno mi invita più. Un tempo avevo qualche amica tra le colleghe, ma poi una dopo l'altra hanno lasciato il lavoro per fare dei figli e non sono più tornate, sostituite da modelle più giovani ed entusiaste. Sono rimasta l'unica di mezz'età. Di solito non mi pesa, anche perché spesso lavoro da casa, ma in giornate come questa, quando esco da una riunione sbattendo la porta e nessuno mi segue, mi rendo conto di quanto poco valga il mio contributo.

«Benissimo», gli rispondo, mordendomi il labbro inferiore per trattenere lacrime d'imbarazzo. Ho esagerato, e adesso mi becco la ramanzina.

«Dai. Puoi parlare con me», dice Steve mettendomi una mano sul braccio, e io lo lascio fare. Tiro su col naso e lui mi sorride, dandomi delle piccole pacche come se fossi una bambina piccola.

Avevo poco più di trent'anni quando ho cominciato a lavorare per lui. Dodici anni e almeno otto chili in meno di adesso. Lui mi diceva sempre che ero bellissima, il volto perfetto per Medusa, sofisticata ed elegante. Allora le uniche donne di Medusa eravamo io e Hillary, che era sua zia e la sua segretaria. Ma ormai è morta.

«Tutto bene a casa?», mi chiede.

Detesto il tono di sincera preoccupazione; mi fa venire un nodo in gola.

No, ovviamente a casa non va affatto bene, Steve! Mio marito mi trova ripugnante, mia figlia mi odia e mio figlio non si ricorda nemmeno che esisto.

È il secondo uomo, oggi, a chiedermi come sto – e nessuno dei due è Adam.

«Sono gli ormoni», borbotto. «Ti chiedo scusa per lo sfogo di poco fa. È stato poco professionale».

Lui mi accarezza di nuovo il braccio. «Vieni direttamente da me, la prossima volta che hai un problema, okay?».

Da quando ho iniziato a leggere le confessioni su Kandid, mi ritrovo a studiare i volti degli estranei per strada e delle persone con cui lavoro. Chi di loro vorrebbe portarmi a letto, e chi invece mi trova repellente? La mano di Steve resta sul mio braccio. Potrebbe essere lui, Viper. Oppure Curioso2. Non saprò mai se anche lui ha qualche segreto.

«Non sopporto di vederti così, Julia. So che hai avuto un anno difficile».

Pensa che sia per la morte di mia madre. Mi vergogno che il vero motivo sia molto più superficiale di così.

Vorrei poter fare domande sulla loro vita privata a tutte le persone che conosco. Chiedergli ogni quanto fanno sesso, fino a che punto sono davvero felici, se hanno dei rimpianti. Altrimenti mi è impossibile capire se il mio matrimonio sia normale o un vero e proprio fallimento.

Dubito che Steve sia stato sempre fedele a sua moglie – gli uomini come lui non lo sono quasi mai. Ma andrebbe mai su Kandid? D'altra parte non credo che a lei importi molto di quello che fa lui. Vivono in una casa enorme a

St John's Wood e ne hanno un'altra a Maiorca, dove lei passa tutta l'estate con i figli. Ha ottenuto tutto quello che voleva, e quindi immagino che ora Steve sia libero di infilarlo dove gli pare e piace. Mi domando se valga anche per lei. Forse è così che funzionano alcuni matrimoni. Forse si tratta semplicemente di due persone che vivono l'una accanto all'altra, ricevendo ciò di cui hanno bisogno. Ma io, di cosa ho bisogno?

«Sto bene», mormoro.

«Davvero? Sei davvero felice?».

Un brivido mi corre lungo la schiena. Ci siamo di nuovo. Sono davvero felice?

Alzo gli occhi. Ha uno sguardo gentile. «Non lo so più. E tu?».

Steve scoppia a ridere. «Sai perfettamente che non sono mai felice. E non c'entra la nuova campagna, ne ho affidato la supervisione ad Ameera. Cerca di stare tranquilla – tu mi hai aiutato a fare di Medusa quello che è oggi, non devi batterti per ogni sciocchezza. Presto ti sottoporrà la nuova newsletter».

Pensa davvero di farmi un favore, così. Reprimo tutte le cose che vorrei dirgli e accenno un sorriso. Perché non riesco a sentirmi sollevata al pensiero che il compito più pesante toccherà a qualcun altro? Guadagno uno stipendio dignitoso, che ci aiuta a pagare le bollette, potrei fare il mio lavoro a occhi chiusi, e alla mia età non devo più dimostrare niente a nessuno, né lottare per raggiungere a tutti i costi una posizione ai vertici. Dovrei solo rilassarmi e fare il minimo indispensabile, ma mi infastidisce che sia stato Steve a decidere per me che era venuto il momento di mollare. Come se l'ambizione di ogni donna fosse quella di fare il meno possibile. Come se rimanere a casa senza lavorare fosse l'obiettivo di una vita. Quando in realtà vorrei prendere anch'io le decisioni importanti che spettano a lui.

Si sente un vociare in corridoio, gli altri stanno tornando dalla pausa pranzo. Vanno a sedersi alle loro scrivanie senza voltarsi verso di me. Mi dico che non me ne frega niente di ciò che pensano quei ragazzini. Ma, come al solito, sto mentendo a me stessa.

Ventitré
Jules

Torno a casa dal lavoro e trovo Leah spaparanzata sul divano con gli occhi fissi sul cellulare, una lattina di Coca Cola che lascia anelli di condensa sul tavolino e briciole di patatine sul pavimento che stamattina ho pulito con l'aspirapolvere. Sembra che abbia pianto. Vorrei rimproverarla per quel casino, ma evito; mi faccio spazio spostando le sue gambe e mi siedo accanto a lei.

«Che succede?».

Mi aspetto che mi ignori o che vada a chiudersi in camera sua, ma non lo fa. Mi abbraccia all'improvviso, e io la stringo forte, istintivamente, la sento tremare contro di me, col respiro spezzato dai singhiozzi. Tutte le ore che ho passato stringendomi al petto questa bambina, ripetendole che tutto sarebbe andato bene, provando a trasmetterle ogni grammo di energia, di speranza e di amore che possedevo come in un'osmosi dalla mia anima alla sua. Funziona ancora? Riesce ancora a sentirlo?

«Sshh», le bisbiglio all'orecchio.

Il senso di colpa trasuda dalla mia pelle perché invece di preoccuparmi di quale dramma l'abbia resa tanto inconsolabile, mi godo il fatto che Leah abbia ancora bisogno di me.

Le passo una mano sui capelli. «È per un ragazzo?».

Lei annuisce sulla mia spalla, e sento il dolore che m'invade. Prima quel Nathan, e ora un qualche stronzetto che ha conosciuto al festival. Scommetto che l'ha lasciata oggi stesso dopo averla vista sabato scorso. Si fissa troppo con i ragazzi. Perché la mia bellissima, intelligente e brillante figlia non riesce a vedere quanto sia speciale? Non dovrebbe cercare conferme negli altri per sentirsi bene con sé stessa.

«Dobbiamo andare ancora da quella psicologa?», le sussurro.

Scuote la testa. «Non è come l'altra volta. Quella storia è finita. Non ha senso amare un'altra persona se non è coinvolta come te».

Okay. Bene. So che è normale, per le ragazze della sua età, interessarsi ai ragazzi, ma Leah è un tipo un po' tutto-o-niente e quest'intensità la mette spesso nei guai. Come abbiamo già visto quest'anno. Però sembra che si sia allontanata da questo ragazzo prima di essere troppo coinvolta. È una cosa positiva.

«Se deve succedere, succederà. Alcuni ragazzi ci mettono un po' a capire cos'hanno davanti», dico, pensando a suo padre. La stringo ancora più forte. «Hai sentito tuo fratello?».

Annuisce tirando su col naso. «Era al Pacha, ieri».

Non so che cosa sia, ma dubito che sia qualcosa di buono. Cerco di non pensare a cosa stia combinando mio figlio a Ibiza.

Leah sta ancora singhiozzando sulla mia spalla. Il mio collo è bagnato e comincia a prudermi.

«Mi odia», continua a ripetere, ancora e ancora. Ci metto un po' a capire che sta parlando del nuovo ragazzo e non di suo fratello.

Le accarezzo la testa.

«Si vede che non ti merita. Nessun ragazzo merita tante lacrime».

Penso a Adam, e agli uomini che mi hanno scritto su Kandid, e a quello che stamattina mi ha chiesto se andava tutto bene. Non gli ho ancora risposto. Tutti uomini che mi hanno fatta piangere, in un modo o in un altro – perfino Steve mi ha fatta piangere stamattina al lavoro. Gli uomini pensano che le nostre lacrime siano sempre piene di tristezza, ma non è vero. Di solito sono cariche di rabbia e di frustrazione. Minuscole gocce d'acqua che portano con sé tutto ciò che ci piacerebbe dire o fare senza averne la possibilità o la voglia. E allora le asciughiamo, e tutto scompare come se non fosse mai successo.

«Non piangere così per colpa di qualche idiota», le dico. «Se sei arrabbiata, affronta la situazione di petto».

Con un ultimo sospiro Leah si stacca dal mio abbraccio, annuisce lentamente e va in camera sua. Per un po' mi chiedo se non sia il caso di seguirla, offrirmi di cucinarle la sua cena preferita o magari proporle di guardare un film insieme, ma in quel momento Adam entra in casa e l'incanto svanisce. Non gli racconterò cos'è successo. Mi piace quando io e Leah troviamo una complicità solo nostra.

«Ciao, tesoro», dico a Adam, costringendomi a sorridergli.

Lui mi saluta con un cenno del capo e si avvia verso le scale. Niente parole, niente bacio.

«Com'è andata al lavoro?», gli grido.

«Faticoso», mi grida lui. «Non dimenticare la cena di domani con i miei clienti».

L'avevo già dimenticato.

Mi butto sul divano dove fino a un attimo prima c'era Leah e mangio una patatina abbandonata su un cuscino scorrendo i messaggi sul cellulare.

Va tutto bene? No, caro Sconosciuto di Kandid, non va tutto bene.

È da moltissimo tempo che non sono felice. Non è certo la vita che avevo pensato di vivere. E tu?

Curioso2 risponde subito.

No. E non pensavo che la vita potesse essere tanto dura.

Mi chiedo se abbia dei figli, o una moglie, o se è solo un adolescente che vuole sfogarsi un po'.

Ma sei felice?

Sono felice in questo momento, mentre parlo con te. E tra parentesi, tuo marito è un idiota se non capisce quanto è fortunato.

Mio marito mi odia.

Sono sicuro di no.

Prima d'ora non ho mai ammesso con nessuno le mie paure riguardo al mio matrimonio. Nemmeno con Lynsey. Con lei parlo solo di sciocchezze, di quanto mi dia fastidio trovare il cartone di latte vuoto che Adam rimette in frigo, o di quando tira dalla sua parte tutto il piumone mentre dormiamo, niente di serio. Non le dico mai che quando sono a letto accanto a lui, il bisogno di sentire le sue braccia attorno a me mi fa venire le lacrime agli occhi, e che tra noi si è aperto un baratro così grande che ormai il materasso ha una vera e propria gobba nel mezzo.

Parlare con uno sconosciuto, invece, è facile. Non ci sono giudizi né finto compatimento. Quella persona non sa niente della mia vita – sa solo le cose che gli dico io. Inoltre, immagino che la sua vita sia un disastro come la mia, altrimenti perché si sarebbe iscritto a Kandid?

L'unica cosa che so è che mio marito non mi trova più attraente. È da quasi un anno che non facciamo sesso, e a volte mi capita di pensare che non lo farò mai più.

Mi stai dicendo che vorresti andare a letto con qualcun altro?

Ah. Giusto. Siamo arrivati al punto in cui lui comincia a flirtare con me. La bocca dello stomaco si chiude. Ecco, credevo che a qualcuno importasse davvero di come stavo, ma probabilmente è come gli altri. Ci stava solo girando intorno per ammorbidirmi un po'.

No! Nient'affatto. Io amo mio marito. È proprio questo il problema.

Amare qualcuno non dovrebbe mai essere un problema. Mi sembra che tu sia molto frustrata.

Ho bisogno di dire a qualcuno tutta la verità, per una volta.

E in effetti lo sono! Sono talmente frustrata che a volte mi masturbo mentre lui dorme accanto a me e immagino che a toccarmi sia lui. È una brutta cosa che io voglia ancora essere desiderata?

Mi dà una bella sensazione ammettere i miei peccati; forse è proprio per questo che i cattolici amano la confessione. Ti fa sentire al sicuro. Quest'uomo non ha la più pallida idea di chi io sia; posso dirgli tutto quello che voglio.

Aspetto. Niente puntini di sospensione. Niente risposta.

Fantastico. Se prima non pensava che fossi una povera disperata, adesso lo sa per certo.

Passano le ore. Preparo la cena e la mangio con Adam e Leah, poi sparecchio, ma Curioso2 non risponde.

Quell'uomo potrebbe essere chiunque, e io gli ho confidato i miei segreti più profondi e più oscuri. Uno sconosciuto, che vive a poca distanza da me e che potrebbe aver già capito chi sono.

Ventiquattro
Jules

Sono cinque minuti che fisso il mio corpo nudo. Chi è questa donna? A volte passo davanti a una vetrina e stento a riconoscere il mio riflesso.

Mi tiro la pelle attorno agli occhi e poi la lascio andare, guardando le rughe sottili tornare al loro posto. Passo un dito agli angoli della bocca. Come mai i segni delle risate sono così profondi se non ricordo nemmeno l'ultima volta che ho riso davvero? Forse queste rughe sono la punizione per essermi goduta la vita da giovane.

Il resto del mio corpo sembra tirato giù da fili invisibili: lo stomaco, le tette, perfino la pelle sotto le braccia è cadente. Pizzico quel pallone sgonfio e stropicciato che un tempo era il mio ventre e mi stupisco che, a quasi diciassette anni dall'ultima volta che sono stata incinta, le smagliature siano ancora lì. Quanto alla zona dell'inguine, la me stessa ventenne sarebbe disgustata da questi peli pubici che sembrano usciti da un porno anni Settanta. Anche se ormai è da un anno che nessuno mi vede nuda, probabilmente dovrei darmi una sistemata.

In bagno non ci sono forbicine, così frugo nel cassetto della biancheria di Adam, dove lui tiene il set per la cura personale che gli ho regalato anni fa e che lui non ha mai usato. Mentre frugo sotto un mucchio di calzini, la mia mano tocca una scatoletta. È piatta, di pelle. Non l'ho mai vista prima. Adam è ancora sotto la doccia, la camera da letto si riempie di vapore, così ci guardo dentro. È un braccialetto: d'oro con un piccolo diamante al centro. Adam non mi ha mai comprato niente di così elegante; per il Natale scorso mi ha regalato una friggitrice ad aria. Il nostro anniversario è passato, e anche il mio compleanno. Non ha alcun senso. E poi, perché un braccialetto? Lavoro in una ditta che produce gioielli, santo Dio. E comunque non ho notato grandi spese sul conto. Lo tolgo dalla scatolina e guardo la luce riflettersi sul diamante, con un senso di disagio che si fa strada nello stomaco. E se non fosse per me?

Adam sta uscendo dalla doccia e io rimetto la scatola sotto i calzini, chiudendo in fretta il cassetto. Mi infilo la panciera, tirandola bene sullo stomaco, e mi strizzo le tette in un reggiseno imbottito. Fatto. Tutto a posto. Indosso il mio fidato vestito nero e sospiro. Ultimamente sospiro molto spesso. Forse dovrei imparare a respirare nel modo giusto. E mettermi qualcosa di diverso, per una volta.

Adam entra in camera nostra con un asciugamano attorno ai fianchi e i capelli che sgocciolano sulle sue forti spalle. Gli lancio un'occhiata e distolgo subito lo sguardo da un'altra parte, con un misto di rabbia, vergogna e risentimento. Perché non mi ha detto niente del braccialetto? Perché mio marito ha dei segreti? E perché ha avuto due figli e nemmeno un centimetro del suo corpo è stato costretto a cambiare? Anzi, è perfino migliorato da quando sono nati i ragazzi.

«Oh, ancora quel vestito», mi dice.

Me lo tolgo, lo butto sul letto e vado in bagno per truccarmi.

«Pensi di ignorarmi per tutta la sera?», mi sussurra Adam sul sedile posteriore del taxi. Non abbiamo preso l'auto perché tutti e due vogliamo bere un po', e comunque trovare parcheggio a Highgate è un incubo.

Non voglio tenergli il muso: è solo che non so cosa dire

senza scoppiare a piangere o urlare, quindi ho scelto il silenzio.

«Cedric ha avuto qualche offerta piuttosto seria per l'azienda», dice.

Adam e il suo socio hanno creato la Atë Innovation praticamente dal nulla. Io non ho mai capito bene cosa facciano, ma è qualcosa che riguarda il Web3 e le tecnologie più avanzate, e Adam mi ha detto che alcuni grandi marchi stanno valutando di comprarla. A cena si parlerà di questo.

Emetto un suono che vuole sembrare molto colpito e mi aggiusto lo scollo del vestito. Alla fine ho messo comunque quello nero, quello che ho indossato anche per il compleanno di Reece, perché è l'unico con cui mi senta davvero a mio agio. Ma adesso temo che sia troppo scollato.

«Sei carina», mi dice Adam.

Carina. Non sei bella o sexy o affascinante, solo carina – la stessa parola che ha usato quando gli ho fatto vedere gli strofinacci che ho comprato la settimana scorsa all'Ikea. Mormoro un grazie e guardo la zona nord di Londra che scorre velocemente fuori dal finestrino. Fa ancora caldo per essere settembre e le strade sono piene di vita. È martedì sera, e dappertutto si vedono gruppi di ragazzi usciti per bere, coppie a braccetto e famiglie che tornano verso casa. Mi domando cosa veda tutta quella gente mentre io e Adam scendiamo dal taxi. Vedono due persone eleganti e sofisticate, una coppia felice che sta per entrare in un costoso ristorante per bere vino e farsi offrire la cena dagli importanti soci in affari del marito? O vedono le crepe del nostro matrimonio, profonde e argentate come le smagliature che si arrampicano lungo il mio ventre floscio?

«Ho sentito che qui fanno un'eccellente tarte Tatin», dice Adam.

«Bene».

Quando entriamo nel ristorante tutti gli altri sono già seduti. Calcolo subito il rapporto uomo-donna: tre donne, cinque uomini, compresi noi. Mi chiedo chi faccia coppia con chi.

«Jules, conosci già Cedric. E lei è sua moglie Cynthia».

Sorrido e stringo le mani sopra al tavolo. Ho incontrato il socio di Adam un paio di volte – l'ultima quattro anni fa, a un evento aziendale durante il quale mi disse «Ciao, Jenny», e non ci parlammo per il resto della sera. I coniugi vengono invitati solo di rado, così è la prima volta che vedo sua moglie. Che è esattamente come mi aspettavo.

Non ho idea di chi sia l'altra donna. Avrà poco più di trent'anni, capelli scuri a caschetto, un sottile girocollo d'oro con un piccolo pendente di diamante, simile a quello del braccialetto che Adam mi sta nascondendo. Indossa un abito di satin rosso che le scivola lungo il corpo come se fosse d'olio. Una scelta coraggiosa. Non è quel tipo di ristorante.

Adam finisce il giro di presentazioni. «E loro sono Baz, Jope e Sietze, della MazTech, un'azienda olandese. Sono arrivati da Amsterdam proprio stamattina».

E l'altra donna? Chi diavolo è quella donna, Adam?

Stringo la mano ai tre uomini, tutti e tre molto alti, e sorrido educatamente alla donna in rosso, di cui per ora nessuno mi ha detto il nome.

«Io sono Bea», dice lei, scandendo il suo nome, «Be-ah». Ha un accento che non riesco a riconoscere. Si avvicina e mi dà un bacio su ciascuna guancia. «Lieta di conoscerti, Jules. Ma guarda un po'», aggiunge, voltandosi verso mio marito e mettendogli una mano sul petto. «Penso di non averti mai visto con un completo, Adam. Molto elegante». Bacia anche lui su entrambe le guance, sfiorandogli leggermente la vita mentre lui si china su di lei.

Ci sediamo e qualcuno mi consegna un menu, ma non riesco a mettere a fuoco le parole.

«Vi consiglio la bistecca», tuona Cedric. «E anche la burrata è davvero ottima».

Cedric ha una di quelle voci che risuonano come se provenissero da una caverna. Il nostro tavolo è rotondo, e lui siede alla mia sinistra; dopo di lui c'è sua moglie, poi i tre olandesi, poi Bea che siede alla destra di mio marito. Non mi resta che parlare con Cedric o con Adam per tutta la sera. Ma l'attenzione di Adam è monopolizzata da Bea, che sta dicendo qualcosa che lo fa ridere così forte da fargli piegare la testa all'indietro e chiudere gli occhi.

Perché Adam non mi ha mai parlato di lei?

«Lei è Jules, la moglie di Adam», dice Cedric a sua moglie. «Fa la disegnatrice di gioielli».

Si china davanti a lui per toccarmi il braccio. «Che elegante. E il tuo nome è perfetto per quel lavoro».

Questa non l'avevo mai sentita. Sorrido timidamente. «No, non faccio la disegnatrice. Non sono Suzanne Belperron». Ovviamente non hanno idea di chi sia. «Lavoro per Medusa, il marchio di gioielli». Non sanno niente nemmeno di quello, ma annuiscono educatamente.

«E tu, Cynthia? Lavori anche tu nel settore tecnologico come Cedric?».

La sua risata è come il trillo di un campanellino. «Mio Dio, no! Abbiamo tre figli, così ho scelto di occuparmi solo di loro. Sono grandi ormai, ma in casa c'è sempre abbastanza da fare. Fortunatamente un giorno avranno anche loro dei bambini. Non vedo l'ora di avere dei nipoti. Anche a te piacerebbe averne, Jules?».

Adam e la donna in rosso parlano sottovoce tra loro, i visi così vicini che le loro fronti si sfiorano. Sorrido educatamente a Cynthia e faccio cenno al cameriere di riempirmi il bicchiere.

Venticinque
Jules

«Ti sei divertita?», mi chiede Adam, infilandosi nel letto, accanto a me. Un letto così grande che i nostri corpi non si sfiorano nemmeno.

«Sì, lavori con persone davvero in gamba».

Siamo stati fuori solo tre ore. Mi sono sembrati tre giorni. Ho mangiato la burrata, la bistecca e la tarte Tatin. Niente di speciale, ma tutto costoso. Ho parlato con Cynthia di cani e di bambini – Cedric si scambiava il piatto con sua moglie ogni cinque minuti – e ho guardato gli altri discutere di cose che non capivo, e Bea, una splendente fiamma rossa in mezzo a tutti quegli abiti scuri.

Lo sa, di essere così bella? Si è accorta di tutti quegli sguardi quando si è alzata per andare in bagno? Anch'io l'ho guardata, ho fissato i suoi fianchi ondeggiare sotto il satin rosso. Forse aveva un perizoma, oppure niente. Di certo non indossava quei mutandoni contenitivi che ti scivolano sotto la pancia per tutta la sera.

Un minuto dopo che si è alzata, anche Adam è andato in bagno. Li ho subito immaginati fare sesso, il suo vestito rosso alle caviglie, la sua lingerie leggera come una ragnatela. Lui è tornato prima di lei e subito si è lanciato in una discussione sull'importanza di regolamentare l'IA, e lei è tornata che non aveva nemmeno un capello fuori posto. Le donne come Bea sanno scopare senza sudare.

Anche se le tagliassero la gola sarebbe comunque impeccabile.

«Sapevo che ti saresti trovata bene con Cynthia», dice Adam sistemandosi le cuffiette nelle orecchie. «Avete molto in comune».

È così che mi vede?

«E con Bea non ho niente in comune?».

Si toglie una cuffietta. «Scusa, cos'hai detto?»

«Niente».

Si sdraia per ascoltare il suo solito podcast e chiude gli occhi. Io prendo il cellulare e apro Kandid. Curioso2 non ha risposto al mio ultimo messaggio, quello in cui gli dicevo che mi masturbo accanto a mio marito addormentato. Non mi stupisce. Chi può aver voglia di chattare con una psicopatica pervertita?

Guardo Adam, ha gli occhi chiusi, e non ha la minima idea di come io mi senta in questo momento. Tradirlo sarebbe così facile. Potrei scrivere a uno qualsiasi di questi uomini soli e disperati e incontrarlo. Potrei flirtare e baciare e scopare in ogni angolo del Paese e Adam non se ne accorgerebbe nemmeno. Ma gliene importerebbe qualcosa?

Non lo farei mai, comunque. Non voglio. L'unico uomo che mi interessi davvero è quello con cui ho promesso di passare il resto della mia vita. L'uomo che per tutta la sera è stato appiccicato a una bella donna senza mai guardarmi negli occhi. Quando penso a Bea, provo soltanto odio. Dovrei odiare Adam, ma non è così. Odio lei. La odio quasi quanto odio me stessa.

Ventisei
Leah

Stringo in mano le chiavi di casa, quella di Dylan sembra brillare più delle altre. Pensare che lui non sa che la sua chiave è tra le mie, mentre la foglia di marijuana è nascosta dentro Garfield insieme agli altri miei ricordi, mi dà un brivido. La accarezzo, mi godo il leggero odore metallico che lascia sulle dita. Un odore che sa di sangue.

È mercoledì mattina e arrivo a scuola in anticipo per riuscire a parlare con Dylan prima dell'inizio delle lezioni.

«Cosa vuoi?», mi dice, evitando il mio sguardo.

«Devo parlarti».

Avanzo di un passo per mettermi proprio davanti a lui e costringerlo a guardarmi. Lui spalanca gli occhi e resta immobile, come se fossi un animale selvatico e lui non sapesse decidersi tra scappare e fargli una carezza.

Ieri mi ero preparata con cura, ma non l'ho visto per tutto il giorno, così stamattina mi sono messa gli stivali col tacco e un bel vestito. Ho una gonna talmente corta che sotto la giacca della scuola neanche si vede. So che anche lui se n'è accorto perché il suo sguardo continua a fermarsi sull'orlo.

Ha cancellato il suo numero di telefono dal mio cellulare, ma io l'avevo già imparato a memoria. Ogni sera controllo i miei ricordi, fra cui il preservativo che ho messo in una bustina di plastica. Ormai si è indurito e arricciato. È una bella sensazione sapere di avere il DNA di Dylan in camera mia. Mi piace avere accanto ogni notte un pezzetto di lui.

Gli ho anche scritto delle lettere, e poi le ho bruciate. Mamma si è arrabbiata di nuovo con me perché quella puzza riempie la casa, così ho nascosto il resto delle lettere dentro Garfield finché non troverò un altro posto dove bruciarle. L'ultima volta l'incantesimo ha funzionato; chissà che non funzioni ancora.

Ci spostiamo in un angolo dell'aula, lontano da occhi indiscreti, e lui si appoggia al muro a braccia conserte. Fa finta che non gli importi niente di me, ma dal suo sguardo capisco che mi trova ancora bella. Vorrei avvicinarmi a lui, far scivolare le sue braccia attorno ai miei fianchi. Riesco a sentire il profumo del suo dopobarba, e quell'odore mi fa pensare alle sue lenzuola. Se solo si avvicinasse un po' di più capirebbe anche lui che tra noi c'è qualcosa di reale, e che vale la pena di correre un rischio per viverlo.

«Leah, dico sul serio», mi dice. «Sei una mia studentessa e io il tuo insegnante. Non c'è più nulla tra noi».

Non capisco perché ne faccia una tragedia. Avrò diciassette anni tra una settimana esatta, e comunque sembro più grande. Se entrambi mantenessimo il segreto, niente ci impedirebbe di continuare a vederci. Come ha detto mamma, se deve succedere, succederà. Dylan deve solo capire che non si butta via un rapporto come il nostro.

«Ti ho mandato un sacco di messaggi, perché non mi hai risposto?».

Sbuffa. Ma non dice niente.

«Mi hai bloccata?»

«Certo che sì!», sussurra, esasperato.

Gli ho mandato cinque SMS e un migliaio di messaggi su WhatsApp, ma lui non mi ha mai risposto, quindi l'ho cercato sui social media finché non ho trovato la sua pagina Facebook. Spero abbia visto almeno la foto che gli ho mandato su Messenger. Anche stavolta non mostravo il viso, ma lui sa che ero io. E stavolta non indossavo niente.

«Come hai fatto a scrivermi? Avevo cancellato il mio numero dal tuo cellulare».

«Lo sapevo a memoria».

Lui sospira e fa per prendermi le mani. Trattengo il fiato.

«Devi smetterla», mi dice.

Mi stringe forte i polsi – non le mani, i polsi – e mi fissa negli occhi per un tempo decisamente lungo. Vorrei tanto baciarlo.

«Devi lasciarmi in pace, Leah. Quando mi vedi, devi comportarti come faresti con qualsiasi altro professore».

La sua presa è forte, e la pelle mi pizzica leggermente. Mi piace.

«Ma tu non sei come qualsiasi altro, Dylan». Avanzo di un passo verso di lui e quasi ci tocchiamo. «Sabato mi volevi ancora».

«Quello è stato prima di scoprire che eri una *bambina*!».

Libero i polsi con una mossa di autodifesa che ho imparato su internet. «Una *bambina*?», grido. Si affaccia oltre la mia spalla, ma in corridoio non c'è ancora nessuno. «Non è quello che dicevi quando avevi la testa tra le mie gambe».

Dylan si precipita alla porta dell'aula, chiudendola con calma ma con fermezza. Sembra che stia per picchiarmi o per scoppiare a piangere, ma non fa nessuna delle due cose. Invece si passa una mano sui capelli cortissimi tenendosi il più possibile lontano da me. Mi mancano i suoi riccioli.

«Leah, ti prego. Così mi rovini».

«Non capisco perché fai così», dico. Sto facendo del mio meglio per non piangere, voglio che lui veda che mi so controllare. Deve capire che sono matura, che posso essere la stessa donna che pensava io fossi nel fine settimana, la donna con cui ha fatto l'amore. «Potremmo continuare a vederci senza che nessuno lo sappia. Potrei venire da te nel fine settimana. Non lo direi a nessuno – non ne ho parlato nemmeno con le mie amiche».

È vero. Ho cancellato il messaggio che avevo scritto a Summer. Sanno di Dylan, ma non che è il professor Ward.

«Ti prego». Mi avvicino a lui e gli prendo la mano, e stavolta lui mi lascia fare. «Tu sei importante per me. Quello che avevamo era speciale, e tu lo sai. Non possiamo perderlo».

Mi accarezza le mani col pollice. Poi scuote la testa e le lascia andare.

«No. Ti stai comportando da egoista, Leah. Qui non si parla solo del mio lavoro, ma anche della mia salute mentale».

Lo faccio stare male? Non voglio farlo stare male.

«In che senso?»

«Io prendo delle medicine. Ho avuto degli attacchi di… dico sul serio, Leah, questa situazione mi mette ansia».

Non so se mi sta dicendo la verità o se è solo spaventato, ma litigare non serve a nulla. Non deve fingersi diverso da quel che è.

«Non arrabbiarti». Gli accarezzo la guancia, ruvida come cartavetrata sotto le dita. «Io posso farti star bene, tesoro».

L'ombra dei miei compagni in corridoio appare sul vetro della porta. Stacco la mano dal viso di Dylan nel momento esatto in cui Santi entra nella stanza.

«Scusi, avrei dovuto bussare», mormora.

Dylan si allontana di scatto. «Entra, Santi», dice, come se avessimo avuto un normalissimo colloquio da studente a professore.

Santi si siede in fondo all'aula, come lunedì. Mi fa un sorrisetto e io devo ricorrere a tutta la mia forza per ricambiarlo.

Adesso Dylan sta praticamente sussurrando. «Averti qui attorno mi fa star male, e diversamente da te io sono un adulto. Un adulto che ha bisogno di mantenersi lucido. Quindi ti prego, Leah, lasciami stare, non peggiorare ulteriormente le cose».

Mi spezza il cuore vederlo così. Vorrei solo aiutarlo.

«Prego, sedetevi», dice Dylan ad alta voce, poi sussurra di nuovo, talmente piano che quasi non lo sento. «È tutto finito. Stammi lontana, stai tranquilla e continua con la tua vita come io farò con la mia».

Poi raddrizza la schiena e con passo deciso va verso la cattedra, lasciandomi con gli occhi pieni di lacrime. Raggiungo Summer in fondo all'aula, si è seduta accanto a Santi.

«Di cosa stavi parlando con Ward?», mi sussurra.

«Del mio portfolio. Gli stavo dicendo delle università dove penso di chiedere l'ammissione».

Santi continua a sorridermi. Io non gli ho ancora rivolto la parola, ma sembra un tipo a posto. Forse gli piace Summer. Mi chiedo se lei gli abbia già detto di essere lesbica.

Mentre Dylan parla di Monet e delle sue ninfee, rifletto su come fare per riconquistarlo. So che prova ancora qualcosa per me – me ne sono accorta da come mi teneva la mano, da come mi accarezzava le dita con il pollice. È solo spaventato. Eppure sono sicura che, se ci baciassimo, capirebbe anche lui che non possiamo fare nulla per resistere a quello che c'è tra noi.

Suona la campanella. Paige ci sta aspettando in corridoio.

«Ci vediamo più tardi al parco per mangiare?». Poi guarda la mia gonna. «Ma cosa ti sei messa?»

«Perché? Che c'è?»

«Niente. Cioè, è davvero corta».

Faccio finta di niente, ma Dylan ci passa accanto come se non mi avesse mai vista in vita sua e io ho solo voglia di piangere. «Cos'è, mi fai body shaming adesso?».

Paige fa l'offesa, e Summer mi dà una gomitata. «Che ti prende, Leah? Sei strana da quando è ricominciata la scuola».

Vorrei dirle tutto, ma come faccio? Se Dylan scopre che ne ho parlato con le mie amiche, non potremo mai più tornare insieme.

«Ho il ciclo», borbotto, avviandomi verso l'uscita. «Mi serve del cioccolato».

Sento che Summer e Paige bisbigliano qualcosa su di me, ma non ho tempo per i loro pettegolezzi; quello che mi sta succedendo è molto più serio. Roba che loro non potrebbero mai capire.

«Ehi», mi grida Summer, e io rallento. «Siamo migliori amiche, no? Parla con noi».

«Non è niente. Ci vediamo all'ora di pranzo».

Nel parco c'è un tronco caduto su cui ci sediamo sempre quando andiamo lì – lo chiamiamo «il ceppo». Da piccole ci incontravamo lì per andare a scuola insieme o per vederci il pomeriggio. Una volta Paige ci ha inciso le nostre iniziali: SLP. Passo le dita su quei segni consumati dal tempo.

«Ho visto il tuo messaggio», dice Summer.

Mi siedo sul tronco e tiro fuori i sandwich che mi ha preparato mamma.

«Quale?»

«Quello su Ward. Ma poi l'hai cancellato».

Il pane mi si trasforma in una poltiglia insipida nella bocca. Non possono sapere. E se andassero a dirlo alla signora Willis, la preside, o anche peggio? Se dicessero qualcosa ai miei genitori?

«Mi sbagliavo», dico. «È entrato in classe e per qualche ragione mi ha ricordato Dylan. Ma ovviamente non è lui».

Le mie amiche si siedono accanto a me.

«Allora perché poi mi hai detto che me l'avevi mandato per sbaglio, che volevi scrivere a tua madre?», continua Summer. Quando vuole capire qualcosa, non si ferma finché non ci è riuscita.

Mi stringo nelle spalle, colgo una margheritina tra i miei piedi e la faccio ruotare tra pollice e indice. Avrei dovuto tenere quella che mi ha dato Dylan. «Mi vergognavo. Non volevo passare per una pazza. Voglio dire, vi immaginate fare sesso con un *professore*?».

Scoppiano entrambe a ridere per l'assurdità della cosa.

«Disgustoso», dice Paige. «E inquietante».

Summer mi dà una gomitata, ma stavolta in modo amichevole. «E comunque, ci hai fatto vedere una foto di Dylan. Ha la barba e i capelli ricci. Ward non ci assomiglia per niente».

Mi stringo ancora nelle spalle e azzanno il mio sandwich insipido. «Sì, lo so. Era una cosa stupida. Per questo ho cancellato il messaggio».

«Ti ha più richiamata, Dylan, dopo sabato?».

Scuoto la testa e tutte e due mi abbracciano, come se fosse proprio per questo che ultimamente mi sono comportata in modo strano. Mi fa male dover mentire alle mie amiche, ma mi fa ancora più male che mi pensino così stupida da non riconoscere l'unico uomo con cui ho fatto sesso.

«Però questo Ward *non è* male. Per essere un professore, dico», aggiunge Paige.

Summer mormora qualcosa, è d'accordo anche lei.

«Voglio dire, non diventerei etero per lui, ma capisco perché ti piaccia…».

«*Non mi piace il professor Ward!*», strillo.

Il cognome di Dylan suona un po' scemo nella mia bocca, come se stessimo giocando a uno di quegli stupidi giochi in cui ci si scambia di ruolo. *Il professor Ward* sembra un tipo noioso e giudizioso, mentre Dylan non è per niente così. È intelligente e divertente e bello e mi ha detto di essere pazzo di me. Mi asciugo le lacrime prima che le mie amiche le vedano, e per fortuna Paige ha già cambiato argomento per introdurre il suo tema favorito: Jacob.

«Adesso noi due vogliamo fare… sapete cosa», indicandosi il pube.

Quindi non hanno ancora fatto niente? Povera Paige. Nessun ragazzo della nostra età ha la minima idea di come far godere una donna. Mi guarda con espressione di attesa, come per indurmi a condividere la mia esperienza, ma io non intendo farlo. Voglio solo tornare nel letto di Dylan e ridiventare la studentessa universitaria di ventuno anni di cui lui è realmente innamorato. La donna di cui sarebbe ancora innamorato se non avesse scoperto la verità.

«Non mi sento bene», dico, alzandomi e buttando nel bidoncino il resto del sandwich.

Le ragazze mi gridano qualcosa, ma io le ignoro. Devo assolutamente pensare a un piano per rimettermi con lui. Qualunque cosa accada, otterrò ciò che voglio.

Ventisette
Jules

Ieri al lavoro è stato un disastro, di nuovo. Steve ha riempito di complimenti Devon e Ameera per il loro lavoro sulla nuova campagna, e nessuno si è accorto che io, negli ultimi tre giorni, ho solo scritto una newsletter. Potrei non venire un'intera settimana e nessuno ci farebbe caso. Forse Steve mi tiene solo perché si sente in colpa. O magari si sente minacciato perché sa che se fossi io a dirigere questo posto lo farei meglio di lui.

Sto aspettando Lynsey per bere qualcosa. Vino, l'unico bar decente di tutta la città, è molto tranquillo per essere un venerdì sera. È in ritardo, come al solito, così intanto ordino un gin tonic e vado a sedermi a un tavolino, e tiro fuori il cellulare per scrivere a Leah.

Non dimenticare che c'è una pizza nel freezer. Sono uscita con Lynsey ma non farò tardi.

Guardo le spunte passare dal grigio all'azzurro.

K.

Tutto qui. Solo una K. Quanto tempo ha risparmiato, esattamente, per non averci messo la O?

Leah si comporta in modo strano da tutta la settimana. Dev'essere per quel ragazzo con cui era arrabbiata domenica. Ho provato a parlarci, ma non voleva. Dopo tutti questi anni, i miei figli riescono ancora a farmi notare che non ho la minima idea di come si faccia a essere un genitore.

Quando avevo l'età di Leah dicevo tutto a mia madre. Ricordo ancora l'odore del suo abbraccio che sapeva di mentine e lavanda, quando mi accoccolavo a lei e le parlavo per ore e ore della scuola, delle amiche e dei ragazzi. A volte mi dava un consiglio, ma più spesso si limitava ad ascoltare e a me bastava. Sapere che lei c'era, bastava. Mi manca. Mi manca tanto. Non vedo l'ora che Reece torni da Ibiza, domani.

Adam non mi è di nessun aiuto. Per la maggior parte del tempo non è nemmeno in casa. A quanto pare la cena di lavoro di stasera è riservata ai soci, senza mogli né clienti. Ha detto che sarebbe stata «una cosa noiosa». Stamattina ho guardato ancora nel suo cassetto della biancheria e il braccialetto col diamante era sparito – potrebbe averlo nascosto da qualche altra parte, o consegnato alla destinataria. A qualcuna che non sono io.

Bevo un lungo sorso del mio cocktail, poi appoggio i polsi sul vetro freddo. Chissà se Bea è invitata alla cena. Cosa si metterà stasera? Forse, invece che un vestito lungo e rosso, ne sceglierà uno corto e nero, perfetto per esaltare il suo décolleté perfetto. Forse proprio in questo momento sta flirtando con Adam. Magari la sua mano è di nuovo poggiata sul suo petto, e lo sta facendo ridere così tanto da fargli chiudere gli occhi.

Probabilmente ha capito che quel bell'imprenditore di successo che è mio marito non è felice. Non sarà difficile insinuarsi tra le crepe del nostro matrimonio e far leva sui bordi per aprirle. Scommetto che è molto più fiduciosa nelle proprie possibilità dopo aver conosciuto me, la moglie vecchia e noiosa. Che tipo di rivale potrei mai essere? Quale uomo non preferirebbe fare sesso con una bella donna giovane e straniera, piuttosto che con la propria, sciupata moglie che non tocca da più di un anno?

Finisco il cocktail e allontano il bicchiere. Non è un buon segno.

Guardo il cellulare – è più tardi di quanto immaginassi. Nessun messaggio da Lynsey. Scrivo a suo marito John per chiedergli se va tutto bene, e lui mi risponde che è uscita da un pezzo. Forse è rimasta bloccata nel traffico. Sto per ordinare un secondo gin tonic quando Lynsey entra nel bar. È senza fiato, come se avesse corso.

«Oh, eccoti qui», dice, stringendomi in un abbraccio sudato. Poi fa cenno al barista: «Prendo quello che ha preso lei, ma doppio».

Portiamo i nostri cocktail al tavolino e lei si toglie la giacca, buttando giù d'un sorso tutto il suo drink e asciugandosi la bocca col dorso della mano.

«Perché nessuno ti avverte che i bambini piccoli sono dei veri stronzi?»

«Tutti te lo dicono, Lynsey. Per anni è stato il mio unico argomento di conversazione».

Scoppia a ridere. «Io adoro i miei bambini, lo sai, ma i figli sono come dei diavoletti che ti portano all'inferno e poi, prima di addormentarsi, ti dicono "ti voglio bene, mamma" e *bang*, ti viene subito voglia di farne un altro. È qui che io e John abbiamo sbagliato, pensando che averne due non fosse poi molto diverso da averne uno solo. Avremmo dovuto fermarci al primo, così saremmo stati due contro uno».

Verso un po' del mio cocktail nel suo bicchiere vuoto e brindiamo.

«Mi sembra di capire che il momento della nanna non sia andato bene».

«Ho dovuto leggere la stessa pagina dello stesso libro trentasette volte. Chiunque abbia inventato la tortura dell'annegamento simulato poteva puntare su qualcosa di più semplice: mettere a letto due bambini di età diversa. E sai cosa ti dico? Potrebbe anche usare i miei. Sarei più che felice di prestarli all'MI6». Si scola gli ultimi sorsi di cocktail e fa un bel respiro. «E tu, come stai?»

«Mio marito ha un'amante».

Scoppiamo a ridere insieme. Ogni volta che i nostri sguardi si incrociano ridiamo sempre più forte, finché un gruppetto di uomini appoggiati al bancone non comincia a guardarci storto. Mi fa star bene ridere tanto, ma ho paura che le lacrime possano trasformare la mia risata in violenti singhiozzi.

«Basta», dice lei, facendosi aria con la mano. «Basta. Sto per farmela addosso. Jules, sul serio, pensi davvero che Adam ti tradisca?».

Faccio una smorfia. «Magari è solo una paranoia, ma dovresti vedere la donna con cui lavora. L'ho conosciuta martedì, a una noiosissima cena di lavoro. Era splendida. Una vera bond girl».

«E allora?»

«Allora l'ho vista flirtare con lui, e ho visto che a lui piaceva. E stasera è a un'altra cena di lavoro».

La faccia di Lynsey è tornata seria. «Ma dai, Jules! Sai perfettamente che non è il tipo. Adam non è uno di quegli stronzi arroganti pieni di sé che metterebbero a repentaglio il matrimonio per una botta di autostima».

«E se si fosse stufato di me?».

Lei alza gli occhi al cielo. «Ma per favore».

«Non facciamo più sesso».

Lynsey non sembra stupita come speravo.

«Devi ritenerti fortunata. Dev'essere bello non essere palpeggiata tutto il tempo. Se non ci sono i bambini a sedermisi sopra, c'è John che mi si strofina dietro. Ogni volta che tiro fuori qualcosa dal forno o che scarico la lavastoviglie. Devo farlo piegandomi sulle gambe o lui mi si butta addosso. Non sopporto nemmeno più che mi si strusci il gatto! Comunque, scusami. Da quanto tempo le cose non vanno?».

Sono troppo imbarazzata per dirle tutta la verità.

«Tre mesi?».

Lei agita una mano a mezz'aria come per disperdere le mie preoccupazioni.

«Adam è un bravo ragazzo ed è normale, dopo tanti anni, che i nostri mariti ci diano in qualche modo per scontate. È quando all'improvviso ci inondano d'amore e d'affetto che dobbiamo preoccuparci. Vuol dire che hanno la coscienza sporca».

Le faccio un sorrisetto. Dunque, se mi ignora vuol dire che mi vuole bene. Non sembra avere molto senso.

Lynsey mi prende la mano. «Jules, ascoltami, sei una donna intelligente e divertente e piena d'amore, e sei la mamma migliore che conosco. Sono sicura che tutto si risolverà per il meglio».

«Ma io voglio ridiventare sexy», dico a bassa voce.

«Be', in questo non ti posso aiutare», dice lei, indicandomi la sua camicia stropicciata e le scarpe logore. Scherza sempre sul fatto che si veste da schifo e che non ha nemmeno il tempo di truccarsi, ma in più di vent'anni il suo viso non è cambiato. Adam ha sempre detto che era «bella senza sforzo», qualunque cosa voglia dire.

Lynsey fa ruotare i cubetti di ghiaccio nel bicchiere vuoto e noto qualcosa di luccicante al suo polso che subito lei nasconde sotto al risvolto. Lynsey non mette mai gioielli; dice che i bambini ci si aggrappano e finiscono sempre col romperli.

«E quello cos'è?».

Porta le mani sulle gambe, sotto il tavolino. «Il mese scorso John mi ha comprato un braccialetto per il nostro anniversario. È un po' vistoso. Forse lo cambierò».

«Fammelo vedere».

Lei si alza in piedi e si liscia la camicetta.

«Un altro giro. Prendo lo stesso anche per te?».

La guardo andare verso il bancone. Perché non ha voluto mostrarmelo?

Ventotto
Jules

Non le dico più niente sul braccialetto. Probabilmente Lynsey non vuole sfoggiare il prezioso regalo del suo compagno ora che le ho detto che io e Adam abbiamo dei problemi. Ovviamente non ha niente a che vedere con mio marito. Ovviamente non è *quel* braccialetto. Per l'amor del cielo, la conosce praticamente da quanto la conosco io. Lui e John sono amici.

Mi sto di nuovo comportando da stupida.

Mentre Lynsey aspetta i nostri drink, do un'occhiata al cellulare. Ci sono nove commenti alla mia foto su Kandid, e un messaggio da Curioso2. Il primo da quando gli ho confessato il mio segreto. Trattengo il respiro mentre clicco sul suo nome, aspettandomi una risposta crudele o liquidatoria. Ma non è così.

Dimmi a cosa pensi quando ti tocchi.

Lo stomaco mi si rivolta. Okay. Non è certo quello che mi aspettavo. Lancio un'occhiata a Lynsey, che mi risponde alzando gli occhi al cielo. Il barista non se la fila perché è impegnato a chiacchierare con una ragazza che indossa una fascia con la scritta «21 anni oggi».

Sono un'ipocrita, a pensare che mio marito possa comprare regali per altre donne mentre io me ne sto qui al bar a flirtare con un estraneo. Ma in realtà non sto facendo niente di male – quest'uomo sa che amo mio marito, gliel'ho detto più e più volte. Sto solo condividendo delle fantasie con qualcuno che non scoprirà mai chi sono. Potrebbe benissimo essere un'intelligenza artificiale, dato che non lo incontrerò mai di persona.

Finalmente il barista si accorge di Lynsey, quindi mi affretto a rispondere a Curioso2. Non gli dico davvero a cosa penso quando mi tocco; gli descrivo ciò che immagino Adam faccia con Bea. Sono sicura che uno psicoanalista avrebbe qualcosa da ridire su questa mia abitudine di trasformare le paure in fantasie, ma in questo modo riesco a sdrammatizzare un po' la mia pazzia.

Immagino di lavorare in un'importante azienda. Il mio collega è affascinante, con la camicia aderente che mette in risalto il petto muscoloso. Dovremmo essere a una cena di lavoro, e invece io gli dico che ho bisogno del suo aiuto per fare dei conti.

Mentre immagino la scena, assumo il ruolo di Bea. Non ho nemmeno un filo di grasso sul didietro, ho fatto la ceretta e non ho nemmeno un capello grigio in testa.

Indosso un vestito nero e corto, e quando mi chino sulla scrivania per prendere i miei documenti la sua mano scivola tra le mie cosce. Le allargo, e capiamo che non arriveremo mai in tempo per la cena.

Lynsey posa i bicchieri sul tavolo, e io sussulto per la sorpresa.

«Cosa succede?»

«Niente, è Leah che vuole sapere cosa c'è per cena. Dammi un secondo».

Compaiono tre puntini. Curioso2 sta rispondendo.

Molto eccitante. E poi? Cosa succede?

Te lo dirò più tardi.

Tre puntini. Scompaiono. Ricompaiono. È tornato.

Parli così anche con altri uomini su Kandid? Io non l'ho mai fatto prima d'ora.

No, non rispondo a nessuno. Sono terribili. Tu sei l'unico con cui ho condiviso il mio segreto.

E questo lo consideri un tradimento?

Assolutamente no! Non farei niente del genere nella vita vera. Amo mio marito. È solo che sono molto frustrata e non so come comportarmi.

Io sono qui, se vuoi parlare dei tuoi sentimenti. Dico davvero. Non ti ho scritto per fare il viscido.

Vorrei continuare a chattare con lui, dirgli altre cose su di me, dirgli tutto, ma Lynsey spinge il bicchiere verso di me. Metto via il cellulare.

«Adam ti ama», dice, riprendendo la conversazione interrotta. «Sai bene che io e John non ci siamo mai sposati proprio per colpa vostra».

«Cosa?».

Perché? È sempre stata attratta da mio marito? È questo che sta per dirmi? Prendo un lungo sorso, facendo una smorfia perché se l'è fatto fare doppio.

«Sì. Ho sempre detto a John che non potevamo assolutamente diventare una coppia fantastica come voi, quindi era meglio lasciar perdere».

Oh.

«Ma è ridicolo».

«No, dico sul serio. Non tutti sono portati per il matrimonio».

Penso a mia madre, e al fatto che non si è mai risposata. «Perché mai dovrei cercare l'amore, se tutto l'amore che mi serve è già qui», mi diceva sempre, abbracciandomi forte. E negli ultimi due anni di vita non sapeva nemmeno chi fossi.

«John vorrebbe tanto che ci sposassimo», riprende. «Ma io preferisco stare con qualcuno solo perché *vogliamo* stare insieme, e sapere che stiamo insieme per questo. Non perché ho fatto una promessa che posso infrangere quando mi pare».

Il cocktail è forte, e la sua voce comincia a sembrarmi lontana. «Pensi che John potrebbe mai tradirti?», le chiedo.

Sembra che l'idea la diverta. «Macché. È troppo pigro, troppo disorganizzato, ed è un pessimo bugiardo. Pensi che sarebbe capace di avere una doppia vita? Non si ricorda nemmeno quale bidone della spazzatura vada messo fuori oggi. E in ogni caso, sarebbe uno stupido a buttar via quello che abbiamo per una sveltina».

«E tu?», le chiedo, ma è chiaro che l'argomento non mi diverte come diverte lei. «Potresti mai tradirlo?».

Penso a Curioso2 e a quanto gli è piaciuta la mia storia. L'ho eccitato, e sono contenta di non dover stare nella stessa stanza con un uomo che ce l'ha duro. Mi chiedo se anche il suo matrimonio vada male. È colpa di sua moglie se si confida con me… o è colpa mia?

Lynsey succhia la sua fettina di limone mentre riflette sulla mia domanda. «Se mai provassi la tentazione di tradirlo, capirei che fra me e John è tutto finito. Non appena cominci a guardarti attorno e a valutare altri uomini, non c'è più nulla da fare, la tua relazione è già finita».

Ho sempre pensato di poter dire a Lynsey tutto quello che mi passava per la testa, ma questo sicuramente non lo capirebbe. E non ho voglia di sentirle dire che se racconto i dettagli della mia vita intima su Kandid per attirare l'attenzione di altri uomini è un segno che dovrei lasciare Adam, cosa che non farei mai, o che dovrei provare a incontrare di persona questo Curioso2. Un'altra cosa che non voglio fare.

Lynsey allunga il braccio sopra il tavolino e mi prende la mano. «Ascolta, se stai pensando di lasciare Adam, va bene. Non dovremmo mai stare in una relazione che non ci rende felici».

Un momento dice che Adam è l'uomo perfetto, e il momento dopo mi incoraggia a lasciarlo?

«Non ci sto pensando! Tra noi va tutto bene. È solo una fase».

Questa frase sembra rassicurarla, e cambia argomento per parlare della nostra amica Fiona, quella con l'ex marito ossessionato dalle anatre. Con suo grande divertimento, Lynsey mi racconta che ha conosciuto qualcuno online e che sembra una cosa seria.

Mi chino verso di lei, perché i problemi di un'altra persona rappresentano una positiva distrazione dai miei. «In che senso, una cosa seria?»

«Molto seria. È innamorata persa. Sai quel sito di cui ti ho parlato, Kandid? L'ha conosciuto lì. Stava raccontando a tutti i problemi che aveva con il suo ex, e questo tipo è stato decisamente molto gentile. Si è sentita davvero ascoltata, capisci?».

Capisco.

«E poi si sono incontrati?»

«Non ancora. Lui è inglese, ma abita all'estero, in qualche paesino sperduto dell'Italia o della Grecia. Non lo so. Ma Fiona dice che hanno parlato tantissimo. Pensano addirittura di andare a vivere insieme».

Sono scettica, ma anche un po' gelosa. Potrebbe davvero essere amata, ma potrebbe anche finire su un articolo di cronaca.

«E non la spaventa questa storia?»

«No. Lei è presa da questa storia. A quanto pare questo tizio è intelligente e anche ricco. Le ha pure dato qualche dritta per fare un po' di soldi con le criptovalute investendo i soldi del divorzio. Mi pare troppo bello per essere vero, se vuoi sapere come la penso, ma lei è felice e lui non sembra ossessionato dal pollame. Il mese prossimo prenderà l'aereo per andare a conoscerlo».

Forse, dopotutto, la storia di Fiona non è triste e patetica come pensavo. Forse sono io che devo smetterla di essere tanto cinica.

«È coraggiosa, a ricominciare tutto daccapo», dico.

Lynsey finisce di bere il suo cocktail e si stringe nelle spalle. «Quando si arriva alla nostra età si sa bene cosa si vuole, e non si è più disposte a perdere tempo. Sono contenta per lei. Il tipo è ricco, la adora e abita in un posto al sole. Funziona. Speriamo solo che vada bene anche a letto». Si interrompe. «Oh, scusa».

Le sorrido, e con la cannuccia faccio ruotare i cubetti di ghiaccio nel bicchiere. Penso a Curioso2, e mi si stringe lo stomaco. Immagino che non sia poi tanto difficile innamorarsi di una persona che non si conosce affatto.

«Pensi che se tu e John doveste lasciarvi, cercheresti subito un'altra relazione seria?», chiedo a Lynsey.

Lei alza gli occhi al soffitto, si prende del tempo per rispondere.

«No».

«È dolce da parte tua».

«Andrei a letto con chiunque».

Scoppio a ridere, mi porto la mano sulla bocca per non spruzzare il gin tonic su tutto il tavolo.

«Dico sul serio. Non farei altro che scopare. Scoperei con uomini e donne, giovani e vecchi, in tre o in gruppo. Sesso e basta. Tutti i tipi di sesso che finora non ho avuto l'occasione di provare. Non penso proprio che mi cercherei un altro rapporto serio. Non voglio mica convivere con un altro uomo. Perché dovrei? Per avere delle lunghe conversazioni su quale sia il miglior fornitore di elettricità, e infinite discussioni su cosa guardare su Netflix, e sere in cui fare a turno in cucina, e ascoltarlo mentre si lamenta del lavoro o curarlo quando ha una di quelle influenze che hanno solo gli uomini? Non ci penso proprio. Mi comprerei un monolocale carino con una bella vista, lo riempirei di assurdi oggetti d'arte e farei quel che mi pare. Ricomincerei a dedicarmi alla fotografia, forse mi darei alla ceramica o allo yoga, e metterei delle piantine sul balcone. E ogni volta che ho voglia di scopare, telefono a qualcuno, facciamo sesso e poi lui si toglie dai piedi».

Non riesco più a smettere di ridere.

«Guarda che non sto scherzando», dice lei. «Sembra una prospettiva fantastica. E adesso smettila di dire porcherie perché mi sto eccitando all'idea di vivere da sola e di avere dei bei ragazzi sempre a disposizione. Ordiniamo la torta al cioccolato che fanno qui e pensiamo a quanto siamo fortunate ad avere ciò che abbiamo».

Mi dico che oggi è il giorno degli sgarri, e ordino la cheesecake al caramello. Lei prende quella al cioccolato, e mentre mi racconta degli ultimi capricci dei suoi figli io rifletto su quello che ha detto. Anch'io ho tutto. Davvero, ho tutto quello che desideravo, eppure eccomi qui a sospettare che la mia migliore amica e mio marito mi stiano mentendo mentre io mi metto a flirtare con uno sconosciuto.

Tutte le mie paure infondate sparirebbero se solo potessi parlare con Adam… Ma non ne ho il coraggio. Se lui confessasse di non amarmi più, allora dovrei lasciarlo – e non penso di esserne capace.

Preferisco essere come tutte quelle donne famose che ignorano le storielle dei loro mariti infedeli perché sono troppo concentrate sul quadro generale. È inutile darsi la zappa sui piedi, quando la vita di coppia è molto meglio. Preferisco vivere nella negazione e nell'orgogliosa ignoranza piuttosto che diventare una persona da commiserare.

Se Adam mi lasciasse io non andrei a fare sesso con chi mi capita, come diceva Lynsey, perché dentro di me so che non potrei mai, mai amare qualcuno come amo mio marito. Solo che non so come fare per farmi amare di nuovo da lui.

Ventinove
Jules

Stanotte Adam non è tornato a casa. Mi ha scritto che dopo cena i suoi clienti volevano andare in un pub, e che non avrebbe fatto in tempo a prendere l'ultimo treno, quindi si sarebbe fermato in albergo. Ha detto che sarebbe stato più facile che trovare un taxi e che così non mi avrebbe svegliata. Ha una carta di credito aziendale, quindi non posso controllare quale albergo abbia scelto.

Forse non era nemmeno un albergo. Forse è andato direttamente a casa di Bea, o di qualche altra donna che ha conosciuto ieri sera.

Mi metto carponi e ripesco da sotto il letto la scatola con i soldi di mia madre, faccio scorrere le banconote tra le dita, annuso quell'odore di vecchio. Nessuno sa di questi soldi. Per tanti anni mia madre li ha messi da parte come uno scoiattolino con le noci, e man mano che perdeva la ragione preparava per me una via di fuga. Niente può impedirmi di ficcarli in un borsone, saltare sul primo aereo e non tornare mai più.

Ma poi? Dovrei abbandonare i miei figli, il lavoro e le amiche solo perché mio marito non mi ama più? E che dire di tutti i progetti che abbiamo fatto per quando i ragazzi sarebbero andati via di casa? Non posso abbandonare un passato condiviso e un futuro sognato. Forse sto esagerando. O forse, se effettivamente Adam ha un'amante, ha solo bisogno di starsene un po' per conto suo, e poi tornerà da me fingendo che non sia successo niente.

Posso farcela, no? Ne vale la pena. La mia famiglia se lo merita.

«Mamma! I cereali sono finiti!», grida Leah dalla cucina.

Spingo di nuovo i soldi sotto al letto e scendo.

Trenta
Leah

Qualsiasi cosa per te, Leah.

È passata una settimana dall'ultima volta che Dylan mi ha baciata. Continuo a pensare a sabato scorso, quando sono stata a casa sua, a quanto fosse ansioso di darmi piacere, e a come mi abbia trattata con rispetto, come se fossi una sua pari e non una stupida ragazzina che non voleva avere tra i piedi. Adesso non riesco a capire perché si comporti così. Io non sono cambiata; sono sempre la stessa. È solo che ora sa la mia vera età, ed è spaventato dall'idea di finire nei guai. Ma io non lo permetterei mai. Lo proteggerei. Proteggerei *noi*.

Sono davanti alla porta del suo appartamento. Ho pensato che l'unica ragione per cui non mi parla più è che di solito ci vediamo a scuola, in pubblico; ma se potessimo avere un po' di tempo per noi, da soli, sicuramente capirebbe che tra noi c'è ancora la stessa connessione. La porta del pianterreno non è stata aggiustata, così sono entrata. Arrivata in cima alle scale, resto per un po' davanti al suo appartamento, poi mi faccio forza e busso.

Niente.

Suono il campanello.

Niente.

Possibile che mi abbia vista e stia fingendo di non essere in casa?

Sabato scorso mi ha detto che va a correre ogni mattina. Guardo il cellulare. Le nove e quarantadue. Quanto può durare una corsetta?

Stringo la sua chiave fino a provocarmi dei segni rossi sul palmo. Mi piace il morso del metallo sulla pelle. E se questa fosse la sua chiave di riserva, e adesso io entrassi e mi infilassi nel suo letto? So che lui mi desidera ancora; lo capisco dal fatto che quando siamo in classe fa di tutto per non guardarmi.

Infilo la chiave nella serratura. Entra. E gira! La porta si apre con un lieve cigolio e rimango lì, con un piede dentro e uno fuori da casa sua. Lo aspetto dentro come fanno nei film? Potrebbe essere romantico ed eccitante. Non mi manderebbe mai via. E se lo facesse? Morirei.

Richiudo la porta a chiave e scendo le scale. Una volta in strada valuto le opzioni: o lo aspetto qui, o provo a parlargli lunedì a scuola. Qualcuno viene verso di me correndo, cuffiette nelle orecchie, cappuccio tirato su, testa bassa. È lui. Mi allontano in fretta, prima che mi veda, e comincio a sorridere.

Ho appena avuto un'ottima idea per fargli finalmente capire che siamo fatti l'uno per l'altra.

Trentuno
Leah

Ho passato il fine settimana a piangere. Arte è l'ultima lezione del lunedì, e il pensiero di dover stare altri novanta minuti a guardare Dylan senza poterlo toccare è insopportabile.

Vorrei parlarne con Reece, ma dopo la vacanza mio fratello non è tornato a casa, ha deciso di restare da alcuni "amici". "Amici", certo, come no. Lui è libero di andare a letto con chi gli pare, mentre io devo tenere il mio amore segreto. Ieri sera piangevo così forte che mamma a un certo punto si è affacciata per chiedermi se stavo bene, e io ho le ho detto che mi faceva male la pancia per il ciclo. Ha cercato di abbracciarmi ma l'ho spinta via, altrimenti avrei pianto ancora di più.

Ma adesso ho un piano, e aspetto da stamattina l'ora di pranzo per metterlo in atto. Finalmente ho capito come dimostrare a Dylan che vale la pena di combattere per il nostro amore.

«Vieni al parco?», dice Summer, sventolandomi sotto il naso un sacchetto di patatine. Ha ancora la divisa della squadra di atletica della nostra scuola, è tutta sudata ma comunque raggiante. Paige ci aspetta già davanti al cancello. Jacob le cinge le spalle con un braccio, è circondata da un gruppetto di amici suoi, fra cui il ragazzo nuovo, Santi. So che hanno la mia stessa età, ma ormai mi sembrano molto più piccoli.

«No, vado in biblioteca. Ho dei compiti da fare», dico.

Summer arriccia il naso. «Siamo solo alla seconda settimana di scuola, Leah. Come fai a essere già indietro?».

Alzo le spalle, e lei sbuffa e se ne va. È ancora arrabbiata perché sabato non sono uscita con loro. Sono andati tutti al cinema, anche i ragazzi, Santi compreso. Me l'ha detto lui che era andato, come se me ne importasse qualcosa, come se non avessi cose ben più importanti di cui occuparmi.

«Fa' come ti pare!», dice, e raggiunge gli altri.

Paige si volta a guardarmi, come se Summer le avesse detto qualcosa su di me, e vanno tutti verso il parco. Io non mangerò; devo assolutamente andare nel dipartimento d'arte per parlare con Dylan prima della sua lezione.

Ieri sera ho scelto con la massima cura cosa mettermi: un vestito estivo molto corto abbottonato sul davanti, calze leggere e stivali alti. Ma è quello che ho sotto che conta.

Mia mamma era in salotto, ieri sera, rapita dal cellulare, come sempre nell'ultimo periodo, così sono andata in camera sua alla ricerca di qualche altro bel vestito vintage. Il suo armadio è pieno zeppo di roba, è ridicolo, non le ho mai visto addosso nemmeno metà di quei vestiti. Ah, non ho ancora sistemato la spallina del vestito nero che ho messo per il Carnage, è ancora in camera mia, lo ricucirò dopo.

Stavo frugando nel cassetto delle borsette quando ho trovato dei pacchetti ancora chiusi. Contenevano tutti della biancheria sexy. Che schifo! E non era nemmeno di classe, era più del tipo che si trova da Ann Summers, con davanti l'immagine di una ragazza vestita da cameriera sexy o quello che è. Stavo per vomitare.

Vorrei sapere perché non butta quella roba. Comunque non li aveva mai aperti. Ne ho preso uno che conteneva un corsetto di pizzo nero con dei reggicalze abbinati e sono andata in camera mia per provarlo. Era perfetto. Almeno per me, non so lei come pensi di metterselo! Ecco cosa ho messo sotto il vestito. Il pizzo scadente mi ha irritato la pelle per tutto il giorno, ma quando vedrò la faccia di Dylan saprò che ne è valsa la pena. Non potrà resistermi.

Lo vedo attraverso il vetro della porta dell'aula di arte. Sta montando qualcosa; sembra un plastico di Parigi. Ha un po' di gesso sulla faccia, una striscia bianca che spicca sulla pelle abbronzata che ha iniziato a perdere il colorito dopo l'estate. È così dolce, tutto concentrato. Immagino sia una dimostrazione di quello che dovremo fare in classe. Per un po' resto a guardarlo… il modo in cui si muove, i suoi polpastrelli bianchi e lucidi.

Entro senza far rumore e abbasso la tendina a vetro. Il lieve cigolio della porta che si chiude alle mie spalle gli fa alzare lo sguardo, e sul suo viso compaiono un milione di espressioni diverse.

Non posso fare qui quello che ho pensato. La porta non ha la serratura.

«Leah, che ci fai qui? Manca ancora un'ora all'inizio della lezione».

Io non dico niente e mi avvio verso la camera oscura. Il nome è evocativo, ma in realtà è solo uno sgabuzzino buio in fondo alla classe dove gli studenti di fotografia sviluppano le foto. Apro la porta ed entro. Poi aspetto.

Lui mi segue. Sapevo che l'avrebbe fatto.

La luce è rossa, l'aria pesante, carica dell'odore dei prodotti chimici. Fa anche caldo. Chiudo la porta alle sue spalle e mi ci appoggio.

«No», dice Dylan, ma la sua voce è bassa e strozzata come quando l'ho fatto inginocchiare.

Senza togliermi la giacca, comincio a sbottonare il vestito. Lui deglutisce.

«Leah, ti prego…», dice.

Di cosa mi sta pregando? Vuole che mi fermi o che vada avanti?

Non glielo chiedo, mi limito a sbottonarmi ancora il vestito finché non resto davanti a lui con addosso solo il corsetto nero e il reggicalze, mentre il vestito è scomparso sotto la giacca. In quella luce rossa Dylan sembra un demone, con il viso rossastro e gli occhi nerissimi. Cerca di tenersi lontano da me, ma non ci riesce: non c'è spazio e la mia schiena è contro la porta.

Gli prendo la mano e la passo sui miei seni che escono dal corsetto, e poi la faccio scendere lungo il ventre e tra le mie gambe. Le sue dita sono fredde e umide sulle mie cosce, e mi accorgo che sopra c'è ancora un po' di gesso di Parigi. Sta letteralmente lasciando un segno su di me.

«Non aver paura», gli dico. «Non lo saprà nessuno».

I suoi jeans sono attillati, e riesco a vedere la sua erezione. Lo sapevo che mi desiderava ancora! Me lo tiro più vicino, le nostre labbra sono a pochi centimetri di distanza, e sento l'aroma di caffè del suo respiro. Si china in avanti, come per baciarmi sul collo, e mi sfugge un gemito.

«Vaffanculo», mi sussurra all'orecchio.

Mi blocco.

«Vaffanculo tu e i tuoi sporchi giochetti, Leah».

Non capisco.

«So che ci tieni ancora a me, Dylan. So che mi vuoi ancora», dico, passandogli una mano sulla coscia. So che mi desidera, lo sento duro contro il mio fianco.

«Muoviti».

Lo stringo alla vita e me lo tiro contro, con un ginocchio premuto tra le mie gambe. Faccio per baciarlo, ma lui mi afferra il viso e lo stringe, le dita mi premono forte le guance e spinge in fuori le labbra, tipo pesce. Mi fa male.

«Rivestiti», mi dice lentamente, digrignando i denti.

Io non mi muovo. Lui mi stringe più forte.

«Rivestiti, Leah, e lasciami uscire».

Le mani mi tremano mentre cerco di riallacciare i bottoni, che però sono piccoli e continuano a sfuggirmi tra le dita. Vorrei parlare, ma lui mi stringe troppo forte la faccia.

Quando ho finito molla la presa e mi spinge da un lato, aprendo la porta come se stesse uscendo da una sauna per tornare a respirare. Nella luce forte dell'aula alza la testa verso il soffitto e si strofina il viso con le mani. Si riempie i capelli di gesso. Faccio per passargli accanto, ma lui mi afferra il polso e mi spinge in un angolo. La mia testa colpisce la parete con un suono sordo che rimbomba nell'aula vuota.

Per un momento penso che mi voglia baciare, ma non lo fa. Mette le mani contro il muro, a destra e a sinistra della mia testa, così sono in trappola, e più che parlare sembra che mi stia ringhiando contro.

«Non provare mai più a fare una stronzata del genere con me. Hai capito? Lasciami in pace, te l'ho già detto!».

Cerco di deglutire per mandare giù il nodo che ho in gola, ma è inutile.

«Pensavo di piacerti», dico. Sto piangendo, non posso trattenermi, le lacrime scivolano lungo le guance doloranti.

La sua espressione passa dalla rabbia a qualcosa di più dolce, come il senso di colpa o la tristezza. Fa un passo indietro. «Sei solo una ragazzina».

«Mi vorresti ancora, se fossi la donna che credevi?»

«Forse», dice lui, calmo. «Probabilmente. Ma tu non sei una donna, sei una ragazzina pazza, una psicopatica che cerca attenzioni come una disperata».

Di nuovo quella parola. Pazza. Ma gli piaceva quando lo facevo impazzire.

«Dylan, io…».

«Non lo capisci? Io ti odio, Leah. Non riesco nemmeno a guardarti».

Provo ad avvicinarmi, ma lui dà un pugno alla parete accanto alla mia testa e io urlo.

«Vattene!», grida lui.

Corro verso la porta e la spalanco, andando a sbattere contro Santi. Pensavo fosse in giro con Summer e i ragazzi. Perché se ne sta sempre appostato in corridoio?

«Leah, stai…».

Non riesco a sentire il resto perché sono già troppo lontana.

Quando esco dal bagno delle ragazze, Santi è lì. Da quanto tempo mi sta aspettando? Ho dovuto darmi una sistemata al vestito perché l'avevo abbottonato male, e avevo ancora segni di gesso sull'interno delle cosce. Ho il viso a strisce bianche e nere per il mascara colato tra il gesso, che è difficile da togliere. Ma adesso ho un aspetto quasi normale, nonostante gli occhi rossi e le guance irritate.

«Leah», dice Santi, venendo verso di me. «Va tutto bene?».

È la frase più lunga che mi abbia mai rivolto.

«Sì, sto bene».

«Cosa ti ha detto Ward?»

«Niente. Volevo parlargli, ma lui aveva da fare».

Santi corruga la fronte, ma non aggiunge altro.

«Ti va di fare due passi?», chiede dopo un po'. «Abbiamo ancora venti minuti di pausa».

Lo seguo lungo il perimetro della scuola fino al campo. Alcune ragazze stanno giocando a calcio, ma non fanno caso a noi. Santi si siede su una delle panchine e io accanto a lui.

Mi fanno ancora male le guance. Me le massaggio, chiedendomi se ci sia un livido. Ha detto che mi odia. Dylan mi odia. Ha detto che non riesce nemmeno a guardarmi. Ricomincio a piangere, e il mascara che è rimasto sugli occhi me li fa bruciare.

«Posso venire con te, se vuoi denunciarlo», dice Santi.

Scrollo la testa e mi appoggio a lui, che mi mette un braccio sulle spalle in modo affettuoso. Con lui mi sento al sicuro. Gli butto le braccia al collo, piango sulla sua spalla e lui mi stringe più forte. Non mi fa domande né mi dice che andrà tutto bene, perché io so perfettamente che non è vero, e si limita ad aspettare che smetta di piangere.

«Scusa. Ti ho sporcato tutto il colletto», gli dico, sforzandomi inutilmente di ridere.

Lui mi sorride. Ha davvero un bel sorriso.

«Sono uno che sa ascoltare», dice. «Voglio dire, se hai voglia di parlare. Ma non devi farlo se non vuoi».

Annuisco e tiro su col naso, poi gli prendo la mano. Lui sorride ancora di più e mi lancia un'occhiata come a dire: *Sul serio?* Annuisco di nuovo e gli appoggio la testa sulla spalla.

«Lui non mi piace», dice. «Ward è... non saprei come dire. Se la prende sempre con te».

«Le cose non stanno così».

Aggrotta le sopracciglia, ma resta in silenzio per un po'.

«Sarà meglio rientrare», dice poi.

Non so per quanto tempo siamo stati seduti qui, la sua mano pesante nella mia, ma mi sento un po' meglio.

«Posso sedermi vicino a te, in classe?», mi chiede.

Merda! Avevo dimenticato che adesso c'è arte. Come faccio a starmene seduta là per un'ora e mezza a guardare Dylan dopo quello che mi ha detto? Mi viene di nuovo da piangere.

«Probabilmente faccio schifo», dico.

«No. No. Sei bellissima», ribatte Santi. «Scusa, non volevo...».

Gli do un bacio sulla guancia e lui arrossisce, e mi viene in mente un'idea.

«Mi sentirei più al sicuro se mi tenessi la mano», dico.

Santi annuisce lentamente, come se già si sentisse un po' il mio protettore, e intreccia le dita alle mie. Devo solo fingere che Santi mi piaccia, finché Dylan non se ne accorgerà. Tutti sanno che gli uomini vogliono sempre ciò che non possono avere; vediamo un po' se davvero mi odia, quando mi vedrà con un altro.

Trentadue
Leah

«O mio Dio, ma sei davvero una puttanella!», strillo.

Mi sto sbrigando per riuscire a far colazione prima di andare a scuola e trovo Reece stravaccato sul divano con addosso solo i boxer e una coperta avvolta sui fianchi, sul tavolino c'è un piatto sporco di ketchup con una forchetta. Gli strappo via la coperta e lui mi dà un calcio, con gli occhi ancora semichiusi.

«Quando sei arrivato?», gli chiedo.

«Abbassa la voce! Stamattina verso le tre o le quattro», dice lui, saltando su per riprendersi la coperta, che ci litighiamo come in un tiro alla fune. Sento la puzza di rum del suo alito fin da qui.

«Di sopra c'è la tua camera, sai».

«Non volevo che mamma mi sentisse. L'ultima cosa di cui avevo bisogno era un interrogatorio nel cuore della notte. Quella donna non dorme mai».

È abbastanza vero. Mi butto sul divano accanto a lui, che mi mette un braccio attorno alle spalle.

«Ho sentito dire che adesso hai un ragazzo», mi bisbiglia all'orecchio.

Lo spingo via. «Ti puzza l'alito».

Lui mi soffia in faccia, e io rido.

«Chi te l'ha detto?», gli chiedo.

«La mamma. Mi ha scritto praticamente ogni giorno quando ero a Ibiza, mi raccontava tutto quello che le veniva in mente, davvero, le ha provate tutte per farsi rispondere».

«E la vacanza, com'è andata?».

Mi stringe ancora di più il collo. «Prima dimmi chi è!», mi chiede, abbassando il tono della voce per imitare un uomo grande e grosso. Ma mio fratello non riuscirebbe a essere un duro nemmeno se lo pagassero.

Mi divincolo per sottrarmi alla sua stretta e faccio spallucce. «Nessuno. Al Carnage ho conosciuto un tipo, ma poi è venuto fuori che era una testa di cazzo. Mamma mi ha beccato che piangevo, quindi probabilmente si è fatta dei film. Non è successo niente».

Mi guarda giocherellare con l'anello che mi ha regalato, quello con la L d'oro, mentre penso a Santi. Ieri ci siamo tenuti la mano per tutta la lezione di arte, e ho notato più di una volta che Dylan ci guardava. Poi ha continuato a fissarci mentre uscivamo dall'aula, sorseggiando quel suo stupido caffè costoso come se non gliene fregasse niente. E mentre raggiungevamo la porta Santi stava per darmi un bacio sulla guancia e io ho girato rapidamente la testa così le nostre labbra si sono sfiorate. Giuro di aver sentito Dylan trattenere il respiro.

Reece capisce che non gli sto dicendo tutta la verità, ma non insiste. Accendo la TV per evitare che mi faccia altre domande. C'è una bionda con una giacca rosa acceso che sta intervistando qualcuno sul tema delle truffe online. Una noia. Abbasso il volume.

«Domani è il tuo compleanno», mi dice.

«Lo so».

«Emozionata?»

«No».

«Dovresti esserlo. Sono tornato apposta».

«Se mamma insisterà per andare a cena da Al Fresco, giuro che mi ammazzo».

Reece mi passa la forchetta prendendola dal piatto sporco e io fingo di accoltellarmi.

«Cosa stai face… Oh, Reece!». Mamma entra in salotto, e vedendo il suo ragazzo d'oro si dimentica completamente di me. «Avevo capito che saresti stato ancora un po' dai tuoi amici!».

Ah. Scommetto che il suo ultimo amante l'ha buttato fuori di casa.

Mamma lo abbraccia, ma vedo che trattiene il fiato. Lei non lo sgrida mai, il suo piccolo principe. Se fossi stata io, mi avrebbe mandata dritta nella doccia.

«Allora, dimmi tutto!», esclama lei, come se Reece fosse passato per condividere una tazza di tè e qualche pettegolezzo e non fosse ancora così sbronzo da non trovarsi nemmeno il culo. «Ma guarda come sei abbronzato! Ti sei riposato un po'? Sembri stanco. Forse dovresti riposarti un po', oggi».

Reece grugnisce un «sì» e io alzo il volume della TV.

«*All you need is love*», sta dicendo la conduttrice del programma del mattino. «Ma cosa succede se l'amore ha un prezzo? Janet Jones, di Liverpool, pensava di aver trovato l'uomo perfetto online. Ma tre mesi dopo si è ritrovata senza casa, abbandonata dagli amici e dalla famiglia e derubata di tutti i suoi risparmi. È un caso di sextortion, l'estorsione di denaro dietro la minaccia di rendere pubblici contenuti personali compromettenti, un fenomeno che sembra in continuo aumento, con bande di ricattatori sessuali che prendono di mira soprattutto le ultraquarantenni sole».

Reece mi guarda, e io scoppio a ridere.

«Ma perché succede sempre la stessa cosa?», grida. «Sextortion, sexploitation… be', sexcusatemi, ma secondo me è ora di sexcludere quei boomer dai siti d'incontri».

«Forse vogliono solo sexperimentare», dico io. «Non sono certo tutti sexsperti come te».

Mamma ci fa cenno di tacere e alza il volume.

«E non è solo nei siti di incontri che uomini e donne vengono truffati in nome dell'amore», prosegue la presentatrice sulle immagini di una vecchia sui cinquant'anni che guarda fuori dalla finestra.

Deprimente. Non lo sopporto. Mi alzo e comincio a mettere un po' di frutta e di merendine nello zaino, ma mamma sembra come ipnotizzata. «Anche i social media e i siti di confessione come Kandid stanno diventando terreno di caccia per falsi amanti alla ricerca di prede vulnerabili».

«Chiunque sia talmente triste da andare su Kandid si merita quello che gli succede», urla Reece.

«E non sono solo i vecchi», ribatto io. «L'anno scorso ho sentito che qualcuno nella mia classe lo usava come una sorta di diario. Soprattutto perché nessuno che conosceva l'avrebbe mai letto».

«Aargh!». Reece si stringe forte la testa e si alza, lasciando cadere la coperta. Subito mamma la raccoglie e la piega per bene. «Kandid è pieno di vecchi che si lamentano che il vicino non taglia bene il prato, e di depravati in cerca di sesso. Non c'è di che stupirsi se i truffatori trovano il modo di fregare quelle stupide vecchie per farsi dare tutti i soldi».

Reece si trascina di sopra e mamma spegne la TV. Sembra più nervosa del solito.

«Dobbiamo parlare di domani».

O mio Dio, questa donna è ossessionata dalle feste di compleanno. Vi supplico, divinità del compleanno, fate che non mi compri una torta da ragazzini.

«Sabato esco con le mie amiche», rispondo subito, aprendo la porta di casa. «Andiamo al cinema o qualcosa del genere».

«Okay, va bene, ma domani sera ci sarà la tua festa qui a casa».

Cosa? «Una festa?»

«Sì... una cena in famiglia. Tu, io, tuo padre e Reece. Approfittiamone finché è qui, prima che torni all'università il mese prossimo».

Ah, certo, perché tutto ruota attorno a Reece.

«Comprerò del sushi e una bella torta – quella cheesecake che ti piace tanto, quella che fanno alla pasticceria vicino all'ufficio postale. Invita pure le tue amiche, se vuoi».

«Va bene».

Mamma torna a sistemare i cuscini del divano, io prendo le chiavi di casa e le infilo nella borsa. Ma poi mi fermo. Tra i miei libri di scuola c'è un foglietto giallo.

Lo tiro fuori e lo apro. C'è una scritta in grosse lettere nere:

TI TENGO D'OCCHIO, LEAH!
SO TUTTO DI TE E WARD!

Merda.

Il cuore mi batte all'impazzata, comincio a sudare freddo. Giro il foglietto giallo. Sul retro non c'è scritto niente. Guardo nello zaino, ma non c'è nient'altro di sospetto. Lo rileggo, mi soffermo sulla grafia. Sono grosse lettere maiuscole – potrebbe averlo scritto chiunque. Cosa sta succedendo?

«E quello cos'è?», mi chiede mamma dall'altra parte della stanza.

La mano mi trema così forte che il foglietto giallo si muove come una vela al vento. Mi giro di scatto. «Lasciami in pace!», grido. «Mi stai sempre addosso!».

«Sono preoccupata per te, Leah», dice lei, con quella sua finta voce gentile. «Sei stata un po'... distratta, ultimamente. Non parli più di Summer o di Paige, e ti vesti anche in modo diverso. Va tutto bene, tesoro?».

Metto il biglietto giallo nello zaino mentre lei attraversa la stanza per venire da me.

«Sto benissimo», dico, mettendomi il rossetto davanti allo specchio del corridoio con la mano che ancora mi trema.

Lei si piazza tra me e la porta.

«Sei molto carina», mi dice, mentre io la scanso per uscire di casa.

Qualcuno sa di me e Dylan, e vuole che io lo sappia. Chi può sapere che sono andata a letto con il mio professore, e cosa vuole da me?

Trentatré
Jules

In ufficio tutto tace. Steve è fuori, e io faccio fatica a trovare qualcosa che mi tenga occupata. Devon è alla scrivania di Ameera, stanno lavorando alla nuova campagna. Ogni volta che gli passo vicino smettono di parlare, ma ho visto i grafici che hanno sullo schermo. Sono tutti sbagliati. Perché hanno scelto come target gli adolescenti per un marchio che è decisamente fuori dalla loro portata, quando le donne della mia età associano ancora Medusa alla qualità? E poi tutto quello che vedo online o sulle riviste che sarebbe destinato a donne della mia età è roba da ottantenni. È snervante.

Devo dire qualcosa. Non posso starmene qui a guardare i colleghi fallire.

«Devon», dico, in piedi davanti a lui.

Fa finta di non sentire, così ripeto il suo nome a voce più alta.

«Devon!».

Lui riorganizza i tratti del viso dall'irritato all'accomodante e mi sorride.

«Cosa c'è, Jules?».

Lasciamo perdere. È fiato sprecato.

«Volete una tazza di tè?».

Mi mostra i due bicchieri di Starbucks e io annuisco. Ovvio che no. Nemmeno io ho voglia di tè, ma vado comunque in cucina e accendo il bollitore. Il telefono continua a farmi vedere le notizie – omicidi, inflazione in crescita, scandali politici – e io ripenso al servizio di stamattina sugli uomini che si approfittano delle donne su siti come Kandid. Io non sarò così ingenua. Chi può avere un bisogno d'attenzione così disperato da dare tutti i suoi soldi a uno sconosciuto incontrato su internet?

Forse Reece ha ragione. Forse chiunque abbia più di quarant'anni dovrebbe tenersi alla larga da internet. Meglio scegliere un club di lettura o un circolo di cucito se si vuole conoscere qualcuno.

Resto in cucina fingendo di preparare il tè e controllo i messaggi sul cellulare. Non ci sono nuovi messaggi da Curioso2, niente di interessante sui social media, niente da Adam o dai ragazzi. Nemmeno Lynsey ha risposto al mio ultimo WhatsApp.

Sto per mettere giù il telefono quando mi arriva una notifica. È Adam. Apro il messaggio, aspettandomi l'ennesimo promemoria sul pane o sulla carta igienica, e invece no.

Ti amo.

Due piccole parole seguite da un cuore rosso.

Le fisso come se fosse un messaggio in codice. Non riesco nemmeno a ricordare l'ultima volta che Adam me l'ha detto, e men che meno scritto. Ripenso a quello che Lynsey mi diceva qualche giorno fa al pub: *È quando improvvisamente cominciano a inondarti d'amore e di attenzioni che bisogna preoccuparsi. Perché significa che hanno la coscienza sporca.*

Il messaggio di Adam è arrivato davvero dal nulla. Il cuore rosso brilla sullo schermo del mio cellulare come un sanguinante punto fermo. Ripenso al vestito rosso di Bea. Alla sfumatura del suo rossetto. Il colore della lussuria e della violenza e del rimorso. Un'onda di rabbia mi sale nel petto, lasciando subito il posto a una stanchezza profonda. Cosa significa tutto questo? Non è da

Adam. Lui è posato, stoico, ha tutte le qualità che vorrei avere anch'io.

Per tutta la settimana ho oscillato tra il desiderio di voler dar fuoco a tutto per dare una svolta alla mia vita e la semplice accettazione della mia infelicità, che mi sembrava la strada più facile per tirare avanti serenamente. Non riesco a decidere se arrabbiarmi tanto per ogni cosa mi renda più potente o più stupida. Ma forse anche questo messaggio in realtà non significa nulla. O forse è venuto anche per me il momento di guardare in faccia la realtà.

Sto per rispondergli, ma poi mi blocco. Non ce la faccio. Perfino un'emoji sarebbe una menzogna, come stendere la carta da parati su una crepa. Metto il cellulare sul bancone con lo schermo rivolto verso il basso e mi sforzo di mandare giù il nodo che ho in gola.

Non posso continuare a fingere che quasi tutto nella mia vita non stia andando in pezzi – il lavoro, il matrimonio, i figli – quando tutto quello faccio è cercare di essere felice. Leah mi ha davvero fatta arrabbiare, stamattina, quando mi ha fatto capire che non so cosa possa renderla felice il giorno del suo compleanno. Certo che lo so! E quello che lei non sa, nella sua scontrosa arroganza, è che io e suo padre vogliamo regalarle, a lei e alle sue migliori amiche, il biglietto per il concerto del loro gruppo preferito, i Flying Donkeys, un gruppo dal nome ridicolo. Il piano è che Paige e Summer vengano a casa nostra dopo la scuola, domani, per aprire i regali e prepararsi a uscire. Mangiamo il suo sushi preferito e la torta che le piace di più, poi le accompagno alla stazione per prendere il treno delle 18:30. Le ho comprato addirittura la maglietta del tour. La adorerà. O almeno dovrebbe, visto che mi è costato una fortuna, ma ne sarà valsa la pena se servirà a farla stare un po' meglio.

Faccio un respiro profondo, nel tentativo di scacciare il pensiero di mio marito che bacia un'altra donna, o della folla al concerto, o della mia bambina che potrebbe drogarsi o mettersi nei guai. Mi dico che se riesco a immaginare tutte queste cose, probabilmente non accadranno mai; ma non è vero.

Non ho alcun controllo sulle decisioni che i miei cari potrebbero prendere.

Quando torno a casa non c'è nessuno, così mangio da sola un'insalata davanti a una vecchia puntata di *Seinfeld*. Leah mi scrive che è andata al McDonald's con le amiche, Dio solo sa dove sia finito Reece, e Adam è uscito a bere qualcosa con i colleghi. O perlomeno così mi ha scritto. Alla fine non gli ho risposto. Stavo per farlo, ma poi lui mi ha scritto che anche stasera resterà fuori a cena, e non sono più riuscita a far finta che noi due siamo una normale coppia sposata.

Alle dieci vado a letto, ma passa un'ora e non ho ancora sonno. Apro Kandid e scrivo a Curioso2.

Che lavoro fai?

Risponde subito.

Lavoro nella finanza. Vorresti qualche consiglio per i tuoi investimenti? No, dico sul serio, sono sempre contento di dare una mano.

Strana risposta. Mi fa pensare a quel servizio sulle estorsioni a sfondo sessuale. Non rispondo, così lui riprende a scrivere.

E tu cosa fai?

Lavoro nella moda.

Affascinante. Ti piace?

Ormai non mi piace più niente.

Ti capisco.

Non mi ha ancora detto perché usa questa app. Ho cercato il suo nickname, ma non c'era nessun post personale. Un tipo che osserva senza partecipare. Come faccio a capire se è sincero o se sta fingendo? C'è solo un modo per scoprirlo.

Perché sei su questa app?

Curiosità. E tu?

Lo stesso. Con l'età la gente diventa sempre meno curiosa. Non è una cosa positiva.

Esatto. Quando ho letto il tuo post, ho dovuto rispondere. Ero preoccupato per te. Il tuo messaggio sembrava onesto, non come quelli degli altri, che vogliono solo attirare l'attenzione.

Non mi era nemmeno passato per la testa che *lui* potesse temere che fossi *io* a volerlo ingannare. Mi chiedo se sia più facile fregare gli uomini se fingi di essere una donna giovane e bella. Voglio andare più a fondo.

Stai con qualcuno?

In un certo senso. Sto con una persona, ma penso che la nostra storia sia finita.

Mi si stringe lo stomaco e mi odio perché quella notizia mi rende felice.

Stai cercando qualcun altro?

E tu?

Certo che no! Eppure… è così che cominciano le relazioni? È così che è cominciata tra Fiona e il suo nuovo compagno? È evidente che lei si fida di lui. Lynsey dice che le ha mandato delle foto, ma che ancora non hanno potuto fare una videochiamata perché nel villaggio in cui abita lui non c'è il Wi-fi. A me sembra un po' sospetto.

Continuo a scrivere.

Mandami una foto del tuo viso.

Se tu me ne mandi una del tuo.

No. Non posso farlo.

Chissà cosa immagina, Curioso2, quando mi scrive. Ci penso spesso, a come possa immaginarmi basandosi solo su una foto del mio culo. Sarebbe deluso scoprendo che ho le zampe di gallina intorno agli occhi, che la mia bocca ha delle sottili righe che si notano solo dopo una lunga giornata, quando il rossetto comincia a sparire? Si accorgerebbe che la pelle delle mie mani è sempre più sottile e le vene sempre più in rilievo, o che i miei capelli non sono più folti e luminosi come prima? Gli importerebbe?

Penso di sì, ma a me invece non importerebbe. So che se lo incontrassi non farei caso al suo aspetto, perché l'unica ragione per cui voglio parlare con lui è essere ascoltata. Quando gli scrivo non penso a nessuno. Non vedo un viso o un corpo e non sento nemmeno una voce, sento solo delle braccia che mi stringono e la presenza di una persona che mi sta accanto e mi capisce.

Ricevo ancora messaggi da altri uomini, ma non rispondo mai perché parlare con Curioso2 è diverso. *Lui* è diverso. Noi due ci somigliamo: siamo due persone sole, spaventate, frustrate, che non hanno il coraggio di fare niente per le loro miserevoli vite. Eppure… probabilmente è meglio così. Lui vive nella mia stessa zona. Potrebbe essere il vecchietto che abita in fondo alla via, o uno degli amici di Reece!

Hai detto come ti senti alla donna con cui stai?

Lui risponde subito.

No, perché ormai non so più cosa provo. Pensavo di sì, ma da quando parlo con te tutto è cambiato.

Di nuovo quella sensazione allo stomaco. Non vorrei mai rovinare un matrimonio, ma mi sento esattamente come lui. Anche io sento di essere cambiata da quando parlo con lui.

Come pensi che reagirebbe se scoprisse che parliamo su questa app?

E tu, come pensi che reagirebbe tuo marito se scoprisse che condividi le tue fantasie sessuali con uno sconosciuto?

Reagire? Penso che Adam non reagirebbe affatto, ed è questo il problema. Vorrei raccontargli che mio marito ha un'amante e che probabilmente sarebbe sollevato se io gli dessi la scusa perfetta per lasciarmi. Ma metterlo per iscritto lo renderebbe troppo reale, come se desiderassi vederlo accadere.

Sinceramente penso che a mio marito non importerebbe sapere che parlo con te. È da molto ormai che non gli importa niente di ciò che faccio.

È un cretino. Dov'è la mia foto? :-)

Non posso certo mostrargli il mio volto, ma ho altre foto come quella dell'altra volta. Gliene mando una in reggiseno di pizzo nero, con la scollatura in bella mostra, i capezzoli che si intravedono attraverso il tessuto trasparente, e altre due in cui mi chino in avanti. All'epoca quelle foto mi avevano fatta sentire così potente, convinta com'ero che Adam le avrebbe viste in ufficio e avrebbe desiderato disperatamente di tornare a casa da me. Arrossisco dalla vergogna al ricordo della sua reazione indifferente: «Belle».

Non mi accorgo che sto trattenendo il fiato finché la risposta non illumina lo schermo.

Queste foto sono fantastiche. TU sei fantastica. E meriti di sentirtelo dire ogni giorno.

Un brivido di piacere mi corre lungo la schiena. Sono fantastica. Ha visto le mie foto e non ha pensato: «Belle». Ha pensato che sono fantastica. Arrivano altri due messaggi.

Sei così sexy.

Non sono riuscito a combinare niente tutto il giorno perché riesco solo a pensare a te.

Be', così è un po' troppo. Stiamo esagerando.

Non gli rispondo; spengo la luce e immagino che sia Adam a dirmi quelle cose. Immagino di indossare quel reggiseno per mio marito, vedo la luce nei suoi occhi mentre mi dice di aver pensato tutto il giorno a me, il sesso che facciamo senza neanche finire di spogliarci. Sono eccitata e il mio respiro è pesante quando sento la chiave girare nella serratura e subito mi sento in colpa. Riconosco ogni rumore che fa mio marito di sotto. Chiude a chiave la porta di casa, appoggia la borsa del lavoro, si toglie le scarpe, sale le scale.

«Ti sei divertito?», gli chiedo, mentre lui apre con delicatezza la porta della stanza.

La luce del corridoio lo illumina abbastanza perché io lo veda sobbalzare mentre si toglie la giacca. «Oh, sei sveglia».

Accendo la luce, e lui sbatte le palpebre. La sua voce è un po' impastata, la camicia sbottonata lascia vedere i peli del petto. È stato lui a slacciarla? Oppure Bea?

Stringo le gambe, indolenzite dal desiderio di essere toccata. Se il nostro matrimonio fosse come tutti gli altri, lo aiuterei a togliersi il vestito con un sorriso d'intesa o un occhiolino o qualunque altro gesto che ha un significato speciale per noi. Lui sarebbe contento di vedere che l'ho aspettato sveglia: e probabilmente sarebbe proprio lui a cominciare a fare l'amore. E lo farebbe subito, con rabbia e passione. Ma Adam è questo, un uomo che mi guarda come fosse un disturbo che io sia sveglia. Come se dovermi parlare fosse un prolungamento della sua faticosa giornata di lavoro.

«Per chi era la festa di pensionamento?», gli chiedo.

«Mike. Uno dei programmatori. Non lo conosci».

E Adam, lo conosce? Conosce questo Mike abbastanza bene da scegliere di bere birra con lui piuttosto che passare la notte solo con sua moglie? Una donna che gli estranei trovano bella e sexy, ma che suo marito evita di guardare negli occhi.

Adam sembra colpevole, e io non posso fare a meno di pensare a quello strano «ti amo» cui non ho risposto, e al braccialetto sparito, e a tutte le notti che passa fuori casa.

Non si toglie i boxer e va dritto in bagno. Di solito non si ubriaca così. Lo sento lavarsi i denti e fare quei fastidiosi gargarismi con il collutorio. Poi si mette una maglietta e si infila nel letto accanto a me.

«Va tutto bene?», mi chiede.

Se me l'avesse chiesto qualche anno fa, avrei appoggiato la testa sul suo petto, gli avrei raccontato della mia giornata e avrei ascoltato le sue storie, ma adesso suona quasi come una sfida. Come se volesse cominciare un litigio.

«Sì, sto bene», mormoro, e spengo la luce.

L'interno delle mie cosce pulsa ancora, e una singola lacrima mi scorre lentamente sulla guancia. Sono contenta che nella nostra camera il buio sia così fitto, e che lui abbia già smesso di farmi domande. Non ha nemmeno fatto la doccia. È sdraiato accanto a me, puzza di birra e di un profumo costoso, e non ha nemmeno cercato di nasconderlo.

Trentaquattro
Jules

«Buon compleanno!».

Apro le tende della stanza di Leah, che viene inondata dalla luce del sole e risplende come un angelo. Si rannicchia in una palla e si copre gli occhi.

«Ma che cavolo fai?».

Le do un bacio sulla testa, scegliendo di non reagire. «È il tuo compleanno, e ti ho fatto i pancake!».

Lei grugnisce. «Ma sto dormendo!».

«Con doppia dose di sciroppo».

La lascio vestirsi per la scuola mentre io le preparo la colazione. Le ho comprato vari regalini da aprire subito – dei vestiti e una borsetta che voleva – ma il regalo principale è il biglietto per lei e le sue amiche. Quando non ascolta a tutto volume quell'orribile music rap, di solito Leah ascolta i Flying Donkeys. Che in realtà sono una copia dei Rolling Stones, ma perché mai lei dovrebbe saperlo o dovrebbe importargliene?

I regali sono anche da parte di Adam, ovviamente, ma lui non ha la più pallida idea di cosa le ho comprato. Se stesse a lui, probabilmente si limiterebbe a dare ai ragazzi qualche banconota e un abbraccio veloce. Ma io sono convinta che i nostri figli meritino attenzioni per il loro compleanno. Ripenso ai miei compleanni da bambina. Anche se mamma non ha mai avuto molti soldi, fino a quando la demenza non se l'è portata via aveva sempre qualcosa di speciale per me. La prima volta in cui si dimenticò del mio compleanno fu la prima in cui ebbi la consapevolezza che la stavo perdendo. Io non trascurerò mai i miei figli. Voglio che sappiano sempre che li penso.

Leah arriva in cucina avvolta da un alone di profumo, con i capelli che le dondolano intorno alle spalle come un mantello. Non riesco nemmeno a ricordare l'ultima volta in cui avevo anch'io dei capelli così.

«Dov'è papà?», mi chiede, prendendo un lampone dal piatto.

«Doveva uscire presto per andare al lavoro, e non voleva svegliarti. Ma sarà sicuramente a casa per la tua cena speciale».

«Fantastico».

«Invece tuo fratello non è tornato stanotte, ma mi ha scritto che torna nel pomeriggio».

Sembra che non le importi niente di niente. Mi chiedo se sarebbe altrettanto imperturbabile se qui non ci fossi nemmeno io a farle gli auguri. Sta osservando tutti i pacchetti morbidi. So a cosa pensa, pensa che Reece ha avuto più regali per il suo compleanno. Ma il concerto era carissimo, e i biglietti sono dentro una delle buste. Le sorrido, facendole cenno di sedersi.

«Vieni, mangia. I regali possiamo aprirli stasera quando ci saranno tutti».

«In realtà non ho molta fame», dice lei, sorridendo ai messaggi che le stanno arrivando sul cellulare. «Summer dice che lei e Paige hanno una sorpresa per me, questo pomeriggio».

Lo so. Una sorpresa che ho pagato io.

«È una merda dover andare a scuola il giorno del mio compleanno».

«Niente ti impedisce di festeggiarlo anche nel fine settimana».

Lei mi ignora e continua a guardare il cellulare.

«Le mie amiche mi aspettano».

«E i pancake?».

Ne piega uno in quattro e se lo infila in bocca, poi prende lo zaino e si fionda verso la porta.

«Grazie!», mi grida con la bocca piena.

Non ha bevuto la spremuta di arance che le ho preparato, e non ha nemmeno notato lo striscione con la scritta «Buon compleanno!» appeso sopra la porta.

Trentacinque
Jules

Oggi lavoro da casa. Devo mandare un'e-mail a Steve per dirgli che la nostra riunione mensile la faremo via Zoom. Tanto non è mai in ufficio, quindi che differenza fa? D'altra parte non sembra che il resto della squadra apprezzi particolarmente i miei contributi.

Sistemo i piatti della colazione e do una ripulita al salotto. Una volta Adam mi ha chiesto perché mi prendo la briga di mettere un vaso di fiori freschi al centro della tavola, per poi spostarlo quando ci sediamo a mangiare e rimetterlo al suo posto quando abbiamo finito, visto che non abbiamo mai ospiti che possano apprezzare lo sforzo. Non ci arriva. Non capisce che i fiori mi fanno sorridere, anche se sono l'unica a vederli. Che a volte la vita non è fatta di grandi cose ma di tutti quei piccoli gesti che ci fanno sentire speciali.

Metto il portatile sul tavolo pulito e lo apro, ma non sento più la passione di un tempo. Ho sempre amato il mio lavoro; restavo sveglia la notte a pensare a una nuova collezione, ansiosa di condividere le mie idee con Steve nelle prime ore del mattino. Ma ormai Medusa non è più una cosa mia. Il lavoro, i figli, il marito – vivevo per queste cose, e tutte e tre si sono trasformate in una sabbia che mi sfugge tra le dita e che non so come fare a trattenere. Forse *dovrei* lasciarle andare? È questo che tutti si aspettano da me?

Mi sforzo di non sentirmi ferita per ciò che succede

al lavoro, di non prenderla sul personale, ma non posso evitarlo. *È* una cosa personale. Io e Steve avevamo grandi progetti per la nostra azienda. Prima ero praticamente la sua socia, e ora sono diventata una di quelle vecchie scrivanie che bisogna sostituire. Steve è ancora entusiasta di vedermi arrivare solo quando porto i dolcetti fatti in casa. Mi ha lasciato molta libertà dopo la morte di mamma – ne avevo bisogno, e l'ho apprezzato – ma adesso mi sento come quando ho preso il congedo di maternità e ho dovuto sgomitare per riavere il mio posto al giornale. Le cose mi sono sfuggite di mano. Ho distolto un attimo lo sguardo, e le cose sono andati avanti senza di me. Ora non so più cosa fare per rimettermi al passo.

Controllo il calendario del lavoro, sollevata di scoprire che oggi non ci sono riunioni, solo l'aggiornamento mensile con il capo. Bene. Perché oggi sarò parecchio indaffarata con il compleanno di Leah. Più tardi uscirò per comprare la torta e ordinare il sushi.

Il mio cellulare vibra. Appare l'icona di Kandid e ho un brivido.

La prima cosa che ho guardato appena sveglio sono le foto che mi hai mandato.

Il corpo mi si riempie di calore al pensiero di quell'uomo, chiunque sia, che pensa a me, che cerca di immaginare il mio aspetto e accarezza lo schermo del cellulare pensando di toccare la mia pelle.

Buongiorno anche a te.
Come va oggi?

Penso di dirgli che è il compleanno di mia figlia. Vorrei chiamarlo e sentire la sua voce, dirgli delle incombenze di oggi, raccontargli che a mio marito importa solo del lavoro e che forse ha un'altra donna, e che i miei figli mi odiano. Ma non posso. Non credo gli importi, non sul serio; siamo solo una piccola distrazione dal disastro delle nostre vite.

Un mercoledì come gli altri.

Ho un'offerta invitante da farti.

Oh!

No, non in quel senso. Un'opportunità di lavoro.

Sembra un po' presuntuoso. Non ti conosco nemmeno.

Sì che mi conosci, J. Mi sembra che ultimamente siamo diventati piuttosto intimi.

Ha ragione. Gli ho parlato di me più di quanto abbia fatto con mio marito da non so quanto tempo. In alcuni giorni non ho combinato niente, impegnata com'ero a raccontargli i miei sogni, le mie paure, aneddoti del mio passato.

Gli ho raccontato anche della morte di mia madre e della vendita del suo appartamento, e della mia paura che un giorno o l'altro i miei figli lascino me e il padre. E lui ha fatto altrettanto, raccontandomi delle sue paure e spiegandomi quanto sia difficile mostrarsi vulnerabili con la donna che ami perché sa che lei ha bisogno che lui sia sempre forte. Mi ha detto che sta cercando di ristabilire un contatto con lei ma che a quanto pare la cosa non funziona, e io gli ho detto che lei non lo merita.

Sto per rispondergli, ma subito mi blocco. Mi si stringe lo stomaco. Ha scritto J. Perché ha digitato quella J? Io non gli ho mai detto il mio nome.

J?

Cosa?

Hai scritto J

Oh, un errore di battitura.

No, non era un errore di battitura.

Guardo fuori dalla finestra, strizzando gli occhi mentre le ombre scivolano sui cespugli del mio giardino. La siepe che lo circonda è bassa. Non abbiamo nemmeno l'antifurto. Scrivo in fretta, con dita tremanti.

Adesso devo andare.

Ti ho fatta arrabbiare? È perché ti ho detto del lavoro?

È strano. Questa situazione sta diventando difficile da gestire. Non è quello che voglio. Non lo so nemmeno io che cosa voglio. Mi odio, e la cosa che odio di più è che non riesco a togliermi dalla mente questo sconosciuto!

Vorrei chiamare Lynsey, chiederle cosa ne pensa di questo casino, ma da giorni ormai non risponde ai miei messaggi. Al pub mi ha detto che quando una donna comincia a pensare sessualmente a un altro significa che il suo matrimonio è finito. È vero? O stava solo cercando di dirmi qualcosa di sé?

Fisso il messaggio che mi ha mandato Curioso2 e rispondo.

No, non mi hai fatta arrabbiare. Be', forse un pochino. Non so. Parlare con te mi rende felice, mi fai sentire bene con me stessa, e questo non mi piace. Non dovresti farlo tu.

Dovrebbe essere tuo marito, giusto?

Sì.

Esco dall'app e butto il cellulare nella borsetta. In questo momento non voglio pensarci. Devo concentrarmi sul lavoro e sul compleanno di Leah.

Passa un'altra mezz'ora, e non ho fatto altro che stare su Facebook. Come posso lavorare se a nessuno importa niente di me, e se tutto ciò a cui riesco a pensare è a Curioso2 e a quanto valga la pena di salvare il mio matrimonio?

Chiamo Lynsey e lei risponde al terzo squillo.
«Ah, ciao», dice. C'è un fruscio all'altro capo della linea, come se stesse coprendo il microfono con la mano.
«Va tutto bene?», le domando.
Fa una leggera risata. «Ma sì, certo. Ho appena addormentato i bambini per il pisolino pomeridiano. Scusami se ho fatto la stronza e non ho risposto ai tuoi messaggi».
«Oh, non preoccuparti».
«Aspetta, oggi è il compleanno di Leah, dico bene? Merda, mi sono dimenticata di spedirle il biglietto».
L'avevo notato. Lynsey è la sua madrina, ed è la prima volta in diciassette anni che non le manda il biglietto con gli auguri di compleanno.
«Dalle un po' di soldi da parte mia. Venti. No, cinquanta. Poi te li restituisco».
Cinquanta? Decisamente più generosa del normale.
«Va tutto bene, Lynsey?»
«Sì. Ehi, c'è qualcuno alla porta. Devo andare. Ci sentiamo, okay?».
Riattacca prima che io possa dire qualcosa. È un po' strano da parte sua. Poi tutto diventa più chiaro. Il mercoledì i suoi figli vanno al nido. Ma allora perché aveva tanta fretta di mettere giù, e perché mi ha detto che i bambini dormivano lì in casa? Di solito il mercoledì resta a casa da sola.
Ripenso all'ultima volta che ci siamo viste, al fatto che lei era in ritardo, a come ha nascosto il braccialetto nuovo, al fatto che stamattina Adam è uscito più presto del solito dicendo di avere una riunione che durerà tutto il giorno.
No, sono una stupida. Finirò con l'impazzire se continuo a pensare a queste cose. Lynsey è la mia migliore amica e Adam non lo farebbe mai. Non può.
Torno al computer, butto giù alcune idee per la newsletter della prossima stagione, poi lascio perdere e tor-

no in cucina per mangiare qualcosa. Butto giù quattro biscotti *digestive* con le gocce di cioccolato e controllo ancora una volta il cellulare. Niente. Nessun messaggio da Adam, dalla mia amica, dal mio capo, dal mio uomo segreto o dai miei figli. Nemmeno un grazie da parte di Leah per ciò che stamattina ho fatto, da sola, per lei.

Essere invisibili è una cosa che può durare solo fino a un certo punto. Prima o poi qualcuno ti nota, anche se per farti vedere devi dar fuoco al mondo intero.

Trentasei
Leah

Continuo a pensare al foglietto giallo che ho trovato nello zaino, cercando di convincermi che non è niente. Ma non è vero che non è niente – è la riprova del fatto che qualcuno sa di me e Dylan. E questo qualcuno può rovinarmi la vita. Stamattina, prima di andare a scuola, l'ho strappato e ho buttato i pezzetti nel cestino di camera mia. Guardarlo mi faceva star male, mi faceva impazzire dall'ansia, ma adesso me ne pento, avrei dovuto conservarlo per provare a riconoscere la grafia.

Mio Dio, non è giusto. Oggi dovrei pensare solo al mio compleanno, ai regali che mi hanno comprato e alla festa di stasera, e invece non faccio che pensare a chi potrebbe avermi vista con Dylan. L'unica persona che mi viene in mente è Santi, ma lui è troppo carino. E io gli piaccio. Non farebbe mai niente per spaventarmi, o no? Mi passo un dito sotto gli occhi per sistemare il trucco e mettere su un'espressione coraggiosa. Probabilmente non è niente. Questo è il mio giorno speciale, e non permetterò a nessuno di rovinarmelo!

Paige e Summer si mettono a saltellare su e giù non appena mi vedono davanti al cancello della scuola. Paige ha in mano un pasticcino con un cuore di zucchero al centro.

«Buon compleanno!», strillano all'unisono, assicurandosi che tutti gli altri le sentano.

Io mi fingo imbarazzata, ma in realtà sono felice.

«Grazie», dico, e Summer mi abbraccia.

«Il regalo te lo daremo a casa tua, dopo la scuola», dice Paige.

«In che senso?».

Summer dà a Paige una botta sul braccio, e Paige spalanca gli occhi.

«Voleva dire che potremmo passare da te, più tardi», dice Summer.

Mamma mi aveva detto di invitare le mie amiche, ma ovviamente io non l'ho fatto: perché mai dovrei sottoporle a quella tortura? Però sono un po' strane. Non ha senso invitarsi alla noiosissima cena con la mia famiglia.

«Ma non abbiamo detto di andare a fare shopping, e a vedere il nuovo film di Zendaya? Me lo date sabato, il regalo, per me non c'è problema».

Paige e Summer si scambiano un'occhiata. «Non possiamo aspettare. Vedrai, ti piacerà tantissimo», dice Paige. Poi mi dà una gomitata e mi indica il parcheggio delle bici. «A proposito di amore…».

Santi viene verso di noi. Non mi stacca gli occhi di dosso. Quel ragazzo è ossessionato da me. Mi ha addirittura chiesto di fargli vedere qualche foto della mia famiglia, e mi ha detto che gli piacerebbe conoscere mio fratello e passare un po' di tempo con noi. È un po' troppo, ma è meglio così, ho bisogno che sia così preso se voglio che Dylan si ingelosisca. Però anche Santi potrebbe essere un tipo super geloso, e il biglietto potrebbe averlo scritto proprio lui per farmi allontanare da Dylan. O qualcosa di peggio. Se avesse capito che lo sto semplicemente usando?

Tenerlo per mano durante la lezione di arte era già abbastanza, non dovevo andare oltre, ma ieri, quando alla fine delle lezioni ho visto Dylan venire verso di noi, ho baciato Santi. Un bacio vero, con la lingua. Ed effettivamente bacia bene. Prima che le nostre labbra si toccassero, lui ha fatto quella cosa che si vede sempre nei film, mi ha portato una ciocca di capelli dietro l'orecchio, ha messo le mani attorno al mio viso e solo allora mi ha baciata. È stato perfetto, e so che Dylan ha visto tutto.

Paige e Summer sanno di quel bacio e non parlano d'altro, e anche questo fa parte del mio piano. Ancora una settimana e Dylan mi supplicherà di rimetterci insieme. Ripenso al foglietto giallo e mi chiedo se non sia il caso di avvisarlo, ma poi decido di non farlo. Lo incoraggerebbe a starmi alla larga.

«Ehi», dice Santi, passandomi le braccia attorno al collo e baciandomi lentamente davanti alle mie amiche. Alcune ragazze del primo anno si fermano a guardarci, e anche se sto solo facendo finta io mi sento come se stessi tradendo Dylan.

«Lo sai che è il suo compleanno?», dice Paige, consegnandomi il pasticcino.

«Cosa?», grida lui, sempre tenendomi stretta. «Perché non me l'hai detto, Leah? Avrei organizzato una grande festa!».

Ovvio, organizzerebbe una grande festa per qualsiasi cosa. Do un morso al pasticcino, e la glassa mi si appiccica alle labbra. Santi si china su di me e mi bacia ancora, e tutti e due ci ricopriamo di glassa. Scoppio a ridere. Dylan non mi ha mai fatta ridere. Santi mi toglie dalla guancia delle briciole di glassa, e io noto che la sua mano è sporca di inchiostro nero.

«Che cos'hai lì?», gli chiedo, bloccandogli la mano.

Lui me la toglie. «Un compito di arte per quello stronzo di Ward».

«Lo odi proprio, eh?».

Lui fa un'espressione che non riesco a decifrare e mi tira più vicino a sé. «Sì, e dovresti odiarlo anche tu».

Trentasette
Jules

Ho fatto tutte le commissioni per il compleanno di Leah. Mi sono concessa uno stucchevole dolcetto al caramello in quel costosissimo bar del centro, e mi rimangono solo trenta minuti per far finta di aver lavorato prima della riunione con Steve. Mi domando di cosa dovremmo parlare. Probabilmente vuole che mi occupi della comunicazione per la nuova campagna, visto che è assolutamente impossibile che Ameera e gli altri abbiano una vaga idea di ciò che stiamo facendo.

Spingo la porta di casa nel momento esatto in cui Reece la apre dall'interno.

«Ah, bene, sei a casa. Dammi una mano a organizzare il compleanno di tua sorella».

«Stavo giusto uscendo».

Chiudo la porta con un piede e lo spingo indietro scherzosamente. Non si oppone. Leah non mi avrebbe mai permesso di fare una cosa del genere.

«Innanzitutto facciamoci una bella tazza di tè. Su, da quando sei tornato da Ibiza non hai fatto altro che dormire e uscire con gli amici. Voglio sapere tutto sul tuo compleanno e su quello che hai combinato».

Metto la torta in frigorifero e accendo il bollitore. Lui dà un'occhiata al cellulare, con un'espressione seccata.

«Cinque minuti, mamma, non di più. Devo vedere una persona».

«Ma tornerai a casa per la festa di Leah, vero?»

«Pensavo che avremmo cenato presto».

«Sì, il sushi arriverà alle cinque e mezza. Bevi un po' di tè». Accendo il fuoco sotto la teiera. «Allora, era così fantastica, Ibiza?»

«Sì, è stato divertente».

«Mi sembra che tu stia bene. E con i tuoi amici?».

Arrossisce, e io sorrido: «Hai conosciuto qualcuno di speciale?».

Quand'era più piccolo si divertiva a raccontarmi tutto sui ragazzi che gli piacevano. So che ne parla con Leah, qualche volta, ma io sono esclusa da quest'argomento. Quando è cambiato tutto? Gli verso il tè e gli passo la tazza.

«Niente gossip».

Quella noiosa di mamma, che ormai non fa più parte della cerchia intima. Beve qualche sorso di tè – è ancora troppo bollente – poi versa il resto nel lavandino.

«Sono in ritardo. Devo vedere un paio di persone, ma per le cinque sono a casa».

Prende lo zaino e se lo passa sulla spalla proprio mentre arriva la videochiamata. Gli mando un bacio ma lui non mi vede, è già fuori dalla porta.

«Steve!», esclamo, stampandomi un sorriso in faccia e inclinando il computer sul tavolo della cucina perché non veda il disordine. «Come vanno le cose?»

«Ti aspettavo in ufficio, oggi».

Arriccio il naso. «Lo so, ma ho avuto un mal di testa terribile per tutta la settimana e ho pensato che avrei lavorato meglio da casa. Stavo giusto parlando con Reece delle sue vacanze. Da quanto tempo è che non vedi i miei figli? Davvero, non li riconosceresti. Reece è diventato un uomo, e non ci crederai ma oggi Leah compie diciassette anni».

Dallo sguardo di Steve capisco che parlare dei miei figli è l'ultima cosa che vuole fare. Guardo l'ora nell'angolo destro del mio Mac. Devo assolutamente cominciare a decorare la casa per la festa di Leah prima che torni, e prima che arrivi il sushi.

«Tutto a posto?», gli chiedo.

Non sembra per niente a posto.

«Ho una notizia per te. L'ho annunciata al resto della squadra in pausa pranzo. Peccato che tu non c'eri».

Trattengo il fiato. «Una buona notizia?»

«Sì e no. Ascolta, Jules, noi ci conosciamo da un pezzo, dico bene?».

Annuisco. Non sembra affatto una buona notizia.

«Non volevo dirtelo su Zoom – ma è così». Lo vedo fare un respiro profondo. «Ho venduto il 49 per cento di Medusa alla Starz».

Mi ci vuole un po' per elaborare quello che ha detto. La Starz è un marchio americano per adolescenti che vende orribili occhiali da sole per cifre astronomiche e borsette pacchiane che giovani influencer promuovono su TikTok e YouTube. Lo so perché Leah le adora e io mi rifiuto di comprarle.

«Ma non è il nostro mercato», balbetto.

«È *esattamente* il nostro mercato, Julia. I giovani sono tutto, e la Starz ci aiuterà a portare Medusa in America».

Perché non me ne ha mai parlato? Pensavo fossimo amici. Colleghi. Soci!

«E il restante 51 per cento resterà a te?».

Steve deglutisce. «Per ora, ma ci ho pensato a lungo e… penso sia venuto il momento, per me, di pensare solo al mio futuro. Alla mia famiglia».

Sciocchezze! Se n'è sempre fregato della famiglia. Perché non mi dice la verità, e cioè che ha venduto la nostra azienda perché vuole solo essere ricco e senza pensieri e vuole andare in giro per Marbella su una Porsche finché è ancora abbastanza giovane da non risultare ridicolo?

«Quindi c'è la possibilità che te ne vada da Medusa?

Steve, la Starz non capisce assolutamente nulla del nostro brand. Della nostra *vision*. Cambieranno tutto. E gli altri che hanno detto? Come l'hanno presa?».

Steve ha il coraggio di sorridere. «Sono tutti entusiasti. Ci fonderemo con gli uffici della Starz a New York. È una grande opportunità per loro, sai, trasferirsi in America… e nelle prossime campagne della Starz ci sarà anche il nostro marchio. Lavoreranno con Lil Bass. Probabilmente non sai nemmeno chi è».

«Sì, lo so chi è».

«Bene, immaginatela con la nostra prossima collezione addosso».

Devo davvero farlo?

«Quindi se tu resti, immagino che resterà anche l'ufficio inglese».

Silenzio. Allora è così che andrà.

«Non lo so ancora. Probabilmente. Dipende da chi comprerà il resto della società».

«E io che fine farò?». L'ho detto così piano che non sono nemmeno sicura che mi abbia sentito.

«Non è la fine del mondo, Julia. Ci sono tantissime opzioni. Potresti lavorare da remoto, o accettare una generosissima liquidazione, o perfino trasferirti a New York. Anche se…».

Sa perfettamente che non mi trasferirò mai a New York.

«Ovviamente, noi non vogliamo perderti…».

Noi chi?

«Ma a essere del tutto sincero, è da un bel po' che non ci metti più il cuore in quello che fai».

Non è vero! Il mio cuore non c'entra niente: è la mia età, piuttosto. L'ha detto come se per anni avessi fatto il minimo indispensabile aspettando solo di andarmene con una buona uscita, mentre la verità è che poco a poco sono stata relegata ai margini da tutti quei ragazzini ambiziosi che Steve ha voluto assumere. Giovani che si accontentano di uno stipendio da fame perché tanto vivono ancora con i genitori, e possono permettersi di essere pagati in "esperienza". Scommetto che Ameera e Devon coglieranno al volo l'occasione di trasferirsi a New York, perché possono, perché in realtà la loro vita non è nemmeno cominciata.

E la mia? Probabilmente è quasi finita. Non conta che io abbia più esperienza di loro, che abbia costruito questo marchio da zero, che i miei figli ormai siano grandi e che io non abbia più bisogno di tempo per crescerli o per occuparmi di genitori anziani e malati. In questa fase della mia vita sarei libera di dedicarmi interamente al lavoro, e proprio ora il mio lavoro decide di fare spazio a qualcuno di più giovane.

«Pensavo che saresti stata contenta di rallentare un po', finalmente», dice lui. Sembra credere davvero alle stronzate che dice. Pensa che sia anch'io come Cynthia, che dopo aver tanto atteso il momento di diventare madre adesso aspetta solo di essere nonna. Come se prendermi cura degli altri fosse l'unica cosa che conta davvero per me. A nessuno viene in mente di dire *a lui* che dovrebbe rallentare. Nessuno pensa che per gli uomini smettere di lavorare prima del previsto sia un privilegio.

«Perché pensi che io voglia rallentare, Steve?».

Dall'espressione del suo viso capisco di non essere stata molto brava a nascondere la freddezza del mio tono.

«Negli ultimi tempi hai lavorato davvero tanto. Concediti una pausa».

«E cosa dovrei fare per i prossimi trent'anni?», grido.

Si tira indietro, sinceramente spiazzato della mia reazione. Probabilmente si sta chiedendo perché voglio sempre complicare le cose. Forse pensa davvero di farmi un grosso favore. Fra due anni sarò una cinquantenne. Dalle donne come me il mondo si aspetta che vogliano solo meno preoccupazioni, meno impegni, che cerchino di essere qualcosa di meno. Magari potrei darmi al macramè?

Sento il nauseante dolce al caramello risalirmi in gola.

«Dormici sopra. Ne parleremo domani in ufficio», dice Steve. «Sarà più facile affrontare la cosa di persona. Non ti preoccupare, mi occuperò io di te».

Non voglio che sia tu a occuparti di me!, vorrei gridare. *Voglio essere in grado di occuparmene io!*

Gli sorrido con le labbra che tremano mentre gli dico che sono d'accordo, che andrà tutto bene. La mia vita sta andando in pezzi, ma Dio mi proibisce di turbare i sentimenti altrui. Se tutti sono felici, a chi può importare che non lo sia io?

Sono così stufa di prendere sempre le decisioni giuste per il bene di qualcun altro. Perché non dovrei prendere una decisione sbagliata, tanto per cambiare?

Trentotto
Leah

Santi mi è stato appiccicato tutto il giorno e la cosa comincia a darmi fastidio, ma non posso reagire perché ho bisogno che rimanga super affettuoso. Arte è la nostra prossima lezione, e Dylan ci sta guardando. Siamo seduti in fondo all'aula, come sempre, e Santi mi accarezza il fianco con una mano e con l'altra stringe la mia. Mi ripete per la millesima volta che avrei dovuto dirgli che era il mio compleanno perché così avrebbe potuto organizzare qualcosa di speciale per noi due.

Dylan ci mette quasi sei minuti a perdere la pazienza.

«Santi, concentrati sul lavoro, non sulla tua ragazza, per favore».

L'occhiata che Dylan mi lancia è carica di disgusto. È arrabbiato perché Santi non lo sta ascoltando o perché mi vuole tutta per sé? Non riesco a smettere di pensare al bigliettino che ho trovato nello zaino. Voglio che Dylan sia geloso di Santi, non il contrario. Santi è l'unico ad avermi vista sconvolta per via di Dylan. Se sospettasse qualcosa, potrebbe rovinare tutto. Mi scosto leggermente da lui, che però si avvicina ancora di più.

«Calma, professor Ward. Oggi è il compleanno di Leah!», strilla Mel dal primo banco. Non lo conosco bene, ma è un amico di Jacob, e quindi ormai è amico anche di Santi. Abdul, un altro del loro gruppetto, si unisce al coro. «Sì, prof. E Santi sta regalando alla sua ragazza un po' di tenerezza».

La classe scoppia a ridere, e io arrossisco. Dylan socchiude gli occhi, la mascella serrata. Sta funzionando? Sostengo il suo sguardo, cercando di capire cosa stia pensando, di immaginare cosa provi. Vorrebbe essere lui, il mio ragazzo? Portarmi fuori stasera, coccolarmi un po' per il mio compleanno, adorarmi come ha fatto durante l'unica giornata che abbiamo passato insieme?

«Tornate al lavoro», dice, voltandosi verso la lavagna. «Mel. Abdul. Dopo la lezione voglio parlarvi».

Il tempo passa in fretta, e prima che me ne accorga la campanella segna la fine della lezione e della giornata di scuola. Mi aspetto che Dylan dica anche a me che dopo la lezione vuole parlarmi – forse per augurarmi buon compleanno e scusarsi per come si è comportato l'ultima volta che siamo stati soli; magari vedermi con un altro gli ha ricordato quello che si sta perdendo. Dylan però non dice niente. Anche quando rallento, con la mano di Santi che mi trascina verso la porta, si rifiuta di guardarmi negli occhi.

«Buona serata a tutti», grida.

«E lei che piani ha per stasera, prof?», gli chiede una ragazza nuova con cui non ho mai parlato sistemandosi lo zaino sulla spalla. Una leccaculo.

Fingo di dovermi allacciare le scarpe, mentre Santi e Summer si fermano ad aspettarmi vicino alla porta.

«Ho un appuntamento romantico», le risponde Dylan con un sorrisetto malizioso rivolto a me.

Ha un appuntamento?

No. L'ha detto solo per farmi ingelosire. Non può avermi dimenticata così in fretta.

Si alza un coro di «oooh!», ma io quasi non riesco a sentirlo perché mi fischiano le orecchie e le mie gambe sembrano di gelatina. Santi mi sta dicendo che anche noi due dovremmo uscire per un appuntamento romantico, ma io non riesco a sentire neanche lui. Sono diventata sorda. E ho la vista annebbiata.

Vicino al cancello della scuola Santi mi bacia teneramente sulle labbra.

«Ti chiamo più tardi», dice, e si avvia verso il parcheggio delle bici. «Fammi sapere quando vuoi che ci vediamo. Invita pure le tue amiche, se ti fa piacere».

Non gli rispondo. Comincia a darmi sui nervi, ed è evidente che il mio piano non ha funzionato. Non posso credere che Dylan si veda con un'altra.

«Stai bene?», mi chiede Summer.

Paige è già alla fermata dell'autobus che ci aspetta.

«Sì. Andate pure senza di me».

«Non dimenticarti che più tardi verremo a casa tua».

«Okay. Come volete», dico. Il loro regalo di compleanno, al momento, è l'ultimo dei miei pensieri. «Devo parlare un attimo con Santi».

Devo proprio parlargli. Voglio mettere le cose in chiaro. Summer alza un sopracciglio, immaginando che stia andando da lui per ricominciare a baciarci, e io sorrido, facendo finta di essere davvero molto presa del mio nuovo fidanzato. Ma non è con lui che voglio parlare – è con Dylan.

Summer raggiunge la fermata dell'autobus e io, senza farmi vedere dalle mie amiche o da Santi, mi nascondo dietro al dipartimento di arte. Passano quaranta minuti, e finalmente vedo Dylan uscire. So che va a casa a piedi, perché so dove abita ed è a soli dieci minuti. Passerà da casa per cambiarsi o andrà subito al suo misterioso appuntamento? O forse ha mentito, per sembrare più interessante, e starà tutta la sera a casa da solo.

Lo immagino aprirmi la porta in pigiama, con i capelli spettinati perché stava guardando la TV sul divano e si è appena alzato. Immagino il suo sorrisetto pigro quando mi vede, la mano che si passa sulla nuca, e poi mi dice di entrare perché è il mio compleanno. Immagino tutte queste scene mentre percorro la strada fino a casa sua tenendomi a una ventina di passi di distanza e appostandomi dietro le macchine per non farmi scoprire. Metto anche il cellulare in silenzioso per non farmi sentire.

Dylan va diritto a casa, e io sto per raggiungere il portone quando vedo una donna. Una vera donna. Non una ragazza come me o una studentessa universitaria, una donna adulta. Sembra anziana. Pensavo che gli piacessero le donne della sua età o forse un pochino più giovani – ragazze come me, alte e con dei lunghi capelli castani, appassionate delle cose che piacciono anche a lui – ma quella donna avrà quarantacinque anni, potrebbe essere sua madre. Forse lo è.

Dylan si appoggia al muro e l'aspetta, con lo stesso sorriso che pensavo avrebbe rivolto a me. Lei si guarda alle spalle, poi si stringe a lui. Mentre lo bacia gli stringe i capelli. No, non è sua madre.

Non posso smettere di guardare. Vorrei avvicinarmi di più: vorrei sentire la sua voce e capire quello che le sta dicendo. Le mani di Dylan la stringono alla vita e lui risponde al suo bacio in un modo in cui non ha mai baciato me, come se lei fosse forte e pericolosa, come se volesse essere divorato da lei. La donna ride, con una risata profonda, e poi lo stacca dal muro della palazzina per trascinarlo verso il The Anchor, un pub in fondo alla strada. A metà strada sono di nuovo contro il muro, si baciano ancora con passione, come se non vedessero l'ora di strapparsi gli abiti di dosso. Come lui non ha mai fatto con me. Mi trattava sempre come se fossi un oggetto delicato, come se da un momento all'altro potessi andare in pezzi, non come se desiderasse che fossi io a mandare in pezzi lui.

Resto lì, con gli occhi pieni di lacrime, e finalmente capisco che Dylan non mi ama – anzi, mi odia, esattamente come ha detto. Tra noi è assolutamente, definitivamente finita. Girano l'angolo, e in quel momento mi ricordo di avere ancora la sua chiave di casa. Posso entrare da lui e aspettarlo lì. No, probabilmente lui e la donna rientreranno insieme. Ma potrei andarci e dare un'occhiata in giro, controllare se lei è davvero la sua ragazza o più semplicemente una che ha conosciuto su internet e con cui vuole solo divertirsi.

Attraverso di corsa la strada e salgo gli scalini due alla volta. Arrivata in cima, il cuore mi batte forte e i miei respiri sono taglienti, quasi dolorosi. Entro.

Tutto è tranquillo, silenzioso, c'è odore di pittura fresca e caffè macinato, e tutte quelle tele gettano ombre inquietanti sulla parete. Il letto non è stato rifatto. Mi ci siedo sopra e passo la mano proprio dove undici giorni fa ero sdraiata. Dopo il sesso il mio corpo sembrava liquido, e io ero ubriaca di desiderio. Avrei fatto qualsiasi cosa per lui. Anzi, l'ho fatta. Mi chiedo se dopo abbia cambiato le lenzuola.

Accanto al letto c'è uno strano tubetto, sembra una specie di colla blu e arancione. Lo prendo in mano. Sulla confezione ci sono delle frecce puntate verso il fondo del tubetto, su cui è scritto «Punte dell'ago». È droga? Lo guardo più da vicino e leggo le scritte in alto: EpiPen adrenalina. Non è un farmaco per l'allergia?

Non mi piace sapere così poco di lui. Voglio saperne di più. Voglio sapere tutto.

Lo rimetto al suo posto e prendo il suo profumo, me ne spruzzo un po'. Mi ricorda l'odore del suo collo quando l'ho baciato dietro l'orecchio. Odio desiderarlo ancora tanto, nonostante lui sia stato così crudele con me.

Ripenso al biglietto giallo e vado a frugare tra le sue carte, meticolosamente organizzate sulla scrivania, per vedere se ne ha ricevuto uno anche lui. Ma tutte le sue lettere sono su carta bianca, e molto noiose. Devo chiedergli se ha ricevuto anche lui un biglietto come il mio? No, perché anche se non l'avesse ricevuto diventerebbe più sospettoso e mi allontanerebbe ancora di più.

Lo sportello dell'armadio è aperto, ci frugo dentro. Okay, ha davvero un sacco di magliette di gruppi musicali. Alcuni mi dicono qualcosa, come i Kiss, i Beatles e gli AC/DC, altri non li ho mai sentiti nominare. Ne prendo una, con il profilo di una donna. Blondie. Non so chi sia. Me la infilo sul vestito e mi guardo allo specchio. Non male. Me la tengo addosso mentre do un'occhiata al resto dell'appartamento. È pulito e ordinato. Vorrei buttare tutto all'aria per fargli sapere che non può fare lo stronzo con me senza conseguenze, ma non posso perché non voglio che scopra che ho ancora la sua chiave. Forse potrei rimetterla a posto o farla cadere dietro il termosifone, così penserebbe di averla persa.

Ma più penso a lui con quella donna più il sangue mi brucia nelle vene come acciaio fuso. È questo che voleva, per tutto il tempo? Una donna più grande, con tanta esperienza, e non una ragazzina stupida e giovane e insicura come me. Forse mi ha sempre presa in giro facendomi credere che ero attraente, quando in realtà pensava che fossi soltanto una ragazzina patetica e disperata.

Lo odio. Lo odio così tanto! Resto nel suo appartamento ancora a lungo, guardando fuori dalla finestra la sagoma degli alberi che si staglia contro un cielo sempre più grigio. Mi chiedo se qualcuno possa vedermi, dentro al suo appartamento, magari dalla strada. Forse la persona che sa della mia storia con Dylan mi sta osservando proprio in questo momento, sta raccogliendo prove contro di me, pianificando la mia rovina. Potrebbe essere chiunque.

È solo quando vedo la debole luce della luna che mi

accorgo di quanto tempo sia passato. Cerco di controllare l'ora, ma il mio cellulare si è scaricato. Guardo l'orologio del suo forno a microonde. Merda! Spero che le mie amiche abbiano cambiato idea e non siano venute, ma io sono ritardo per la mia stupida festa di compleanno, e mamma starà sicuramente impazzendo.

Trentanove
Leah

Ho perso il primo autobus, e il successivo è in ritardo di dieci di minuti. Quando arrivo a casa mi aspetto di trovare tutti davanti alla TV, e invece la porta è spalancata e mamma comincia subito a urlarmi contro.

«Si può sapere dove sei stata?».

Ci sono anche Paige e Summer, vicino al tavolo da pranzo con sopra il sushi e la cheesecake. Il sushi si è rinsecchito, e la cheesecake ha fatto la crosta. Do un'occhiata all'orologio della cucina – sono quasi le otto e mezza.

«Il cellulare mi si è scaricato», borbotto, e guardando perplessa le mie amiche. Che ci fanno ancora qui? E perché sembra che anche loro siano arrabbiate?

«Tuo padre è uscito in auto a cercarti in giro per tutto il quartiere. Pensavamo ti fosse successo qualcosa. Summer dice che eri con un ragazzo».

«È vero», confermo, guardandola con occhi spalancati come a dire: *Che cosa sta succedendo?*

«Sei una bugiarda!», grida Summer. È appoggiata al tavolo e lo stringe, con le unghie conficcate nel legno. «Ho chiamato Santi alle cinque, e mi ha detto che non vi eravate più parlati dopo la scuola. Anche lui si è preoccupato. Tutti ci siamo preoccupati. E così ci siamo perse i Donkeys».

Che cavolo sta dicendo? Solo in quel momento mi accorgo che Paige sta piangendo, un vero pianto, e che il suo bel faccino è tutto rosso e chiazzato. Si sono cambiate, e hanno messo tutte e due la maglietta dei Flying Donkeys. Paige mi scaglia contro qualcosa: tre pezzi di carta che svolazzano sul pavimento come foglie morte. Li prendo. Sono i biglietti per un concerto di stasera a Londra. Non capisco.

«Era la tua sorpresa», dice Summer. «Tua mamma ci aveva comprato tre biglietti per il concentro dei Flying Donkeys. Ma è cominciato dieci minuti fa, ormai è tardi. Anche se partissimo adesso, quando il treno arriverà in zona il concerto sarà finito». Applaude lentamente. «Complimenti, Leah».

«Ma io non lo sapevo!», dico. «Mi dispiace, non ne sapevo niente».

«Sei una stronza egoista», dice Paige tra i singhiozzi. Non l'avevo mai sentita dire parolacce.

Reece è sul divano. Alza gli occhi, e mi aspetto che dica qualcosa di buffo, che suggerisca a tutti di darsi una calmata, ma lui mi guarda come se fossi davvero una stronza. E questo mi ferisce più di tutto il resto.

«Non so a che gioco stai giocando, Leah, ma tua madre ha ragione. Sei cambiata», dice Summer, con una voce come di ghiaccio.

«Ma non sapevo che stavate organizzando una sorpresa!», le grido di rimando.

«Non si tratta solo di questo, Leah», insiste lei. «Ultimamente ti comporti in modo strano. Noi due dovremmo essere le tue migliori amiche, ma tu hai dei segreti, ci nascondi le cose, ti vesti addirittura in modo diverso».

Forse ho esagerato oggi, ma era per il mio compleanno: ho messo un vestito nero aderente e gli stivali fino al ginocchio con i lacci. Un po' eccessivo per la scuola, lo so, ma pensavo mi stessero bene. Ho visto come Dylan mi guardava le gambe.

«Sì, e da quando in qua saresti una fan di Blondie?», dice Paige.

Avevo dimenticato la maglietta di Dylan. Me la tolgo. È più lunga del mio vestito.

Paige mi guarda disgustata. «Andiamo», dice, tirando Summer per un braccio.

E così le mie amiche se ne vanno senza un abbraccio o un ciao. Con un sospiro, mamma prende il sushi e la torta e butta tutto nella spazzatura, scuotendo la testa come a dire che è talmente arrabbiata da non riuscire nemmeno a parlare. Io sto morendo di fame, ma non dico niente. Non posso credere che tutti mi trattino così, come se non fossi già abbastanza sotto pressione per la faccenda di Dylan e del biglietto inquietante. Come potevo sapere che i miei ci avevano comprato i biglietti per il concerto di stasera?

«Allora? Dove sei stata?», mi chiede Reece non appena mamma lascia la stanza. «E da dove viene quella cazzo di maglietta?».

In questo momento non ce la faccio proprio a sopportare i giudizi del bravo ragazzo d'oro. Fa sempre il perfettino davanti a mamma, quando è proprio lui quello che spaccia e che va a letto con chi capita.

«Vaffanculo», gli dico, mostrandogli il dito medio.

«Non parlare così a tuo fratello!», grida mamma facendo irruzione in salotto. Non l'ho mai vista così arrabbiata. È sempre la stessa storia – sceglie sempre di stare dalla parte di Reece, mai dalla mia. Poi papà entra in casa.

«Oh, grazie a Dio sei sana e salva», dice. «Buon compleanno, tesoro. Ci hai fatto preoccupare. Era buio e non sapevamo dov'eri».

«Ah, adesso te ne accorgi?», ringhia mamma.

«Okay, Jules, adesso diamoci una calmata. Leah sta bene».

«Una calmata?». Ormai mamma sta gridando a pieni

polmoni, e sventola qualcosa sopra la testa – un pezzo di tessuto nero tutto stropicciato e un qualcosa di pizzo. «Potresti spiegarmi cosa ci facevano questi in camera tua, e perché sono tutti strappati?».

Oh, merda. È il suo vestito, e la biancheria che ho rubato dal suo armadio.

Quaranta
Jules

«Cosa ci facevi in camera mia?», grida Leah.

Adam è lì, inutile come sempre, e Reece continua a guardare il cellulare. Forse se suo padre fosse un po' più presente, nostra figlia non avrebbe tanti segreti e non sarebbe così sfuggente.

«In camera *tua*?», le grido di rimando. «Cosa ci facevi *tu* nel *mio* armadio, a rubare il *mio* vestito e la mia biancheria nuova?».

Reece mormora qualcosa che potrebbe suonare come «Che schifo», ma io lo ignoro e continuo a rivolgermi a Leah.

«Stavo caricando la lavatrice, così ho preso alcuni vestiti dal pavimento di camera tua – che è un porcile, a proposito – e così ho trovato questi». E le sventolo in faccia la mia roba.

Quella lingerie viene da un negozio online e l'ho pagata un sacco di soldi, l'ho comprata quando ancora pensavo che un po' di satin e di pizzo potessero restituirmi la mia vita sessuale. Mi sono accorta che era troppo piccola solo quando l'ho ricevuta, dopo di che non mi sono mai presa la briga di rimandarla indietro. Quanto al mio vestito, era proprio quello che indossavo il giorno che ho conosciuto suo padre. Quando l'ha messo, e per fare cosa? Le spalline sono strappate, e l'orlo è tutto sporco di fango.

Ho trovato i miei vestiti in camera sua proprio mentre arrivavano le sue amiche, ragion per cui ho deciso di parlarne a Leah il giorno dopo, con calma. Più di tutto volevo che si godesse il suo compleanno con le amiche. Ma dopo la scena di oggi, non so più cosa pensare. Con chi è stata? E perché si è messa della biancheria sexy?

«Tu non capisci!», grida. Ha ancora lo zaino sulle spalle, e il viso arrossato e sofferente come se fosse stata fuori al freddo per ore. Ha anche un leggero livido su entrambe le guance.

«Allora dimmelo tu», le dico, incrociando le braccia sul petto. «Sono tutta orecchie. Cosa c'era di tanto importante, stasera, da farti trascurare la famiglia e le amiche nel giorno del tuo compleanno, facendo preoccupare tutti quanti?».

Dev'essere qualcosa di serio, se nemmeno le sue amiche ne sono al corrente. Sono delle brave ragazze, Summer e Paige. Erano preoccupate quanto noi. Perfino il ragazzo di cui mi hanno parlato, Santi, era in ansia. Leah mi spinge via, sale le scale e si chiude alle spalle la porta della sua stanza. Io le corro dietro, e spalanco la porta. Per motivi di sicurezza non ho mai permesso ai ragazzi di chiudersi a chiave nella loro stanza, e per come si sta comportando Leah in questo momento ne sono molto sollevata.

«Non potete trattarmi così proprio il giorno del mio compleanno!», geme lei, con le lacrime che le scorrono lungo il viso. Tira fuori dallo zaino i libri di scuola e ne cade un foglietto giallo. Lei lo fissa, confusa, poi strilla, lo appallottola e lo rimette nello zaino insieme a una borraccia per l'acqua e al caricabatterie del cellulare. Che cosa sta succedendo?

Adam si avvicina alla porta della camera.

«Vieni, Leah, tesoro. Parliamo un po'».

Ma io so che lei non vorrà. È così che fa quando è arrabbiata, e pensa che tutto il mondo ce l'abbia con lei.

Ma pur sapendolo abbasso la voce e cerco di parlarle con calma, come mi ha insegnato il podcast *Genitori di adolescenti*. «Leah, ti prego. Siamo molto preoccupati per te. Lo sai che con noi puoi parlare di qualunque cosa».

Lei fa una risata sprezzante e alza gli occhi al cielo.

«E proprio voi due venite *da me* a parlare di comunicazione positiva? Sì, certo, come no».

Be', evidentemente il "parlare con calma" non ha funzionato. «Non potrai uscire finché non mi avrai dato delle risposte».

«Vattene!», grida lei. E mi spinge, ma io blocco l'uscita.

«Leah! Guarda che dico sul serio! Devi dirci cosa sta succedendo!».

Leah mi dà uno spintone, e io le strappo di mano lo zaino e lo getto sul pavimento. Adam mi lancia una di quelle occhiate che ultimamente mi indirizza sempre più spesso: un misto di delusione, esasperazione, e profonda tristezza, con cui sembra dire che da me si aspetta molto di più.

«Adesso basta», dice a bassa voce, spostandomi di peso per togliermi dalla soglia.

Leah prende il suo zaino, ci spinge via e corre giù per le scale.

«Dove stai andando?», le grido dietro, lanciandomi all'inseguimento.

«In questa casa si soffoca! Voi due mi trattate sempre come se fossi ancora una bambina!».

Leah esce di casa come una furia e io faccio per seguirla, ma Adam mi trattiene.

«Lasciala andare», mi dice. «Ha bisogno di calmarsi un po'».

«Ma potrebbe fare qualche stupidaggine!».

«No, non la farà. È solo arrabbiata, triste e umiliata. Le parleremo quando tornerà, a mente fredda».

«E se non tornasse? E se le succedesse qualcosa?».

Perché non è preoccupato? Perché non fa qualcosa?

Piango dalla paura e dal senso di colpa. Non riesco a smettere di pensare a tutte le cose orribili in cui Leah potrebbe essere cacciata, al fatto che con lei abbiamo sbagliato tutto, e a quanti segreti io stessa stia custodendo; ma Adam non dice nemmeno una parola. Si limita a chiudere la porta d'ingresso dietro nostra figlia e a incamminarsi verso la camera da letto.

«Dove stai andando?», grido rivolta alla sua schiena che si allontana.

«Non ne posso più!», mi grida lui di rimando.

Di me? Del nostro matrimonio? Gli corro dietro, ma lui mi sbatte in faccia la porta della nostra camera da letto e la chiude a chiave.

Quarantuno
Jules

E se ci fosse di mezzo la droga? Potrebbe essere questa la cosa che ha infilato nello zaino prima di uscire. Forse c'era della coca avvolta in quel foglietto giallo. Reece si è chiuso in camera sua, e sono rimasta sola a camminare avanti e indietro per tutta la casa controllando ogni cinque minuti il cellulare. Come ha potuto, Adam, chiudersi a chiave in camera nostra, pur sapendo che sono preoccupatissima e che sua figlia va in giro di notte tutta sola? E suo fratello? Magari lui sa qualcosa…

Vado a bussare alla porta di Reece e lui mi apre, ma ha lo stesso sguardo di suo padre. Perché tutti si comportano come se fossi *io* la pazza?

«Tu ne sai qualcosa?», gli domando.

Lui scuote lentamente la testa.

«Io penso che si droghi».

Reece scoppia a ridere, poi si ricompone e torna serio. «Credimi, se si drogasse io lo saprei. È solo la solita principessina viziata, tutto qui. Probabilmente si è presa un'altra ridicola cotta per qualcuno, come prima con quel Nathan».

«Non ci trovo niente di ridicolo».

La situazione è decisamente spaventosa. La preside di Leah ha detto che se fosse successo ancora l'avrebbe espulsa. Spero tanto che mia figlia abbia imparato la lezione.

«No, non credo proprio che sia per un ragazzo. Le

sue amiche mi hanno detto di aver telefonato al suo ragazzo, e che lui…».

«Mamma, sta' tranquilla. Dico sul serio. So che hai speso tanti soldi per quel concerto, ma almeno lei stava bene, e non le è successo niente. Quando torna le parlo, okay?».

Gli sfioro la guancia con la mano. Il mio ragazzo così bello, intelligente e premuroso. «Grazie».

Anche se stare tranquilla è proprio l'ultima cosa che sono in grado di fare.

Vado in camera di Leah e mi guardo un po' attorno. Le madri lo capiscono quando le cose sono più serie di quanto non sembri; noi madri abbiamo con i nostri figli un legame inspiegabile, che nemmeno la scienza è in grado di comprendere. Qui dentro sta succedendo qualcosa, qualcosa di serio. E nonostante quello che dice suo padre, non intendo starmene a guardare mentre prende altre decisioni sbagliate. Ci dev'essere un indizio, da qualche parte.

La stanza di Leah è un porcile. Da quando ha compiuto tredici anni mi sono rifiutata di pulirla e riordinarla, e comunque lei non vuole che ci entri, ma il livello di disordine è assurdo. Da dove mi trovo vedo tre tazze da tè, una ciotola di cereali mezza piena e quella che sembra essere la scatola schiacciata dei muffin che ho fatto per lei e per le sue amiche qualche settimana fa. Almeno metà dei vestiti del suo armadio sono buttati sul letto, e l'altra metà è sul pavimento, dove io stessa li ho lasciati dopo aver trovato il mio vestito. Non so da dove cominciare la mia indagine, così prendo i suoi vestiti uno a uno per frugare in tutte le tasche. Poi passo alle innumerevoli borsette che possiede, chissà perché gliene ho comprata un'altra per il suo compleanno, ma ci trovo solo dei vecchi scontrini, qualche caramella appiccicosa e degli elastici per i capelli.

Guardo sotto il letto, e immediatamente vorrei non averlo fatto perché c'è solo un'enorme quantità di polvere, poi passo al comodino. Niente alcolici, e nemmeno una sigaretta. Niente. Forse nasconde qualcosa nello zaino di scuola, ma quello non posso perquisirlo perché l'ha portato via. *Dannazione!*

La sua stanza puzza di carta bruciata, così apro la finestra. Le lettere! Mi metto in ginocchio e frugo sotto la scrivania. Nel cestino metallico trovo un'infinità di pezzetti di carta di un giallo brillante e quello che rimane delle lettere bruciate. Mi sforzo di leggerli, ma si disfano tra le mie dita come ali di farfalle morte. Riesco a identificare solo qualche parola: «è una stronza», «il nostro amore è impossibile da descrivere» e «il modo in cui mi toccavi». Cosa significa? A chi le ha scritte?

È impossibile. Mi siedo sul letto e mi lascio cadere sulla schiena, usando il suo Garfield di peluche come cuscino. Ricordo di averle comprato quel gatto per il suo sesto compleanno; me ne ricordava uno simile che avevo da bambina. Di solito ci metteva dentro il pigiama, e una volta ci ho trovato una tavoletta di cioccolato che era rimasta lì per mesi e che si era sciolta e appiccicata al tessuto. Aveva pianto quando il suo Garfield era finito in lavatrice.

Il mio cuore accelera i battiti mentre schiaccio il peluche e tocco qualcosa di duro e appuntito. Faccio scorrere la cerniera, lentamente, e il respiro mi si blocca quando ci infilo la mano e sento una scatoletta di legno. La tiro fuori, ora il cuore mi batte talmente forte che lo sento fino in gola, mentre immagini pornografiche e di siringhe di eroina mi si affollano nella mente. Apro il coperchio, ma dentro c'è solo un accendino, delle lettere – alcune con gli angoli bruciacchiati – un sacchetto di plastica tutto spiegazzato, una pallina di gomma da masticare rinsecchita, e due portachiavi, uno a forma di foglia di marijuana e l'altro a forma di pallone. Niente di compromettente.

Mi sento sollevata, butto la gomma da masticare nel cestino e sto per fare altrettanto con il sacchettino, ma poi lo guardo meglio. C'è qualcosa dentro. Ci infilo le dita e sfioro una cosa appiccicosa che sembra un palloncino sgonfio e indurito. Lo tiro fuori e quando capisco cos'è mi esce un urlo per lo schifo; lascio subito cadere sul tappeto quel preservativo, che atterra come un polipo morto, pallido e gelatinoso.

Per quale assurdo motivo Leah dovrebbe conservare un preservativo usato? Perché? Perché qualcuno dovrebbe fare una cosa del genere?

Le mani mi tremano mentre mi siedo sul pavimento e spargo le lettere sul tappeto. So che sono cose private – è la prima cosa che mi ha detto la psicologa quando mi ha spiegato la ragione del falò delle lettere – ma stavolta è diverso. Stavolta si tratta di salvare la mia bambina.

La prima lettera, datata come se fosse un compito scolastico, non mi dice niente di nuovo. Sono solo alcuni disegni e molte proteste perché io continuo a lamentarmi dell'odore di carta bruciata, ragion per cui rimanda di bruciare anche quella. La lettera seguente è il ritratto bruciacchiato di un ragazzo che suona la chitarra, con delle citazioni poetiche lungo i margini. È davvero brava a disegnare. Una metà del disegno è stata bruciata, ma per lei dev'essere importante perché a quanto pare l'ha tratto in salvo dalle ceneri. Chi può essere quel ragazzo? Sotto il disegno Leah ha scritto con mille dettagli come pensa di perdere la verginità al Carnage, indossando il mio vestito. Cosa?

La pelle inizia a formicolarmi, mi suda il collo ma il resto del corpo è gelato. Allora è per questo che era sconvolta, l'altro giorno, perché ha perso la verginità con un ragazzo che poi l'ha lasciata. Non so cosa fare con questa informazione. Devo parlarne con Adam? Faccio un respiro profondo, sforzandomi di ragionare con lucidità. Ormai ha diciassette anni. Non è illegale, e almeno ha usato una protezione. Lo so perché in questo momento *ci sto seduta accanto!*

Ma con chi è andata a letto? Voglio sapere se è stata una cosa consensuale, e se lui non le ha fatto del male. Forse è quel Santi di cui Summer parlava oggi pomeriggio? È stato lui a farla piangere? Forse scoprirò qualcosa nelle altre lettere. Mi inginocchio e le dispongo a ventaglio, prendendole una dopo l'altra, osservando la sua grafia blu, piena di riccioli, con le parole che si accavallano le une sulle altre più in fretta di quanto io riesca a leggerle. Non sono ordinate. La successiva porta la data di ieri.

Ho bisogno di te, Dylan. Hai detto che non devo dirlo a nessuno, ma dentro di me ci sono così tanti sentimenti che faticano a uscire. Come faccio a gestirli? Il nostro segreto comincia a farmi star male, e penso che qualcuno l'abbia scoperto. Qualcuno mi ha detto di stare alla larga da te, ma io so che non posso farlo – non permetterò a nessuno di intromettersi. Ho pensato addirittura di iscrivermi a quel sito da boomer, Kandid, solo per parlarne con qualcuno. Perché fa male, brutto stronzo. Mi stai uccidendo.

Chi diavolo è questo Dylan? Di che segreto parla? Perché le sue amiche non ne sanno niente? Una nuova lettera porta la data del primo di settembre. Il primo giorno di scuola.

Non riesco a credere che tu sia il mio nuovo professore. Sei il mio unico, vero amore, quello che il destino mi ha fatto conoscere al Carnage, l'unico a cui io mi sia concessa – e adesso sei anche il professor Ward, l'insegnante di arte? Mi sento sia spaventata che benedetta. È come se l'universo volesse farci passare ogni giorno un po' di tempo insieme. So che al momento tu non la pensi così, ma un giorno ci arriverai. Dobbiamo prenderci un po' di tempo. Io non voglio perderti, Dylan. Niente e nessuno potrà mai tenerci lontano.

Un professore? Non capisco. La lettera seguente è tutta accartocciata. La apro con dita tremanti, cercando di ricostruire le parole sbiadite dalle pieghe.

Non dimenticherò mai l'espressione che hai fatto quando mi hai vista nella tua classe, il primo giorno di scuola. Sei impallidito, eri più bianco di questo foglio. Spero che un giorno mi perdonerai per averti mentito sulla mia età, quando ci siamo incontrati. Se ti avessi detto la verità, non avresti mai fatto l'amore con me. Se avessi saputo che ero una delle tue studentesse, non mi avresti nemmeno parlato. Ma guarda ora cosa siamo diventati. Io ho quasi diciassette anni, tu ne hai venticinque, che mai saranno otto anni di differenza?

La terra mi trema sotto i piedi, la stanza oscilla, le lettere si moltiplicano e si confondono mentre mi sforzo di concentrarmi su quella che ho nella mano umida di sudore.

So che mi hai detto che devo starti alla larga, ma non posso. Quello che c'è tra di noi è una cosa reale. Vera. È amore. Non puoi opporti – e io non ti lascerò mai andare!

Finalmente tutto sembra avere un senso, anche se niente sembra più averne. Immagini e parole e ricordi si fanno concreti, si sistemano, si incastrano tra loro. Raccolgo tutti quei fogli, corro in bagno e vomito nel lavandino.

Quarantadue
Leah

È pazzesco, sto passando il mio diciassettesimo compleanno seduta su un'altalena a bere vodka tiepida dalla stessa bottiglietta d'acqua che avevo portato al Carnage.

Negli ultimi quindici minuti non ho fatto altro che fissare il nuovo bigliettino che ho trovato nello zaino, e non riesco a smettere di piangere. Le grandi lettere nere sono tutte sbaffate dalle mie lacrime e dalla vodka, e ogni istante che passa sono più difficili da leggere. Nero su giallo, come una grossa vespa che non vede l'ora di pungermi. È la stessa grafia dell'altra volta, ma il messaggio è ancora più inquietante.

TI AVVERTO, LEAH.
LASCIA IN PACE IL PROFESSOR WARD
O TI FARAI MALE.

Cosa intende dire con «ti farai male»? Si riferisce ai miei sentimenti o è una vera minaccia? E perché mai qualcuno dovrebbe aggredirmi? Ma se non ho fatto niente di male! Mi guardo attorno. Forse qualcuno mi sta spiando? Il parco è immerso nel silenzio, tutto sembra immobile, ma i lampioni non fanno molta luce – qualcuno potrebbe nascondersi nell'ombra, tra gli alberi, dietro la struttura per arrampicarsi.

Mi sfugge un singhiozzo, mi porto la mano alla bocca. Dovrei andare a casa, non sono al sicuro qui, ma non riesco a muovermi. Sono troppo pesante, troppo stanca, troppo arrabbiata per tornare a casa e affrontare i miei.

Mi asciugo gli occhi con il dorso della mano e bevo un altro sorso di vodka. Mi brucia il fondo della gola. Una metà della bottiglia è già finita.

Forse è la sua nuova ragazza o qualche sua ex a dirmi di lasciarlo stare. Ma no, dev'essere qualcuno della scuola, trovo sempre i biglietti nello zaino, e poi chi altro potrebbe chiamare Dylan «professor Ward»? Santi è l'unico che potrebbe sospettare qualcosa o avere una ragione per allontanarmi da Dylan, ma non posso credere che arrivi a minacciarmi. Non è un cattivo ragazzo.

Metto il biglietto nello zaino ai miei piedi e appoggio la fronte alla catena di metallo dell'altalena. Non mi sento molto bene.

Santi ha cercato di chiamarmi tre volte, stasera. Cosa gli ha detto Summer? Ormai deve odiarmi anche lui. Tutti mi odiano – nessuno ha cercato di fermarmi quando sono scappata via da casa. Mamma non fa altro che gridarmi contro, e papà si limita a cercare di calmarla. Quei due sono davvero imbarazzanti. Quando mi sposerò, voglio assicurarmi di scegliere qualcuno che mi piaccia davvero. Nemmeno Reece è stato dalla mia parte. Traditore!

Trascino la punta degli stivali sull'asfalto mentre mi spingo avanti e indietro. Sono in fondo alla nostra via, ma nessuno è uscito di casa per cercarmi. Fa freddo. Avrei dovuto prendere un cappotto.

Guardo il cellulare – a parte Santi, non mi ha chiamata nessun altro. Bene, credo proprio che non tornerò a casa, stanotte. Che vadano tutti affanculo. Tutti quanti.

Ho ancora il ventiquattro per cento di batteria, grazie al caricatore portatile che ho preso in camera mia. Provo ancora una volta a chiamare Paige, ma parte subito la segreteria telefonica. Lo stesso Summer. Sono le nove e un quarto – non credo proprio che stiano già dormendo. Quindi è finita così? Non siamo più amiche?

E il peggio è che, mentre la mia vita va in pezzi, non posso smettere di pensare a Dylan e a quella vecchia puttana con cui era. Sopra il vestito ho ancora la sua maglietta di Blondie. Sfioro il tessuto di cotone con le dita, me lo porto al naso. Non sa di lui. Non sa di niente.

Sarà ancora con quella là? Si sarà fermata a dormire da lui? Era così elegante e in tiro, dava l'idea di essere ricca. Immagino che non starebbe mai seduta in un parco a piangere per Dylan, se lui la lasciasse; probabilmente ha una villa in Italia e passa le vacanze su uno yacht. E se lui le avesse parlato di me e adesso fossero a letto insieme, nudi, a ridere di quella ragazzina della sua classe che si è presa una cotta per lui?

Ricomincio a piangere, con la gola che brucia a ogni sorso di vodka. Sa di benzina, ma non me ne importa. Non voglio più sentirmi triste, o spaventata, o sola. Non voglio ricordarmi mai più di questo compleanno. Il mio cellulare squilla, e io rispondo senza guardare il nome, sicura che sia mamma o una delle mie amiche. Invece è Santi.

«Leah. Va tutto bene?».

Sentire la sua voce mi fa piangere di nuovo.

«Cos'è successo? Ti sei fatta male?».

Perché dire una cosa del genere?

Lascia in pace il professor Ward o ti farai male.

«Paige e Summer non mi parlano più», singhiozzo. «E ho litigato con tutta la mia famiglia».

Mi viene da singhiozzare. Si sarà accorto che sono ubriaca?

«Dove sei?»

«Al parco della mia via. Quello su Apple Orchand Lane».

«Arrivo subito».

«Cosa? No. Non venire».

Vorrei dirgli di non preoccuparsi, ma lui ha già riattaccato. Santi abita fuori città. Viene a scuola in bicicletta. Non ho idea di quanto possa metterci ad arrivare fin qui. Ricomincio a dondolare e a bere e a piangere, fissando il telefono nella speranza che le mie amiche mi rispondano, ma tutto tace. Ormai è buio, e il vento si sta alzando. Alcune foglie strisciano sul terreno, l'altalena cigola. Ho le mani gelate, e in aria c'è già odore di autunno.

Scorgo una sagoma in lontananza, la silhouette di qualcuno, in piedi tra gli alberi. Dylan? E se fosse la persona che mi mette quei bigliettini nello zaino? Sbatto le palpebre ed è sparito. Devo assolutamente andare a casa, ma il mio corpo si è fatto ancora più pesante e ho le mani così gelate che sono come artigli stretti alla catena dell'altalena.

Passano cinque minuti, poi dieci, poi un forte rumore mi fa saltare giù dall'altalena: è solo Santi che butta a terra la bici. Mi vede e corre verso di me, corre davvero. Quando mi raggiunge non dice niente, mi butta le braccia al collo e mi stringe forte.

«Eravamo così preoccupati per te», dice tra i miei capelli. «Eri sparita. Cos'è successo?».

Come faccio a sapere se posso fidarmi di lui? Lo spingo via.

«Cosa c'è?», grida lui.

«Ho paura».

Si guarda attorno come se fosse pronto a battersi contro il buio stesso. «Chi ti ha fatto del male?».

Nessuno… per ora. Ma qualcuno vuole farmene.

«Sto bene», gli dico. «Solo che ho avuto un compleanno di merda. Tutti sono stati così cattivi con me e…». Un altro singhiozzo. Lui mi rimette il braccio attorno alle spalle e stavolta mi appoggio a lui, con le gambe che tremano, grate per quel sostegno. «Tu non mi faresti mai del male, vero?».

Lui abbassa lo sguardo su di me, con due occhi talmente scuri che sembrano potermi inghiottire tutta. Ovviamente non è stato lui a lasciarmi quei bigliettini. Santi non potrebbe mai spaventarmi.

«C'entra Ward?», mi chiede.

Cosa pensa di sapere? Scuoto la testa, ma è evidente che non mi crede. Non posso parlargli dei bigliettini minacciosi – andrebbe di corsa dalla preside, e tutta la faccenda verrebbe a galla. È una cosa che devo risolvere da sola.

Santi mi accompagna a una panchina, ci sediamo e il legno è freddo e ruvido contro le mie gambe nude. Guardo oltre la sua spalla, verso le ombre dei cespugli. Siamo soli, ma la sensazione è che ci sia qualcuno. Chiunque sia a spiarmi, potrebbe essere qui anche adesso.

«Dove sei stata tutta la sera?», mi chiede Santi a bassa voce.

Mi scappa un altro singhiozzo, e mi strofino il viso con le mani.

«Ho perso la cognizione del tempo. Sono andata per negozi, poi il mio cellulare si è scaricato, poi ho perso l'autobus. Non capisco perché tutti siano impazziti». Mento con facilità, ma ho la bocca impastata, così Santi si scosta un po' da me e cerca i miei occhi. Mi asciuga le lacrime dalle guance esattamente come quando Dylan mi ha fatta piangere, lunedì. Due giorni fa. Solo due giorni fa pensavo ancora che io e Dylan saremmo tornati insieme, e invece lui ha già trovato un'altra. Ricomincio a piangere con singhiozzi pesanti, e Santi mi tira a sé.

Ho freddo e sono spaventata, e non so più di chi fidarmi. Tutti mi hanno abbandonata, tutti tranne questo ragazzo dolce che io ho trattato così male.

Pensavo davvero che Dylan mi avrebbe amata ancora, se solo mi fossi impegnata di più. Pensavo che vedendo a cosa aveva rinunciato si sarebbe ricordato di quello che c'era fra noi, dell'amore per cui valeva la pena di combattere, ma adesso so che non gli importava niente di me nemmeno all'inizio. Il respiro mi esce a singhiozzi, ho un peso sul petto e ogni volta che cerco di respirare sono scossa dai brividi.

«Scusa», dico a Santi, e lo penso davvero. Non avrei dovuto approfittarmi di lui.

Mi scosto un po' e lo guardo in faccia. Il modo in cui mi fissa è tenero e intenso, e io vorrei provare ancora quel potere. Essere desiderata. Mi avvicino per baciarlo, ma lui si volta.

«Non mi vuoi?», dico, e le lacrime mi inondano le guance. Non lo sopporterei, se anche lui mi respingesse.

«Certo che ti voglio. Sono pazzo di te», dice lui.

Ancora quella parola, quella che usava anche Dylan. Pazzo. È questo che faccio ai ragazzi, li rendo pazzi? O forse loro devono essere proprio pazzi per mettersi con me? Forse sono io, la pazza.

«È solo che… sei ubriaca, Leah».

«Solo un po'. Ma va tutto bene. Possiamo baciarci».

«Non so…».

Lo tiro contro di me e lui si lascia baciare, ed è ancora meglio dell'altra volta, perché ora lo voglio anch'io. Davvero. Stavolta non bacio Santi solo per ingelosire Dylan. Voglio stare con un ragazzo di cui mi possa fidare, e che mi trovi speciale. Un ragazzo con cui potrò uscire alla luce del giorno. Il suo braccio è ancora attorno alle mie spalle, e le sue labbra sono morbide. Lo afferro alla nuca e me lo tiro contro. Non ho più freddo. Lui si muove contro di me, e io capisco di volere di più. Voglio sentirmi come mi sentivo con Dylan: io che guido, lui che mi segue. Una magia.

Mi sfilo la maglietta con Blondie e alzo il vestito fino alla vita senza che le nostre labbra si stacchino, poi mi metto a cavalcioni su Santi, una gamba di qua e una di là. Da questa posizione posso baciarlo con più intensità, e sfregarmi contro il suo ventre mentre sento attraverso il cotone che sta diventando duro per me.

È facile, facilissimo, avere il potere che ho.

Ma lui si stacca da me, ansimante.

«Cosa stai facendo?», mi dice.

La luce dei lampioni del parco è fioca, ma riesco a vedere il suo viso, gli occhi spalancati per la sorpresa, la bocca arrossata nel punto in cui ci siamo baciati tanto forte. Perché si è fermato?

«Dai…», gli dico, infilando una mano tra le mie gambe e le sue per toccarlo.

A Dylan piaceva quando facevo così. Voleva sempre che gli dicessi cosa mi piaceva, prendere, prendere e prendere. Il potere mi scorre lungo il corpo, mi fa girare la testa. Essere voluta, essere desiderata, è più forte della vodka. Voglio che Santi mi supplichi, sentirlo gemere sotto le mie mani, vederlo perdere il controllo. Sono io al comando; lo sento, come una corrente elettrica sulla punta delle dita. Posso farlo a qualunque ragazzo mi piaccia. E loro faranno quello che voglio.

Santi sta diventando sempre più duro sotto i jeans, così tiro giù la cerniera, lui emette un piccolo gemito e io gli bacio il collo.

«Prendimi», gli sussurro.

Dylan è stato il primo, ma Santi può ancora essere il primo in altri modi. Non ho mai fatto sesso all'aperto o stando sopra.

Lui allontana la mia mano e con gentilezza mi rimette sulla panchina.

«No, così no», mi dice.

«Cosa?».

Lui si divincola un po' goffamente per tirarsi su la cerniera dei pantaloni. Ha un'espressione di disappunto, come se avessimo fatto qualcosa di male.

«Leah, tu mi piaci. Mi piaci davvero».

Faccio per baciarlo ancora, con lo stomaco che mi brucia per la vodka e per le parole che mi sta dicendo. Ma lui si sposta.

«Mi piaci... ed è per questo che, quando lo faremo, voglio che sia la cosa giusta. Non siamo nemmeno usciti insieme. Non c'è fretta. Se dovessimo spingerci oltre, dev'essere in una stanza, in privato, una cosa più bella di così».

«A me non importa», gli dico.

«Invece dovrebbe importarti».

È stato come ricevere uno schiaffo in piena faccia. Sento una vampata di calore per la vergogna. Prendo la bottiglia di vodka quasi vuota, ma Santi la rimette a terra.

«Leah, cos'hai, dimmelo. So che quella testa di cazzo di Ward deve averti fatto o detto qualcosa. Di me ti puoi fidare».

Davvero? Posso fidarmi davvero?

«Sei uno stronzo!», grido. «Dovresti essermi grato perché volevo fare sesso con te. Potrei avere qualunque ragazzo, lo sai anche tu, e mi stai dicendo che sono una ragazza facile».

«Non l'ho mai detto».

Mi metto di nuovo sopra di lui. «E allora dai, facciamolo».

«No».

Perché non può lasciare le cose come stanno? Non ho più voglia di parlare o di pensare a Dylan. Voglio dimenticarlo. Voglio fare sesso e lasciarmi consumare, voglio annegare nel momento.

«Bene! Allora fra noi è finita!», gli dico alzandomi in piedi. Mi tiro giù il vestito e la maglietta e butto giù l'ultimo sorso di vodka. Che comincia a sapere di plastica.

Il viso di Santi sembra accartocciarsi nella luce pallida dei lampioni.

«So che finora non hai fatto altro che usarmi, Leah.

Non sono uno stupido», mi grida. «Adesso devi dirmi la verità».

Lo spingo via, e lui fa qualche passo all'indietro.

«Non la reggeresti, la verità!», strillo, mentre tutto attorno sembra oscillare e le mie gambe sono sempre più molli e fatico a reggermi in piedi. «Nessuno di voi la reggerebbe. È stata tutta colpa sua e l'unica a pagarne il prezzo sono io!».

«Chi?», continua a urlare lui. «Ward? È lui, vero? È lui!».

Non riesco più a mettere a fuoco il dolce viso di Santi. La sua stupida, infantile, fiduciosa faccetta. Lui riprende la bici e ci sale sopra.

«Lo ammazzerò», mi dice, abbassando la voce. «Qualunque cosa ti abbia fatto quello stronzo, lo ammazzerò».

Gli grido di fermarsi, inciampo nel tentativo di fermarlo, ma lo manco e cado di faccia sull'erba umida. Mentre le ombre mi spiano, Santi sparisce nel buio e io vomito sull'altalena.

Quarantatré
Jules

Ho letto tutte le sue lettere. Due volte. Mi sembra di non riuscire più a respirare. Le informazioni che ho raccolto mi girano in testa come una giostra, senza fermarsi mai.

Leah ha fatto sesso con un uomo di venticinque anni che è anche uno dei suoi professori, gli ha mentito sulla sua età e insieme hanno fumato erba a un festival e lui ha creduto che mia figlia, di sedici anni, ne avesse ventuno, e ha fatto sesso con lei in una tenda. La mia bambina ha fatto sesso con un uomo adulto in una tenda a un festival musicale in cui girava della droga e ha bevuto alcolici e lui l'ha toccata e a lei è piaciuto e adesso lui è un suo professore e lei lo vuole ancora e pensa che sia amore e lui ha venticinque anni ed è un suo insegnante, è un suo insegnante, è un suo insegnante e adesso io che faccio?

Non lo so proprio, cosa fare. Non posso trovare un senso a quello che è successo. E non posso fare in modo che finisca.

Vomito di nuovo.

Sono io l'adulta, il genitore. Deve pur esserci una soluzione, ma non è facile trovarla. Se vado a parlarne con la preside, di sicuro espellerà Leah; le aveva già dato un ultimatum. Ha cercato di ingannare il suo professore – è evidente che lui sta cercando di tenerla a distanza, e tecnicamente non ha fatto niente di male. Oppure sì? A meno che non dica che lui l'ha adescata, ma so che non è vero. È lei che continua ad andargli dietro! Si è tenuta un suo preservativo usato, che potrei mostrare alla Willis insieme alle lettere, ma so che Leah lo difenderebbe. Non posso rischiare che si metta di nuovo nei guai o che peggiori ulteriormente la sua situazione. Magari lui perderebbe il lavoro, ma lei sarebbe espulsa, e l'unica altra scuola nei dintorni in cui potrebbe andare è pessima. Questa storia potrebbe comprometterle l'accesso all'università, anche se lei è una ragazza molto brillante. Non lascerò che si rovini il futuro con un'altra decisione sbagliata.

Devo parlarne con Adam. No, non posso parlarne con Adam. Questa faccenda lo ucciderebbe, o magari andrebbe a cercare quell'uomo e sarebbe ancora peggio.

Non so cosa fare.

Quarantaquattro
Jules

E così non faccio niente. Riprendo la gomma da masticare usata che ho gettato nel cestino e la rimetto nella scatoletta. Poi ci metto i portachiavi, e anche se mi fa venire di nuovo da vomitare prendo il preservativo accartocciato con dentro il seme del professore della mia ragazzina adolescente e lo rimetto nel sacchettino trasparente e poi nella scatoletta. Infine fotografo tutte le lettere e le rimetto via, chiudendole nella pancia del gatto arancione. Non posso fare altro. Non so dove sia, con chi sia o cosa stia facendo Leah in questo momento, ma so che prima o poi lo metterà per iscritto. E quando lo farà, io lo leggerò e saprò come agire di conseguenza.

Sono le dieci di sera, e la casa è silenziosa. Adam ha aperto la porta della nostra camera da letto, nessuno ha lavato i piatti e tutte le luci di sotto sono ancora accese. Esco dalla stanza di Leah e mi infilo nel letto accanto a mio marito, che sta ascoltando il suo podcast preferito con gli occhi chiusi e le mani intrecciate sul petto. Somiglia al sarcofago di un santo martire.

Così immobile. Così in pace.

Il mio Adam.

Così impassibile. Così buono.

Né lui né io sappiamo dove sia in questo momento nostra figlia, eppure solo a uno di noi importa tanto da starci male. Si toglie una cuffietta dall'orecchio e si volta verso di me.

«Ti va di parlare di quello che è successo stasera?».

Scuoto la testa e mi tiro le coperte fin sotto al collo. Non mi sono lavata i denti, ma ormai non posso più alzarmi, le gambe non mi reggerebbero. Tanto non mi bacerà. Lui inclina la testa da una parte e sentendo una chiave girare nella serratura del pianterreno si toglie dall'orecchio anche l'altra cuffietta.

«Parlale tu», gli dico, prendendo in mano un libro e fissando le frasi sfocate che sembrano ondeggiare sulla pagina. Ventisei piccole lettere possono dire tutto ciò che conta. Tutto ciò che mia figlia ha scritto, tutto ciò che le vorrei dire, è fatto solo di ventisei piccole lettere.

Adam si chiude silenziosamente la porta alle spalle e io resto lì a fissare quell'insieme di lettere, mentre delle voci ovattate provengono da dietro la porta. Quando torna, Adam mi sorride e si rimette le cuffiette.

«Allora?», gli chiedo, chiudendo forte il libro.

«Dice che le dispiace. Dice che non sapeva del concerto e che è davvero molto triste di esserselo perso».

Ma dov'è stata, Adam? Ha fatto sesso in un vicolo con il suo professore, Adam? Ha bevuto e si è drogata e poi se ne è andata in giro tutta sola, Adam?

«Nient'altro?».

Lui si stringe nelle spalle. «Sembra molto stanca. Dice che vuole solo dormire».

Mi mette una mano sulla spalla e accenna un sorriso. Il mio cellulare vibra sul comodino. Vorrei tanto che fosse Curioso2. Ho bisogno di essere una persona diversa, ma non è lui; è Steve, che mi manda l'invito per la riunione di domani.

Ah, già. Presto sarò anche senza lavoro.

Quarantacinque
Jules

Quando esco di casa, Leah e Reece sono ancora a letto. Il giovedì Leah va a scuola più tardi, quindi non mi preoccupo di svegliarla.

Non ho praticamente chiuso occhio tutta la notte, avevo mal di stomaco e il corpo che bruciava come se fosse pieno di cavi elettrici che sfrigolavano sotto la pelle. Non ho avuto un momento per pensare al lavoro o a quello che Steve mi ha detto ieri. Non so cosa significhi per la mia carriera, ed è proprio per questo che stamattina ci devo andare.

Mentre guido verso l'ufficio inspiro per quattro secondi, espiro per otto, ma nemmeno così riesco a calmarmi e a scacciare le immagini di mia figlia che anche oggi starà in classe ad ascoltare la lezione di un uomo il cui pene è stato dentro di lei.

Leah e i suoi segreti. Racconta bugie a me, a suo padre, alle sue migliori amiche, a un innocente ragazzo che sembra così innamorato di lei. Non so più chi sia. Vorrei uccidere questo Dylan, ma non posso fare niente finché non ne so di più, a cominciare da dove ha passato la notte scorsa. Se lui si avvicinerà di nuovo a Leah, anche adesso che è una sua studentessa e sa la sua vera età, potrei farlo licenziare. Devo solo aspettare.

Inspiro per quattro secondi, espiro per otto. Di nuovo quattro, e poi otto. Non serve a niente. Nessuno ti spiega che partorire è in assoluto la parte meno dolorosa dell'essere madre.

«Julia!».

Steve mi aspetta all'ingresso. Il nostro ufficio è sempre stato in questo palazzo, fin da quando abbiamo inaugurato il marchio, dodici anni fa. Condividiamo il secondo piano con un avvocato e un chiropratico, e il negozio al piano terra ha ospitato una stamperia, una ditta di consegne a domicilio e adesso un autonoleggio. L'unica cosa a non essere cambiata nel corso degli anni è Medusa – fino a ora.

Il mio capo mi si mette di fianco ed entriamo. «Sembri stanca».

Ecco, proprio quello che ogni donna sogna di sentirsi dire.

«I figli, sai com'è. Da piccoli non ti lasciano dormire, e poi, da adolescenti, ti fanno ancora stare in piedi per tutta la notte».

Lui ride, e con mio grande sollievo non mi chiede altro. Aspetta che appenda la giacca e che metta la borsa sulla mia scrivania, poi mi offre un caffè, aprendo la porta del suo ufficio e facendomi cenno di entrare.

«Dopo di te», dice.

E chiude la porta. Io resto in piedi.

«Nemmeno io mi diverto molto», dice.

Gli credo. Sembra ingrigito, spento – la pelle, i capelli, la barba di tre giorni, un insieme monocromatico, sembra morto.

«Ho perso il lavoro, Steve?».

Lui si lascia cadere sulla sedia imbottita dietro la scrivania e sbuffa, sfinito.

«No». Si passa una mano sul viso. «Siediti Julia, ti prego».

Respiro.

Non mi ero nemmeno accorta di aver trattenuto il fiato. Subito dopo lo faccio ancora. Possibile che respirare sia così difficile?

Steve mi osserva come se stesse studiando il campione di una roccia rara e io vorrei piangere – ma sono troppo stanca anche per piangere.

Vorrei poter parlare con Curioso2 del casino in cui mi sono ritrovata. Non con mio marito o con la mia migliore amica o con il mio capo, seduto qui davanti a me: vorrei parlare con un uomo che non ho mai incontrato. Dio, è assurdo.

Ho bisogno di una strizzacervelli, certo non di un flirt con uno sconosciuto incontrato su internet.

«Julia».

Alzo gli occhi.

«Non so bene quale sarà il futuro di Medusa. Non venderò le mie quote finché non avrò trovato la persona giusta, quindi per ora il tuo posto di lavoro è garantito... se lo vuoi ancora. Per ora potrai lavorare da casa, ma ecco, sappi che le cose potrebbero cambiare se cedessi tutto».

«Oppure?»

«Oppure cosa?».

Steve si china in avanti. Non ho voglia di spiegarmi.

«Oh. Giusto. Sì». Si massaggia ancora il viso. «Se decidessi di andartene, avrai una liquidazione. Piuttosto generosa».

Non dico niente perché mi sento svuotata. Sono stremata. Probabilmente lui crede che perdere il lavoro sia la cosa peggiore che possa capitarmi, mentre in questo momento ho paura soprattutto di perdere mio marito e i miei figli.

«Ascolta, Julia. Nessuno di noi due sta ringiovanendo».

Ha davvero una bella collezione di complimenti, oggi, per me. Le nostre mani sono appoggiate sulla scrivania, con la punta delle dita a pochi centimetri di distanza. Le sue si muovono, come se volesse prendermi la mano, ma poi non lo fa. Che cosa vede, Steve, quando mi guarda? Che cosa sono per lui, ora che non sono più uno dei graziosi ornamenti che decorano il suo ufficio?

«Sono preoccupato per te», riprende. «Ultimamente non sembri più tu».

Vuol dire che non sono più quella che lui ha bisogno che io sia. Anche se la morte di mia madre gli ha fatto molto comodo quando ha voluto mettermi da parte. Domenica sarà il primo anniversario della sua morte. Non mi aspettavo certo che Steve se ne ricordasse; nemmeno Adam e i ragazzi se ne sono ricordati. Tutti sanno che il lutto non dura più del tempo che passa tra la morte e il funerale.

Dopo di che mette solo a disagio gli altri.

«Mi hai appena detto di aver venduto metà dell'azienda», gli dico io con calma. «Un'azienda che anch'io ho contribuito a costruire, e per la quale ho lavorato fianco a fianco a te per dodici anni – e non hai nemmeno avuto la cortesia di dirmelo prima. Come ti aspetteresti di vedermi reagire?».

Si passa entrambe le mani tra i capelli, come se la sua squadra del cuore avesse appena perso il campionato.

«Julia. Ti prego. Non rendermi le cose più difficili. Pensi sia facile per me cedere metà della mia azienda alla concorrenza e considerare di lasciare anche il resto?».

In realtà sì, lo penso.

«Lasciarmi alle spalle tutto ciò per cui ho lavorato così tanto?».

Tutto ciò per cui *noi* abbiamo lavorato tanto. Un paio d'anni fa, dopo aver avviato l'impresa, Steve aveva parlato della possibilità di vendere delle quote ai dipendenti, ma poi aveva deciso di mantenere il pieno controllo. Avrei dovuto insistere.

Saremmo stati soci.

«Non volevo diventare un venduto», dice. «Ma forse è

la scelta migliore. Ormai ho cinquant'anni e... Tu quanti ne hai? Quarantotto? Abbiamo fatto la nostra parte, Julia. Adesso possiamo riposarci un po'».

Sono travolta da un'ondata di sfinimento e mi appoggio allo schienale della sedia.

Forse dopotutto ha ragione. Forse è venuto il momento di concentrarmi sulla mia famiglia.

Dio solo sa quanto Leah abbia bisogno di me in questo momento. Se restassi a Medusa, dovrei lavorare più che mai per qualcosa in cui non credo più, e fare sempre tardi per coordinarmi con il fuso orario americano.

Così avrei ancora meno tempo da dedicare a Adam e ai ragazzi. E loro contano ancora su di me.

Mi sento ferita e sconvolta, ma forse è solo il mio ego che mi fa immaginare me stessa seduta dove in questo momento siede il mio capo.

«Cosa faresti al posto mio?», gli chiedo.

«Prenderei i soldi. Potresti fare quello che vuoi con la vita che ti resta da vivere».

«Guarda che non sto per morire, Steve».

Lui mi prende la mano e la stringe tra le sue.

«Non pensi anche tu che la vita sia solo un lento cammino verso la morte?».

Penso alla *sua* vita, alla donna giovane e bella che non ama più, ai figli che praticamente non conosce, all'azienda che l'ha reso ricco, e mi dico che forse la morte non è uguale per tutti.

«Hai ragione», dico, ritraendo la mano. «Devo tornare a vivere la mia vita».

Il mio capo mi rivolge un sorriso radioso. Ha dei denti molto più bianchi di quanto non si meriti.

«Brava!», dice, stringendomi ancora la mano. «A quanto pare c'è ancora vita in te. È venuto il momento di divertirsi un po'. Col tempo diventiamo tutti meno curiosi, e questo non va bene».

Si alza.
Ma io rimango lì.
«Cos'hai detto?»
«Niente, niente». Ride tra sé e sé. «Solo una cosa che ho letto online».

Quarantasei
Jules

Ameera è alla sua scrivania che giocherella con l'insalata, Kimberley si sta truccando e Devon beve un frullato proteico. Gli uffici di Medusa non sono né grandi né eleganti, non c'è un'area relax e quella minuscola cucina di merda non ha nemmeno la porta, ragion per cui ognuno mangia alla sua scrivania. Verso dell'acqua bollente su una bustina di camomilla rinsecchita mentre ripenso al "curioso" commento di Steve, quando i miei colleghi mi fanno cenno di unirmi a loro.

«Vieni a mangiare con noi», dice Ameera.

Guardo quello che loro chiamano «pranzo», e nella mente vedo il grosso Tupperware di pasta che mi aspetta alla mia postazione.

«Grazie, ho già mangiato», dico.

«È una ficata la partnership con Starz, non vedo l'ora di andare a New York», dice Devon.

Mi sforzo di sorridere e annuisco.

«Ti trasferirai anche tu?», mi chiede Ameera.

«Non lo so ancora».

Spesso con una bugia si evitano lunghe conversazioni.

«Ah, già, quasi dimenticavo», aggiunge Devon. «Sabato sera usciamo tutti insieme, Ameera compie venticinque anni. Perché non vieni con noi?».

Cerco di sembrare interessata. Il mio venticinquesimo compleanno è così lontano che non ricordo nemmeno come l'ho festeggiato.

Bevo un sorso di camomilla. Mi scotta la bocca e non ha alcun sapore. «Pensate di andare in centro?», chiedo, solo perché mi sembra la cosa giusta da dire.

«No, resteremo da queste parti. Ti scrivo per i dettagli».

Ecco una cosa che non mi mancherà quando mi licenzierò, la falsità con cui i colleghi fingono di essere tuoi amici. Sanno che io so che non mi vorrebbero invitare, ma per buona educazione facciamo finta del contrario.

«Ho già un impegno per sabato sera, ma grazie comunque».

Bene. Ho salvato tutti dall'imbarazzo.

Per il resto della giornata penso a come risolvere la situazione tra Leah e il suo professore, finché non è ora di tornare a casa. Se non altro la situazione lavorativa è più facile da affrontare rispetto a quella domestica. Mi affaccio nell'ufficio di Steve e gli dico che mi prendo una settimana di ferie per decidere cosa fare. Non posso pensare al lavoro finché non avrò risolto la faccenda tra Leah e il suo professore. Lui sembra sollevato, e dice che mi manderà i documenti della liquidazione, così potrò prendere una decisione basandomi anche su quello.

Mi deprime l'idea che Medusa vada nella direzione sbagliata, ma se mi licenzio non sarà più un problema mio. Ameera potrà pubblicare i suoi video su TikTok, e Devon lanciare le sue campagne virali con le popstar, mentre io intascherò la mia buonuscita e… e poi non so.

Quindici minuti dopo sono in auto, spaventata di entrare in casa mia perché non so più come essere la madre di Leah. Voglio leggere le sue nuove lettere: è l'unico modo per scoprire dove è stata ieri notte, ma al tempo stesso sono terrorizzata da quello che potrei trovarci.

Non ho molta scelta. Potrei parlarne con Adam o con la preside o con quel professore. Ma di sicuro non posso parlarne con Leah. Assolutamente no. Quell'uomo le piace troppo e potrebbe fare qualcosa di terribile come scappare con lui. Non so nemmeno più chi sia mia figlia. È come se fosse stata sostituita con un'altra persona, uno scambio di adolescenti, o un'aliena che si è infiltrata in casa mia. Tutto quello che dice è una bugia, e non so come guadagnare la sua fiducia per farmi dire la verità.

Okay. Ancora dieci minuti per fare mente locale. Apro Kandid e rileggo l'ultima conversazione con Curioso2. È di ieri mattina, ma sembra che sia passata una vita. Prima ancora di rendermi conto di cosa sto facendo, scrivo.

Mi manca parlare con te.

Compaiono subito i tre punti. È tornato.

Sei bellissima, oggi.

Perché l'ha detto? Non sa che aspetto ho… oppure sì? Mi guardo intorno da dentro l'auto. La via è deserta – non c'è nessuno nascosto tra i cespugli o in una delle auto parcheggiate. A che gioco sta giocando? Sta scrivendo di nuovo.

Non posso esserne sicuro, ovviamente, ma per me sei sempre bellissima.

Sorrido, e mi odio. Mia figlia è in pericolo, non ho tempo per queste stupidaggini. Infilo il cellulare nella borsa e scendo dalla macchina. Reece non è in casa, Leah è già chiusa in camera sua. Busso, ma non mi risponde. In casa c'è di nuovo puzza di bruciato. Merda! Forse non ho fatto in tempo a leggere le sue nuove lettere. Devo assolutamente sapere cosa le è successo ieri notte.

«Com'è andata a scuola?», grido attraverso la porta. «Summer e Paige sono ancora arrabbiate con te?».

Nessuna risposta. Giro la maniglia, e ancora una volta sono sollevata di aver tolto le chiavi.

«Vattene!», grida Leah. La finestra è spalancata, ma la

stanza è ancora grigia di un fumo denso. Leah è in pigiama, seduta sul letto con un'aria colpevole.

Il suo peluche di Garfield è stato spostato, ma lo zaino è ancora fuori dalla stanza, dove l'ha lasciato ieri notte.

«Ci sei andata, a scuola, stamattina?».

Ha uno sguardo triste. Non voglio discutere con lei, devo essere più furba, cambiare tattica.

«Perché non ti fai un bel bagno? Potresti usare quel bagnoschiuma L'Rélle che Lynsey mi ha regalato per il compleanno».

Alza gli occhi. «Quello alla lavanda? Lil Bass ne stava parlando l'altro giorno su Instagram».

Mi passa accanto di corsa, senza un grazie né un abbraccio, e si chiude alle spalle la porta del bagno. Aspetto di sentire la chiave girare nella serratura e mi chiudo nella sua stanza. Il suo cestino è pieno di carta bruciata.

Merda. E adesso?

Quarantasette
Leah

Ho versato per sbaglio nella vasca metà flacone del costosissimo bagnoschiuma di mamma. Non l'aveva nemmeno aperto, e adesso c'è una montagna di schiuma. Lo riempio con un po' d'acqua – spero che non se ne accorga – e mi ricopro di schiuma.

I capelli mi puzzano come se fossi stata per ore seduta davanti a un barbecue, e ho le dita nere. Pensavo che l'aria si sarebbe un po' ripulita prima che mamma tornasse, invece tutta la mia stanza è impregnata di fumo. Avrei dovuto bruciare le mie lettere in cortile o andare nell'orto di papà, come Reece. Papà dice sempre che a Reece piace coltivarci dei fiori, ma io scommetto che starà sperimentando qualche nuova varietà di erba o qualcosa del genere. Se la cava sempre, quel cretino!

Oggi non sono andata a scuola. Mi sono svegliata con la testa che sembrava scoppiare e non ce la facevo proprio a stare in classe con le mie amiche che mi odiano o con la persona che mi lascia quei biglietti inquietanti. Se sto a casa, almeno, non potrà spiarmi o mandarmi altre minacce. Poi, come se non mi sentissi già abbastanza di merda, ho riletto tutte le lettere delle ultime settimane, compresa quella che ho scritto ieri notte, completamente ubriaca, a Santi. Non mi ricordo quasi niente di quello che è successo con lui, ma stando a ciò che ho scritto siamo andati un po' oltre i baci. Volevo lasciarlo, e invece ho provato a farci sesso. Mi vergogno da morire. Giuro che non scriverò mai più altre lettere. È un'idea di merda. E quindi le ho bruciate tutte.

Andava tutto così bene, prima che Dylan fosse il mio insegnante. Ma poi ho fatto un casino con il mio regalo di compleanno, e adesso le mie amiche mi odiano, Santi pensa che io sia una stronza, qualcuno mi sta minacciando e Dylan ha una fidanzata ricca, più grande, e che evidentemente gli piace più di me. Perfino i miei genitori e mio fratello mi odiano.

Se avessi un posto dove andare scapperei di casa, ma a quanto pare non so fare nemmeno quello.

Mi lascio scivolare nella vasca, chiudo gli occhi e mi immergo, lasciando fuori solo la punta del naso. Vorrei poter stare così per sempre.

Perlomeno mamma si è pentita della sgridata di ieri e mi ha lasciato usare il suo prezioso bagnoschiuma. Anche domani salterò la scuola. Ho paura. Che qualcuno voglia farmi del male, che le mie amiche non mi parlino mai più.

Non ho la più pallida idea di come farò a uscire da questo casino, ma una cosa la so – Dylan dovrà pagare per quello che mi ha fatto.

Quarantotto
Jules

«Cosa c'è per cena?», grida Reece dal divano.

È rientrato un'ora fa, seguito da suo padre. A parte Leah che mi ha urlato di andarmene, è la prima volta che qualcuno mi rivolge la parola in tutta la sera. Prima di uscire per andare al lavoro infilo un pezzo di carne nella pentola a cottura lenta. È secca, non ha un bell'aspetto, ma con un po' di salsa andrà bene.

«L'agnello».

Leah ha lasciato l'acqua sporca nella vasca e tre asciugamani zuppi sul pavimento, ma per fortuna ha usato poco bagnoschiuma. Poi si è rimessa la stessa maglietta di Blondie che aveva ieri notte e i capelli bagnati le hanno lasciato un alone scuro sulla schiena. Adesso si sta dando lo smalto alle unghie mentre guarda non so quale film di supereroi. Adam ha visto tutti i film della Marvel insieme ai ragazzi quand'erano piccoli. È una loro tradizione. Da bambini li portava al cinema appena usciva un nuovo film, e loro tornavano a casa gridando le battute che avevano imparato e ridendo di tutte quelle scene che io non avrei mai visto. Pensavo che fosse una bella esperienza con cui rafforzare il loro legame. Adam era sempre impegnato col lavoro, e in questo modo i ragazzi avrebbero avuto qualcosa che avrebbero sempre associato al padre. Ora mi pento di non essere mai andata con loro.

Leah ha bruciato tutte le sue lettere, dalla prima all'ultima, e quando è tornata i suoi stivali erano ricoperti di fango ed erba. Ha visto Dylan, la notte scorsa? O se ne è stata seduta nel parco tutta sola? Come faccio a proteggerla se non so nemmeno dov'è e con chi? Quando hanno iniziato il liceo avevo fatto scaricare ai miei figli un'app per la geolocalizzazione, ma non appena ha compiuto sedici anni Reece l'ha cancellata e Leah ha seguito il suo esempio. Diceva che era un'invasione della sua privacy e che non ero equa perché suo fratello faceva come gli pareva quando aveva la sua età. Adam mi aveva convinta a darle fiducia. Non avrei dovuto dargli retta. Tra le ceneri del cestino ho trovato anche una bottiglietta vuota di acqua Evian, e puzzava di vodka. Ma guardandola non avrei mai capito che Leah aveva i postumi della sbronza, o che stesse male per qualcos'altro.

Il salotto sembra affollato, anche se ci sono solo loro tre. Occupano così tanto spazio con i loro corpi, con le loro voci, con il modo in cui si muovono.

Li guardo. Sono la mia famiglia.

Reece, seduto a gambe larghe sul divano, beve rumorosamente la sua Coca e rutta, suo padre mastica delle noccioline e gesticola, spiegando con entusiasmo qualcosa che non capisco, e Leah, talmente carica di emozioni che riesci a sentirle in ogni angolo della casa, dense e pungenti come quel fumo acre. Non sembra importarle che suo padre e suo fratello, molto più grossi di lei, si siano stretti su un divano mentre lei è comodamente sdraiata sull'altro. Vari vasetti di smalto per le unghie sono allineati sul tavolino, vestiti di lana e di cotone sono sparsi sul tappeto, mentre l'odore di acetone si mescola al profumo dell'agnello e del bagnoschiuma alla lavanda. Nessuno ha mai insegnato a mia figlia che le donne devono farsi piccole, e stare in silenzio e rimanere in disparte. La sua generazione non ha problemi a riempire tutta la stanza. Forse il futuro sarà pieno di persone che competono per lo spazio, come in una foresta di alberi che lottano per l'ultimo raggio di sole.

«È bello poter mangiare ancora tutti insieme, come una vera famiglia, prima che io parta», mi grida Adam dal divano.

Distolgo lo sguardo da Leah. Di cosa sta parlando? «Perché, parti?».

Mi guarda come se fossi la moglie distratta e smemorata.

«La conferenza di Birmingham sulle nuove tecnologie. Parto domani mattina presto».

Birmingham?

«Durerà tutto il fine settimana, ti ricordi? Sarò il relatore principale».

«E quando pensi di tornare?», balbetto.

«Torno martedì, con tutti gli altri».

Dicendo «tutti gli altri» intende Bea. Starà con Bea tutto il fine settimana.

«È pronto in tavola», dico, sforzandomi di aderire al cliché della «moglie perfetta».

Qualcuno spegne la TV e tutti e tre vengono in sala da pranzo. Metto l'agnello su un vassoio e lo porto a tavola, lo poggio accanto alle patate fumanti e alle verdure nelle loro belle ciotole bianche, come fanno le brave mamme nei film.

«E non dimenticarti dei colloqui con i professori, il prossimo venerdì», dice Leah sedendosi al suo posto.

«Ma sono solo tre settimane che è iniziata scuola», dice suo fratello, infilandosi in bocca una patata arrosto. «Che cosa avranno da dire? Probabilmente la maggior parte degli insegnanti non si ricorderà nemmeno chi sei».

Ho in mano il coltello per affettare la carne. La semplice parola «insegnanti» mi ha fatto stringere il manico così forte che mi vedo costretta a passarlo a Adam, che affetta l'agnello con un benevolo sorriso. Ultimamente mi sorride molto. Perché sorride? Cosa mi sta nascondendo? La carne non è tenera e succosa. Come dovrebbe.

Adam sorride a Leah e le mette nel piatto la fetta più grossa. «Non vedo l'ora di conoscere i tuoi professori, tesoro. Sono sicuro che stai andando benissimo».

Lei non fa una piega. Suo padre sta dicendo di voler conoscere l'insegnante con cui ha fatto sesso, e sul viso di mia figlia non si muove un muscolo. Vorrei rinchiuderla in un'alta torre e decapitare uno per uno tutti gli uomini della sua scuola. Invece metto giù le posate e vado a sedermi. Ma stavolta non mi ritengo fortunata per quello che ho come quando eravamo da Al Fresco. Non posso più mentire a me stessa.

«E tu tornerai all'università tra un paio di settimane, giusto?», chiede Adam a Reece. «Hai fermato quella stanza che volevi?».

Reece sorride e annuisce. «Sì. Ancora un anno e finalmente sarò libero!».

Ma guardalo. Il mio ragazzo. Il mio ragazzo perfetto che non vede l'ora di lasciarmi. Ognuna di queste persone desidera solo potersi allontanare da me.

«L'agnello è davvero delizioso, tesoro», dice Adam, masticando con ostinazione.

«Sì, è buono», dice Reece.

Leah annuisce.

Tutti i membri della mia famiglia sono dei bugiardi del cazzo.

Quarantanove
Jules

Ho sempre il venerdì libero, ma stavolta è diverso. Sono in ferie e devo riflettere sulla mia buonuscita. Che sia un preavviso di licenziamento? Forse sì. Steve mi ha mandato l'accordo di fine rapporto da controllare, nel caso decidessi di mollare, ma io non riesco a convincermi ad aprire l'allegato. Lo leggerò più tardi. Dovrei essere contenta. Avrò il tempo e lo spazio mentale per riparare tutte le crepe che si sono aperte nel mio matrimonio, e per capire cosa fare con Leah. E avrò anche più soldi. Se accetto, me ne daranno parecchi – in genere lo stipendio di un anno – e in più ci sono quelli dell'appartamento di mia madre che non ho ancora deciso come investire, e quelli che tengo nascosti sotto il letto. Sì, i soldi ci sono. Un sacco di soldi.

Vorrei tanto poter telefonare a mia madre. Non credo che avrebbe consigli da darmi, ma almeno mi direbbe che tutto andrà bene e io le crederei. Di sicuro non riesco a crederci quando sono io a dirmelo.

Controllo il cellulare per la terza volta stamattina. Sono sveglia da quando Adam è uscito, alle cinque, e ormai sono le otto e mezza. Gli ho scritto un'ora fa per chiedergli se aveva un minuto per parlare, ma lui non mi ha ancora risposto. Però ha letto il messaggio. So che arriverà in albergo piuttosto presto, e so che il suo intervento è previsto nel pomeriggio. Stamattina non mi ha praticamente rivolto parola. Non si preoccupa vedendo che lo cerco così presto?

Mi sto comportando da egoista. Non posso parlargli per telefono dei miei problemi e di quelli di Leah mentre è via per lavoro. Devo riuscire a trovare il coraggio di dirgli in faccia tutto quello che penso. Posso aspettare che torni, martedì prossimo. Per allora avrò tutto sotto controllo.

Mi alzo dal letto, infilo la vestaglia e vado in cucina. Leah è già lì che mangia un muffin direttamente sul tavolo, spargendo briciole sul suo pigiama e sul pavimento.

«Perché non ti sei ancora vestita?», le chiedo.

Mi guarda a lungo. «E tu?».

Le mani mi prudono per la tentazione di farle volare via il muffin dalla mano con un ceffone.

«Devi andare a scuola», le dico. «Mi telefoneranno dalla segreteria».

«No, non credo. Ieri non hanno chiamato». Ha ragione, non l'hanno fatto. «Sono entrata sul registro elettronico con le tue credenziali e ho scritto che avevo problemi di stomaco. Ci andrò lunedì».

«Ma non stai male».

«Sì, invece. Ho mal di testa», dice lei, guardandomi dritto negli occhi. Come fa? Bugiarda, bugiarda, bugiarda.

Ma probabilmente è meglio così. Non voglio che stia nella stessa stanza con quel professore. Che abbia cercato di ingannarlo o no, l'idea che lui le stia vicino mi fa venire i brividi.

«Va tutto bene?», le chiedo. «Le amiche? Le lezioni? Lo sai che a me puoi dire tutto, tesoro».

Per un fuggevole istante qualcosa di piccolo, di infantile, balena nei suoi occhi spenti. Le tendo una mano, e penso che stia per abbracciarmi, per raccontarmi ogni cosa, ma non lo fa. Invece si ficca in bocca l'ultimo pezzo di muffin, mi lancia un'occhiata gelida e se ne va. Il mio istinto mi direbbe di correrle dietro, di scuoterla fino a farle sputare la verità, ma se adesso la spavento finirebbe per non parlarmi più. Finché siamo sotto lo stesso tetto, so che è al sicuro. E per ora mi basta.

E poi, se oggi non va a scuola, significa che posso scoprire chi è questo professore d'arte senza che lei lo sappia. Ci andrò più tardi, e se questo stronzo ci tiene a sé stesso, si metterà un po' di paura. Soprattutto quando gli parlerò della disgustosa prova delle sue azioni. Solo il pensiero mi riempie la bocca di un sapore acido, ma devo farlo. Leah è pur sempre la mia bambina, e potrei uccidere e morire per lei.

Ha parlato di Kandid in una delle sue lettere, diceva che le sarebbe piaciuto avere qualcuno con cui condividere i suoi segreti. Ieri notte l'ho cercata per più di un'ora sul sito, ma non ho trovato nessun post che potesse farmi risalire a lei. Ho filtrato per area geografica, e ho usato parole chiave come «professore», «Carnage», «verginità», ma non ho trovato niente. Meglio così. Non voglio che frequenti quel sito.

Mi verso un caffè, mi appoggio al bancone della cucina e mentre porto la tazza alle labbra il mio cellulare vibra. Non ho più voglia di parlare con Adam adesso. Lo farei solo preoccupare, lui tornerebbe a casa di corsa e peggiorerebbe la situazione. Provo un misto di sollievo e fastidio vedendo che non è lui, ma una notifica di Kandid. Clicco.

Buongiorno, bellezza.

Bevo un sorso di caffè, che mi arriva dritto allo stomaco. Mi ha chiamato bellezza anche ieri. Ma non sa come sono fatta – o sì?

Non lo sai se sono bella.

Sì che lo so. Parliamo ogni giorno. Sei squisita.

È assurdo. Ma è esattamente quello che ho bisogno di sentirmi dire in questo momento. Metto giù la tazza e rispondo subito.

Che piani hai per oggi?

Niente. Lavoro. E tu?

Noiose faccende domestiche.

Vorrei essere lì con te.

Dove? In casa mia?

Così mi fai sembrare una persona inquietante.

Scoppio a ridere. È strano sentire la mia risata, un suono così limpido e divertito che non mi aspettavo di poter emettere. Sono sempre sorpresa da quanto quest'uomo mi piaccia. Quanto mi piaccia passare del tempo con un tizio senza volto, senza nome, senza corpo. Forse saremmo tutti più felici con un robot perfettamente programmato per soddisfare i nostri desideri invece di pretendere lo stesso sforzo da un essere umano.

Sta scrivendo ancora.

Non riesco a smettere di pensarti. Sei una distrazione continua.

Dimmi a cosa pensi.

Tre puntini. Aspetto. Poi mi arriva un messaggio di Adam.

Di cosa volevi parlarmi?

Niente di urgente. Volevo solo augurarti buona fortuna per il tuo intervento.

Risponde con una piccola emoji a forma di pollice in su – quella che dice, *Messaggio ricevuto, ma non ho voglia di parlare con te. Mi annoi.*

Curioso2 sta ancora scrivendo. Aspetto. Appare la sua risposta.

Continuo a pensare che meriti più di ciò che hai. Vorrei essere la persona che ti fa sorridere ogni giorno. Dovremmo parlare. Posso aiutarti.

Aiutarmi come? Aspetto, ma scrive altro. Sto per rispondere quando il cellulare si mette a vibrare. È di nuovo Adam.

Puoi comprarmi il muesli per martedì, per favore?

Arriva un'altra notifica. È una e-mail di Steve che vuole sapere se ho ricevuto l'accordo di fine rapporto. Curioso2 sta ancora scrivendo. Poi si ferma. Nient'altro. Leah ha alzato il volume della musica di Lil Bass a un livello da far tremare le pareti, e la mia testa comincia a pulsare. Fisso il cellulare. In teoria dovrei vestirmi. Devo andare da quel bastardo.

Le parole di Lil Bass trafiggono l'aria come pallottole.

Mi hai rovinato
Mi hai ingannato
Non hai mai fatto niente per me

Il professor Ward. Adam. Curioso2. Steve. Tutti uomini che fanno esplodere il mio cellulare e la mia vita. Non li conosco. Non davvero. Non più. Ma devono andarsene. Devono uscire dalla mia vita.

Pagherai
lo farò a modo mio
Non vivrai un altro giorno

Cinquanta
Jules

Sono davanti al cancello della St Margarette e fisso l'enorme, imponente palazzo. È la scuola migliore della zona; i miei figli sono stati fortunati a entrarci. Qualunque cosa possa dire o fare oggi, non devo compromettere le possibilità di Leah di finire gli studi e andare all'università.

Dirò a quello stronzo che o si dimette, o racconterò tutto alla preside.

Inspiro per quattro secondi, espiro per otto, poi mi asciugo le mani sui jeans. Posso farcela. Quello che provo non è paura, né nervosismo… è rabbia. Pura, ardente, cieca. Mi sistemo i capelli, liscio la camicetta e vado verso la segreteria.

«Vorrei parlare con il professor Ward», dico, con tutta la fermezza possibile.

È l'ora di pranzo. Sono venuta apposta a quest'ora così non mi diranno che sta facendo lezione e che non può essere interrotto. La segretaria è un osso duro. Ho già avuto a che fare con lei, in passato. Lavora nella scuola fin da prima che Reece iniziasse le medie. Probabilmente è qui da quando l'edificio è stato costruito. Si sistema gli occhiali, con le labbra strette.

«Ha un appuntamento?».

Ovviamente no. Non volevo chiamare in anticipo. Volevo sorprenderlo, sconvolgerlo, metterlo in difficoltà.

«È un'emergenza».

Una ruga profonda le solca la fronte.

«Il signor Ward non è qui, ma se è un'emergenza posso cercare il vicepreside. Il signor Travis è…».

«No, devo parlare con il professor Ward, adesso!».

La voce mi trema, e le mani iniziano a freddarsi. A questa vecchiaccia non potrebbe importagliene di meno. Chissà quanti genitori si precipitano a scuola esigendo di parlare con un professore. Dio, non potrei mai lavorare qui. Ma la mia situazione è diversa. Di sicuro gli altri professori non vanno a letto con le studentesse. Non ha importanza che abbia provato a comportarsi bene, conosco abbastanza gli uomini, e so che se ne avesse l'occasione lo stronzo si porterebbe ancora a letto mia figlia. E se non lei, qualche altra ragazzina ingenua. Deve andarsene dalla scuola.

«Il professor Ward è a pranzo, al momento», dice la segretaria. «Magari, quando esce dalla sala professori, posso informarlo…».

La sala professori. So dov'è. Senza dire una parola mi dirigo verso il corridoio, dove gli studenti sono seduti a terra a chiacchierare, a leggere e a mangiare. Faccio in modo di nascondere il viso coi capelli, non vorrei che le amiche di Leah mi vedessero e le mandassero un messaggio, ma poi mi ricordo che gli studenti della sua classe possono uscire per pranzo, e nessuno di loro si ferma a scuola.

La porta della sala professori è chiusa. La spalanco di colpo, mandandola a sbattere contro la parete.

«Il professor Ward è qui?», grido.

Tutte le facce si voltano verso di me. Le riconosco, e nessuna appartiene a un uomo poco più che ventenne.

«Posso aiutarla? È la madre di Leah, vero?», mi dice una delle donne. Era la professoressa di inglese di Leah.

Ho il respiro affannato e mi gira un po' la testa. Da stamattina ho preso solo un caffè. Avrei dovuto mangiare qualcosa prima di venire qui, ma ero troppo in ansia. Nell'angolo della sala c'è una piccola cucina, dove un gruppo di ragazzi sta chiacchierando. Sono tutti professori? Tre di loro mi danno le spalle. Forse Ward è uno di loro. Non ho messo gli occhiali. Ho fatto solo un passo dentro la stanza quando sento una mano afferrarmi per il braccio.

«Questa è un'area riservata ai professori», dice una voce profonda. Alzo gli occhi. È il custode. Deve aver passato da un pezzo la settantina, ma è forte. «Venga con me. Eileen le ha già detto che deve prendere appuntamento».

Un gruppetto di ragazzi si è radunato in corridoio davanti alla sala professori, dove ora gli insegnanti si guardano in un silenzio imbarazzato. Dico addio ai miei sogni giustizia. Mi trascino fino all'ingresso e mi fermo in segreteria, dove Eileen mi guarda scuotendo la testa.

«Ho controllato l'orario del professor Ward, potrà riceverla lunedì alle dodici. Il suo nome?».

Le do tutte le informazioni, poi torno alla mia auto. Lunedì farò in modo che quel pezzo di merda lasci la scuola e non si avvicini mai più a mia figlia.

Cinquantuno
Jules

Il giorno passa in modo confuso, non riesco a concentrarmi su niente. Ho ancora i brividi per l'irruzione che ho fatto a scuola, e mi manca l'energia anche solo per leggere le e-mail che Steve mi ha mandato. Tutto quello che ho fatto nel pomeriggio è stato provare a leggere un libro, senza riuscirci, e controllare il telefono almeno cinquanta volte. Nessuno mi ha scritto.

Provo a chiamare Lynsey ma c'è sempre la segreteria telefonica, quindi provo sul fisso. Mi risponde John, su un sottofondo di strilli e spruzzi.

«Immagino sia il momento peggiore per telefonare, giusto?», cerco di urlare sovrastando le urla dell'ora del bagnetto. «Ho bisogno di parlare con Lynsey».

«Oh, Jules. Ciao. Togliti il sapone dalla bocca! È fuori città».

«Cosa?».

È difficile sentire bene tra quel casino e i bassi rimbombanti della musica di Leah che rimbalzano sulle pareti. Oggi non è mai uscita dalla sua stanza. Se avesse saputo della mia giornata, sicuramente mi avrebbe detto qualcosa. Quindi perlomeno devo ringraziare che non lo sappia.

«Lynsey è andata a stare da un'amica per un paio di notti», dice John.

Quale amica? Sono io la sua amica!

«Ma sta bene?»

«No, fermo, smetti di succhiare la spugna! Aspetta un momento. Scusa. Ha avuto qualche difficoltà, Jules. Non te ne ha parlato?»

«Cos'è successo?»

«Le ho comprato un regalino per il nostro anniversario, ma lei è scoppiata a piangere. Dice che non le importa nulla dei regali, che ha solo bisogno di una pausa. Così si è presa qualche giorno di ferie ed è andata a stare da un'amica».

Perché Lynsey non mi ha detto che stava attraversando un periodo così difficile? C'è qualcosa che non quadra. Avrei voluto parlarle di Leah, ma evidentemente non è il momento giusto.

«Jules, adesso devo proprio andare», mi sta dicendo John. I bambini hanno cominciato a urlare, costringendomi ad allontanare il cellulare dall'orecchio. «Scrivile. Sono sicuro che le piacerebbe parlare un po' con te».

Davvero? I sospetti aumentano, e non mi fanno ragionare lucidamente. E se non fosse affatto a casa di un'amica? E se mio marito non fosse a Birmingham? Se io e John fossimo stati ingannati entrambi?

Riattacco e le scrivo un messaggio. Le chiedo se va tutto bene e se possiamo vederci domani sera al Vino. Lei mi risponde subito con un pollice in su, confermando che ci vedremo là; deve assolutamente raccontarmi una cosa. Chiudo gli occhi e immagino la mia migliore amica che sabato sera, in un bar pieno di gente, mi dice che va a letto con mio marito. No. Non può essere questo. Sta attraversando un momento difficile con i bambini e ha bisogno di una pausa, e io sono sua amica. Dovrei preoccuparmi per lei, non accusarla della cosa peggiore che un'amica possa farti. Domani, tanto per cambiare, mi concentrerò sui suoi problemi.

In salotto Reece sta mangiando qualcosa che ha ordinato dal ristorante cinese. Merda, sono una madre davvero pessima. Mi sono completamente dimenticata della cena.

«Ti ho ordinato quel pollo con gli anacardi che so che ti piace. Leah si è portata la cena in camera».

Che bravo ragazzo. Mi siedo vicino a lui. Sta guardando un documentario sulla natura.

«Lo sapevi che Platone si sballava con i funghetti?», dice Reece, succhiando i suoi spaghetti di soia. «In realtà era qualcosa di più di un fungo. A quei tempi li mescolavano con l'orzo per preparare una specie di bibita fermentata che dava un trip abbastanza simile a quello dell'LSD».

Non so cosa si aspetti che risponda, così mi limito a dire che no, non lo sapevo. Perché mai dovrei saperlo? Reece è tutto preso dal documentario, e io continuo ad ascoltare gli aneddoti che vuole condividere con me. È una delle cose che adoro di mio figlio. Qualcuno potrebbe chiamarla ossessione, o iper-concentrazione, ma io ci ho sempre visto semplicemente la passione. Adora andare nell'orto di suo padre e imparare cose strane sulle piante. E non parla mai di cose banali, ogni sua conversazione è profonda. Vorrei essere anch'io tanto appassionata di qualcosa. Di una cosa qualsiasi.

«È strano che la società abbia deciso che la droga è una cosa negativa, anche la marijuana e i funghetti, che sono totalmente naturali», dice indicandomi lo schermo, su cui è apparso un quadro piuttosto assurdo. Di Bosch, credo. «Quando alcune delle migliori idee, compresi libri, musica, opere d'arte, sono venute a persone fatte come zucchine».

Vorrei dirgli di non usare certi termini, ma voglio anche che continui a parlare. Mangio il mio pollo, guardando un fungo crescere al rallentatore. Reece sembra ipnotizzato.

«E Yeats fumava erba, e per qualche anno Picasso ha

fumato oppio. È incredibile che la natura crei tutta questa roba che sostanzialmente può renderci le persone più brillanti del mondo… o ucciderci. Due lati della stessa medaglia. Guarda», e mi indica di nuovo lo schermo. «Papa Clemente VII, morto per aver mangiato un fungo velenoso. *Amanita phalloides*. Penso che qualcuno debba fare un grave errore perché tutti gli altri possano evitarlo».

Scoppia a ridere e si infila in bocca un'altra forchettata di noodles mentre io me ne sto lì, pietrificata, ascoltando senza ascoltare davvero. Guardando lo schermo senza guardarlo davvero. Non me ne importa niente di quei funghi mortali o di tutti quei geni, ma non voglio andarmene perché io e mio figlio siamo qui da soli a guardare la TV, e tutto attorno è silenzioso, e ogni cosa sembra essere a posto. Pace. Per un istante posso fingere che la mia vita non stia andando in pezzi. Posso imparare qualche nozione inutile su piante e funghi mentre il mio brillante figlio mangia i suoi noodles accanto a me. È la parte dell'essere madre che amo di più.

Mi accoccolo sul divano e appoggio la testa sulla spalla di Reece. Lui mi scansa e si alza.

«Dove vai?», gli chiedo.

Si sposta sull'altro divano. «Ti lascio un po' di spazio».

E tutto ridiventa freddo e vuoto.

Cinquantadue
Jules

Sono le otto meno un quarto e sono da Vino, seduta al nostro solito posto. Lynsey è in ritardo di quindici minuti e non risponde al cellulare, e Adam non si è fatto sentire da quando è partito per Birmingham, mi ha inviato solo qualche meme divertente. Ma noi non siamo il tipo di coppia che si invia meme divertenti. Mi è sembrato tutto poco spontaneo, e mi ha messo a disagio. Cosa mi sta nascondendo?

Lynsey ha detto che voleva parlarmi e mi sta dando buca. C'è qualcosa di strano. Butto giù il nodo che ho in gola con quel che resta del mio bicchiere di Pinot grigio e guardo fuori dalla vetrina del bar. Il sole sta per tramontare, e il marciapiede è pieno di fumatori e di persone che fanno finta che l'autunno non sia ormai dietro l'angolo. Uscire stasera mi è costato un grosso sforzo, ma speravo che potesse distrarmi un po'. Stamattina ho speso un sacco di soldi per sistemarmi i capelli e le unghie. Mi sono depilata e truccata. Ho un nuovo vestito leopardato che mi arriva quattro centimetri sopra il ginocchio. La fantasia del tessuto è discreta e io so di avere delle belle gambe, l'unica parte di me a non essere cambiata. Comprarlo è stato un impulso irrazionale, perché probabilmente è l'ultima settimana che potrò metterlo senza collant.

Ordino un altro bicchiere di vino e nell'attesa controllo il cellulare. Curioso2 non mi scrive da ieri mattina, quando ha detto che voleva fare qualcosa per aiutarmi. Gli ho risposto con «???», ma lui niente. Che cosa ridicola. Non ho bisogno di compagnia per passare una serata piacevole. Niente può impedirmi di bere un altro bicchiere e poi andarmene da qualche altra parte. Al cinema per esempio. Un sacco di gente va al cinema da sola.

Rinvigorita da questa decisione, pago quello che ho bevuto e controllo ancora una volta i messaggi sul cellulare. Lynsey mi sta chiamando. Mi si stringe lo stomaco. Sicuramente non vorrà rovinarmi la vita per telefono.

«Jules! Meno male che hai risposto. Stavo uscendo da casa di Fiona per venire da te ma è successo un casino! Sta malissimo, è fuori di sé».

E così Lynsey era con Fiona! Mi sento sollevato, e subito dopo in colpa.

«Pensavo fosse in Grecia con il suo nuovo, ricco amante».

Lynsey è senza fiato, come se non riuscisse a pronunciare le parole abbastanza in fretta. «È per questo che ti stavo chiamando. Era tutta una finta. Ogni cosa. Non era vero niente!».

«In che senso, non era vero?»

«Era una truffa!», sibila lei, come se avesse voglia di urlare ma non volesse farsi sentire dalla sua amica. «L'ha derubata. Lei gli aveva dato tutti i suoi risparmi, Jules. Ventitremila sterline! Lui le ha detto che li stava investendo in criptovalute per conto suo – e lei aveva già visto un guadagno di un centinaio di sterline, quindi si fidava ciecamente. Lo stronzo le mandava sempre dei regali e delle fotografie della sua villa. È stato bravo, e lei si è persuasa che fosse l'uomo della sua vita. Allora gli ha dato tutti i suoi soldi e lui è sparito. Era una trappola».

Il vino mi lascia un sapore amaro in bocca. Fiona aveva

conosciuto quell'uomo su Kandid, ed era arrivata a credere a tutto ciò che lui le diceva.

«La spiava, Jules! Sapeva tutto di lei: il suo indirizzo, il suo aspetto, quanti soldi avesse. La polizia pensa che abiti da queste parti, ma dice che rintracciarlo non è possibile. Potrebbe essere chiunque!».

Mi guardo attorno. In questo bar sono tutti più giovani di me. Ci sono molti gruppetti di ragazze, quasi tutte sui vent'anni, qualche gruppo misto, molte coppie che sembrano qui per il loro primo appuntamento e un gruppetto di uomini in un angolo. Due stanno guardando il cellulare. Il più attraente alza gli occhi dallo schermo e, vedendo che lo guardo, raddrizza la schiena. Io guardo altrove.

«È per questo che non voleva incontrarla di persona?»

«Esatto! Continuava a dirle che la voleva aiutare. Era carino e gentile, non inquietante come gli altri tizi che si incontrano online. Onestamente non so proprio perché abbia voluto iscriversi a quella merda di sito di confessioni. Il profilo di lui adesso è sparito, ma scommetto che ne ha altri. Ventitremila sterline!», annaspa. «Aspetta, mi sta chiamando. Devo andare».

Riattacco e fisso l'icona di Kandid sul mio schermo. Dovrei proprio cancellarmi. Basterebbero due secondi, e sarebbe come se niente di tutto ciò fosse mai accaduto. Una cosa in meno di cui preoccuparmi. Ma se invece Curioso2 fosse vero? In questo caso lui avrebbe bisogno di me quanto io di lui. E poi, devo restare sull'app per vedere se ci si iscrive Leah.

L'uomo di cui prima ho incrociato lo sguardo mi sta ancora fissando. Lynsey ha detto che l'uomo di Fiona la pedinava. Potrebbe essere qui. Curioso2 potrebbe essere sincero, ma potrebbe anche essere uno degli uomini in questo bar e io non lo saprei mai. Potrebbe anche essere qualcuno che mi conosce già.

«Jules!».

Sobbalzo e mi volto, rischiando di cadere dallo sgabello.

«Devon?»

«Sono contento che tu sia venuta! Siamo laggiù», dice, indicando una saletta nascosta in fondo al bar. Ameera, Kimberley e qualcun altro dei colleghi mi saluta con la mano. Avevo completamente dimenticato il compleanno di Ameera.

L'ultima cosa di cui avessi bisogno dopo la rivelazione di Lynsey è sopportare una serata con colleghi abbastanza giovani da poter essere miei figli, che per di più fanno finta di essermi amici. Ma non ho scelta. Non posso dire che sono perfettamente a mio agio a starmene seduta da sola in un angolo del bar a fissare il telefono mentre bevo fino a ubriacarmi. Scendo in modo un po' goffo dallo sgabello e seguo Devon.

«Buon compleanno, Ameera!», dico, abbracciandola con poca convinzione. «Ti avevo comprato un regalino, ma l'ho dimenticato a casa. Te lo porterò quando torno in ufficio».

È una bugia, ovviamente, ma è troppo sbronza per notarlo. Mi indica una bottiglia di tequila quasi finita al centro del tavolo e alcuni bicchierini da shot. Gesù.

«Dai, devi fare almeno un giro!», strilla Devon.

Ci sono anche il sale e il lime. Di sicuro non è quello che desideravo per stasera. Altro che cinema solitario. Sorrido, come se tutto fosse molto divertente, e butto giù in un sorso il mio shottino. La tequila brucia, e i ragazzi battono le mani. Che imbarazzo. Ubriacarmi con loro è solo un'estensione delle chiacchiere di circostanza che facciamo in ufficio.

Il cellulare mi vibra in mano. È Adam. Contenta di avere una buona scusa per allontanarmi, li lascio un momento e vado all'ingresso del pub, dove c'è meno rumore. Un gruppetto di ragazzi sta bevendo birra sul marciapiede. C'è anche il tipo carino che ho notato prima, e che mi guarda ancora mentre mi appoggio al muro con la mano attorno al microfono del cellulare per farmi sentire da Adam.

«Come va?», gli chiedo.

All'altro capo della linea sembra tutto silenzioso. Ovvio. Mio marito è solo, sta lavorando sodo, guadagnando i soldi che servono alla sua famiglia, e io sono la stupida, paranoica idiota che perde tempo in un bar e si rende la vita più difficile del necessario.

«Il mio intervento è andato benissimo. Abbiamo finito di cenare, e sto tornando in camera. E tu?».

Forse in fin dei conti ci tiene ancora a me. Forse analizzo un po' troppo i suoi messaggi, e lui ama semplicemente sua moglie.

«Sto facendo aperitivo con Lynsey», rispondo, perché non riesco proprio a confessargli che mi sto scolando della tequila con dei colleghi che hanno la metà dei miei anni.

«Bene. E a casa è tutto a posto?»

«Sì. Ho visto il tuo messaggio sul muesli».

«Bene, bene. Okay, allora ci vediamo martedì».

Tutto qui? Non siamo in grado di dirci altro?

«Jules». Fa una pausa. Lo conosco, quel tono, è il tono delle cattive notizie. Ho un brivido. «Dobbiamo parlare».

Avevo ragione. Non voglio parlare con lui, perché so cosa direbbe e non voglio sentirlo. Adam aspetta che dica qualcosa, ma qualunque cosa io dica sarebbe sbagliata. In sottofondo qualcuno chiama il suo nome. Una donna.

«Adam, avevi promesso che avremmo bevuto ancora qualcosa!».

«Devo andare», dice mio marito.

«Chi è?»

«Ci vediamo martedì», dice lui, e riattacca.

Fisso il cellulare per quella che mi sembra un'eternità, con i lampi rossi e bianchi delle auto di passaggio che si riflettono sullo schermo. È finita. Non è necessario che aspetti martedì, ormai l'ha detto. Deglutisco e la saliva mi brucia, come lame di un rasoio che mi graffiano lungo la gola. Chi è quella donna? Potrebbe essere Bea, o una di cui non so assolutamente niente? Mi asciugo gli occhi. Magari è a lei che ha regalato il braccialetto. Chiudo gli occhi. E lui la ama?

La notte si è dissolta in un grigio spento, l'aria è punteggiata delle sigarette e dagli accendini di quelli che bevono accanto a me. Il gruppo degli uomini con la birra si è sfoltito, ma quello che prima mi guardava mi sta ancora lanciando occhiate. È vestito un po' come Reece, come si vestono i giovani oggi – maglia larga, jeans aderenti e niente giacca, anche se l'aria si è fatta pungente. È esattamente il tipo di ragazzo con cui sarei andata a letto quando avevo vent'anni: silenzioso, sicuro di sé, pericoloso. Mi chiedo cosa pensi lui quando mi guarda. Probabilmente si sta chiedendo quello che mi chiedo anch'io: che cosa ci fa in questo posto una vecchia come me?

O forse no. Forse sono anch'io come Fiona – spaventata, sola, facile da ingannare con qualche complimento – e lui si sta chiedendo come raggirare un'altra vecchia disperata.

Torno da quei colleghi che mi conoscono appena e dalla tequila gratuita, immaginando mio marito con la sua amante. Mi verso un altro shottino e mi butto sulla sedia. Devo andarmene, o perlomeno trovare qualcuno della mia età con cui parlare.

«C'è Steve?», chiedo.

Scoppiano tutti a ridere. Devon mi passa una fetta di lime.

«Perché mai dovremmo invitare il capo?», dice Kimberley ridacchiando. «Ha tipo il doppio dei nostri anni».

Pensavo che Steve le piacesse. Si comporta sempre come se lui fosse la cosa migliore che le sia capitata in vita sua. A un certo punto ho pensato addirittura che andassero a letto insieme, finché non ho scoperto che lei vive con la sua ragazza.

«Be', avete invitato *me*», dico.

Ameera mi accarezza un braccio. «Ma tu sei figa, Jules».

Piccola bugiarda carina.

«Sono vecchia».

Ameera sbuffa. È completamente sbronza. La osservo, col suo rossetto sbavato e gli occhi stanchi. Eppure è ancora bellissima. Delicata. Eterea. Forse qualcuno ha già in mente di fregare *lei* stanotte. No, quando sei giovane e bella sei tu a prenderti ciò che vuoi. Mentre a noi non resta che dare i nostri soldi a chiunque abbia il coraggio di dirci quello che vogliamo sentire.

Ripenso a quello che Lynsey mi ha detto il giorno del mio quarantesimo compleanno. «Congratulazioni, da oggi avrai il sessanta per cento in meno di possibilità di essere stuprata. Arriva ai sessantacinque, e praticamente sarai al sicuro».

Eravamo entrambe sbronze e ridevamo come pazze, anche se non c'era niente di nemmeno lontanamente divertente in quello che stava dicendo. Sono queste le possibilità che ti si offrono quando diventi vecchia – attenzioni sessuali indesiderate, sfruttamento o invisibilità.

Passo una bottiglietta d'acqua ad Ameera e butto giù il mio shot di tequila. La bocca mi si riempie di saliva, ma l'alcol mi dà il coraggio che mi serve per restare ancora un po' con loro. Mi sciacquo la bocca con l'ultimo sorso di vino.

«È vero, Jules», dice Kimberley. La ragazza seduta accanto a lei è tutta spigoli e occhi dolci, e le tiene un braccio sulle spalle. «Tutte vorremmo essere come te, da adulte».

Gli altri sorridono, e io non so se ridere o piangere.

«Non è vero. Io non sono "figa"» dico, facendo il segno delle virgolette nell'aria. «Dico sul serio. La mia vita è noiosissima».

«Ma in questo momento non sei noiosa», risponde Devon, riempiendomi il bicchiere di Prosecco.

Ha ragione. Non lo sono. Se la mia vita sta per implodere, voglio andarmene con il botto…

Cinquantatré
Jules

Sono su una pista da ballo! Non so come ci sia finita, ma so che la canzone è di Rihanna, perché Leah la mette in continuazione. I miei stivaletti hanno il tacco basso, ma le cosce mi fanno già male e non sento più le dita dei piedi. E il mio viso sembra anestetizzato. Ho continuato a bere acqua, ma ci vorrà un po' per smaltire tutta la tequila che ho in corpo.

Non c'è niente di peggio che avere i postumi della sbronza prima ancora di tornare a casa.

«Come ti muovi bene!», mi dice Kimberley, mettendomi le mani sui fianchi e iniziando a ballare con me. La sua ragazza fa altrettanto con lei, ridendole vicino all'orecchio e baciandola sul collo. Anch'io rido, e mi scosto i capelli sudati dalla fronte. Okay. Mi sto divertendo. Avevo dimenticato cosa si prova a divertirsi.

Ufficialmente Vino chiuderebbe alle undici, ma al piano di sopra c'è il Checkers, il nightclub più pacchiano di tutto l'Hertfordshire. L'ingresso costa cinque sterline, e Devon non ha accettato il fatto che per me era ora di chiamare un taxi e andarmene a letto.

«Dai, vedrai che ci divertiremo. Vieni di sopra a ballare».

Mi ha pagato lui l'entrata. È successo venti minuti fa. Forse un'ora. Chi se ne importa? Ameera, Devon e Kimberley mi hanno soprannominata *Cool Jules* e continuano a dire che vorrebbero tanto che le loro mamme fossero divertenti come me. Non è proprio un complimento.

«Vorrei che venissi anche tu a New York con noi», dicono. «Potresti essere la nostra capa».

Sono ubriachi, e probabilmente non lo pensano davvero, ma io mi godo il complimento come un gatto affamato farebbe con una ciotola di latte.

Il bar del pianterreno è ancora aperto, ma ormai è quasi vuoto. Tutti quelli che erano sotto ora sono di sopra, e ballano sulla musica pop di uno schifoso nightclub che fingono di frequentare perché è divertente e non perché è l'unico che ci sia qui intorno.

Gli uomini mi guardano. Alcuni sono vecchi, e più ubriachi di me. Uomini che siccome si sentono ancora ventenni pensano che le ragazze ventenni possano essere interessate a loro. Uomini così non guardano mai donne come me, donne della loro età. Ma ci sono anche altri uomini, più giovani, e avverto il loro sguardo muoversi su di me come una sciarpa di seta sulla pelle nuda. Mi viene un brivido pensando a Curioso2. Anche lui è più giovane di me. Me l'ha detto una volta, anche se io non gli ho mai detto la mia età. È il tipo di uomo che fissa una donna sulla pista da ballo? Cosa farebbe se mi vedesse ora?

Sono spalla a spalla con persone che si dimenano, le loro braccia sudate a contatto con le mie, i loro capelli sulla mia faccia, le loro risate nelle mie orecchie. La musica mi attraversa, e mi sembra di non essere davvero lì. Di non essere in nessun luogo. Ci siamo solo io e questo momento. Cosa direbbero i miei figli se mi vedessero? E mio marito?

Dobbiamo parlare.

Non voglio pensarci. Non adesso. Voglio solo essere qui, in questo istante, sospesa nel tempo come se fossi un'altra, almeno per questa notte.

Un uomo si allontana dal bar e viene dritto verso di me, con le spalle larghe delineate dalle luci intermittenti della discoteca. Ha in mano un bicchiere e mi sorride. È giovane, ma non troppo giovane. Vuole ballare con me? Lo immagino stringermi i fianchi con le sue grandi mani, il suo petto contro la mia schiena, il suo respiro che mi solletica il collo. Gli sorrido mentre si avvicina, e gli tendo la mano per fargli capire che sono pronta a ballare.

«Fammi vedere come si fa», gli grido per sovrastare la musica.

«Che cosa?».

Lo prendo per la cintura. «Ho detto, fammi vedere cosa sai fare».

Lui ride e mi viene più vicino. Sento l'odore di bourbon del suo alito.

«Vai a casa, tesoro. Ti stai rendendo ridicola».

E se ne va senza lasciarmi il tempo di rispondere. Meglio così, perché non saprei cosa dirgli. Me ne resto lì, come un cavallo a dondolo che nessuno vuole più cavalcare. Uno di quei cimeli decrepiti, antichi, che la gente tiene in casa solo perché si sentirebbe in colpa a buttarli, anche se sono orribili. Mezzi marci. Pericolosi. Addirittura un po' spaventosi.

L'uomo è tornato al tavolo con gli amici. Dice qualcosa e mi indica. Gli altri ridono scuotendo la testa. Oh. Capisco. Sono *quella* donna. La testa mi pulsa e ho la gola chiusa. Devo uscire. Voglio andare a casa. Cosa mi è passato per la testa quando mi sono messa a ballare in un nightclub? Mi avvio lentamente verso l'uscita, strusciando i palmi lungo le pareti appiccicose per la condensa.

Sono quasi arrivata in fondo a quelle scale traballanti, con le mani che scivolano sul corrimano, quando manco l'ultimo gradino e cado. Ma qualcuno mi afferra al volo.

«Sto bene», mormoro, con una voce piena di lacrime di vergogna.

Alzo gli occhi. È il tipo giovane di prima, quello che avevo visto in strada con la gente che fumava. Non ho bisogno della compassione e della preoccupazione che leggo nei suoi occhi; per stasera sono stata umiliata a sufficienza. Mormoro un grazie e vado verso l'uscita, ma lui mi segue.

«Ehi, va tutto bene?»

«Sì».

Ma non è vero. Mi appoggio al muro esterno del bar. Cerco di metterlo a fuoco, ma tutto gira vorticosamente. È davvero molto attraente. E di sicuro sta per dire qualcosa di imbarazzante come: «Mia madre ha una borsetta identica alla sua».

«Stai tremando. Vuoi un po' d'acqua?».

Vino è praticamente deserto, e lui mi accompagna a un tavolo. È bello sentire la sua voce senza quell'orribile musica.

«Mi chiamo Robert», dice.

Ha i capelli tagliati con cura, la barba corta e chiara, e delle labbra piccole e arrotondate – mi sembra si dica ad arco di Cupido.

«Io sono Jules».

Robert corre al bancone e torna con una bottiglietta d'acqua.

«Ti ho guardata per tutta la sera», dice. «Scusami, detto così sembra un po' inquietante. Intendo che stavo cercando di capire la situazione. Voglio dire, le persone con cui eri».

«Perché? Perché loro sono giovani e io vecchia?».

Scoppia a ridere. «No. Perché loro sembravano noiosi mentre tu sei squisita».

Squisita. Dov'è che l'ho già sentito? Robert si gratta il collo e la maglietta si solleva sulla pancia.

«Mi sento una stupida», gli dico, trattenendo le lacrime.

«Perché?».

Giocherello con la fede, girandola sul dito. Lui mi guarda le mani ma non dice niente. Ha tre anelli su una sola mano, grossi e pesanti come quelli che porterebbe un musicista. Non riesco a capire se uno sia una fede.

«Sono troppo vecchia per questo posto», dico.

«No. Sei troppo *di classe* per questo posto».

Rido. I suoi occhi sono dolci, il sorriso gentile. Sorseggio la mia acqua cercando di riprendermi, e i contorni del locale tornano a farsi nitidi.

«Dove sono i tuoi amici?», gli chiedo.

«Di sopra. Non è il mio ambiente. Stavo per andare a casa».

Mi chiedo cosa starà facendo Adam in questo momento. La mezzanotte è passata. Starà dormendo, o ci sarà una donna che sta avvolgendo le sue gambe intorno a lui, a mio marito, l'uomo che non ne può più di me? E Curioso2? Ho passato non so quanto tempo a parlare online con uno sconosciuto mentre ci sono uomini veri, nel mondo reale, capaci di essere amichevoli e gentili e che probabilmente non stanno provando a portarmi via i risparmi di una vita.

«Sei sempre così curioso?», chiedo a Robert.

Aggrotta la fronte, come se stesse pensando.

«Curioso?». Il suo mormorio mi colpisce dritto allo stomaco. «Sì, immagino di essere curioso di un sacco di cose. E proprio adesso sono molto curioso. E tu?».

La mia fede è talmente larga che ruota liberamente attorno al dito, tintinnando contro l'anello di fidanzamento. Adam mi ha fatto la proposta regalandomi un minuscolo diamante con la promessa che l'avrebbe sostituito non appena avesse avuto abbastanza soldi. Forse per i miei trent'anni. O per i quaranta. Adesso i soldi ci sono, ma io gli ho detto che non m'importa niente dei diamanti. Quando l'ho detto sembrava una cosa romantica. Ma effettivamente, anche adesso non me ne importa.

«Io sono sempre curiosa», dico. «Ma a volte vorrei non esserlo».

Robert è magro ma muscoloso, e per un breve istante mi chiedo come sarà il suo corpo sotto la maglietta. Immagino che il suo torace non abbia praticamente peli, e che i suoi addominali siano tesi, che si vedano i muscoli sotto la pelle.

Lui controlla l'ora sul cellulare.

«Scusa, ti sto facendo fare tardi», gli dico alzandomi.

Ma lui posa la mano sulla mia. «Resta. Non devo andare da nessuna parte».

Mi rimetto a sedere, lentamente. La sua mano è ancora sulla mia, e passa il dito sui miei anelli.

«Sei felice?», mi chiede.

«Non molto».

«Sono troppo grandi», dice, facendo girare i miei anelli. «Così li perderai».

Ma io non guardo la mia mano; guardo lui, proprio perché lui sta guardando me. Non so quand'è l'ultima volta che qualcuno mi ha guardata in questo modo. Mi sfila gli anelli dal dito, non mi oppongo. Me li consegna, e io li lascio cadere nella borsetta. Quando alzo di nuovo gli occhi, le sue pupille sono diventate molto nere. Che sto facendo? Che cazzo sto facendo?

Mi alzo, ho il respiro corto. «Adesso devo proprio andare. Vado al bagno e poi chiamo un taxi».

Annuisce, e io mi avvio verso il retro del bar ed entro in un corridoio stretto. Arrivo davanti a due porte, sopra entrambe c'è scritto «toilette». Fuori c'è un lavandino sormontato da uno specchio. Mi appoggio e guardo il mio riflesso. I capelli sono folti e disordinati, il mascara è tutto colato sotto gli occhi, ma il mio viso è luminoso. Mi passo il rossetto e bagno i polsi sotto l'acqua fredda. La mia mano sembra nuda, incompleta senza gli anelli, ma non li rimetto. Dovrò comunque abituarmi a non portarli più. Ho tre giorni prima che mio marito mi lasci.

Mi passo le dita tra i capelli e sobbalzo vedendo la sagoma di un uomo che si materializza dietro di me.

È Robert.

Cinquantaquattro
Jules

«Volevo solo assicurarmi che andasse tutto bene», dice, guardando il mio riflesso nello specchio.

Sostengo il suo sguardo. Qui c'è silenzio, siamo soli.

«Sto meglio».

«Bene».

Ma non si muove, e nemmeno io. Poi fa un passo in avanti e adesso è dietro di me, mi scosta delicatamente i capelli sudati dal viso, sfiorandomi il collo con le dita.

«Ho mentito, prima, sul motivo per cui ti stavo guardando», dice.

Provo a rispondere, ma mi esce solo un sospiro.

«Continuavo a guardarti non solo perché sei attraente, ma anche perché sembri triste».

I miei occhi sono ancora fissi nei suoi, e il suo sguardo penetra nel mio. Appoggia le mani sul lavandino, sono intrappolata fra le sue braccia. La sua bocca è talmente vicina al mio orecchio che sento la barba contro la guancia.

«Sei triste, Jules?».

Non so cosa rispondergli. Anni di parole, di dolore, di frustrazione mi bloccano la gola. Più che seducente mi sembra gentile. Mi appoggio a lui e chiudo gli occhi, sento il calore del suo petto caldo sulla schiena, le sue mani che toccano le mie. Mi bacia sul collo, la mia pelle è umida, e un gemito sfugge dalle mie labbra. Apro gli occhi, vedo la vergogna sul mio viso, e a lui piace. Preme con più forza su di me, i suoi baci si fanno più intensi, le sue labbra si avvicinano alle mie. Chiudo gli occhi di nuovo, immagini di Adam e Bea balenano sul nero delle palpebre. È questo che fa con lei quando rimane in ufficio fino a tardi? Durante le cene di lavoro? Nella camera di un albergo, proprio ora?

Dobbiamo parlare.

Mi volto e mi trovo faccia a faccia con Robert che lentamente, molto lentamente, schiude le mie labbra con le sue. Il suo bacio è morbido, caldo, gentile, e urgente. Preme il suo petto su di me, le sue mani si perdono nei miei capelli, mi spinge verso uno dei bagni, la porta cede e mi ritrovo schiacciata contro le mattonelle fredde. Lo lascio fare. Ormai è troppo tardi. Lo voglio, e mi sono spinta troppo oltre.

Chiude a chiave la porta, appoggia il cellulare sullo scarico, e io lascio cadere la borsetta a terra.

«Vuoi che mi fermi, Jules?», mi chiede.

Scuoto la testa.

«Allora dimmelo».

«Non fermarti», dico. «Lo voglio. Ti voglio, Robert. Ti prego. Non fermarti».

Non ci vedo più, la mia vista è annebbiata, posso solo sentire. La sua bocca è calda sul mio collo, sul mio petto. Mi sfila il vestito e scosta il reggiseno. Sussulto quando la sua bocca si chiude sul mio seno, mi lecca, mi succhia, avida, mentre la sua mano mi risale lungo le cosce. Ogni centimetro della mia pelle è in fiamme. Non riconosco nemmeno i suoni che sto emettendo, gemiti, singhiozzi, misti a qualcosa di assolutamente disperato.

Una singola lacrima mi scivola lungo la guancia; è da tanto tempo che nessuno mi fa sentire così. Le uniche mani che abbiano accarezzato la mia pelle sono state le mie. Le uniche labbra che abbiano sfiorato il mio corpo lo hanno fatto nelle mie fantasie. Per questo il mio corpo urla. Ne ho bisogno. Porto una delle sue mani tra le gambe, supplicandolo, dicendogli quanto lo desidero.

«Sei sicura, Jules?», mi chiede ancora lui, il suo respiro arde sulle mie labbra. «E tuo marito?»

«Che vada affanculo».

Robert ride, e io mi vergogno di quanto lo desidero. Gli piace. Questo. Il pericolo. Gli piace che stiamo facendo qualcosa di proibito. Infila un dito sotto le mie mutande e poi scende ancora. Lentamente, molto lentamente. Sono così tesa, non ci vorrà molto prima che ceda del tutto.

Lui ride lievemente sulla mia bocca e mi tocca tra le gambe, gli basta una sola carezza per capire quanto lo desidero. Le sue labbra si contraggono dal piacere mentre mi struscio contro la sua mano, i suoi occhi non si staccano dai miei mentre gemo per il piacere. A ogni tocco lo stringo più forte a me, lo afferro dietro al collo, il mio corpo attaccato al suo. Le sue dita si muovono lentamente, poi più veloci finché le mie gambe non cedono. Raggiungo l'orgasmo con un grido angosciato, tremando tra le sue braccia che mi reggono, tremando sul suo corpo, con le guance umide strette al suo collo.

Mi lascia andare, e sono a pezzi. Cado sulle fredde piastrelle del bagno, il respiro mi gonfia il petto, le lacrime scorrono lungo il viso, le labbra strette tra i denti per impedire che mi sfugga un lamento.

Lui si china per asciugarmi le lacrime con il pollice, piegando la testa da un lato come per leggere nei miei occhi il caos che mi sta divorando.

«Scusa», gli dico, cercando di riprendere fiato. «Ma adesso devo proprio andare».

Lui annuisce senza dire niente, poi mi aiuta ad alzarmi e si rimette il cellulare in tasca. Recupero la borsetta dal pavimento, lui apre la porta e io esco dal bagno.

Cos'ho fatto? Cos'ho fatto? Cos'ho fatto?

Devo chiamare un taxi. Mi liscio il vestito e frugo nella borsetta; sul fondo, i miei anelli scintillano alla luce fluorescente del corridoio. Li prendo, li guardo e me li rimetto al dito. Ora sono di nuovo completa.

Tiro fuori il cellulare e Robert mi prende la mano, piegandola in modo da vedere la foto sullo schermo. È un selfie di me e Leah scattato in Spagna qualche mese fa.

«Ha i tuoi occhi».

Glielo strappo di mano e continuo a sbattere le palpebre, ma le lacrime non si fermano. Quest'uomo, questo bell'uomo che mi ha fatto ricordare tutto ciò che manca nella mia vita, è solo una figura sfocata. Potrebbe anche non essere reale.

«Non avrei dovuto», dico con voce roca, evitando di guardare il mio riflesso allo specchio prima di tornare nel bar.

«Jules», mi chiama. Mi volto. «Non preoccuparti. Facciamo tutti degli errori presi dall'impeto del momento».

Ma il mio non è stato un errore, è stata una decisione. Una decisione che *mi è piaciuta*. E adesso dovrò affrontarne le conseguenze. Qualunque cosa Adam debba dirmi martedì, non sarà il solo a confessare qualcosa.

Cinquantacinque
Jules

La testa mi scoppia, la mia bocca sa di lettiera di gatto e il senso di colpa è un macigno che mi opprime il petto. Non voglio aprire gli occhi. Non voglio affrontare il giorno, vorrei solo che la notte di ieri non fosse mai esistita. Schiaccio il viso nel cuscino e mi lascio scappare un grido attutito. Sono una vergogna!

Il mio cellulare è sul comodino. Faccio per prenderlo e rovescio una bottiglietta d'acqua vuota e alcuni bicchieri, il rumore acuto mi trafigge la testa. Il cellulare dice che sono le nove e quarantotto, ma è la data a colpirmi. E finalmente, con una violenza che mi sorprende, la diga che ha trattenuto le lacrime di un anno cede di colpo.

Oggi è il primo anniversario della morte di mia madre, e io non ho mai avuto bisogno di lei come in questo momento. Lei c'era sempre per me, e poi c'è stata e allo stesso tempo non c'è stata, e ormai non ci sarà mai più. Quando è morta, è stato come cadere in fondo a un pozzo profondissimo. Mentre sedevo al suo capezzale, con la sua piccola mano fragile come pergamena nella mia, continuavo a temere che uno di quei respiri faticosi potesse essere l'ultimo. Trattenevo il fiato con lei, espirando quando lo faceva lei, finché a un certo punto non mi sono ritrovata a respirare da sola. Pensavo che da quel giorno la vita non potesse peggiorare. Mi sbagliavo.

Il mio cellulare si mette a vibrare. Non è Adam: è uno dei miei numerosi gruppi di WhatsApp, qualcuno chiede quando sarà l'incontro genitori-insegnanti. Chiudo gli occhi, la testa mi pulsa al ritmo del mio cuore pesante. Mia madre ha voluto essere cremata, e noi abbiamo piantato per lei al cimitero un albero con una targa. Non vorrei ritrovarmi sotto quell'albero da sola, oggi, ma temo che andrà proprio così. Mi chiedo quante altre cose dovrò fare da sola quando Adam mi lascerà.

Apro l'app di Kandid e clicco sull'icona dei messaggi. Curioso2 non mi ha ancora detto come pensava di aiutarmi.

Oggi è il primo anniversario della morte di mia madre. Non se ne è ricordato nessuno.

Lui risponde subito.

Mi dispiace. Ti prometto che presto sistemerò ogni cosa. Sono qui per te. E ci sarò sempre.

Cosa intende dire? Non ho nemmeno la forza di rispondergli – perfino tenere il telefono in mano mi fa venire da vomitare. Ma non ho più il diritto di provare pietà per me stessa, dopo quello che ho fatto.

Mi strofino gli occhi gonfi e irritati, e le immagini di ieri notte appaiono dietro le mie palpebre chiuse come fotogrammi sbiaditi di un vecchio film. La sensazione della pelle contro la pelle. L'odore di quell'uomo. Come ha detto di chiamarsi? Robert, penso. La sento ancora, la pressione della sua mano tra le mie gambe, il modo in cui ogni parte di me si tendeva per toccarlo, supplicandolo di liberarmi da tutto il mio dolore. Odio quello che sono diventata. Odio che tutto ciò sia accaduto. Ma soprattutto odio il fatto di volerne ancora.

Curioso2 dice di voler sistemare tutto. Sistemare cosa? Forse dovrei aver paura – la vita di Fiona è stata rovinata da uno sconosciuto trovato online – ma una parte di me continua a pensare che voglio davvero che quest'uomo mi salvi.

Ieri notte ho avuto un assaggio di qualcosa di oscuro, di sbagliato, e mi è piaciuto. Ma è stato un episodio isolato, che non si ripeterà. Ho già superato il limite; non commetterò altri errori.

Senza pensarci due volte mi cancello da Kandid e infilo il cellulare sotto il cuscino, mentre i singhiozzi mi bruciano il petto e le lacrime inzuppano la federa del cuscino. È finita. È tutto finito.

Adam mi sta chiamando, ma lo ignoro. È troppo tardi per salvare il mio matrimonio, ma posso ancora salvare mia figlia. Fosse l'ultima cosa che faccio in vita mia.

Cinquantasei
Jules

Ogni centimetro della mia pelle brucia sotto il getto d'acqua calda. Mi sfrego gli occhi gonfi e piego la testa all'indietro, ansimando in cerca d'aria ma ricevendo solo schiuma e vapore. Mentre mi faccio lo shampoo, canticchio una canzoncina che dice di levarsi gli uomini dalla testa. Ma quale uomo? Se fossi una moglie, una madre, una lavoratrice migliore, niente di tutto ciò sarebbe mai accaduto.

L'acqua tamburella contro il vetro della doccia.

Puoi fare di meglio. Puoi fare di meglio. Puoi fare di meglio.

Torno in camera, con i capelli avvolti in un asciugamano e la vestaglia annodata stretta. Reece è in corridoio, non si muove.

«Be', che c'è?», sbotto.

Alza entrambe le mani come per una resa. «Niente, volevo solo controllare che stessi bene».

«Sto benissimo», gli rispondo con un lungo sospiro. «Sono solo un po' triste».

Lui fissa il mio viso, gli occhi arrossati, le labbra gonfie.

«Sei rientrata tardi, ieri sera», dice.

Scoppio a ridere. «Allora? Adesso sei tu, la mamma?».

Improvvisamente ci rendiamo conto di cos'ho detto.

«Manca anche a me», mormora Reece.

Avevo dimenticato che non solo io ho perso mia madre; Reece ha perso la nonna. Una persona che lo adorava, che se lo portava sempre in lunghe passeggiate in campagna. Mamma amava molto la natura. È stata lei a suggerire a Adam l'idea dell'orto, dicendogli che un uomo deve provvedere alla sua famiglia in molti modi diversi. Era esperta di uomini incapaci di provvedere.

Mi scappa un singhiozzo, e Reece mi abbraccia a lungo.

«Ti voglio bene, mamma», mi sussurra contro la spalla. «Non posso vederti così».

Ma non riesco a rispondergli, perché se aprissi la bocca comincerei a piangere. Mio figlio cerca di consolarmi, ignaro del fatto che ho allontanato suo padre.

Ho bisogno di un po' d'acqua. Mi incammino giù per le scale, e Reece mi segue.

«Cosa c'è?», mi chiede Leah, uscendo dalla cucina con un pezzo di formaggio in mano. Chi se ne va in giro con un pezzo di formaggio?

«Non vuoi un po' di pane?», le chiedo, sistemandomi la vestaglia. «O un cracker, magari?».

Mi guarda come se fossi impazzita. «Perché hai la faccia a chiazze?».

Reece le dà una gomitata sul braccio.

«Ahi, deficiente!», grida lei.

Suo fratello la fissa con gli occhi spalancati, ma lei non coglie il messaggio. «Cosa c'è?»

«Oggi è l'anniversario della nonna».

Lei si mette in bocca l'ultimo pezzo di formaggio. «Ah, già. Scusami».

Guardo l'orologio della cucina dietro di lei. Sono già le tre.

«Che piani avete per oggi?», chiedo.

Si stringono nelle spalle e guardano con espressione assente il loro cellulare. Posso andare al cimitero in qualsiasi altro giorno: oggi devo concentrarmi sui vivi.

«Volete che guardiamo un film?».

Leah borbotta qualcosa sui compiti che deve fare, e Reece dice che deve vedere qualcuno per una cosa. C'è sempre qualcuno da vedere per una cosa. Mi volto per tornare in camera mia, ma Leah mi ferma.

«Ha chiamato papà», dice. «Pare non sia riuscito a contattarti. Ho dimenticato di dirgli che i fiori sono arrivati un'ora fa».

Dei fiori? Vado subito in salotto, c'è un enorme mazzo di girasoli in mezzo al tavolo da pranzo.

Leggo il biglietto.

SONO QUI PER TE

Non è firmato. In tutti gli anni che abbiamo passato insieme, Adam non mi ha quasi mai regalato dei fiori, e non me li manderebbe mai senza farmi capire che sono da parte sua. I girasoli mi hanno sempre fatto pensare a mia madre e alla nostra ultima vacanza di famiglia nel sud della Francia. Sfioro i petali delicati, sottili e morbidi come la pelle di mia madre nel suo ultimo giorno, e sorrido al ricordo di lei che scompare con i miei figli in un campo giallo.

«Li ha mandati papà?», chiedo a Leah.

Si stringe nelle spalle. «Non mi ha detto niente. Sembrava molto di fretta».

Il cuore mi batte forte. Chi, a parte Adam e i miei figli, può sapere che i girasoli sono i miei fiori preferiti? Forse potrei aver detto qualcosa sui girasoli nella mia biografia su Kandid. Vorrei controllare ma non posso, mi sono cancellata dall'app, ma sono abbastanza sicura di aver menzionato i girasoli. Curioso2 ha detto che presto sistemerà tutto, e deve aver scoperto in qualche modo dove abito. Un uomo che non ho mai incontrato si crede il mio salvatore, e sa dove abito.

Cinquantasette
Leah

Tre settimane fa ho perso la verginità con Dylan Ward, e adesso vorrei che fosse morto. Mi ha rovinato la vita, e voglio fargliela pagare. Ho anche deciso di non farmi più spaventare da quei biglietti gialli. Se c'è qualcuno là fuori che mi sta dando la caccia, allora avanti, tanto trascinerò Dylan con me.

Ho lavato la sua maglietta di Blondie e me la sono messa per andare a scuola. Adesso è mia. Voglio che lui la veda e capisca che gli rovinerò la vita.

«Ciao», dico, avvicinandomi di corsa a Paige davanti alla scuola.

Si è legata i capelli in due trecce e ha la maglietta dei Flying Donkeys. Un nodo duro mi si forma nello stomaco. Mi chiedo se la stia indossando dal giorno del mio compleanno, in attesa che io la vedessi, per farmi sentire in colpa nel suo solito modo passivo-aggressivo. Non mi saluta, ma io le cammino accanto.

«Ehi, ciao!», le grido.

Lei fa un verso ma non si ferma.

«Ehi!», le dico, e cerco di afferrarla per un braccio. Lei rallenta un po'. «Quante volte ancora devo dire a te e a Summer che mi dispiace? Non sapevo del concerto. Non capisco perché siete così arrabbiate. Sono io che mi sono persa il regalo di compleanno, non voi».

Paige sbuffa, buttando fuori l'aria dal naso, come un piccolo pony.

«Non è per quello, Leah. Ci hai mentito. Io e Summer eravamo davvero preoccupate per te, e tu ancora non vuoi dirci dove sei stata».

Mi mordo l'interno della guancia. È una cosa che faccio sempre quando sono nervosa. Ci sono già delle piccole protuberanze, ma continuo a farlo.

«Non capireste».

Paige agita le braccia in aria. «Lo vedi? Ora non ti fidi nemmeno di noi. E non so cos'è successo fra te e Santi, ma lui è abbastanza sconvolto».

Mi fa male lo stomaco, il petto, la gola. Mi fa male tutto. «Ero ubriaca e l'ho trattato male».

«Perché? Perché stavi bevendo da sola nel parco, Leah?», grida.

Io faccio un passo indietro e alzo la voce. Non capisco perché si credano le uniche persone ferite in questa storia. «Perché né tu né Summer rispondevate al telefono!».

Lei sbuffa e si volta, le sue lunghe trecce mi schiaffeggiano la faccia mentre si avvia per entrare a scuola. Io vado verso il dipartimento d'arte, dove trovo Dylan che sta preparando l'aula per la lezione.

«Ah, Leah», dice non appena mi vede. «È da un po' che non ti vedo a scuola».

Sorride. Cosa cazzo ha da ridere?

«So che hai una nuova ragazza», sbotto. «Non sapevo che ti piacessero le nonne».

«Vedi di crescere», mormora tra i denti.

Io incrocio le braccia sul petto. «Non te la caverai tanto facilmente».

Sorride ancora di più, come se mi trovasse ridicola, poi il suo sorriso si trasforma in una smorfia quando vede come mi sono vestita.

«Dove l'hai presa, quella maglietta?».

Mi afferra le braccia e apre la giacca. Sorrido. Questo almeno l'ha innervosito.

«Rispondi! Dove hai preso questa maglia, Leah? È vintage. Un originale».

«Hai paura?».

Sbuffa. «Di te? No».

«Invece dovresti. Non ho avuto difficoltà a prenderla», dico, accarezzando la maglietta di Blondie. «Immagina cos'altro potrei fare».

Gli trema una palpebra. Gli do sui nervi. Si china in avanti, così vicino da farmi sentire l'aroma di caffè del suo alito. «Vai a farti fottere».

«L'hai già fatto tu, e adesso voglio che lo sappiano tutti».

Socchiude gli occhi e mi fissa, come se si stesse chiedendo se è il caso di dirmi quello che sta pensando. Chissà cosa vede quando mi guarda. Chissà se è a me che pensa la sera prima di addormentarsi.

«Hai ricevuto qualche biglietto?», mi chiede. «Biglietti gialli con delle minacce?».

Il petto mi si stringe, e mi sforzo di respirare. «Li hai ricevuti anche tu?».

Annuisce. «È una cosa seria, Leah. Chiunque sia, vuole che io ti stia alla larga». Si guarda intorno. «Dice che ti farà del male, se non ubbidisco».

Fare del male a *me*? Perché a me? Dylan mi sta ancora fissando con intensità, mi studia, prova a decifrare la mia espressione.

«Chi è che ha paura, adesso?», sogghigna. «Farai meglio a ubbidire a quei foglietti e a lasciarmi in pace», conclude, poi si volta e se ne va.

Ma perché lui non sembra preoccupato? Lo afferro per un braccio e lo tiro indietro. Alza le sopracciglia, sorpreso.

«Fammi vedere i tuoi biglietti», gli dico.

Scoppia a ridere.

«Fammeli vedere!», strillo, correndo verso la cattedra.

Apro tutti i cassetti, frugando tra libri e matite. Lui sta ancora ridendo.

«Vattene, Leah».

Il suo zaino è sotto la cattedra. Mi abbasso e lo prendo prima che riesca a raggiungermi.

«Vattene!», grida, mentre la mia mano afferra tre blocchetti di fogli gialli e un grosso pennarello nero. Li giro di qua e di là. Non c'è scritto niente.

«Aspetta. Sei stato tu?».

Si rialza e mi guarda con un sorriso storto. Vorrei graffiargli la faccia. È stato lui! Quel pervertito voleva spaventarmi! Mi sforzo di trattenere le lacrime, ma non ci riesco. Mi asciugo il viso con il dorso della mano, ma la sua espressione non cambia. È evidente che gli piace vedermi soffrire.

«Oh no, mi hai beccato», dice con voce impassibile. «Avrei dovuto immaginare che non sarebbero bastati alcuni biglietti minacciosi per liberarmi di te. Le ragazzine psicopatiche come te hanno bisogno di qualcosa di più… una camicia di forza, per esempio».

«Lo dirò a tutti», provo a urlare, ma la voce trema per le lacrime, e suona ridicolmente immatura mentre esce a fatica dalla gola. «Dirò tutto alla Willis, tutto!».

Dylan non fa una piega.

«E pensi davvero che qualcuno ti crederà? So che sei una stalker, Leah. Qualunque cosa tu dica sarà solo la parola di un'adolescente innamorata contro quella del suo professore, adulto, rispettato e decisamente esasperato. Ho già parlato con la Willis della tua cotta per me, e lei mi ha raccontato di te e del povero Nathan».

Stringo i denti. Si sbaglia, perché non sto mentendo e so come dimostrarlo. Dylan non ha alcun potere su di me – a meno che non sia io a darglielo.

«Ho una prova», sibilo.

Alza gli occhi al cielo e si stringe nelle spalle, come se

io fossi solo una seccatura tra le cose ben più importanti che ha da fare. «Tipo cosa? La foto sfocata di uno che nemmeno mi assomiglia?»

«Il tuo DNA».

Si irrigidisce. Ah, adesso non sei più tanto sicuro di te, stronzo!

«Il mio DNA?».

Mi avvicino di un passo. Non sono alta come lui, ma faccio in modo di guardarlo dritto negli occhi. I nostri nasi si toccano quasi, e quando parlo spero che il mio gli bruci la faccia.

«Ho il tuo sperma, Dylan. Nel preservativo. Quello che hai usato la prima volta che abbiamo fatto sesso. Credi ancora che la signora Willis penserà che sono una ragazzina innamorata? Come potrei essermelo procurato se non stessi dicendo la verità?

Il suo petto sussulta, fa un respiro profondo. Vuole sembrare calmo, ma so perfettamente che non lo è. Lo capisco dal tremolio dei suoi occhi.

«Hai frugato nella mia spazzatura? Quando?».

Scuoto la testa. «Al festival».

«Hai portato via il preservativo dalla mia tenda? Chi cazzo fa una cosa del genere?». Si passa entrambe le mani tra i capelli. «Sei fuori di testa, Leah».

Ormai non m'importa più che cosa pensi di me. Adesso ho io il coltello dalla parte del manico, ed è fantastico, come una corrente elettrica sotto la pelle. Abbasso la voce, e lui deve avvicinarsi ancora un po' per sentirmi.

«*E inoltre*, posso descrivere nei dettagli l'interno di casa tua: la disposizione dei mobili in salotto, i quadri alle pareti, il tipo di caffè della tua macchinetta, il cigolio del tuo letto quando ci scopi sopra. Come farà a controbattere a tutto ciò… *signore*?».

Deglutisce a fatica, la bocca gli si apre e gli si chiude

come quella di un pesce spiaggiato. E a ogni respiro il suo petto sussulta ancora di più.

«Adesso vediamo un po' chi è che ha paura», gli dico facendogli l'occhiolino.

Apro la porta dell'aula ed esco in corridoio. Sento il suo sguardo su di me.

«Pagherai per quello che hai fatto!», gli grido.

Pensavo che il corridoio fosse vuoto, ma non lo è. Là fuori c'è Santi, con un gruppetto di ragazzi del nostro anno. Dovrei parlargli, scusarmi per mercoledì. Incrocio il suo sguardo, ma lui mi guarda in modo strano e se ne va.

Cinquantotto
Jules

La scuola di Leah non ha un grande parcheggio, così mi fermo sul retro, lontano da sguardi indiscreti. Sono in anticipo. L'appuntamento è durante la pausa pranzo, ma io è tutta la mattina che sono nervosa e non ce l'ho fatta ad aspettare ancora. Mi passo di nuovo il rossetto e mi liscio i capelli. Ci ho messo ore a prepararmi. Non so cosa aspettarmi da questo Dylan, ma so che voglio sentirmi forte, il che significa non apparire vecchia e stanca come in realtà mi sento.

Il mio cellulare vibra, ma sono ancora i messaggi inutili del gruppo WhatsApp. Odio di aver pensato subito a Curioso2, di aver sentito un brivido, ma ormai è andata. Non può più scrivermi perché non sono più sull'app. Respiro a fondo ed evito di pensare che possa aver scoperto il mio indirizzo, mi concentro su come affrontare il dramma di mia figlia, oggi, e quello del mio matrimonio domani.

Sento suonare la campanella della pausa pranzo e resto seduta in macchina mentre uno sciame di studenti dell'ultimo biennio esce dalla scuola e si avvia lungo la strada. C'è anche Leah, ma non è insieme a Summer o a Paige. Possibile che non abbiano ancora fatto pace?

La guardo come se non fosse mia figlia. Il dondolio dei suoi capelli lunghi, i vestiti che definiscono il suo corpo, il suo modo di camminare, come se sapesse sempre dove sta andando. La mia bambina non è più una bambina, ormai. La maggior parte degli adolescenti passa dall'infanzia all'età adulta senza nemmeno accorgersene. Ma Leah è consapevole. Glielo leggo in faccia. Ormai non vuole più essere la bambina di nessuno.

Aspetto finché la folla non si dirada per non correre il rischio di essere notata dalle amiche di Leah, poi mi incammino verso il dipartimento di arte. Vedo attraverso il vetro della porta che dentro c'è già qualcuno. Non riesco a vederlo bene, scorgo solo un pezzo della maglietta dei Ramones e dei jeans larghi. È giovane, ma non così giovane da farsi perdonare per le cose orribili che ha fatto.

Faccio un respiro profondo e ruoto la maniglia, avanzo di un passo e mi siedo a un banco davanti al professore.

«Lei dev'essere la mamma di Leah», mi dice lui sorridendo. «Lieto di rivederla».

Stronzo.

Cinquantanove

Jules

«Che razza di gioco perverso è mai questo?», grido saltando in piedi. «Dov'è il professor Ward?».

Lui scoppia a ridere. Sabato scorso il suo sorriso mi piaceva – adesso vorrei solo cancellarglielo dalla faccia con una delle sedie dell'aula.

«Sono io, il professor Ward. Prego, si sieda».

Mi rimetto seduta, con le mani sulle ginocchia per arrestarne il tremito. Mi ero preparata un discorso: sapevo esattamente cosa dire. Pensavo di restare calma, di mantenere il controllo, parlare con quell'orribile professore delle lettere e del preservativo, minacciarlo di andare dalla polizia se non si fosse licenziato immediatamente da quella scuola. Non m'importa se è stata lei a provocarlo, o se tecnicamente lui non ha infranto nessuna legge: non può continuare a insegnare in questa scuola dopo ciò che ha fatto. E queste cose vorrei ancora dirle, ma le parole non mi escono dalla bocca.

Non può essere Dylan. Questo è Robert, l'uomo con cui ho quasi fatto sesso nel bagno di un bar.

«Sembri diversa», dice lui. Mi si avvicina, sfregandosi le mani. «Più… mammesca».

Le mie labbra si aprono, ma l'unica cosa che riesco a dire è: «Perché?»

«Perché cosa, Jules? Perché vai per locali e tradisci tuo marito? Perché tua figlia adolescente è una stalker psicopatica? Perché in questo momento hai deciso di sprecare il nostro tempo?»

«Ho una prova!», dico.

Lui stringe le labbra. Labbra che solo due giorni fa hanno baciato le mie. Le stesse labbra che hanno baciato mia figlia. Mi premo il dorso della mano sulla bocca e ricaccio in gola un conato di vomito.

«Sì, Leah mi ha parlato di questa presunta prova. Tua figlia è fuori di testa, Jules. Tale madre, tale figlia».

L'adrenalina della sorpresa si sta trasformando in qualcosa di diverso, qualcosa che ribolle, qualcosa di rovente. La mia mano scatta in avanti e sto per mollargli un ceffone, ma lui afferra il mio polso a mezz'aria.

«Non lo farei, se fossi in te».

Mi alzo in piedi, strappandogli via la mano. «Sei uno schifoso pervertito, e adesso andrò dritta dalla polizia!», urlo.

Lancia un'occhiata verso la porta chiusa.

«Sai benissimo che non è vero», dice lui, calmo. «Siediti».

«Vaffanculo! Che uomo è uno che abusa delle ragazzine e poi si approfitta di donne ubriache in un bar?».

Robert, Dylan, qualunque sia il nome con cui vuole farsi chiamare, scuote lentamente la testa.

«È lei la bugiarda, e tu lo sai perfettamente». È così calmo, così sicuro di sé. «Se conosci tutta la storia, sai che le ho detto più volte di lasciarmi in pace. Ma lei mi ha pedinato, mi ha molestato e ha rubato a casa mia».

«Lo sapevi anche sabato, che sono sua madre?».

Lui sorride. «Ovvio. Avevo già visto una tua foto sul suo cellulare, ma l'avrei capito comunque. Ti somiglia molto. Una versione più piccola e con i capelli più scuri».

«E così mi hai seguita?»

«No, è stato un colpo di fortuna. Sabato, quando ti ho vista in quel pub ho pensato che fossi stata tu a seguire me, ma poi, quando ho capito che non mi avevi riconosciuto, ho pensato di approfittarne. È stato facile, Jules. Sei una donna facile».

Sprofondo sulla sedia come se mi avesse dato un pugno. «Mi hai mentito sul tuo nome».

«No, non è vero. Dylan è un nickname».

«Ma perché me?», dico sottovoce. «Che razza di pervertito malato si eccita a fare una cosa del genere? Non ti bastava averlo fatto con mia figlia?».

Lui prende il cellulare dalla tasca e me lo avvicina. È un video. L'immagine non è molto chiara, ma riconosco il mio vestito leopardato, i miei capelli, la mia voce. Preme il tasto play. Siamo noi due in un angolo del bagno. L'immagine non è definita, ma mi si vede mentre raggiungo l'orgasmo.

«Ne sei proprio sicura, Jules?», mi chiede Dylan nel video. «E tuo marito?»

«Che vada affanculo», rispondo io.

Dylan mi guarda mentre io guardo lo schermo, con la bocca che si contorce in un sorriso cattivo. Ricaccio indietro le lacrime.

«Questa è la parte che preferisco», sussurra, avvicinandomi ancora un po' il cellulare. «Questo gemito qui, come di un gattino. Leah fa esattamente lo stesso verso, sai?».

Di colpo mi alzo e provo a raggiungerlo, ma lui è più veloce di me. Spinge indietro la sedia, poi mi afferra il viso, premendo sulle guance.

«Forse più di una tigre che di un gattino», dice, con le labbra a pochi centimetri dalle mie. «Avrei voluto farti qualcosa di più, sai. Mi hai chiesto se ero curioso, e io lo sono. Ma devo ammettere che scopi meglio delle altre madri con cui sono stato».

Mi sottraggo alla sua presa e gli do uno schiaffo, il più forte possibile. «Le altre?».

Lui si limita a ridere. «Potremmo definirlo un secondo lavoro. Pensi che l'insegnamento paghi abbastanza?».

Allora è questo che fa? Seduce delle donne anziane, sposate, madri di ragazzi che frequentano la sua scuola per poi ricattarle? Mi torna in mente Fiona. Ripenso agli articoli di giornale sulle donne della mia età truffate, minacciate e ricattate.

«Che cosa vuoi?»

«Voglio che tu mi porti quella maledetta prova, domani, e io non mostrerò questo video a nessuno». Poi scrive qualcosa su un post-it rosa e me lo attacca al petto. «Portala a casa mia. Prometto di non sedurti più. Non ne ho più bisogno».

Mi stacco dal petto il post-it rosa e lo infilo nella tasca dei jeans.

«Non farmi incazzare, Jules. Ho il tuo numero di telefono, tra quelli di tutti gli altri genitori della scuola. Compreso quello di tuo marito. Questo video potrebbe diventare virale in meno di un minuto».

«Non devo far altro che portarti quel preservativo?».

Annuisce.

«Dopo di che lascerai in pace sia me che mia figlia?».

Si appoggia all'indietro sulla sedia e incrocia le braccia sul petto. «Con piacere. Non sono io il cattivo, in questa storia. Ero fatto quando ho incontrato Leah, e qualche giorno dopo ero molto arrapato. Non c'è niente di sbagliato in nessuna delle due cose, se sei convinto di scopare con un'adulta. Credimi, non mi sarei nemmeno avvicinato a lei se avessi saputo quanti anni ha. Semmai, è stata lei a non darmi pace».

«Ma tu dai la caccia ad altre donne», dico sottovoce.

«Non ho mai costretto nessuna a fare niente che non volesse. Non è colpa mia se voi mamme disperate non volete pagare il prezzo dei vostri errori».

«Mi fai vomitare», grido.

«Non fare l'innocente! Te l'ho chiesto. Ti ho chiesto esplicitamente se volevi. È tutto sul video. E tu mi hai supplicato, Jules. Non ti ho fatto niente che tu non volessi. Sei stata tu a voler rischiare, non io. Io ho semplicemente visto un'occasione per proteggermi, e l'ho sfruttata».

Mi alzo in piedi, anche se le gambe non sembrano in grado di reggermi. Non aggiungo nemmeno una parola e prendo la borsetta.

Dylan mi richiama mentre vado verso la porta.

«Oh no, Jules, non avrai mica creduto che fossi attratto da te, vero?».

Sessanta
Jules

Per non so quale miracolo riesco ad arrivare a casa senza fare incidenti, vado diritta in camera di Leah e tiro fuori freneticamente tutto quello che c'è dentro il suo peluche di Garfield. Non so con chi sono più arrabbiata: se con Dylan, con mia figlia o con me stessa.

Con me stessa. È tutta colpa mia. Non sono stata presente per mia figlia e adesso ho solo peggiorato le cose.

Le lettere non ci sono più – alla fine deve aver deciso di bruciarle tutte – ma il resto è ancora lì. Mi lascio scivolare giù dal letto e atterro sul tappeto con Garfield stretto al petto. L'ho delusa. Ho avuto la mamma migliore del mondo, e da lei non ho imparato niente. Faccio un respiro profondo, prendo il contenitore con il disgustoso contenuto, lo porto in camera mia e lo infilo sotto il letto accanto alla scatola di scarpe con dentro i miei soldi. Ogni notte dormo su un letto di menzogne. Quand'è che la mia vita è diventata un tale casino?

Il mio cellulare vibra, lo guardo. Ci sono ben tre e-mail di Steve, e un breve messaggio di Adam.

Arrivo domani alle 10. Per favore, cerca di essere a casa, dobbiamo parlare. È urgente.

Ecco, ci siamo. È l'inizio della fine. Se devo essere onesta con me stessa, è da mesi che aspetto questo momento. Pensavo che quando finalmente quel giorno fosse arrivato sarei stata inconsolabile, ma non lo sono – è una sorta di anticlimax. Mi sento vuota. Scavata. Anzi, una parte di me è sollevata dalla fine dell'attesa.

Un altro messaggio. Da un numero sconosciuto. È Dylan. Era serio quando diceva di avere tutti i numeri di telefono dei genitori.

Vieni a casa mia domani alle 9 con quello che ti ho chiesto o condividerò questo piccolo capolavoro con moltissime persone.

In allegato c'è il video. Non premo il tasto play. Fisso il messaggio talmente a lungo che mi vengono i crampi alla mano. È venuto il momento di fare la cosa giusta, non importa chi si farà male. Quell'uomo non può rovinarmi la vita più di quanto abbia già fatto. Gli rispondo, premendo ogni tasto come se fosse un pugno sulla sua faccia.

Ho cambiato idea. Lo dirò a mio marito, a mia figlia e alla polizia. Ti suggerisco di cominciare a correre.

Sessantuno
Leah

Stamattina ho un'ora libera. Come sempre il mercoledì. La maggior parte dei nostri compagni di classe viene a scuola più tardi, ma se non piove io e le mie amiche ci sediamo sul prato a chiacchierare o a fare i compiti che non abbiamo fatto durante il fine settimana. Trovo Paige e Summer sedute al tavolo da pic-nic dove ci incontriamo sempre. Tutte e due alzano gli occhi, si guardano, poi riprendono a scrivere.

«Mi dispiace di avervi mentito», dico, sedendomi accanto a Summer. Lei si fa un po' più in là. Inizio a lisciarmi la mia lunga coda di cavallo.

«E adesso hai deciso di dirci la verità? O continui con le bugie?», dice Paige.

Sbatte la penna sul tavolo e tutte e due chiudono il libro. «Avanti, allora!», grida Summer. «Smettila di prenderci in giro e dicci la verità».

Sto ancora giocherellando con i capelli. Non so proprio come dirlo. Da dove cominciare.

«Okay. La ragione per cui sono arrivata in ritardo al mio compleanno è che... Vi ricordate il tipo con cui sono andata a letto al Carnage? Dylan? Quello che mi è sembrato somigliare tanto al signor Ward?».

Summer alza gli occhi al cielo. «Stiamo parlando di quel messaggio assurdo che mi hai mandato?».

«Ti avevamo detto di non ossessionarti coi ragazzi», dice Paige. «Pensa al casino che è successo con Nathan».

Lo sapevo che non avrebbero capito.

«Non è così. Ascoltate, è vero, vi ho mentito. Voglio dire, dicevo la verità in quel messaggio, ma ho mentito quando vi ho detto di averlo mandato per sbaglio. Il signor Ward *è* Dylan».

Summer guarda storto Paige, ma io vado avanti. «*È vero*. E lui è andato completamente fuori di testa quando ha scoperto la mia vera età. Ed è stato uno stronzo». Gli occhi mi si riempiono di lacrime, e ne lascio scorrere una sulla guancia. Funziona, ormai mi stanno ascoltando tutte e due. «Pensavo che dopo il mio compleanno, quando avessi avuto diciassette anni, non sarebbe più stato tanto angosciato da questa storia, quindi sono andata a casa sua per parlargli. E l'ho visto con un'altra donna, una più grande, ed è per questo che sono tornata a casa tardi e mi sono persa il concerto».

Mi tiro giù le maniche della giacca fin sulle mani e mi asciugo gli occhi. Voglio molto bene alle mie amiche. Non avrei mai dovuto mettere uno stupido ragazzo prima della nostra amicizia. Paige lancia un'occhiata a Summer, che mi fissa cercando di capire se quello che dico è vero.

«Stai dicendo che il signor Ward è sicuramente il tipo con cui hai fatto sesso al festival?».

Annuisco con decisione. «E anche il sabato prima dell'inizio della scuola. Poi lui si è tagliato i capelli e si è rasato, ma è lui. Ve lo giuro».

«Fammi vedere di nuovo quella foto», dice Summer.

«Non ce l'ho più. L'ha cancellata lui dal mio cellulare».

Lei sbuffa.

«Ma è la verità! Anche voi c'eravate, alla lezione d'arte, il primo giorno di scuola. Non vi ricordate come si è comportato con me?».

Probabilmente non se lo ricordano, perché nessuna delle due sembra troppo convinta.

«Chiediamolo a lui», dice Summer, indicando il dipartimento di arte.

Dylan è fuori dall'edificio e sta parlando con la Willis, la preside. Ride di qualcosa che lei gli ha detto, poi si separano, la signora Willis per tornare all'edificio principale e Dylan per raggiungere la sua aula.

Summer corre verso di lui, io e Paige facciamo del nostro meglio per starle dietro. Cosa gli vuole dire? *Buongiorno, prof, è vero che ha fatto sesso con Leah?*

«Non peggiorare le cose», continuo a dirle col fiatone, mentre le corro dietro, ma Summer ha l'espressione che sfoggia quando è sicura di fare la cosa giusta. È impossibile fermarla.

Dylan tiene la testa bassa per ripararsi dal vento, e ha le spalle curve. Indossa un maglione ed è davvero bello, anche se io ormai lo odio con tutta me stessa. Appena mi vede si fa scuro in volto, ma si ricompone subito.

«Buongiorno, ragazze. Come posso aiutarvi?»

«Qual è il suo nome di battesimo, prof?», gli chiede Summer, camminando accanto a lui. Così, come se agli studenti fosse permesso andarsene in giro per la scuola a chiedere ai professori il loro nome. Dylan continua a camminare, ma un po' più lentamente, e io trattengo il fiato. Le mie amiche non vedono quello che vedo io. Non hanno notato che è impallidito, che il pomo d'Adamo gli va su e giù per la gola, che ha corrugato le sopracciglia.

«Robert», risponde. «Mi chiamo Robert Ward».

Robert? Perché sta mentendo?

Summer mi lancia un'occhiataccia e si ferma, mentre Dylan prosegue fino a sparire dalla nostra vista, oltre la porta. Noi tre restiamo lì, fuori dall'edificio, e le mie amiche si guardano come a dire che hanno sempre avuto ragione, fin dall'inizio. Gli hanno creduto. Ovvio, gli hanno creduto.

«Ti ha mentito», dico, con una voce stridula. Tutt'altro che convincente.

«Devo andare in palestra», mormora Summer, e se ne va. Paige la segue. Io corro per raggiungerle.

«Dovete credermi. I suoi amici lo chiamano Dylan. È proprio lui. Mi ha minacciata, ha detto che non dovevo parlarne con nessuno».

Con un sospiro, le mie amiche si fermano e Paige tira fuori il suo cellulare. Digita l'indirizzo del sito web della scuola e me lo passa. C'è un primo piano di Dylan accanto a quello di tutti gli altri docenti. In quella foto sembra un altro; più vecchio e più serio. Perfino io stenterei a credere che il ragazzo arrapato che ha fatto l'amore con me dicendomi che lo facevo impazzire, quello con cui ho condiviso uno spinello a un festival, sia l'uomo in completo grigio che mi fissa dallo schermo del cellulare.

Sotto la foto c'è il suo nome completo: Robert Ward.

«Forse Dylan è un soprannome», strillo. «Tutti gli amici di mio fratello hanno un soprannome, è una cosa che fanno. Chiedetelo a Santi! Lui sa come mi ha trattata Dylan. Chiedetelo a lui!».

«Sei una bugiarda», dice Paige. «Menti sempre. Jacob mi ha detto che Santi gli ha detto che sei stata con lui solo per far ingelosire il prof. Ma che cazzo, Leah? Non posso credere che tratti così i tuoi amici solo perché hai una cotta per un *professore*!».

Summer, accanto a lei, annuisce, ma non hanno capito niente! La campanella suona e loro vanno verso la loro aula senza lasciarmi il tempo di difendermi. Io corro verso l'aula di arte, ed entro sbattendo la porta prima che arrivino gli altri. Dylan alza gli occhi di scatto, il suo sguardo è gelido.

Sbuffa. «Non riesci proprio a lasciarmi in pace, vero?»

«Perché fai finta di chiamarti Robert?», grido.

«Adesso basta, Leah».

«Perché menti?». Lo picchio sul petto con i pugni, e lui mi afferra i polsi conficcandomi i pollici nella carne.

«Non sto mentendo. Solo i miei amici mi chiamano Dylan. È un gioco, solo perché suono la chitarra. Saprai anche tu chi è, Bob Dylan. Bob. Robert. A ogni modo, Robert è il mio nome di battesimo».

«Non ti si addice».

Sospira e mi lascia andare.

«Vattene».

«Ti distruggerò», sibilo tra i denti. Gli studenti di terza si sono messi in fila per entrare, ma non me ne importa. «Racconterò tutto ai miei genitori».

Lui sorride. Perché lo trova tanto divertente? Gettandosi un'occhiata alle spalle, si china verso di me e sussurra: «Dubito che la tua rivelazione scioccherà tuo padre più della mia. Di' a tua madre che non vedo l'ora di vederla».

Sessantadue
Jules

Stamattina mi sono svegliata troppo presto, e le due ore che ho passato ad aspettare Adam mi sono sembrate eterne. Non ho ancora letto l'allegato di Steve, e ho ignorato le sue tre chiamate. Ho pulito casa da cima a fondo, ho pianto due volte, chiamato tre volte Lynsey, che però non mi ha mai risposto, e ho fatto un lungo bagno caldo.

Poi ho dedicato un'ora a prepararmi, sistemarmi i capelli, truccarmi, mettermi lo smalto e scegliere la biancheria intima più carina. Ho messo il vestito a fiori che Adam mi ha regalato due anni fa, quello con cui diceva che «stavo bene». Lo so che tutti questi preparativi sono stupidi quando sto per confessargli il mio tradimento, ma è comunque meglio che ascoltare mio marito che mi illustra tutti i motivi per cui non mi ama più nel mio pigiama slargato con un buco sul ginocchio.

Non voglio divorziare. Non voglio. Ma lui non mi desidera più da tanto tempo, e sto per fornirgli la scusa perfetta per lasciarmi. Non riesco a immaginare come potrei essere sincera con Adam e riuscire a tenermelo.

Divorziare a quarant'anni non è raro – anzi, è una specie di rito di passaggio. Molte delle mie amiche hanno lasciato il marito. Un po' come me, hanno sacrificato la loro carriera per occuparsi dei figli e poi, una volta che i figli sono cresciuti, hanno scoperto che non c'era più niente di cui occuparsi. L'unica differenza è che quelle donne non erano economicamente indipendenti; e così molte di loro sono rimaste con uomini che non amavano più. Per loro si trattava di scegliere il male minore – restare con il marito o ricominciare tutto da zero. Non è il mio problema. Io i soldi li ho. Il mio problema è che non voglio vivere senza Adam, e non voglio che la mia vita cambi radicalmente.

Anzi, vorrei che la mia vita cambiasse. Vorrei che migliorasse, *compreso* mio marito. Voglio la vita che gli altri credano io abbia già.

Ho messo via il bucato e cambiato le lenzuola; tutto è pulito e ordinato. Ho addirittura sistemato i cuscini sul letto. Perché abbiamo così tanti cuscini che nessuno, a parte mio marito, vede? Quanti minuti spreco ogni giorno a sistemare questi maledetti cuscini? Li lancio contro il muro, uno a uno, poi li raccolgo e li rimetto sul letto, in ordine. Sto appunto sistemando l'ultimo quando sento girare la chiave nella serratura.

«Jules?», mi chiama Adam.

«Sono di sopra».

Ascolto il suono familiare dei suoi passi sulle scale, chiedendomi quante volte ancora potrò farlo, prima che tutto cambi.

«Sei molto carina», mi dice entrando in camera da letto. «Stavi uscendo?».

Ha un completo senza cravatta, con il primo bottone della camicia aperto. È da un po' che non taglia i capelli. Mi chiedo se vuole che gli prenda appuntamento dal barbiere, e subito dopo, con un tuffo al cuore, mi rendo conto che forse non avrò più l'opportunità di farlo. Forse all'altra donna piace con i capelli un po' lunghi. Forse oggi sarà l'ultimo giorno in cui parlerò con Adam.

«No, non vado da nessuna parte. Mi hai detto che volevi parlarmi».

Si sfila la camicia, e mi stupisco vedendo le sue braccia ancora toniche, le sue spalle ancora forti dopo tutti questi anni. Le stesse braccia che mi hanno stretta la prima volta che ci siamo baciati, mentre il mondo intero entrava in un nuovo millennio, che hanno cullato i nostri figli appena nati e che mi hanno avvolta quando è morta mia madre. Le sentirò ancora attorno a me?

«Va tutto bene?», gli chiedo.

«No. In realtà no».

Ho le mani sudate. Vorrei asciugarmele sul vestito, ma non voglio che lui mi veda farlo. «Qualunque cosa tu stia per dire, permettimi di dirne prima una io».

Sono seduta sul letto. Lui è in piedi, in attesa. Una goccia di sudore gli si forma sul collo, e la guardo scivolare sotto la camicia. Non mi piace che anche lui sia così nervoso.

«Ho fatto una cosa terribile», dico.

Ecco. L'ho detto. Non posso più tornare indietro. Osservo il suo viso, ma non c'è nessuna reazione. Adam non è il tipo che perde la calma: gli piace raccogliere tutti gli elementi, soppesarli, analizzarli, trovarne il senso. Ha bisogno di ulteriori informazioni.

«Non volevo farlo, e me lo sono lasciato subito alle spalle, ma sono stata con un altro uomo. Non abbiamo fatto propriamente sesso, è stato più come un…».

«Lo so».

Ho una fitta allo stomaco. Tutto si ferma: la mia respirazione, il mondo, ogni cosa. Sento solo un rumore d'acqua nelle orecchie, come se fossi trascinata in mare. Come ha fatto a scoprire di Dylan? Possibile che lui gli abbia già mandato il video?

«So di quell'app», dice Adam.

Un'app? Non capisco. Sto per dirlo, sto per dirgli il nome di Dylan, ma Adam parla in fretta, per fortuna, perché improvvisamente capisco cosa sta dicendo.

«Sai di Kandid?». La voce mi esce un po' gracchiante. Non sembra nemmeno la mia.

Annuisce. «E so di Curioso2».

«Come fai a saperlo?»

«Perché ero io».

Il rumore nelle orecchie aumenta d'intensità, e devo appoggiarmi a uno dei nostri cuscini finché tutto attorno a me non torna a fuoco.

«Cosa vuol dire che eri tu?», riesco a mormorare.

Se ha controllato il mio telefono deve averlo fatto prima del fine settimana, prima di partire per lavoro. Da quanto tempo sa che stavo parlando con un altro uomo?

«Sono io», ripete. «Sono io il tipo con cui hai parlato. Curioso2. Stavi parlando con me».

Adam viene a sedersi accanto a me, il materasso cede leggermente e mi fa perdere l'equilibrio. Mi mette la mano su un braccio. Sto tremando.

«Pensavi di dire i tuoi segreti a uno sconosciuto, ma non era vero. Stavi parlando con me».

Prende il suo cellulare, tocca l'icona con la K arancione. Compare tutta la nostra conversazione, che lui fa scorrere fino all'inizio, al primissimo messaggio che mi ha inviato. Sotto il mio nickname c'è scritto «Profilo inesistente».

«Non capisco».

Ora il rumore nelle orecchie assomiglia più a un continuo brusio. Provo a concentrarmi sulle parole di mio marito.

«Ma come? Io non…».

«Qualche settimana fa, mentre guardavamo quel documentario su Cleopatra, tu stavi leggendo qualcosa sul tuo cellulare e a un certo punto sei scappata via in lacrime. Pensavo avessi ricevuto una brutta notizia, così ci ho guardato. Solo un'occhiata veloce. Normalmente non l'avrei fatto, ma ero preoccupato per te. Ma non era una brutta notizia. Avevi postato quella foto, e gli altri la stavano commentando».

Sono passate quasi quattro settimane. Mi sforzo di ricordare cosa avevano detto di me quegli uomini viscidi. Era stato tutto così squallido, descrizioni oscene delle loro fantasie sessuali. Merda! Merda merda merda. È per questo che Adam ha cominciato ad andare a letto con una collega? Per colpa mia? Io non sono mai stata interessata a nessuno di quei vermi. Cercavo solo qualcuno che mi dicesse che valevo qualcosa e che non stavo impazzendo. E Curioso2 era quel qualcuno.

«Ho letto tutti i commenti che hai ricevuto», dice Adam.

Mi porto la mano alla bocca. Quante volte avrò vomitato, questa settimana?

«Jules, ascoltami. Non sono arrabbiato, sono... confuso. Nei tuoi post dicevi sempre che amavi tuo marito, che eri solo triste perché lui... io... non ti facevo più sentire bene con te stessa. All'inizio ero sconvolto, ma poi mi sono vergognato profondamente. Nemmeno una volta hai detto che volevi tradirmi».

«Infatti non volevo! Non voglio!», grido. «Perché non mi hai detto niente?»

«L'ho fatto», dice lui. «Quando ho capito come ti sentivi, ho cercato di parlare con te, ti ho chiesto se andava tutto bene, ti ho mandato un messaggio per dirti che ti amavo, ti ho sempre sorriso cercando un contatto con te. Ma non bastava. Era evidente che non mi amavi più. Che desideravi quello sconosciuto più di quanto desiderassi me».

«No, non è vero! Non lo desidero!».

Mi prende la mano e io penso a Dylan, al momento in cui anche lui ha fatto la stessa cosa nel bagno del bar, sabato scorso, e a dove poi erano finite le sue dita. Cerco di scacciare quel pensiero dalla mente.

«Mi sono fatto un profilo su Kandid perché...». Lui guarda la mia mano nella sua. «È terribile dirlo a voce alta, ma una parte di me voleva metterti alla prova. Vedere se mi avresti tradito. E poi, una volta che abbiamo cominciato a scriverci, mi sono reso conto che… che mi mancava davvero parlare con mia moglie».

«Ma allora perché non mi hai parlato apertamente?», grido. «Io ero sempre qui».

«Non sapevo come fare!», grida lui di rimando. «Te l'ho detto. Ci ho provato. È solo che… che era *più facile* essere qualcun altro, uno sconosciuto su un'app. Immagino sia proprio per questo che anche tu non mi hai parlato, e hai preferito far sapere come ti sentivi a tutti quegli uomini senza volto. La cosa strana è che avevo dimenticato quanto tu fossi divertente, e interessante e intelligente e sexy. Sembra ridicolo, dato che stiamo insieme da venticinque anni, ma parlare con te come se non fossi mia moglie era eccitante. Avrei voluto dirti che ero io già dopo il primo giorno. In un certo senso. Ma speravo sempre che tu lo capissi. Ti ho addirittura mandato quei fiori sperando che ci arrivassi da sola».

«E invece mi hai fatto pensare che qualche sconosciuto avesse scoperto dove abitiamo!», grido ancora.

Lui sembra stupito, poi, lentamente, capisce.

«O mio Dio, mi dispiace tanto. Jules… io… in quel momento mi è sembrata una cosa romantica».

E per tutto questo tempo Curioso2, l'uomo che diceva sempre le cose giuste e che mi è sembrato così perfetto, era *mio marito*? Adam ha gli occhi arrossati. Non mi ero accorta di quanto fossero diventate scure le sue occhiaie.

«Non hai motivo di scusarti», mormoro. «Non è stata colpa tua».

«Sì, invece! Quando tua madre si è ammalata, ho cercato di sostituirti in tutte le faccende perché potessi concentrarti solo su di lei. Poi, quando è morta, mi hai detto che avevi bisogno di un po' di spazio, e io sono stato felice di dartelo perché era più facile ignorare il tuo dolore che affrontarlo. Mi sono allontanato, dopo di che non sapevo più come ritrovare un contatto con te. Perché pensi che abbia accettato di partecipare a quella conferenza proprio in quel fine settimana? Perché avevo paura, ero molto egoista. Ho smesso di provarci. Mi sono detto che in realtà avevi solo bisogno che io guadagnassi di più, perché è così che pensavo di prendermi cura di te. E ho pensato che anche l'orto potesse essere utile, che potesse contribuire alla spesa. Tua mamma lo diceva sempre, che un buon marito deve innanzitutto provvedere alla famiglia. Ma non era vero, perché tu in realtà avevi solo bisogno che io ti stessi vicino».

Prendo ancora la sua mano. Lui me la stringe, e il mio respiro rallenta.

«Ho rischiato di perderti, Jules».

Scuoto la testa. No che non mi avrebbe persa. Io non l'avrei mai lasciato – sarà lui a lasciare me. Questa parte deve ancora arrivare.

«E che mi dici di Bea?»

«Chi?»

«La donna con cui lavori».

«Beatriz? Cosa c'entra?»

«Non siete amanti?», chiedo a bassa voce. La mia domanda suona stupida, adesso, dopo quello che mi ha detto. Ma Adam non sembra né arrabbiato né colpevole, anzi, sembra divertito.

«Cosa? No. Beatriz è lavoro». Ride, ma di una risata triste. «Duro lavoro».

«Quindi non hai un'altra?»

«Un'altra... ma che dici?».

Mi sento talmente stupida. Perché sono stata così stupida?

Adam mi sorride, e stavolta non sembra paternalistico. «Bea è uno dei soci della ditta con cui Cedric cerca da mesi di chiudere un accordo. È di questo che volevo parlarti, ed è per questo che ultimamente sono stato così poco a casa. Abbiamo venduto la Atë Innovation. Per un sacco di soldi».

Sono contenta di essere seduta perché non sento più il mio corpo.

«Finalmente avete venduto l'azienda? Perché non me l'hai detto?».

Lui si guarda le ginocchia, e io mi rendo conto di come sia suonata ridicola la mia domanda. Tutti quei segreti. Tutte quelle bugie. Io stessa non gli ho parlato del mio lavoro, di Leah, dei soldi nascosti sotto il letto, di ciò che è successo tra Dylan e me. Cerco di ricordare tutte le cose che ho raccontato a un perfetto sconosciuto e che ho nascosto a mio marito. Mi gira la testa. Non riesco più a distinguere una vita dall'altra.

«È per questo che le hai comprato un braccialetto?».

Adam sembra confuso, ci mette qualche istante a capire.

«Hai visto il braccialetto?», e mette l'altra mano sulle nostre unite. «Ma Jules, era per te. L'avevo comprato per regalartelo per l'anniversario di tua madre, ma poi ho visto il tuo post su Kandid e mi sono sentito così stupido, ero arrabbiato con me stesso».

«Non è di diamanti che ho bisogno».

Ripenso a Lynsey e a quando le ho detto questa stessa frase; entrambe desideriamo disperatamente di essere adorate, non adornate.

«Adesso lo so», dice Adam.

Lo guardo, lo guardo davvero, e le parole non servono più. I suoi occhi, quelli che guardo da venticinque anni, si velano, e dentro di me qualcosa prende fuoco. Gli ho già detto tutto quello che volevo dire, perché lui è Curioso2, l'uomo che ha saputo capirmi. L'unica persona cui sto davvero a cuore. L'uomo che ho amato per tutto questo tempo.

«Non posso smettere di pensare alle foto che mi hai mandato», dice, e la sua voce si fa densa dello stesso desiderio che provo anch'io da tanto tempo.

La pelle del viso mi brucia dalla vergogna. Che cosa starà pensando di me?

«Mi dispiace, io…».

«No». Mi fa scivolare la spallina del vestito. «Erano eccitanti. Mia moglie è così sexy. Dio, Jules, ero così eccitato. Restavo sveglio nel letto accanto a te ripensando a quelle foto, e non sai quanto avrei voluto fare l'amore con te, ma ero paralizzato perché non sapevo come cominciare. C'era troppa distanza tra noi, e l'unico modo che mi venisse in mente per eccitarti, per entrare in contatto con te, era fingermi un estraneo».

«Io ti eccitavo?».

Sorride. «Non sai quanto. Sei l'unica donna a cui penso».

Gli prendo la mano e me la metto sulla coscia, spingendola sotto il vestito. Mi guarda, e la sua mano avanza. Chiudo gli occhi. Ho paura di parlare, di rompere l'incantesimo. È quello che voglio da sempre. Adam che mi ascolta, che mi parla, che mi tocca.

Quando apro gli occhi, mi sta accarezzando il viso, e le sue labbra sono a pochi centimetri dalle mie. «Ti ho quasi perduta», dice. «E tutto perché non sapevo vedere quanto sono fortunato».

Poi mi bacia, ed è riposarsi dopo una lunga giornata di lavoro. Il mio Adam, il mio uomo. Il suo bacio è così familiare che mi fa male al petto, e poi si tinge di un'emozione che non capisco subito. La paura. Sì, paura di aver sfiorato la fine. È il momento che ho aspettato di vivere così a lungo. Faccio scivolare una mano dietro il suo collo e mi lascio cadere sul letto. Il suo corpo preme sul mio, combacia con il mio, siamo due persone, fatte l'una per l'altra.

Non gli parlerò di Dylan. Non ha bisogno di sapere

che l'ho tradito, che ho permesso a un altro uomo di darmi piacere. Non gli parlerò nemmeno di Leah, di tutto quel disastro. Non ha bisogno di sapere niente, sono cose passate. Che ho già sistemato. Adesso è tutto finito.

O forse no.

«Dove vai?», mi grida Adam mentre esco dalla stanza con il cellulare in mano.

«È una cosa di lavoro. Torno fra un attimo».

«Torna a letto!», dice lui. Lo sento sfilarsi la cintura, i pantaloni che cadono sul tappeto.

Mi fermo in corridoio e scrivo velocemente al cellulare.

Verrò stasera alle nove. Ti porterò la prova, ma ti prego di cancellare quel video. Ti prego!

Le due spunte blu mi dicono che il messaggio è stato letto.

Sessantatré

Jules

Sto abbracciando mio marito, il mio stupendo marito, con il corpo incastrato nel suo fianco come se fossimo stati scolpiti così fin dall'inizio. Due corpi ricavati dalla stessa pietra. Ho caldo e sono sudata, ma non voglio muovermi. Voglio restare in questo momento per sempre. Non siamo usciti dalla camera da letto per tutto il giorno. Non so se Leah e Reece siano a casa, e non me ne importa.

Adam mi ha divorata, come se non mi conoscesse. Come se fosse il nostro ultimo giorno insieme e lui volesse imprimere nella memoria ogni centimetro della mia pelle. Abbiamo dato vita alle fantasie che ho condiviso con lui, poi lui mi ha raccontato le sue, ed è stato come incontrarlo di nuovo dopo tanto tempo.

«Perché non è mai stato così?», gli chiedo.

Adam mi bacia in quel punto che solo lui conosce, e sa che mi fa sciogliere. «Perché abbiamo pensato che ciò che avevamo sarebbe durato per sempre?».

Restiamo lì in silenzio, poi comincio a parlare, e ogni rivelazione sembra rendermi un po' più leggera.

«Medusa è stata venduta alla Starz», dico.

Lui si mette a sedere. «Steve ha venduto Medusa? E che ne sarà del tuo lavoro?».

Mi mordo il labbro inferiore. «Ha tenuto per sé il cinquantuno per cento delle quote. Ancora non sa se venderle o no. Ma in entrambi i casi probabilmente io sarò licenziata».

«E tu, vuoi mollare? Ti è sempre piaciuto, quel lavoro».

Scuoto la testa, e grossi lacrimoni che non sapevo di aver trattenuto mi scivolano lungo il viso. Con tutto quello che è successo, il lavoro sembrava essere l'ultima delle mie preoccupazioni; praticamente non ci ho più pensato. Ma adesso, adesso che so che il matrimonio è salvo e che anche mia figlia lo sarà, mi rendo conto che invece ci tengo. Amo Medusa, e so esattamente come andrà.

«Se potessi, gliele comprerei io. Rivolterei il marchio come un calzino».

«Allora fallo!», dice Adam.

Scoppio a ridere. «Sì, certo!».

«Dico sul serio. Jules, stiamo vendendo Atë per un sacco di soldi. Davvero tanti. Presto la nostra vita cambierà. È così che stanno le cose. È la tua occasione di diventare esattamente chi vuoi essere».

Non riesco a elaborare tutte queste nuove informazioni. È troppo. Pensavo di essere sul punto di perdere ogni cosa, e nelle ultime ore ho capito che invece posso avere tutto ciò che voglio. È così, siamo sull'orlo di un futuro completamente nuovo. Un futuro in cui io e Adam saremo felici insieme, con una famiglia stabile e serena, una vita con tutto lo spazio mentale e la sicurezza economica necessari, dove finalmente potrò esprimere tutto il mio potenziale. Non è questo l'obiettivo per cui tutti lavorano tanto? Non è per questo che ci ammazziamo di lavoro negli anni migliori della nostra vita?

Un nuovo inizio, mi dico tra me e me mentre il respiro di mio marito si fa più profondo, e il suo petto si alza e si abbassa contro la mia schiena. *Andrà tutto bene*.

Stasera consegnerò quella schifosa prova a Dylan, lui cancellerà il video, e io non dovrò mai più pensare a tutta questa storia. Dopo di che potrò cominciare a pensare a ciò che desidero *io*, per una volta – per esempio, dirigere un'azienda tutta mia.

Ma se tutti noi dobbiamo finalmente essere felici, liberi sul serio, ho bisogno che Dylan sparisca dalla scena. Stasera farò a quel bastardo un'offerta che non potrà rifiutare.

Sessantaquattro
Leah

«Ma che cazzo sta succedendo?», bisbiglia Reece mentre mi siedo a tavola.

Mamma e papà sono in cucina, e stanno cucinando… *insieme!* Lui continua a toccarle i fianchi, accarezzandola col naso e facendola ridere.

«Non ne ho idea», gli rispondo sussurrando a mia volta. «Ma è disgustoso».

«A me sembrano carini».

«Sembrano deficienti».

Hanno preparato gli spaghetti, e mamma sta dicendo che finalmente mangeremo tutti insieme. Papà dice qualcosa sull'essere «curiosi», e mamma ride.

«Ho un annuncio da fare», dice papà. Io e Reece ci mettiamo composti. L'ultima volta che ha detto una cosa del genere, cinque anni fa, aveva prenotato una gita a Disneyland. Forse stavolta andremo alle Hawaii per Natale.

«Io e Cedric abbiamo venduto la ditta».

«Vuol dire che siamo ricchi?», dico io, tagliandomi una fetta di pane.

Mamma mi guarda con disapprovazione, e Reece dice che sono una persona superficiale, ma papà sembra piuttosto orgoglioso.

«Sì, Leah. Abbiamo un'ottima posizione economica, il che significa che d'ora in poi tutto ci sarà molto più facile. A quanto pare, la notizia è già sulle pagine economiche dei giornali».

Dubito che qualcuno che conosco se ne sia accorto. Chi se ne frega delle aziende di tecnologia? Reece chiede a mamma e papà se allora gli daranno un po' di soldi per andare in giro per il mondo, e loro rispondono che forse, così ci provo anch'io.

«Se date dei soldi a Reece, io posso avere un biglietto per il concerto di Beyoncé?», chiedo. Reece alza le sopracciglia. Non capisco perché mi stia giudicando male. Forse vuole venire anche lui. «Dai, mi sono già persa i Flying Donkeys».

«Fai sul serio?», grida mamma.

Okay. Va bene. È troppo presto. Dio santo, non credono che anch'io possa avere bisogno di rilassarmi un po', visto e considerato che presto avremo un sacco di soldi?

«Non è stato facile, quest'ultimo periodo», dice papà con voce seria.

Di cosa sta parlando? Papà guarda mamma e lei sostiene il suo sguardo. Reece invece guarda me, poi io spalanco gli occhi e lui fa altrettanto.

«Sono stato un po' assente», dice papà. «Un po' egoista, un po' troppo ossessionato dal lavoro e dai miei interessi personali, così penso che ci siamo un po' allontanati gli uni dagli altri. Ci sono stati anche tanti cambiamenti». Mentre parla accarezza la mano di mamma, che ha gli occhi pieni di lacrime. «E delle perdite. Per questo ora voglio dirvi che vi amo tutti, molto. Abbiamo bisogno gli uni degli altri, siete d'accordo? Cercate di ricordarlo sempre. Abbiamo bisogno tutti gli uni degli altri». Alza il bicchiere. «Alle persone che amo».

Mamma sta praticamente piangendo, ma ride come una pazza. Alzo il mio bicchiere d'acqua e facciamo un brindisi. Quando mamma mette giù il suo, le prendo la mano. Lei alza gli occhi come se mi vedesse per la prima volta.

«Ti voglio bene», mi dice muovendo solo le labbra. Papà sta dando a Reece una lezione sull'importanza di capire presto quale carriera si vuole intraprendere, ma in questo momento mamma guarda solo me. Una cosa un po' melodrammatica, ma non mi dispiace.

«Ti voglio tanto bene», sussurra ancora. «Ferocemente».

Le stringo la mano, e mi mordo le labbra per non farle capire che mi sta facendo commuovere. «Lo so».

Lei annuisce, e inspira come se stesse raccogliendo le forze prima di affrontare una grande impresa, poi si alza in piedi.

«Giusto», dice. «Ma adesso mangiamo prima che si freddi».

Ci fa cenno di darle i piatti e uno a uno glieli passiamo e lei ci serve gli spaghetti.

«Comunque, verso le otto e mezza devo uscire». La sua voce è tesa per le lacrime trattenute. «Lynsey ha un appuntamento, e io mi sono offerta di tenerle i bambini».

«E cosa deve fare a quell'ora?», le chiedo.

«Perché non può badare John ai suoi bambini?», chiede Reece. «Comunque lui è troppo più bello di Lynsey. Scusate».

Papà le porge il piatto vuoto. «Vuoi che venga con te?»

«Potete darvi una calmata?», strilla mamma, riempendogli il piatto di pasta. Un po' ne cade sul tavolo. «Starò fuori solo un'oretta».

Ci guardiamo senza dire niente. Lei propone di farci una partita a Uno, mentre la aspettiamo, ma nessuno le risponde. Ultimamente si comporta in modo davvero strano, persino per i suoi standard.

Sessantacinque
Leah

«Be', è stato davvero… intenso», dico a Reece.

«Sì, ma non ho mica capito cosa sta succedendo».

«Che mamma è impazzita».

«Smettila di fare così. Lasciala in pace».

«Come vuoi, ragazzo d'oro».

Siamo seduti in camera sua, mi sta facendo vedere sul computer le foto di una spiaggia della Thailandia dove vuole andare dopo l'università, e papà è in sala che parla al telefono di roba di lavoro. Reece indossa solo dei pantaloncini larghi e le ciabatte della Boss che si mette sempre a casa. Quanto gli piace buttare i soldi in delle stronzate che nessuno vedrà mai. Tra i colpi di sole che si è fatto a Ibiza e l'abbronzatura che gli è rimasta, gli occhi e i capelli sono ancora più luminosi. Non capisco come faccia a sembrare sempre un surfer californiano, quando l'unica volta che è entrato in acqua è stata per fare un video da mettere su TikTok.

«È dove hanno girato *The Beach*», dice, indicandomi lo schermo.

«Cos'è *The Beach*?».

Mi dà un leggero schiaffetto dietro la testa. «Sei proprio fuori dal mondo».

Il suo cellulare continua a vibrare, e alterna i messaggi che manda alle foto che mi fa vedere.

«Altri ordini di droga?», gli chiedo.

Lui alza gli occhi al cielo. «Molto divertente. No, sono

i miei amici. Comunque, senti… ti sembrerà un po' strano, ma…».

«Cosa?»

«Hai parlato con qualcuno dei ragazzi con cui ero al Carnage?».

Il mio cuore accelera. Possibile che i suoi amici abbiano visto qualcosa?

«No».

«Bene. Limitati ai ragazzi della tua età».

«Sì, è quello che faccio. Stavo uscendo con un ragazzo della mia classe, Santi».

Reece intreccia le mani e le porta dietro la testa, battendo le ciglia come un personaggio di un cartone animato. «Oooh, Santi… Santi… È il diminutivo di Santiago? Molto sexy. Raccontami tutto».

«Non gli piaccio più».

«Lo odio».

Scoppio a ridere e gli appoggio la testa sulla spalla. «In realtà è stata colpa mia. Ho fatto un casino. Odio i ragazzi».

«Sì, lo so, siamo veramente pessimi. Quindi… no, non importa. Probabilmente non è niente».

Gli do una botta sul braccio. «Dai, dimmi, che c'è?»

«Sei proprio sicura di non aver parlato con gli amici del fratello di Bunny, al festival?».

Mi si contorce lo stomaco, ma non significa che Reece abbia scoperto qualcosa. Scuoto la testa, ma lui non mi sembra convinto.

«Perché?»

«Perché ho visto uno di loro, Dylan Ward. Era qui, nella nostra via, poco fa, e mi è sembrato un po' strano».

Cosa? Dylan è venuto a cercarmi? Come fa a sapere dove abito? Deve averlo letto sul registro della scuola.

«E lui ti ha visto? Sa che sei mio fratello?»

«No. Leah, che cosa…Tu lo conosci, vero? Cazzo! Cosa sta succedendo?»

«Niente!».

«Dimmelo!».

Faccio un lungo sospiro, e mi lascio cadere sul letto.

«È il mio professore di arte».

Condisco la bugia con un po' di verità.

«Il tuo *professore*? Vuoi dire che insegna alla St Margarette? Pensavo fosse ancora a Watford».

Il suo cellulare vibra di nuovo, lo guarda a lungo, poi guarda me, la mia mano, e aggrotta la fronte.

«Perché non mi hai detto niente?», mi chiede.

«Non ero sicura che fosse lui. È diversissimo da come era al Carnage. Ma perché, qual è il problema?».

Osserva il telefono ancora un po', poi me lo mostra. Non ci metto molto a capire cosa ho appena visto. Il selfie di una ragazza con un reggiseno rosso. Oh. Riconosco quella foto.

«Sei tu, vero?».

Salto giù dal letto di Reece, ma lui mi prende per un braccio.

«Lasciami stare!», strillo, mentre lui mi costringe a sedermi.

«Cosa sta succedendo, Leah? So che sei tu».

«Come fai a saperlo? La faccia non si vede!».

Lui indica lo schermo e poi la mia mano.

«L'anello. Quello che ti ho regalato e che non togli mai».

È inutile correre in camera mia, mi inseguirebbe, e papà è di sotto. Scoppio a piangere. Reece mi mette un braccio attorno alle spalle, ma io lo spingo via.

«Come hai fatto ad avere quella foto? L'hai presa dal mio telefono?»

«Me l'hanno girata. Dylan l'ha mandata al fratello di Bunny, che gliel'ha fatta vedere, e lui me l'ha inoltrata.

Bunny era con me quando ti ho fatto fare l'anello. E l'ha riconosciuto subito».

Mi scappa un gemito, e lui mi stringe a sé. Stavolta lo lascio fare.

«E ora stanno tutti parlando di me?»

«No. Nessun altro sa che sei tu. Te lo giuro».

Mi stringe ancora più forte, e io lo abbraccio. Pensavo che la cosa peggiore del mondo fosse che qualcuno venisse a sapere di me e Dylan, ma adesso vorrei raccontare tutto a mio fratello. Voglio che sappia che non sono una ragazza facile, che non è come sembra, che una cosa che avrebbe potuto essere bellissima era finita malissimo e non è stata colpa mia.

«Ti ha fatto del male?», mi chiede, a bassa voce, tra i capelli.

Scuoto la testa. «No, non proprio».

«Leah».

Alzo gli occhi.

«Raccontami tutto».

E lo faccio. Gli racconto per filo e per segno tutto quello che è successo. Tutto tranne la parte della chiave. A un certo punto lui salta in piedi e sono io a doverlo tirare giù sul letto.

«Bisogna dargli una lezione», mormora. «Bisogna ficcargli un cazzo di Snickers in gola e riempirlo di botte!».

«Snickers?».

Non capisco.

«È allergico alle arachidi. Non lo sapevi? Si porta sempre dietro una siringa di adrenalina. Leah, è una cosa seria. Voglio andare a parlargli».

Piango ancora più forte.

«Non farlo, ti prego, peggioreresti solo le cose. In realtà lui non ha fatto niente di male», dico. «Sono stata io a mentirgli».

«Non importa. È un pervertito manipolatore».

«Tu non lo conosci come lo conosco io. Sa essere anche gentile».

«Non credo proprio. Fa solo finta. Sono anni ormai che gli vendo l'erba. Te l'avevo detto di stare alla larga da quei tipi. Te l'avevo detto!». Reece sta gridando, e io ricomincio a piangere. È già abbastanza brutto che le mie amiche e Santi non mi rivolgano più la parola, non posso perdere anche mio fratello.

Reece si rimette seduto e mi abbraccia. «Scusa. Non volevo spaventarti. Ma quel tipo fa i soldi ricattando le donne. È un ricattatore di merda. Come quelli di cui parlavano l'altro giorno alla televisione. Di solito si tratta di donne più grandi – le seduce, e poi con le costringe a pagarlo – ma... che cazzo. Non sapevo che avesse allargato il giro d'affari. Adesso se la prende pure con le ragazzine che vanno ancora a scuola. Dylan ti ha chiesto qualcosa?».

Scuoto la testa. «Pensava davvero che avessi ventuno anni. Non sapeva chi ero. E dopo non ha fatto che dirmi di lasciarlo in pace».

«Okay. Va bene. Comunque non deve farla franca. Dobbiamo segnalarlo alla scuola. Hai detto che hai una prova. Ti aiuto io. Non dirò niente a mamma e papà, te lo prometto».

Reece mi tira su dal letto e, mano nella mano, andiamo nella mia stanza. Gli indico il peluche di Garfield, e lui apre la cerniera del pupazzo e ci fruga dentro.

«Dov'è il preservativo?», mi chiede, come se fosse la domanda più naturale del mondo.

«Nella scatoletta. In una bustina di plastica».

Lui fa cenno di no con la testa, e io lo spingo via per guardare.

«Era qui, ma... Dov'è?».

Lancio il coperchio della scatoletta.

«Merda», dice Reece sottovoce, fissando la finestra

della mia stanza. È spalancata. L'ho aperta stamattina per far andare via la puzza di fumo.

«Gli avevi detto del preservativo?»

«Sì. Gliel'ho detto. Merda! Pensi che sia per questo che si trovava qui, nella nostra strada?».

Reece annuisce. «L'ha preso lui».

Sessantasei
Jules

Dylan abita in un piccolo appartamento al terzo piano. Quando suono al citofono, dice che il portone è già aperto. Arrivo davanti alla sua porta senza fiato e lui è lì che mi aspetta, a piedi nudi, con i pantaloncini da jogging talmente aderenti che lasciano intravedere la forma del suo pene. Distolgo lo sguardo, ma lui sta già sorridendo compiaciuto.

«Ti piace?»

«Vaffanculo».

«Entra». Apre la porta del tutto, ma io resto fuori.

«Jules, entra. Risparmiamo questa scena ai vicini».

Faccio un passo in avanti. La casa odora di trementina mista a caffè costoso. Ci sono tele incomplete dappertutto. Macchie di colori vivaci formano figure nude e fiori.

«Caffè?», chiede, guardando una macchina enorme che occupa metà del ripiano della cucina, se così si può chiamare. Ci sono anche tre barattoli di caffè in grani, ciascuno con un'etichetta: «Colombia», «Etiopia», «Bolivia». Sembra deluso quando gli rispondo che la sera non prendo mai il caffè.

Si appoggia al ripiano di schiena, incrocia le gambe all'altezza delle caviglie, e mi squadra dalla testa ai piedi mentre la macchina del caffè inizia a schizzare e fare bolle. Sento un dolore al petto, rendendomi conto che quest'uomo è esattamente il tipo per cui avrei perso la testa all'età di Leah: attraente, sicuro di sé, creativo, sofisticato – almeno agli occhi di una ragazzina. Mi sforzo di non guardare il materasso buttato in un angolo, di non immaginare mia figlia in questa casa. Vorrei piangere per la sua ingenuità, per il suo ottuso coraggio.

Il suo sguardo ancora fisso su di me mi mette a disagio. No, è stato il *mio* ottuso coraggio a portarmi qui.

«Neanch'io bevo caffè dopo le sette di sera», dice. «Ma oggi farò un'eccezione».

Si porta la tazza di caffè sul divano e sposta la chitarra per sedersi. Io resto in piedi.

«Vediamo di sbrigarci», dico io.

«Siediti. Rilassati», dice Dylan, posando la tazza. Poi prende la chitarra e comincia a suonare una versione acustica di *Sweet Child O' Mine*. Devo ricorrere a tutto il mio autocontrollo per non prenderlo a pugni.

«Ecco», dico tendendogli la bustina di plastica. Lui ci guarda dentro e fa una smorfia.

«Che cazzo!», esclama. «A chi può venire in mente di conservare un preservativo usato? Tua figlia ha davvero bisogno di uno psicologo».

«C'è già andata. Adesso sta bene».

Dylan storce il naso. «No che non sta bene, e non stai bene nemmeno tu».

«È solo una ragazzina».

«Lo so bene».

Si alza di nuovo, va in cucina e butta la bustina nel lavandino. Ci versa sopra un liquido e gli dà fuoco, filma tutto con il cellulare. La bustina si accartoccia e diventa scura, il fumo passa dal nero al bianco. Vado ad aprire la finestra. Sono stanca di veder bruciare le cose.

«Adesso dammi il tuo telefono», gli dico quando ha finito. «Voglio essere io a cancellare il video».

Lui mi allontana la mano e fa scorrere le foto fino al video, lo cancella davanti a me.

«Ecco, è andato».

«E adesso te ne devi andare anche tu».

«Andare dove? Avevamo un patto, Jules. Niente prova, niente video. Siamo pari».

Ieri non sapevo di avere ancora un marito. Pensavo di non avere più nulla da perdere. Ora invece mi gioco tutto. E forse è sempre stato così. Dylan è pericoloso e deve sparire.

«Voglio che tu ti licenzi e lasci subito la città».

Scoppia a ridere. «Chi cazzo sei, Clint Eastwood? Non andrò da nessuna parte. O almeno... non gratis».

Me lo aspettavo. Questo stronzo è orgoglioso dei suoi ricatti; non mi ero illusa, sapevo che non sarebbe stato facile. Mi chiedo quante altre donne come me abbia ricattato. Forse era lui, il fidanzato di Fiona.

«Ho fatto qualche ricerca», dice lui. «E oggi pomeriggio mi sono fatto anche una passeggiatina nella zona più elegante della città. Avete una casa bella grande».

«Non osare avvicinarti a casa mia!», grido, facendo un passo in avanti.

Lui ride, e alza una mano per fermarmi. «Mi sono limitato a guardare. Per ora. Non mi avevi detto che il padre di Leah era *quell'* Adam Crow. Lo stesso Adam Crow che la settimana scorsa ha venduto la sua azienda per una cifra *disgustosa*».

Ecco, ci siamo. Ma io gioco d'anticipo.

«Quanto vuoi per sparire per sempre?».

Lui alza le sopracciglia. «Ogni cosa ha il suo prezzo. Immagino dipenda da quanto la tua famiglia conti per te. Adesso non ci sono più prove, la storia di Leah è finita, rimaniamo solo tu e io, basta un piccolo accordo e io scompaio».

«Chiamami quando hai un'offerta», dico io, ed esco dal suo appartamento senza voltarmi indietro. Ho dei contanti, dei soldi di cui nessuno sa nulla. Sarebbe un pazzo a rifiutare.

Una volta in strada alzo gli occhi per guardare la finestra di Dylan, e vedo la sua silhouette stagliarsi contro la luce dell'appartamento. Mi sta osservando, si sta chiedendo quanto potrei permettermi di pagare. Quanto vale la libertà della mia famiglia?

Sessantasette
Leah

Dylan è entrato in casa mia. È stato nella mia camera da letto. Ha preso l'unica prova che avessi del fatto che siamo stati a letto insieme. Ho immaginato tante volte come sarebbe stato averlo qui, nella mia stanza. Ora invece l'idea che abbia toccato le mie cose mi fa venir voglia di picchiarlo.

Reece continua a dire che dovremmo denunciarlo, ma gli ho fatto promettere di non farlo, per ora. Dylan ha detto alla Willis che ho una cotta per lui, che sono ossessionata e, ora che il preservativo è scomparso, rimane solo la mia parola contro la sua.

Se parlo, finirò solo per essere espulsa, e allora dovrò raccontare tutto a mamma e papà. E questo non deve assolutamente accadere. È già abbastanza che lo sappia Reece.

Ho pensato bene a come vestirmi per andare a scuola: niente trucco, i capelli legati in una coda. Ho cercato Dylan tutto il giorno. Voglio dirgli che la nostra videocamera di sorveglianza l'ha ripreso mentre entrava in casa mia. Sì, questo lo spaventerà!

Arriva la pausa pranzo, e le mie amiche continuano a evitarmi, quindi vado a sedermi tutta sola a mangiare un panino con la salsiccia. Vedo Dylan davanti alla scuola, con in mano una tazza di quel suo stupido caffè, sta parlando con la Willis. Sorride, sembra molto sereno.

Butto l'incarto unto nel cestino e mi avvio verso l'edificio principale, ma non appena mi vede Dylan si allontana.

«Leah», mi chiama la Willis.

Mi si stringe lo stomaco. Cosa le ha detto? Il modo in cui mi guarda la preside non promette niente di buono. Non mi accorgo di essermi data un morso all'interno della guancia finché non sento il sapore del sangue.

«Posso parlarti un secondo?».

La campanella suonerà tra dieci minuti. Mi fa cenno di andare da lei, poi ci allontaniamo da due ragazze che stanno giocando a calcio.

«Ti stai ambientando, a scuola?».

Annuisco.

«E con le lezioni, tutto bene?».

Annuisco ancora.

«Stavo parlando con il professor Ward e… ascolta, so che alcuni dei nostri insegnanti sono giovani, e divertenti, e possono sembrare dei vostri amici, ma è importante ricordarsi di rispettare i confini, come abbiamo già detto. Sai a cosa mi riferisco, vero?».

Annuisco di nuovo, e lei mi sfiora il braccio.

«Sai che la mia porta è sempre aperta, Leah. Se c'è qualche problema, qualsiasi problema, puoi venire a parlarne con me».

Annuisco un'ultima volta e faccio per andar via.

«Ah, ancora una cosa, Leah». Mi volto, sforzandomi di sorriderle. «Mi fa piacere che tu abbia messo i jeans. I vestiti della settimana scorsa erano un po' troppo corti per il regolamento scolastico».

Rientro a scuola con le guance talmente rosse che mi sembra di essere stata schiaffeggiata. Mentre mi avvicino al mio armadietto, vedo Dylan incamminarsi verso la sala professori. Quando mi passa accanto gli pizzico forte il braccio.

«Ahi!», strilla lui. Alcuni studenti si fermano e ridono, ma io resto dove sono. «Cosa vuoi?», sibila lui.

«Cosa hai detto alla signora Willis?».

Le sue labbra si piegano in un mezzo sorriso.

«La verità. Che sei ossessionata da me».

«Bene, immagino che non riderà più tanto quando le dirò che ieri sei entrato illegalmente in casa nostra. So che hai rubato la prova».

Lui si appoggia alla parete e sorride. Senza far caso agli studenti che ci passano a fianco, e che lo vedono comportarsi come un cattivo dei cartoni animati. «Io non ho rubato proprio niente».

«Sei entrato in casa nostra. Ho la registrazione. E la porterò alla polizia».

«Puoi smetterla con questi giochetti, Leah. Ho vinto io».

«No, non è vero. Tutti sapranno che sei un pedofilo. Che hai abusato della tua posizione di potere per sedurre un'innocente studentessa sedicenne. E finirai in prigione».

Ride di nuovo, una risata così forte e malefica che riesco a vedergli la gola.

«No, non succederà. Non hai più nessuna prova, quindi lasciami in pace, cazzo!».

Poi tira fuori il cellulare e mi mostra qualcosa. È un video del suo lavandino con dentro una bustina di plastica. Ci versa sopra qualcosa e poi le dà fuoco. Mi si chiude la gola. Mi mordo le labbra. Sto per piangere ancora. Non posso fargli capire che sono sconvolta; non deve sapere quanto tutto ciò sia importante per me. Ormai il corridoio è pieno di studenti. Mancano solo tre minuti all'inizio delle lezioni. Santi è davanti al suo armadietto, e guarda verso di noi.

Mi schiarisco la gola, ma la voce mi esce comunque un po' roca. «Non riesco a credere che tu abbia rubato in casa mia».

«Sono io che non riesco a credere che *tu* abbia rubato

qualcosa *in casa mia*», dice Dylan. «Dubito fortemente che dalla sera alla mattina i tuoi gusti siano passati da Taylor Swift al punk anni Settanta».

Sta parlando della maglietta di Blondie.

«Perché è questo che hai fatto mentre ero sotto la doccia, prima di andartene, vero Leah? La Willis dice che sei una specie di stalker, e devo dire che tutta questa storia è abbastanza inquietante». Sospira e mi guarda dall'alto in basso come se fossi la cosa più pietosa che abbia visto in vita sua. «È finita. Arrenditi».

«Non te la caverai così facilmente!», gli dico tra i denti.

«Invece sì. Non sei così intelligente, e non mi fai paura. Sei solo una ragazzina disperata che perseguita i ragazzi e poi non sa come gestire la situazione. Resta fuori dalla mia vita, o sarò *io* a rovinare *la tua*».

«Dirò tutto ai miei. Possono permettersi gli avvocati migliori, e ti porteranno in tribunale e per te sarà la fine».

Dylan continua a comportarsi come se fosse tutto uno scherzo, con un sorriso che si allarga sempre di più mentre scuote lentamente la testa.

«Sì, ho sentito parlare del tuo ricco papà. Bene, di' pure ai tuoi che non vedo l'ora di conoscerli ai colloqui, venerdì. Forse avrò qualcosa di più di un video da fargli vedere».

Merda. Avevo dimenticato i colloqui.

Sessantotto
Jules

Non sono più una moglie di merda, né una mamma di merda – ed è venuto il momento di non essere più nemmeno un'amica di merda.

«Cosa succede?», mi chiede Lynsey, rispondendo al telefono. Sussurra, come se uno dei suoi figli stesse dormendo lì accanto. «Non mi chiami mai mentre sei al lavoro».

Stento a credere di non averle ancora detto niente.

«Stai bene?», le chiedo.

Sorride. «È per John, vero? Te l'ha detto lui. È preoccupato per me. Ultimamente i bambini mi hanno un po' sfinita, e ho dovuto prendermi una pausa. Ma sto bene. Anzi, ho deciso di tornare al lavoro».

Faccio un sospiro di sollievo. Non riesco a credere di aver sospettato che mi mentisse. O peggio.

«E tu, stai bene?», mi chiede. «Perché ultimamente sei un po' strana».

«Sì, sto bene. Be', diciamo che presto starò bene. Era solo che... Lynsey, ti capita mai di convincerti che qualcosa non sia mai successo?».

Stamattina Adam si è stretto a me nel letto, un suo braccio mi ha circondato la vita, e in quel momento ho pensato a Dylan. Odio quell'uomo: lo odio con tutte le mie forze. Da così tanto tempo desidero che Adam mi dimostri un po' d'affetto, e adesso se mi tocca provo solo un forte senso di colpa.

«Ma certo, io mento sempre a me stessa», risponde la mia amica. «Ti ricordi di quel DJ dai capelli rosa che ho baciato quando io e John cominciavamo appena a uscire insieme?».

Non dico niente. Non ho la più pallida idea di cosa stia dicendo.

«Vedi? Te lo sei dimenticato», dice lei. «Perché non è mai accaduto. Cioè, in realtà è accaduto, ma io mi sono sempre detta che non era accaduto, e tu mi hai promesso di non parlarne mai più, quindi non è accaduto. Come va tra te e Adam?».

Mi scappa una mezza risatina, ma suona più come un sospiro. «Abbiamo ricominciato a fare sesso, ed è fantastico, e non ha un'amante».

«Ma è ovvio, Adam non ha mai avuto un'amante!», dice Lynsey. «Te l'avevo detto, bisognava solo ritrovare un po' di passione. E allora, che cosa c'è?»

«Niente. Va tutto bene».

Ed è vero. O no? Il video è sparito, Dylan non vuole più avere niente a che fare con Leah, e senza prove Leah non può più fare casini. Scacco matto. Game over. Dovrei sentirmi sollevata, e invece no. Non posso rilassarmi perché quell'orribile pezzo di merda è ancora lì, nella sua scuola, nella sua classe, nella nostra vita, e io ancora non so quanti soldi ci vorranno per liberarci per sempre di lui.

«Sei ancora lì, Jules?».

Sento sullo sfondo un lieve piagnucolio. Il bambino si è svegliato.

«Sto bene. Va tutto bene. Ti lascio alle tue cose».

«Ci sentiamo presto, okay?»

«Sì», dico, pur sapendo che passerà ancora parecchio tempo prima che io decida di raccontarle tutto. E forse non lo farò mai.

Ci sono cose che devo risolvere da sola.

Sessantanove

Leah

Entro in casa e dal piano terra grido: «Mamma!».

Silenzio. Forse oggi non lavora da casa.

Entro di corsa in ogni stanza, sbattendo le porte contro la parete. Papà mi sgrida sempre per questo, perché le maniglie lasciano un segno sull'intonaco, ma non me ne frega niente. Riesco a pensare solo a Dylan che entra in camera mia e fruga tra le mie cose.

«Mamma!», grido ancora. E sento i suoi passi lenti al piano di sopra.

Ha uno sguardo diverso dal solito. Più duro.

«Ce l'abbiamo una telecamera di sicurezza?».

Mi guarda con aria confusa. Sto tremando.

«Cosa succede?»

«Da camera mia è scomparsa una cosa».

«Scomparsa? Che cosa?»

«È una cosa privata».

Mi aspetto che attacchi con l'interrogatorio, e invece lei mi tira a sé e mi abbraccia, e io glielo lascio fare. Vorrei tanto poterle dire tutto, perché ho bisogno che lei faccia sparire ogni cosa come quando ero piccola e di notte avevo paura delle ombre nella mia stanza. Comincio a piangere con grandi, violenti singhiozzi, e lei mi abbraccia ancora più forte. Troppo forte. Non riesco a respirare. Il suo viso è proprio davanti al mio, e lei dice che andrà tutto bene e che mi vuole tanto bene.

«Sto bene», le dico.

Mi blocca le braccia con il suo abbraccio. Non riesco a muovermi.

«Mamma, cosa succede?».

Ma lei continua a stringermi. Perché non mi lascia andare? Non mi ascolta, così io grido. Grido e grido contro la sua faccia finché non mi lascia andare di colpo, come se qualcosa l'avesse punta. Mia madre non può fare niente per aiutarmi. Nessuno può aiutarmi. Dovrò affrontare da sola quel bastardo malato.

Settanta
Jules

Sono stata una stupida a pensare che tutti i miei problemi si sarebbero risolti dalla sera alla mattina. Adam è meraviglioso, sempre disponibile e gentile, ma io non riesco a godermelo dopo quello che ho fatto. E dopo quello che ha fatto mia figlia. La minaccia rappresentata da Dylan non sparirà finché non sparisce lui. Che però intanto è qui, e insegna a mia figlia, e questo mi uccide. Deve solo fare un prezzo e andarsene.

Sabato sera Leah era sconvolta. Per qualche ragione si è messa in testa che Dylan sia entrato di nascosto in casa nostra. Dev'essere l'unica spiegazione che è riuscita a darsi dopo che è scomparso il preservativo, ed è comunque meglio della verità.

Curioso2 mi manca, una cosa veramente stupida ora che so che lo sconosciuto che mi ossessionava non è mai stato reale – è proprio qui, dorme accanto a me ogni notte, e mi dice di persona tutte le cose romantiche che il suo avatar avrebbe potuto dirmi. Forse non è lui a mancarmi, ma l'eccitazione di aprire un suo messaggio. Condividere fantasie proibite con uno sconosciuto. Una botta di adrenalina. Sono una persona disgustosa. Non merito né Adam né i nostri figli. Non merito tutte le cose belle che ho, perché ormai ho rovinato tutto.

Non ho nemmeno risposto a Steve, e lunedì dovrò tornare al lavoro. Ma adesso tutto è cambiato. Ora posso permettermi di comprare le quote di Steve. È folle persino da pensare, ma potrei avere Medusa tutta per me. Purtroppo però non mi fido di me stessa, e ho paura di fare un casino anche con questo.

Ieri sera ho preso delle pastiglie per dormire, e quando vengo svegliata da un trillo assordante, ci metto un po' a capire dove sono. Il mio telefono, non so come, è finito sotto al cuscino. Abbasso il volume e guardo lo schermo da sotto il piumino per non svegliare Adam. Sono le due e trentanove. Non posso non rispondere – nessuno telefona a quest'ora se non è un'emergenza. Il mio primo pensiero va ai miei figli, e il mio battito accelera finché non mi ricordo che stanno entrambi dormendo, qui a casa, al sicuro. Subito dopo penso a mia madre. Mando giù anche quel dolore.

Mi trascino fuori dal letto brancolando nel buio mentre rispondo.

«Pronto?».

La linea è disturbata. Adam bofonchia qualcosa, e io gli dico di rimettersi a dormire mentre esco in punta di piedi dalla camera e scendo le scale.

«Chi è?»

«Robert».

Mi ci vuole un momento per collegare il Robert del bar con Dylan.

«Sono le due del mattino», sibilo. «Sei fatto?»

«Ti stavo pensando, Jules. Stavo riflettendo sulla tua proposta».

Lampi di quello che abbiamo fatto nel bagno del bar mi attraversano la mente come fotogrammi di un film, e mi vergogno del sussulto di piacere che mi provoca quel ricordo. Deve davvero sparire dalla mia vita.

«Dimmi. Quanto vuoi?». Ho la bocca così secca che mi brucia la gola. Afferro un bicchiere dallo scolapiatti e con mano tremante lo metto sotto il getto del rubinetto. Bevo un sorso.

«Quindicimila».

L'acqua mi va di traverso, tossisco e quasi mi cade il telefono.

«Sei impazzito? Non ho a disposizione una somma del genere».

«Invece sì. Non costringermi a raccontare a tuo marito tutti i dettagli».

«Non ti crederebbe».

O forse sì. Adam ha già visto com'ero su Kandid.

«Ho ancora il video», dice Dylan.

Mi sento gelare, come se un getto d'acqua ghiacciata mi colasse dalla testa lungo la spina dorsale.

«Ma se ti ho visto cancellarlo!».

«Voi vecchie siete davvero ingenue».

«Posso dartene diecimila. In contanti. Ma tu devi andartene per sempre. Dalla scuola, dalla città, devi sparire».

Lui ride, una risata bassa, come un rumore distorto da un'interferenza telefonica.

«Mi accontenterò. Per ora».

«Te li porto domani», gli dico. «Ma tu dovrai scrivere davanti a me la lettera di dimissioni e mandarla subito per e-mail, perché solo così saprò che non mi stai mentendo. Ogni foto, messaggio, numero di telefono, video, deve sparire tutto».

«Facciamo sabato», dice lui.

«Domani! Voglio liberarmi di tutta questa faccenda una volta per sempre».

«Ma domani abbiamo da fare, Jules. I colloqui, ricordi? So che anche tu non vedi l'ora».

Settantuno
Leah

Arte è l'ultima lezione. Dylan non è ancora in classe, ma so che è già stato qui perché la cattedra è in perfetto ordine, come sempre. Tutte le matite sono disposte per gradazione di colore; un temperino, una gomma e un blocco da disegno sistemati con precisione; un righello, una penna e uno scalpello allineati in una fila perfetta come nella foto di un catalogo.

Fisso lo scalpello. Immagino di prenderlo e di infilarlo in tasca, di andare a casa sua con la punta conficcata nella carne del pollice e il sangue che mi macchia la giacca. Come sarebbe affondarlo nella sua gola? Sarebbe come il taglio delle forbici sulla seta, rapido e silenzioso, o come affettare un petto di pollo prima di buttarlo in padella?

Voglio vederlo sanguinare. Voglio sentire i versi che fa mentre muore.

«Leah!».

Summer e Santi occupano i soliti posti in fondo all'aula. Santi mi fa cenno di avvicinarmi, e vorrei davvero parlargli, ma l'occhiata di Summer mi costringe a fare un passo indietro. Le chiedo scusa, con lo sguardo, e mi siedo per conto mio, nell'angolo opposto della classe. Santi mi sta ancora fissando, ma distoglie lo sguardo quando Summer gli bisbiglia qualcosa all'orecchio. Stanno parlando di me? Lui sorride alla mia amica, e la gola mi si chiude per lo sforzo di non scoppiare a piangere.

«Buongiorno a tutti!».

Dylan è completamente diverso, oggi. Più sereno. Ha una maglietta nera dei Nirvana che non gli ho mai visto prima. È aderente sulle sue forti braccia e più morbida sui fianchi; anche i jeans sembrano nuovi, e hanno uno strappo sul ginocchio. Non capisco perché Summer non voglia credere che Dylan era al Carnage, quando si veste esattamente come gli amici di mio fratello. Ma adesso che la prova è sparita non ha più importanza. Non posso pensare che dovrò sedermi per altri dieci mesi in questa classe, a guardare come è soddisfatto di aver vinto una battaglia che io non ho nemmeno cominciato.

«Oggi, al posto della lezione che avevo preparato, voglio farvi una piccola sorpresa», dice. «Guarderemo il film *Frida*».

Si alzano urla di gioia, ventitré studenti festeggiano il fatto di non dover fare niente negli ultimi novanta minuti della settimana. Io rimango impassibile, perché Dylan mi sta guardando dritto negli occhi, con un sorrisetto sulle labbra.

Lo odio. Lo odio. Lo odio.

Le luci si abbassano e Salma Hayek appare sullo schermo. Non mi accorgo che Dylan è in piedi dietro di me finché non sento il suo alito caldo sulla guancia. Sa di caffè misto ad alcol.

«Come sta oggi la mia studentessa preferita?», bisbiglia. Sono seduta proprio in fondo all'aula, e nessuno si accorge che mi sta parlando.

Non dico niente e continuo a guardare in avanti. Ma mi irrigidisco sentendo la sua mano attorno alla vita, la punta delle sue dita che disegna una linea dal fianco fino alle costole. Mi viene la pelle d'oca. Non lo faccio apposta, succede e basta. Dylan sorride e infila la mano sotto il tessuto della maglietta per accarezzarmi la pelle nuda. Sembra che stia contando le mie costole, e continua a salire fino a seguire la curva del reggiseno sotto il seno destro. Due settimane fa mi sarei appoggiata contro di lui, gli avrei detto qualcosa di eccitante, forse avrei addirittura allungato una mano all'indietro per toccarlo al buio. Ma adesso no. Adesso lo odio, e so che questo lo eccita.

«Vedrai che ti mancherò quando me ne sarò andato, Leah», mi sussurra all'orecchio.

Andrà via? Non dico niente. La sua mano mi accarezza la pancia, spostandosi verso il bordo dei jeans.

«Sì, me ne vado. Ho ricevuto un po' di soldi. Potrò finalmente fuggire da te e dalla tua persecuzione, piccola psicopatica».

Una lacrima mi scorre lungo la guancia mentre il suo pollice gira attorno al mio ombelico.

«Peccato che tu sia così fuori di testa, sei stata una scopata niente male».

Con l'ultima parola mi morde il lobo dell'orecchio, e trattengo il respiro. Alcuni compagni si voltano verso di noi, ma Dylan è di nuovo in piedi in fondo all'aula come un bravo soldatino. Con gli occhi puntati in avanti. Le mani dietro la schiena. E tutti continuano a guardare il film – tutti tranne Santi. Noterà le mie lacrime, dall'altro capo della stanza? Me le asciugo con il dorso della mano e cerco di capire che senso abbiano le parole di Dylan.

Dove ha in mente di andare? Perché lui può cavarsela così facilmente? Perché lui può lasciarsi alle spalle tutto questo casino mentre io devo restare qui, senza amiche, senza un ragazzo e con una famiglia a pezzi?

No, non permetterò che la faccia franca. Voglio che soffra anche lui.

Voglio che questo stronzo muoia.

Settantadue
Leah

So esattamente come vendicarmi. Oggi pomeriggio Dylan starà fuori casa a lungo per via dei colloqui. I miei hanno l'ultimo appuntamento, quello delle sei e trenta, quindi ho tre ore per fare ciò che voglio prima di raggiungerli.

Alla fine non ho preso lo scalpello di Dylan. Ci ho pensato, mentre uscivamo in fila dall'aula di arte e lui faceva qualche commento sarcastico sul fatto che non vede l'ora di incontrare le nostre famiglie. Ho pensato di prenderlo e nascondermi nel suo appartamento. Poi, mentre dormiva, avrei potuto passarglielo sulla gola e guardare le sue lenzuola tingersi di rosso. Ma poi sarebbe stato difficile farla franca.

Questo pomeriggio, mentre guardavo il film, ho ripensato a quando Reece mi ha detto che qualcuno dovrebbe ficcargli in gola una barretta alle arachidi, e ho pensato alla siringa che ho visto a casa sua. E così mi è venuto in mente il modo perfetto per fargliela pagare senza conseguenze per me.

Ormai conosco la strada per casa sua, e la percorro senza nemmeno alzare gli occhi. Esco dal negozio all'angolo e guardo i miei passi evitare le linee sul marciapiede; ho bisogno di tutta la fortuna possibile. Mentre cammino giocherello con le palline che ho nella tasca della giacca. Ne prendo una e me la butto in bocca, assaporandone la croccantezza che mi esplode tra i denti. M&M's alle arachidi. I miei preferiti.

Per fortuna la strada è deserta quando spingo il portoncino. Salgo i gradini due alla volta. Non resto senza fiato, sono esaltata. È stato lo stesso Dylan a suggerirmi l'idea quando in classe mi ha detto quelle cose orribili, con il suo alito rancido di caffè e quella sua stupida tazza sempre in mano.

Sono nella cucina ora. Passo un dito sui vasetti di caffè di colore diverso, etichettati con precisione. È meglio non mettere lì le arachidi – le vedrebbe. E poi ci vorrebbero giorni e giorni prima che si decidesse a bere proprio quel caffè.

Tiro fuori gli M&M dalla tasca e li metto sul bancone. Avevo pensato di usarne uno solo, ma in fondo più sono e meglio è. In punta di piedi, alzo il coperchio di quella ridicola macchinetta e guardo i chicchi che ci sono dentro. Poi metto un M&M di un giallo brillante al centro dei chicchi e la faccio partire. Il rumore è così forte da farmi sobbalzare, poi ridere, poi urlare di gioia. Faccio la stessa cosa con un M&M rosso e con uno verde, controllando che il caffè macinato non cambi colore. Non cambia. Poi ci metto sopra degli altri chicchi di caffè e chiudo il coperchio, rimettendolo esattamente com'era.

Prendo uno strofinaccio e pulisco con cura la macchinetta, poi uso la manica della giacca per chiudermi la porta alle spalle. Do un giro di chiave, e una volta in strada la butto in un tombino. Sparisce nell'oscurità. Fatto. So che Dylan non beve mai caffè la sera tardi, ma adora berne una tazza la mattina appena alzato. Mi chiedo quanto sarà forte la sua reazione. Spero che soffra davvero tanto.

Sta per scoprire di aver scherzato con la ragazza sbagliata.

Settantatré
Jules

Leah è alla mia sinistra, Adam alla mia destra, e davanti a me c'è il professor Ward – l'uomo che da solo ha quasi distrutto la mia famiglia.

«Leah è una ragazza di grande talento», dice, sorridendo a nostra figlia.

Adam mi mette una mano sul ginocchio e lo stringe. «Ha preso tutto da sua madre», dice, strizzandomi l'occhio.

Io giocherello con la fede e Dylan mi guarda farlo. «Non ne dubito. Vedo che Leah e sua madre hanno molto in comune».

Vorrei poter uscire dal mio corpo e scappare. Diventare una creatura dell'ombra, capace di nascondersi negli angoli bui della stanza lasciandosi alle spalle il suo guscio accartocciato, come quelle lettere che mia figlia nascondeva in camera sua.

Mi volto verso Leah e vedo che non sta ascoltando. Ha lo sguardo assente, non sbatte nemmeno le palpebre. Quaranta minuti fa ci siamo incontrate davanti al cancello della scuola. Non so dove sia stata prima. Abbiamo già parlato con la professoressa di inglese e con quella di storia. Il trimestre scolastico è cominciato da poche settimane – l'incontro serve più a far partire gli studenti con il piede giusto che non a parlare del rendimento scolastico con le famiglie – ma nelle ultime settimane tutti i professori hanno notato quanto sia cambiata. E io sono l'unica a sapere perché.

«Leah», le dice Adam, «tu cosa ne pensi?».

Non lo stavo ascoltando, e nemmeno la nostra bambina.

«Eh?», borbotta lei.

«Dell'offerta del professor Ward di darti qualche lezione privata. Dice che hai un grande potenziale».

Dylan ci sta mettendo alla prova, e adesso sa che non ho detto niente a Adam perché mio marito pende dalle sue labbra, tutto contento di sentire quanto sia creativa nostra figlia.

Lo stronzo psicopatico si sta divertendo.

«Leah?», insiste Adam.

Lei ignora suo padre e fissa il professore dritto negli occhi senza dire niente. Io li guardo, cercando di capire chi crollerà per primo. Adam sembra confuso, e mi stringe il ginocchio per attirare la mia attenzione. Ma io non so cosa stia succedendo.

«Avevo capito che lei non sarebbe rimasto ancora a lungo in questa scuola», dice Leah alla fine.

«Dipende», risponde Dylan rivolgendosi a me. «La situazione è molto delicata».

Leah stringe le labbra, sta cercando di capire il significato di quelle parole. «Lei potrebbe andarsene prima di quanto pensa. Aspettiamo di vedere come si mettono le cose prima di fare progetti».

Dylan guarda l'orologio. «Bene. Il nostro tempo è scaduto. Lieto di avervi conosciuti».

Adam stringe la mano a Dylan e porta via Leah. Quando viene il mio turno di dargli la mano, Dylan non mi lascia andare.

«Non dimenticare, domani mattina alle nove», mi sussurra piano. «Prima consegni i soldi, prima posso andarmene lontano da tutta la tua famigliola del cazzo».

Io non dico niente e mi allontano in fretta per raggiungere Adam e Leah.

«Uno strano ragazzo», dice Adam. «Non pensi anche tu che sia uno strano ragazzo, Jules?».

Leah non dice niente.

Non dico niente nemmeno io.

Adam ripete ancora: «Strano davvero».

Settantaquattro
Jules

Sono le otto e mezza e Adam entra in salotto proprio mentre io sto per uscire.

«Dove vai così presto di sabato?».

Merda. Pensavo stesse ancora dormendo, come tutti quanti.

«Ci sono i saldi in quel nuovo negozio di articoli per la cucina. Voglio essere là prima che apra».

Si stringe nelle spalle e dice qualcosa riguardo al suo orto, poi esce di casa. Aspetto di vedere la sua auto allontanarsi lungo il vialetto prima di salire in camera. Sono sveglia dalle cinque e ho già contato e ricontato i soldi, arrotolandoli e fermandoli con un elastico per poi ficcarli in una delle mie tante borse.

Avrò dormito sì e no quattro ore. Per tutta la notte non ho visto altro che la faccia di Dylan mentre guardava mia figlia, ieri pomeriggio, e poi ancora mentre mi schiacciava contro la parete del bagno, e mentre la illuminavano le fiamme della plastica che bruciava. Ho fatto una cosa orribile, e l'ho aiutato a nasconderne una ancora più orribile, ma stamattina mi libererò di questo maledetto bastardo una volta per tutte.

Le mani mi tremano mentre raggiungo la casa di Dylan, e ho le gambe molli mentre spingo il portoncino del pianterreno e salgo le scale. Ogni mio passo risuona come un colpo di tamburo. Quando busso, ci mette un po' a rispondere. Quando finalmente apre la porta è mezzo nudo, con un asciugamano avvolto attorno ai fianchi e i capelli bagnati. Penso che l'abbia fatto apposta.

«Sei in anticipo», dice.

«Solo di qualche minuto».

«Entra. Ho fatto il caffè».

Il suo appartamento è immacolato. Le tele le ha appese al muro, la chitarra ha un nuovo trespolo e i libri sono ordinati per colore. C'è un bicchiere pieno di penne sul tavolino. Non sembra affatto la casa di un uomo che sta per lasciare la città.

«Latte?», mi chiede.

Preferirei si mettesse qualcosa addosso.

«No, non starò per molto».

Ma lui mette un'altra tazza sotto il beccuccio della sua elaborata macchinetta, che subito entra in azione e comincia a fischiare in una nuvola di vapore. Non ho mai capito perché certi uomini siano così esaltati da questi caffè sofisticati.

«Ho ordinato questi chicchi direttamente da una piantagione in Guatemala», dice, come se me ne importasse. «È una nuova miscela. Non vedo l'ora di assaggiarla».

Cosa c'è di sbagliato in un normale Nescafé? Non rispondo, e lui continua a chiacchierare come se fossimo vecchi amici.

«Sono andato a correre un po' più tardi del solito», dice. «Avevo proprio bisogno di bere un buon caffè. Ieri sera è stato terribile – tutti quei genitori insopportabili, e tutti quei ragazzi privi di talento. Prego, prendi una sedia».

Resto in piedi e non mi tolgo la giacca. Lui posa la mia tazza sul tavolino, e l'asciugamano gli si apre sulle cosce. Non ho mai visto le sue gambe, il suo petto nudo o le sue braccia prima d'ora. Lui vuole che io li veda. Sa di essere attraente.

«Tuo marito sembra simpatico», dice. «Assolutamente ignaro di tutto, ma simpatico».

Gli piace giocare.

«Basta stronzate. I soldi sono nella borsa. Voglio vederti cancellare tutte le copie di quel video e mandare le dimissioni».

Lui torna alla macchinetta del caffè e prende la sua tazza.

«Lasciami un attimo bere il caffè. Dio mio, Leah me l'aveva detto che eri una rompicoglioni».

Stringo i denti. Non voglio reagire, voglio solo che sparisca. Posa il suo caffè sul tavolino e apre il computer, facendomi cenno di sedermi accanto a lui per guardare lo schermo. La mail è già nelle bozze, pronta per essere inviata. Molto organizzato. Aggiunge l'indirizzo e-mail della preside Willis e nell'oggetto scrive «dimissioni».

«I soldi?».

Gli lancio la borsa sulle gambe, sperando di fargli male. Lui sorride beffardamente e ci guarda dentro, poi tira fuori le mazzette e le annusa.

«Mille sterline ciascuna. Dieci in tutto», dico.

«Sei stata veloce. So che ormai sei ricca, ma non pensavo che tenessi delle mazzette di contanti sparse per casa».

«Premi Invio», gli dico.

Lo fa con un esagerato svolazzo della mano, e io mi sento subito più leggera.

«E adesso il video e tutti i messaggi», aggiungo. «Quelli di Leah e i miei».

Lui prende il cellulare e lo sventola verso di me. «Un patto è un patto».

Lo guardo cancellare tutto dal cellulare, stavolta anche dal cloud, e poi da un drive che ha sul computer.

«Come faccio a sapere che è tutto?», gli chiedo.

Si stringe nelle spalle. «Devi credermi sulla parola. Molte donne lo fanno… almeno all'inizio».

«Vorrei vederti morto», dico.

Lui ride e prende la sua tazza, socchiudendo un po' gli occhi dal piacere mentre beve un lungo sorso. «Secondo i produttori guatemaltechi, questi chicchi dovrebbero avere un retrogusto al caramello. So che in molti pensano…». Si schiarisce la gola e beve un altro sorso. «Assaggialo. Non ti sembra che abbia un sapore strano? Un po' dolce, un po'…».

Tossisce, si gratta un braccio e beve un terzo sorso. Io non lo voglio, il suo stupido caffè.

Il suo cellulare suona e lui lo prende, ma subito me lo lancia con una smorfia.

«È Leah. Vedi, te l'ho detto che tua figlia è una cretina. È ancora ossessionata da me».

Con un'espressione di rassegnato divertimento, apre il messaggio scolandosi quel che resta del caffè. Le sue sopracciglia si alzano mentre il suo sguardo fa avanti e indietro dal messaggio alla tazza vuota che ha in mano. Cosa aveva da dirgli mia figlia? Dylan si schiarisce ancora la gola. Le sue guance stanno diventando rosse, e le labbra sembrano un po' gonfie. Lascia cadere il cellulare sul divano e la tazza vuota sul tavolo, così bruscamente che il manico si stacca.

«Jules», dice con voce strozzata, respirando a fatica. Si piega, prova ad afferrare qualcosa dal tavolino. Il bicchiere con le penne. La sua bocca, sempre più gonfia, si apre e si chiude senza che ne esca alcun suono. Afferra il bicchiere e lo rovescia sul tavolino, qualche penna cade sul pavimento.

«Cos'hai?».

Mi sta indicando un oggetto – un grosso evidenziatore arancione. Guardo meglio. È una siringa di adrenalina.

Ormai i suoi occhi sono come piccole fessure affossate

nella carne arrossata, le labbra due cuscinetti, e un'eruzione cutanea gli sta dilagando su tutto il petto. Si sforza di aprire la siringa, che però gli scivola dalle dita e rotola sul tappeto fino al bordo del divano. Sta cercando di dirmi qualcosa. Suona come «ti prego». Vuole che la raccolga e gliela dia. Ha bisogno del mio aiuto.

Mi faccio avanti, e nel farlo l'occhio mi cade sul suo cellulare. È ancora aperto sull'ultimo messaggio di Leah.

NON BERE IL CAFFÈ

Oh no. Leah. La mia dolce bambina. Cos'ha fatto?

Cancello il messaggio e schiaccio la siringa con lo stivale. Dylan boccheggia ai miei piedi, mi afferra le caviglie, con occhi imploranti.

Ma Dylan è un uomo malvagio, che ha fatto cose terribili a delle persone perbene. E non credo che si fermerà a diecimila sterline; sono convinta che mi tormenterà fino all'ultimo penny. Ci ricatterà finché non avremo più niente, come la povera Fiona. Questo è solo l'inizio... ma potrebbe anche essere la fine.

Mi si aggrappa a un piede, sforzandosi disperatamente di raggiungere la siringa, ma gli mancano le forze.

Mi chino fino a portare il viso a pochi centimetri dalla sua faccia gonfia e arrossata.

«Vaffanculo», gli dico lentamente, spingendolo via da me e mandando la siringa sotto al divano con un calcio.

Dylan si trascina sul tappeto, e l'asciugamano gli cade dai fianchi. Sta frugando sotto il divano, ma la sua mano non trova niente. Si contorce ai miei piedi per le convulsioni, la merda gli esce dal culo, i lineamenti sono ormai indistinguibili.

Potrei salvarlo. Potrei recuperare la siringa e fargli l'iniezione, o chiamare un'ambulanza, ma ormai lui sa che io e mia figlia abbiamo provato a ucciderlo. È l'unico modo che ho per assicurarmi che sparisca per sempre, ma prima devo eliminare ogni traccia.

Dylan continua a rantolare a faccia in giù sul tappeto mentre io mi guardo attorno. Vedo dei guanti di gomma e della candeggina vicino al lavandino. Perfetto. Ho passato gli ultimi diciassette anni a pulire il bagno dopo che c'era stata mia figlia, ora farò lo stesso.

Quando avrò finito, tutto sarà sparito: le prove, i soldi e Dylan.

Settantacinque
Leah

Sono un'assassina. Non volevo, ho cercato di fermarlo, ma non ci sono riuscita. L'ho ucciso. Eppure non è questo che dicono i notiziari. Il cellulare mi ha svegliata stamattina presto – tutti gli studenti del mio anno commentavano sul gruppo WhatsApp la morte di Dylan, ma niente sembrava avere un senso. La mano mi trema mentre scorro i messaggi. Mel, che fa arte con me, non vede l'ora di raccontare a tutti quello che sa, come se sapesse davvero qualcosa.

A quanto pare era ricercato dalla polizia, ecco perché si è buttato.

Cioè?

Ricatti. Hanno trovato un sacco di prove nel suo appartamento.

Come fai a saperlo?

L'hanno detto al telegiornale. Ha anche scritto una lettera d'addio.

Faccio una rapida ricerca su Google, e viene fuori che hanno ragione. L'ultimo articolo dice che Dylan aveva confessato le estorsioni e poi si è buttato dal balcone. Non capisco. Allora non l'ho ucciso? Ha letto in tempo il mio messaggio? Continuo a scorrere i messaggi, le dita sudate, un ronzio acuto nelle orecchie.

Dico sul serio, ho sempre saputo che il professor Ward era un pedofilo!

Abdul ce l'ha con Dylan da quando l'ha messo in punizione per quel commento sul mio compleanno. Il cuore accelera i battiti. Perché dice che era un pedofilo? Cos'ha sentito dire? Mel risponde.

Di che parli?

Una marea di emoji col punto interrogativo e di GIF compaiono sullo schermo.

È per questo che se n'è andato dall'altra scuola. Si scopava le ragazze e le madri, e poi le ricattava. A quanto pare voleva farlo anche nella nostra scuola. Hanno chiesto alle persone coinvolte di farsi avanti. Una signora ha raccontato al telegiornale che gli ha dovuto dare ventimila sterline.

Non sento mamma entrare in camera mia finché non è proprio accanto a me. Mi passa una spazzola.

«Grazie», le dico, mi spazzolo i capelli e gliela restituisco.

«Hai sentito?».

Annuisco. Sono troppo sconvolta per dire altro.

«Stai bene?».

Mi stringo nelle spalle. Non sono sicura di sentirmi proprio bene. Dylan è morto. È quello che desideravo, eppure non sono felice. Sono… terrorizzata. E se la polizia scoprisse quello che ho fatto? Sono stata male dalla paura per tutto il fine settimana. Non capisco. Perché si è buttato?

«Sì, sto bene», dico.

«Non era una brava persona, Leah».

Evidentemente non sa quello che ho fatto. Non sa che nemmeno io sono una brava persona.

«Mamma». Vorrei raccontarle ogni cosa. Dirle che mi dispiace e che le voglio bene e che mi dispiace. Mi dispiace tanto.

«Non dire nulla», dice lei, prendendomi il viso tra le mani e baciandomi su una guancia. «Sarai sempre la mia bambina». Poi fa una pausa e un respiro profondo. «Ma adesso dobbiamo stare molto attente».

Attente? Il cuore mi batte talmente forte che penso lo senta anche lei.

Mamma prende il mio cellulare e apre i messaggi. L'ultimo è quello che ho mandato a Dylan. Mi blocco. Dovrei strappparglielo di mano, ma non riesco più a muovermi.

Lei lo cancella e mi restituisce il telefono.

«Ho fatto sparire tutto», dice, asciugandomi il viso con il polsino della sua morbida vestaglia. «Sai che farei qualsiasi cosa per te. Adesso non ti farà mai più del male».

Quindi sa cos'ho cercato di fare: ma cosa vuol dire che ha fatto sparire tutto?

Settantasei
Reece

Leah non entra mai in casa in modo normale; ci piomba dentro come se avesse la polizia alle calcagna. Sbatte la porta, lascia cadere lo zaino con un rumore sordo e si butta sul divano accanto a me.

«Cosa stai guardando?»

«*Life. Love. Luxe*».

«Sembra una schifezza».

Lo è. È uno di quei reality show sugli agenti immobiliari americani. Mia sorella mi lancia un cuscino addosso e si stende su di me. Io le infilo in bocca tre caramelline al cioccolato. Lei si tira su tossendo e ne prende una manciata dal sacchetto.

«Stronzo».

Scoppio a ridere. «Com'è andata a scuola?»

«Meglio di ieri e di lunedì. Ormai siamo quasi tornate alla normalità. Paige e Summer continuano a chiedermi scusa e finalmente la polizia ha smesso di andare in giro a fare domande».

«E che mi dici di quel ragazzo a cui piacevi?».

Si stringe nelle spalle. «Credo che non voglia più parlarmi. Non è venuto a scuola per tutta la settimana, e non risponde ai miei messaggi. Dove sono mamma e papà?».

Le indico le scale e faccio su e giù con le sopracciglia. Lei finge di vomitare.

È stato così per tutto il fine settimana: noi quattro che parliamo solo di cose stupide, anche se papà ci ha resi ricchi, mamma sta per comprare Medusa e il professore con cui mia sorella andava a letto è morto.

«Come puoi pretendere di vendere una casa con quei tacchi?», borbotta Leah, lanciando una caramella contro la TV.

«Già. Se quella fosse la mia villa, e lei graffiasse il mio costosissimo pavimento con quei tacchi, la licenzierei subito».

Guardo Leah che guarda la televisione. A volte riesco a vedere la donna che sta per diventare, ma in genere vedo solo una stupida ragazzina che non sa niente di niente.

«Davvero stai bene?», le chiedo.

Lei si mette seduta. È la prima volta che ne parliamo. Sabato sono rimasto a dormire da un amico, e sono tornato a casa solo ieri. Pensavo fosse più sicuro.

«Adesso il notiziario dice che prima di morire ha avuto una reazione allergica», dico. Non oso pronunciare ad alta voce il suo nome, ma lei sa perfettamente a chi mi riferisco. «Ma è riuscito a prendere la siringa in tempo».

Leah sta giocherellando con l'anello che le ho regalato. Speravo che volesse aprirsi con me. Sapevo che mamma non mi avrebbe detto niente – si porterà i suoi segreti nella tomba – ma io e Leah ci diciamo tutto. Mi chiedevo quale sarebbe stata la prima cosa troppo grossa da confidare. Il tentato omicidio dev'essere una di quelle.

Lancio una caramellina in aria e la prendo al volo con la bocca. «Sto solo dicendo che... ecco, se qualcuno gli avesse messo delle arachidi nella roba da mangiare per dargli una bella lezione, be', non sarebbe da biasimare».

Leah mi guarda a lungo, e io capisco. Anche se in realtà lo sapevo già.

Avevo quattro anni quando è nata. Ricordo ancora quando i miei l'hanno portata a casa. Fin dal primo giorno è stata la mia bambola. Non volevo nemmeno andare a scuola: volevo stare a casa con mamma e occuparmi di lei. Volevo essere io a darle da mangiare e a cambiarle il pannolino e a vestirla. I nostri genitori hanno sempre detto che fra noi c'era una sorta di connessione psichica, perché io sapevo sempre quando era triste prima ancora che si mettesse a piangere. Era felice solo in braccio a me. E da allora non l'ho più lasciata. Non davvero.

Si rimette sdraiata sulle mie ginocchia e io le accarezzo i capelli.

«Non pensavo che si sarebbe suicidato», ammette.

Non l'ha fatto.

Ho venduto l'erba a Dylan ogni sabato pomeriggio per più di un anno, e l'ultimo fine settimana non ha fatto eccezione. Ero pronto ad arrabbiarmi molto con lui, ma non mi aspettavo di vederlo in quello stato.

«Cazzo!», ho gridato quando è venuto ad aprirmi. «Ciao, Elephant Man».

Ho mantenuto la calma, perché per lui ero solo un pusher, non sapeva niente della mia famiglia.

«Reazione allergica», ha detto lui, indicandomi senza alcuna necessità la propria faccia, che sembrava reduce da dieci round di boxe con entrambi i Tyson contemporaneamente. «Sono appena tornato dall'ospedale. Ci è voluto un sacco di tempo, perché mi hanno fatto non so quante domande sui farmaci che sto assumendo».

Sapevo della sua depressione, e gli ho detto mille volte che l'erba non l'avrebbe aiutato. Era ancora debole, così ha bevuto un po' d'acqua e si è lasciato cadere sul divano. Sul tappeto c'era una macchia di bagnato, una chiazza umida, come se l'avesse lavato da poco.

«Dammi la roba più forte che hai», mi ha detto.

Io ero venuto preparato, ma lui mi stava rendendo le cose davvero molto facili.

«Ne ho una varietà nuova».

«Bene. Oggi è una pessima giornata. Due puttane mi hanno rovinato».

Poteva riferirsi a decine di donne. Erano così tante a odiarlo.

Ho cercato di mantenere un'espressione neutra. Com'era possibile che a quel mostro si permettesse di fare l'insegnante? Non riuscivo a smettere di pensare a Leah, a ciò che lui le aveva fatto, e a cosa io volevo fare a lui.

«Cosa ti è successo?», gli ho chiesto, e lui me l'ha raccontato.

Mi ha detto che una ragazza con cui si vedeva doveva avergli messo delle arachidi tra i chicchi di caffè, e che aveva avuto una reazione terribile. L'informazione non mi ha stupito quanto avrebbe dovuto – una piccola parte di me, in realtà, era orgogliosa della mia sorellina. Dopotutto ero stato io a suggerirle quell'idea. Ma non era finita, e il resto della storia era puro orrore.

«C'è stato qualcosa anche con sua madre», ha proseguito. «E lei era qui quando è successo, e appena ha capito che era stata sua figlia ha cancellato tutte le prove e mi ha lasciato lì a morire».

Ha detto sul serio di aver fatto sesso con la madre di Leah? Con *mia* madre?

«Non preoccuparti. Mi vendicherò su tutta la famiglia», ha sibilato poi.

Sono rimasto calmo, anche se morivo dalla voglia di prenderlo a pugni, di fargli uscire dalla faccia quegli occhi gonfi, di massacrare quel viso sfigurato. Ma non sono un tipo violento – sono troppo intelligente, e proprio per questo ero andato da lui preparato. Ero lì per uccidere Dylan e, a differenza di mia madre e di mia sorella, ci sarei riuscito.

Leah alza il volume della televisione e io le metto in bocca un'altra caramella. Adesso è al sicuro. Lo siamo tutti e quattro.

«Questa è terribile», dice mia sorella indicando lo schermo, dove si aggira una brunetta con un vestitino che lascia intravedere le sue curve.

«Sono d'accordo. Immagina di guidare una Porsche rossa vestita di fucsia».

«Ma che cos'ha addosso?», dice mamma entrando in salotto. Ci tiriamo su a sedere. Potrei farle la stessa domanda. Da quando in qua va in giro per casa con una vestaglia di seta?

Arriva anche papà, e si ferma di colpo sulla soglia. «Oh, non sapevo che voi ragazzi foste in casa».

«È evidente», dico, facendo una smorfia a mia sorella.

Mamma va dritta in cucina e comincia a sbattere padelle, chiedendoci cosa vogliamo per cena. Leah cerca di incrociare il mio sguardo, sforzandosi di non ridere.

«Mamma, vieni a sederti», dico io, abbassando il volume della TV. «Ho un annuncio da farvi».

Leah mi guarda corrugando la fronte, ma io alzo un dito e lei non mi interrompe.

«Una notizia buona o cattiva?», chiede papà, prendendo posto sull'altro divano. Mamma lo raggiunge subito.

«Buona per me, ma voi potreste non essere d'accordo», dico.

Leah finge di sussultare e si copre la bocca con la mano. «Oh no, non avrai mica messo incinta una ragazza, vero?».

Scoppiamo a ridere, tutti tranne mamma. È già in ansia per la mia notizia, prima ancora di sapere di cosa dovrebbe preoccuparsi.

«Allora, di che si tratta?», dice.

Sta accadendo un po' in anticipo rispetto ai miei piani, anzi, in anticipo di un anno, ma dopo quello che è successo sabato… be', di necessità virtù, come si dice.

«Voglio fare un viaggio. Parto la settimana prossima».

«Cosa?», salta in piedi Leah, facendo cadere il sacchetto di caramelle, che rotolano su tutto il pavimento. Non capisco se sia arrabbiata, eccitata o gelosa. «Mamma! Perché Reece può saltare la scuola e andarsene in giro a cazzeggiare per mezzo mondo e io no?»

«Leah!», esclamano mamma e papà all'unisono.
Lei si rimette a sedere a braccia conserte.
«Da solo?», chiede mamma.
«Non puoi mollare l'università all'ultimo anno», dice papà.
Invece devo. Non posso restare qui. Non dopo quello che ho fatto.
«Ho parlato con il preside di facoltà, dice che passare un po' di tempo all'estero è una buona idea», dico. «È tutto organizzato. Durante il viaggio farò anche volontariato, che conta per il voto finale e mi serve per la tesi di laurea, quindi alla fine non è solo una *vacanza*», aggiungo, guardando Leah che mi fa una linguaccia.
In passato papà avrebbe detto che tanto la mia laurea non serve a niente, e mamma avrebbe detto che non posso andare così lontano, o che non passo mai abbastanza tempo con lei, o si sarebbe raccomandata di fare attenzione. Ma stavolta restano zitti. Incredibile il potere del sesso e dei soldi sul sistema nervoso.
Poi papà dice a mamma di non preoccuparsi per la cena, che possiamo ordinare delle pizze, e lei propone di giocare a Uno. Stavolta Leah accetta e inizia a mischiare il mazzo. In quel momento capisco di aver fatto la cosa giusta.
«Non barare», dice papà, mentre Leah dà le carte.
Ma lei continua a guardare il cellulare. Sta ancora aspettando che quel ragazzo le risponda. Vorrei poterla salvare da tutti gli uomini che le spezzeranno il cuore.
Coltivare la cicuta è stato facile. Papà non ha la più pallida idea di cosa io faccia nel suo orto; è solo contento che suo figlio abbia voglia di condividere un hobby con lui. Ho fatto in modo di coltivare le mie piante e i miei funghi in un angolo, lontano dalla sua frutta e dalle sue verdure, in posti in cui né uomini né animali le possano toccare. È un po' macabra, questa mia passione per le piante velenose, ma quando ami il campeggio conoscere le piante

è una questione di sopravvivenza. Come stavo dicendo, coltivarla non è stato difficile. Ma raccoglierla, grattugiare le radici, farle seccare e infilarle in una canna, quello sì che è stato difficile. Ma ne valeva la pena.

Dylan non ci ha trovato niente di strano, quando siamo usciti sul balcone per provare la nuova erba che gli avevo portato. Non si è chiesto come mai avessi già rollato gli spinelli, o perché l'erba avesse un sapore un po' diverso dal solito.

Era già debole, e si è accasciato subito. L'ho lasciato lì, a gemere e ansimare, accartocciato sul balcone, nascosto dietro al muretto, con le convulsioni, che cercava disperatamente di respirare.

Poi ho usato il suo dito per sbloccare il computer, dove ho trovato la mail con le dimissioni che gli era stata rimandata indietro – l'aveva inviata a un indirizzo sbagliato. Mi sono chiesto se mamma l'avesse pagato per quella lettera, se lui si fosse sentito furbo a fregarla così. L'ho riscritta, l'ho trasformata in una lettera d'addio e di confessione, e ho corretto l'indirizzo e-mail della Willis. Ma non l'ho inviata finché non sono stato sicuro che fosse davvero morto. E una volta trovato il corpo, la polizia sarebbe piombata nell'appartamento e avrebbe frugato tra le sue cose e avrebbe trovato tutto: gli antidepressivi, l'erba, le prove che Dylan era un ricattatore di merda.

Ho cancellato le mie tracce – tale madre, tale figlio. Ho messo i suoi guanti per fare le pulizie, ho recuperato con cura il resto dello spinello, poi ho aspettato che fuori facesse completamente buio e ho spedito l'e-mail. Ho usato una sedia per aiutarmi a spingere Dylan oltre la balaustra. Ho lasciato lì la sedia, non mi sono affacciato per guardarlo cadere. Non m'importava controllare se l'impatto l'avesse ucciso oppure no – era già morto, per l'effetto di una sostanza che nessun medico si sarebbe mai sognato di cercare. Un depresso, con una dipendenza dalla marijuana e la coscienza sporca, si riprende da una violenta reazione allergica, e scrive una lettera d'addio subito prima di buttarsi di sotto. Molto plausibile.

Il corpo è caduto da un lato dell'edificio, e io sono uscito dall'altro. Nessuno mi ha visto scendere le scale, nessuno ha sentito il rumore dei miei passi. Ho raggiunto la strada, qualcuno ha gridato, dei vicini cercavano di capire cosa fosse successo. Io camminavo in una direzione: tutti loro correvano nella direzione opposta. Tutti tranne uno.

«Ehi, sei il fratello di Leah, vero?».

Davanti a me c'era un ragazzo. Aveva un'aria dolce. Sembrava un giovane Leonardo DiCaprio con la carnagione più scura.

«Eri a casa del professor Ward? Lo odio quel tipo. Stavo andando lì per dirgliene quattro, ma poi ho avuto paura. Lo sai che ha fatto lo stronzo con tua sorella? Eri andato da lui per parlargli? Dovresti proprio farlo».

Era nervoso. Arrabbiato. Sapevo come si sentiva. Ha guardato oltre di me, dietro gli alberi, il capannello di gente, le luci blu, le sirene. Poi ha guardato me. La mia faccia. Non so a cosa abbia pensato, ma a un certo punto ha cominciato a correre, così l'ho inseguito.

«Uno!», grida papà.

È il turno di mamma, che dice a Leah di concentrarsi, ma mia sorella continua a guardare il cellulare, e vedo che le trema la mano e che impallidisce. Sento subito il suo dolore, come quando era piccola. Solo che adesso non è altrettanto facile calmare le sue lacrime.

«Santi è scomparso», dice, mostrandoci la foto sul telefono. È uno di quei post che i social media pubblicano sui ragazzi che scappano di casa, adolescenti che poi vengono ritrovati sani e salvi, oppure morti, o che non vengono ritrovati mai. «Nessuno l'ha più visto dopo sabato».

Non volevo farlo. Ma non avevo scelta.

Quando lo ritroveranno sarò già lontano.

Una lettera di Natali

Caro lettore,

Grazie mille per aver scelto di leggere *Vendetta di famiglia*. È grazie ai lettori come te che continuo a scrivere libri che spero possano essere interessanti, profondi ed emozionanti. Se *Vendetta di famiglia* ti è piaciuto e vuoi rimanere aggiornato sui miei prossimi libri, puoi iscriverti al seguente link. Il tuo indirizzo e-mail non sarà mai condiviso con nessuno, e potrai cancellarti in ogni momento.

www.bookouture.com/natali-simmonds

Anche se *Vendetta di famiglia* è un'opera di fantasia, le difficoltà che Jules e Leah devono affrontare sono spesso tristemente reali: donne che invecchiando si sentono sempre più invisibili, madri che s'interrogano sulla propria identità, problemi di comunicazione all'interno del matrimonio, estorsioni, comportamenti ossessivi degli adolescenti.

Spero che *Vendetta di famiglia* ti sia piaciuto. Se ti andasse di raccomandarlo ad altre persone, ti sarò profondamente grata per la tua recensione. I tuoi commenti possono fare la differenza nell'aiutare nuovi lettori a scoprire uno dei miei libri, e io adoro sapere il parere dei miei lettori.

Puoi anche contattarmi e condividere i tuoi pensieri sui social media o sul mio sito web.

Grazie,
Natali Simmonds

www.njsimmonds.com

Ringraziamenti

Tutte le mie idee per una trama partono dalla domanda «cosa accadrebbe se...», e *Vendetta di famiglia* non fa eccezione.

Nel lontano 2017 mi è venuta l'idea di un libro su una cotta adolescenziale che diventa ossessiva e potenzialmente letale. Ero affascinata dall'idea di una preda che diventa predatore. Quel libro non vide la luce, ma io non ho mai smesso di pensarci.

Salto in avanti di cinque anni, stavo raccontando alla mia agente quella vecchia idea e lei mi ha chiesto: «E la madre, come si sentirebbe?». Ed è stato così che *Vendetta di famiglia* ha preso vita.

Essendo io stessa una madre di quarantacinque anni con due figlie adolescenti, e con molte, simpatiche amiche che condividono con me gli alti e i bassi del loro matrimonio e della loro maternità, ho concepito l'idea di esplorare come sarebbe essere il tipo di donna che si definisce in base alla sua bellezza e alla sua sessualità – e che poi, lentamente, le perde entrambe nel momento esatto in cui sua figlia adolescente scopre le proprie. Mi sono chiesta se questo tipo di emozioni può indurre a prendere delle decisioni davvero pessime... e Jules e Leah non mi hanno deluso!

Sono incredibilmente fortunata ad avere una madre meravigliosa, e a essere la madre di due fantastiche ragazze, con un marito favoloso capace di sostenermi in ciò che vivo e di dedicarmi tutta l'attenzione del mondo. Nessuno dei personaggi di questo libro somiglia a loro! Ma conosco molte donne che non sono altrettanto fortunate – donne che si sentono invisibili, non desiderate e perse mentre si avvicinano ai cinquant'anni.

Questo libro è dedicato a loro.

Anche se la scrittura è un'attività solitaria, la realizzazione e il successo di un libro sono il risultato dell'impegno, dell'incoraggiamento e del sostegno offerti da molte persone.

Innanzitutto un grosso ringraziamento alla mia agente, Amanda Preston, che ha sposato fino in fondo il mio progetto e mi ha supportata fin dall'inizio. Le sue intuizioni e le sue idee hanno contribuito a trasformare il libro, e io ne sono molto orgogliosa; e le sarò eternamente grata anche di aver trovato la casa perfetta per lui a Bookouture. Ci vuole una persona molto speciale non solo per sopportare la mia assurda intensità ma anche per restare una guida saggia e sicura durante il folle viaggio della scrittura. Sono molto grata che ci siamo incontrate.

A Lucy Frederick, la mia editor, voglio dire che sono sempre entusiasta di lavorare con lei. Il modo in cui hai immaginato *Vendetta di famiglia* è stato perfetto, e non vedo l'ora di addentrarmi in altri thriller come questo con te. Sarà un viaggio divertentissimo.

Un grandissimo ringraziamento anche al resto della squadra delle edizioni Bookouture, compresa la talentuosa illustratrice Lisa Brewster, la favolosa redattrice DeAndra Lupu, la correttrice di bozze Deborah Blake e l'ufficio stampa Jess Readett, che hanno lavorato instancabilmente dietro le quinte per far nascere questo libro e condividerlo con il mondo.

A Pete, Isabelle e Olivia, grazie per il vostro incrollabile amore, per l'entusiasmo e la pazienza, anche quando vi ho ignorato, vi ho costretti ad ascoltare la lettura del mio ultimo capitolo o vi ho fatto domande come "Che metodo usereste per ammazzare un vostro professore?". Vorrei poter dire che adesso la smetterò, ma la cosa più probabile è che peggiori.

A mia madre Chris, la mia fan più appassionata (questo libro è dedicato a te – finalmente lo potrai leggere), a Bob, Desi, Jemma, alle mie cugine, zie, zii e parenti acquisiti per essere l'esempio perfetto di cosa significhi appartenere a una famiglia amorevole, incoraggiante e completamente folle.

Alle mie amiche, cui rubo traumi e ironia per i miei libri, grazie di aver ascoltato le mie idee come se fosse sempre la prima volta. Un ringraziamento speciale alla mia migliore amica e co-autrice di Caedis Knight, Jacqueline Silvester, su cui posso sempre contare per discutere di tecniche di omicidio (le parti migliori di questo libro sono state probabilmente idee sue). Grazie a Lauren North per tutto l'aiuto. E un appassionato riconoscimento agli altri miei talentuosi amici di scrittura, fra cui Anna Rainbow, Isabella May, Emma-Claire Wilson, Teuta Metra, Maz Evans, Alexandra Christo, Emma Cooper, Louie Stowell, A J West e tutti gli innumerevoli altri a cui mando WhatsApp, Tweet e con cui chiacchiero su altri gruppi e piattaforme. Sarei persa senza di voi!

Un ringraziamento speciale a Victoria Handford della Woodlands School dell'Essex. Durante la mia visita alla scuola del 2022, due sfacciati ragazzini mi hanno chiesto di poter comparire in uno dei miei libri, e io gli ho risposto di sì. Ecco, Mel e Abdul (quindici anni) – adesso siete famosi. Ve l'avevo detto che mantengo sempre le mie promesse.

Da ultimo, grazie ai librai, ai recensori, ai blogger e, ovviamente, a tutti i miei lettori. Grazie per avermi accompagnato nelle menti contorte dei miei problematici personaggi e nelle loro scelte sanguinose. Il vostro entusiasmo e sostegno significano tutto per me.

Sta per arrivare molto altro, quindi preparatevi!

Indice